以中西文學比較為例

文學概論

顧正萍、黃培青 著　　第二版

五南圖書出版公司 印行

目錄

第一章　文學的定義、起源與價值 ……………………………… 1

　第一節　文學的定義 …………………………………………… 2

　第二節　文學的起源 …………………………………………… 12

　第三節　文學的價值 …………………………………………… 22

第二章　文學與想像、感覺、道德 ……………………………… 39

　第一節　文學與想像 …………………………………………… 40

　第二節　文學與感覺 …………………………………………… 43

　第三節　文學與道德 …………………………………………… 63

第三章　文體論概述 ……………………………………………… 69

　第一節　抒情與敘事 …………………………………………… 70

　第二節　形式與內容 …………………………………………… 88

　第三節　文體的類型 …………………………………………… 99

第四章　中西文學思潮發展概述 ………………………………… 113

　第一節　文學思潮釋義 ………………………………………… 114

　第二節　中國文學思潮演變概述 ……………………………… 116

　第三節　西方文學思潮演變簡述 ……………………………… 160

第五章　中國文學理論批評概述 ………………………………… 197

　第一節　中國文學理論的架構 ………………………………… 198

　第二節　中國文論的文體形式 ………………………………… 200

　第三節　中國文論發展簡述 …………………………………… 202

第六章　二十世紀西方文學理論批評概述 ⋯⋯⋯⋯⋯⋯⋯ 263
　第一節　以作品為主體之文論 ⋯⋯⋯⋯⋯⋯⋯⋯⋯⋯ 264
　第二節　以讀者為主體的文論 ⋯⋯⋯⋯⋯⋯⋯⋯⋯⋯ 287
　第三節　跨領域文學批評文論 ⋯⋯⋯⋯⋯⋯⋯⋯⋯⋯ 301

第一章

文學的定義、起源
與價值

　　當代提及「文學」一詞，無論中、西，總是令人自然而然聯想到「詩」、「散文」、「戲劇」、「小說」等四種文體及其所建構的作品。但這只能說明現今文學觀念下所包含的四種基本文體，尚無法完整涵括文學本身的涵義。更不能驟然以此作爲文學的定義，亦無法溯源文學的起始原因。

　　實際上，「文學」的涵義隨著時代的演進、文學觀念的變革，以及使用者個人的主張、立場而有所差異。因此，在替文學劃出界限，追探文學起源、價值等問題之前，必需先從不同的角度觀察「文學」一詞在歷史進程中的演變。

　　在中國，「文學」一詞隨著時代的變遷，也產生了不同的內涵，因而發展出包羅萬象的多元釋義。在西方，「文學」的意義也是隨著時代而有所改變，但其變化的程度不如中國來得大。從語彙變遷發展的歷史過程看來，「文學」的確是個多變而涵義豐富的詞彙。

第一節　文學的定義

一、多變豐富的詞彙──文學

㈠中國「文學」的詞組概念

　　由於中國文字具有單音節、以形表意的獨特形式，因此帶有超越時空的穩定特質。但在語言使用時，仍會因時空的不同而產生詞彙意義的轉變。因此，從詞源學的角度對詞彙進行深入檢視，就有其必要性。

　　「文」與「學」本是獨立的單詞，各有不同的指涉意義。許慎《說文解字》云：「文，錯畫也」或謂：「依類象形，故謂之文」，在本義上也涵括動物身上之斑「紋」之意。「學，篆文斅省」又說：「斅，覺悟也。」學而知不足，知不足然後能自反，此爲「學習」而反省之意。

　　「文」是錯綜畫成的記號，或隨類象形的文字構造，或動物身上之圖紋，後來凡是有組織、有條理的東西皆可稱之爲「文」。

「學」是斆的省略寫法，除「覺悟」之意外，還有《尚書・說命》「斆學半」之說，即是「傳授使覺悟」之意。因此，從詞源上來說，中國的「文」與「學」各有其意，兩字並無緊密的關聯性。所以，在古籍中，「文」字經常是以獨立詞的姿態出現，例如《論語》中即有「行有餘力，則以學文」之說，這裡的「文」指的是聖賢詩書或六經。廣義地說，這也包含在《說文解字》中的「文」的定義之下，意指「有組織」、「有條理」。但從狹義的角度來說，此「文」已具備明確的指稱對象，有其固定之釋義範圍與意義。

從歷史演變的角度來說，「文」與「學」二詞組合首先見於《論語・先進》篇。文中曾提及「德行、言語、政事、文學」等孔門四科，「文學」即列身其一，其代表人物為子游、子夏。根據邢昺《論語注疏》對「文學」的解釋為「文章博學」，也就是只要書寫於紙上的章表奏議、召策書論、風俗記載、國家大事的歷史記載、諸子百家之語錄文章……文獻資料，都可囊括其中。換句話說，「文學」一詞在先秦時期泛指一切「文獻典籍」。若審視孔門四科的實質內涵，較符合現代文學觀念者反而是以宰我、子貢為代表的「言語」科，該科之代表教材為《詩經》。先秦時期，《詩經》具有其特殊的重要性，《論語・季氏》篇言：「不學《詩》，無以言。」強調其在語言辭令上的實際作用。綜觀先秦時期的典籍，「文」、「文章」、「文學」幾乎是同義詞，若非泛指一切文獻資料，就是指包含詩、書、禮、樂的聖賢典籍。除了上述所舉「行有餘力，則以學文」外，《論語》中還曾有〈雍也〉篇：「君子博學於文，約之以禮。亦可以弗畔矣夫。」，以及〈公冶長〉篇：「夫子之文章，可得而聞也。夫子之言性與天道，不可得而聞也。」之說。其他典籍如《荀子・大略》：「子贛（貢）、季路，故鄙人也；被文學、服禮義，為天下列士。」，《韓非子・六反》：「學道立方，離法之名也。而世尊之曰：文學之士。」，其所謂之「文」、「文章」、「文學」，皆是指詩、書、禮、樂等經術之學。

兩漢時期，辭賦與多種韻文形式相繼產生，使得文、文章、文學

的意義也變得不盡相同。例如《史記・儒林列傳》：「夫齊魯之間於文學，自古以來，其天性也。」但其中所謂的「文學」，除先秦指稱的「學術」之意外，司馬遷還將「律令、軍法、章程、禮儀」等應用文書納入「文學」的範疇。〈太史公自序〉有言：「漢興，蕭何次律令、韓信申律法、張蒼爲章程、叔孫通定禮儀，則文學彬彬稍進。」即可證之。東漢王充《論衡・佚文》：「文人宜尊五經六藝爲文，諸子傳書爲文，造論著說爲文，上書奏記爲文，文德之操爲文。立五文在世，皆當賢也。」也是將六經、諸子、應用文書等並稱「文」。東漢末年曹丕《典論・論文》曾謂「文本同而末異」，其中之「文」包括了「奏議、書論、銘誄、詩賦」等，重新定義了「文學」的範疇，並簡要賦予各文體風格特色。

除「文學」外，漢代還有「文章」一詞，特指與政教有關的章表奏議，或詔策書論等實用文字。如曹丕《典論・論文》：「蓋文章經國之大業，不朽之盛事。」即是。在《史記・儒林列傳》司馬貞《索隱》「文章爾雅」時云：「謂詔書文章雅正，訓辭深厚也。」，「文章」指的是詔書的遣詞造句，而《漢書・公孫弘傳贊》：「文章，則司馬遷、相如。」則是指稱具有文采、組織的作品。由此可見，兩漢時期的「文」、「文章」、「文學」等概念，已有意義上的拓增。而較爲接近現代意義的文學作品，已不是「文」或「文學」，而是「文章」一詞，此時已漸有將學術和文辭（采）區分開來的現象了。

到了魏晉南北朝，范曄《後漢書》首先把經藝專門的學者列入〈儒林傳〉，把文章辭采著名的文士列入〈文苑傳〉。前者側重語言系統所建構的文化內容，後者則偏重語言系統本身的探索。[1]晉陸機〈文賦〉承襲了司馬遷、王充、曹丕等的說法，以「文」統稱了「詩、賦、碑、銘、箴、誄、頌、論、奏、說」等文體。劉勰《文心

---

[1]　龔鵬程：《文學散步》（臺北：臺灣學生書局，2003年），頁13。

雕龍》則以〈明詩〉、〈樂府〉、〈詮賦〉等為「文」；另以〈史傳〉、〈諸子〉、〈論說〉等為「筆」，遂有所謂「文」、「筆」之別。《文心雕龍·總術》：

> 今之常言，有文有筆，以為無韻者筆也，有韻者文也。
> 夫文以足言，理兼詩書，別目兩名，自近代耳。

其以有韻者為文，無韻者為筆。前者多為抒情之作，而後者多為實用之文。然而此時雖有文、筆之別，但多數人仍用「文」一詞來指稱包括現代文學觀念中之純文學與非純文學在內的作品。

以「文」一字來專指現代文學觀念中的純文學作品，是由南朝蕭統的《昭明文選》開始。他以「事出於沉思，義歸乎翰藻」作為選文之標準，亦即要求文學作品要具有思想的深刻，而深刻的思想則需以文采來呈現。蕭統將經、史、子書摒除在「文」之外，故書中只收選符合集部之純文學標準的作品，及部分史部具有文采的「論」、「贊」文章。此舉雖縮小了「文」字的內涵，卻更明晰而嚴謹地界定了「文」的標準與範圍。

其他如《梁書·庾肩吾傳》：「夫文者，妙發性靈，獨拔懷抱。」又言：「齊永明中，文士王融、謝朓、沈約，文章始用四聲。」《北齊書·文苑傳》：「達幽顯之情，明天人之際，其在文乎！」《顏氏家訓》：「文章之體，標舉興會，引發性靈。」由上述可見，「文」字的意義在魏晉南北朝時期幾乎與「文章」一詞同義。無論文士使用的是「文」或「文章」，皆可發現此時期的「文學」觀念已與現代看法相當接近。無怪乎魯迅曾說魏晉是文學自覺的時代。[2]

2　魯迅：〈魏晉風度及文章與藥及酒之關係〉，《魯迅作品集——而已集》（臺北：風雲時代出版社，1989年），頁127。

　　唐宋時期因古文運動盛行，文人主張「文以明道」、「文以貫道」，強調「文」的實用性，使「文學」成為「道術」的附庸，使「文」的意涵重新回到先秦兩漢時期。北宋五子之一的程頤即有：「道者文之根本，文者道之枝葉。」（《二程語錄》）甚至直言「為文害道」，認為「文」有害於道的發揚。這股復古的勢力在唐宋被視為主流，影響之所及更可推到明代前後七子的「文必秦漢，詩必盛唐」復古說，甚至清代時標榜為「言有物，言有序」之桐城派也受其沾溉。

　　明清時期，除上述七子復古、桐城義法外，還有提倡「獨抒性靈，不拘格套」的公安派。他們承繼魏晉六朝時期所主張之純文學意涵，給予文學獨特的存在意義。

　　清末民初，受到西方文化衝擊的中國，直至五四運動後才逐漸穩定。此時文化界已大量運用「文學」一詞來指稱「文學作品」，並廓清了早期「文學」釋義，含混、籠統、博雜的現象。此後，「文學」一詞則如現代人所認知的觀點，以詩、散文、小說、戲劇（劇本）等文類為其內涵。

㈡西方「文學」的名詞釋義

　　西方的「文學」（Literature）這一名詞，從詞源Literatura來說，所包含的領域甚廣。根據《諾頓英國文學彙編》（*The Norton Anthology of English Literature*）所言，舉凡哲學、物理、天文、數學、詩歌等文獻資料，都被納入於Literatura之中。中西「文學」詞源本義雖差距甚大，但其博雜釋義的現象卻與中國的「文學」詞組極為類似。而具有現代定義下的「文學」（Literature）概念，發展迄今也才大約兩百年左右。[3]

　　若從西方辭典中的「文學」（Literature）來看，其意義仍是異常寬泛。如《美國韋氏大辭典》（*American Dictionary of Weber*）中

---

[3]　朱國能：《文學概論》（臺北：里仁出版社，2003年），頁8。

的「文學」（Literature），其意義重點有四：

1. 寫在紙上的字句。
2. 特具意義的辭章。
3. 著作或書本知識。
4. 文化的表現。

但這四點仍然無法明確地解釋「文學」的意義，因爲依此解釋，所有書寫在紙上，具有文化意涵的著作，都可稱之爲文學。不論是風土民情的人類學記載，或是政治經濟等，也可稱之爲「文學」。

　　西方某些文論家、文學史家與批評家也犯了相同的毛病，如現代英國文學史家哈蘭（Hallam）認爲「文學是由書本分給的知識」，這種說法與文學的詞源意義幾乎相互應和，將所有的知識書籍均稱爲「文學」。他未能將文學與其他領域的知識加以區分，也欠缺了解釋文學應有的界定與特點。英國批評家瓦色斯德（Worcester）則認爲文學是「學問、知識、想像的結果保存於書面」，這個看法強調了文學中想像成分的必要性，以此限定了前兩個條件的無限擴展，並著重書面這一特性而排除了口頭文學的可能性。當然，以上說法仍是廣義的文學，尚未進入狹義文學定義的核心。

　　勃魯克（Brooke）的解釋爲：

> 所謂文學，我們說的是那些有才智的男女所寫出來的思想和情感，而能安排出一種形式，而能帶給讀者快樂。

此處他所謂的「文學」，內容是以思想與情感爲要，具有個人化與不固定等特質，而文學的目的是「帶給讀者快樂」。波斯奈脫（Bossnett）說明的更爲詳盡，他說：

> 文學作品，無論是散文是詩，與其說是思索的技藝，毋寧說是想像的技藝。它們的宗旨，與其說是在教訓和實

效，毋寧說在民族中的最大多數的娛樂，而它們所申訴
的，也不是特殊的知識，而是一般的知識。

巴斯康（Bascom）也說道：

一個民族的文學，就是它的知識的和文學的生活中，最
藝術的和最完備的東西的體現。除非一件作品已經具有
手法上足以給它永久價值的優點，否則它就不算是民族
文學的一部分。單有思想不能保證一件作品為文學，作
品之具有本性和主權，是完備、對稱，即形式的優越所
給與的。文學作品的持久性，以形式的優越超出實質的
價值的程度為比例。文學是本質地屬於藝術性的。[4]

綜合以上的解釋，不僅可以歸納出構成文學的四大要素：想像、內
容、形式、目的，更說明了文學與藝術不可分離的密切關係。

　　文學具有藝術性自不待言，但文學的目的是否只限於「帶給讀者
愉快」？也就是說文學只具有消遣娛樂的工具性價值？廚川白村在
《苦悶的象徵》中，堅決反對這種說法，他所認定的文學是能啟迪讀
者思想，以及能產生「審美快感」的嚴肅文學，並非具有任何工具性
的實用功能，如莎士比亞的戲劇、易卜生的戲劇、杜思妥也夫斯基
的小說、川端康成的小說等。其餘如偵探小說、推理小說、言情小
說、黑幕小說等都被他所唾棄。如此，對於某些文學理論家來說，文
學的實用與非實用便引出文學與非文學的問題了。

　　關於這個問題，伊格爾頓（Eagleton）說道：「在很多被分類文
學的東西中，所說事物的真實程度及實用性被認為是決定總體效果的

---

[4] 亨德著，傅東華譯：《文學概論》（臺北：臺灣商務印書館，1971年），頁29。

重要因素。」並且，「在很多社會中，文學都發揮過實際作用，例如宗教作用。」所以，伊格爾頓對以實用與非實用性的區別來決定文學與非文學的問題不僅不恰當，而且，對於「文學」與「文學的」抱持著保守的態度。他認為我們不可能客觀地定義文學，因為一切對於文學的解說、定義都來自人們主觀的認定，[5]因此才會產生各種歧義、紛雜的文學定義。例如赫胥黎（Huxley）偏重文學的文句之優美，認為文學是「美文」的同義詞；澤布（Jebb）偏重文學的形式，認為「文學包含固定的形式」等。

二、文學的意涵

　　雖然根據伊格爾頓的觀點，所有對於「文學」的解釋、定義，都是個人主觀的認定，甚至有些學者就避開不談文學定義的問題。但在概論文學之時，「文學」的定義仍是無法忽略的重要課題。只是在談論文學的定義之前，我們應先釐清何謂之「定義」？才不致造成讀者理解上的困擾。

　　龔鵬程在《文學散步》一書中說道：「所謂定義，是想藉著簡要而完整的語言，把一事或一字所包含的意思說個清楚。」[6]亨德在其《文學概論》中也有說明：「所謂定義，就它的詞源去了解，意思就是給所詮釋的真理或論題劃出界限——就是從那論題的複雜性上，對任何類似於它而容易和它混同的東西分割開來。」[7]但在解釋了「定義」一詞之後，龔鵬程與亨德都認為，定義文學是件困難的事。前者之所以認為困難在於可從不同的角度去定義文學，可由文學的起源去定義，稱之為起源的定義；也可從文學的功能去說明，稱之為功能的定義；可用已知的部分事物去了解，成為隱含的定義；可用同義詞來

5　參閱特雷‧伊格爾頓著，伍曉明譯：《二十世紀西方文學理論》（北京：北京大學出版社，2007年），頁1-10。
6　龔鵬程：《文學散步》（臺北：臺灣學生書局，2003年），頁15。
7　亨德著，傅東華譯：《文學概論》（臺北：臺灣商務印書館，1971年），頁25。

詮釋，成爲詞釋的定義；可在共類上附加許多特性去限定它，使它能與其他的事物區分開來，稱爲描述的定義……。[8]而這最後一點正是亨德認爲定義文學之困難之處。亨德說：

> 沒有哪一個知識工作的領域比在文學更令人挫折的。因爲文學這個領域，本身所包含的已經很多，而又在一切方面，在每一點上，都可說是觸及近似的研究領域。和「哲學」、「科學」和「藝術」這一些總稱的和賅括的名詞一樣，我們最多不過儘可能地去求得一個最近似「文學」的理想概念，必需同時盡所包括的內容，而又劃清所不包括的義界，將古時作家所謂的實質和附帶物都包舉在內。[9]

亨德所謂儘可能的理想文學概念，或許可以說是龔鵬程所謂的文學的本質定義。他認爲，「本質」並非指「某甲之所以爲某甲」，而是指一種物性的存在。

首先，文學是語言的構組。其次，文學的語言與日常用語和科學報告的語言又有所不同。「科學報告的語言是透過語言去指涉某事某物某理由，語言本身是透明的，除指出意義之外，別無作用。除了認知意義之外，也力戒情緒的干擾。」也就是說科學用語除了它本身既有的意義之外，沒有其他的隱含或暗示意義，是一種盡量理智、客觀的語言。相反地，文學性語言可以有所指涉，也可以毫無指涉，只用來表達一種情緒或感受，甚至只爲了表現文字、音調之美。[10]即其語言藝術之美。例如「感時花濺淚」，若以科學的觀點視之，花就是

8　龔鵬程：《文學散步》（臺北：臺灣學生書局，2003年），頁15-16。
9　亨德著，傅東華譯：《文學概論》（臺北：臺灣商務印書館，1971年），頁25。
10　龔鵬程：《文學散步》（臺北：臺灣學生書局，2003年），頁17。

花，又怎能像人一樣濺淚呢？這種不合乎邏輯的語句在科學性語言中是不能存在的。但在文學中，這種運用擬人修辭的詩句正給予讀者廣大的想像空間，以及深刻的感受。

　　明確地說，「一篇作品，凡愈傾向於脫離純粹認知作用，愈注重文字本身的捏塑，就愈可能是文學作品。」龔鵬程引了清人葉燮在《原詩》中的一段話以總結文學的本質定義：

> 作詩者實寫理、事、情，可以言言、可以解解，即為俗儒之作。惟不可名言之理、不可施見之事、不可徑達之情，則幽眇以為理、想像以為事、徜恍以為情，方為理至、事至、情至之語。

文學作品就是這些理至、事至、情至的悠眇荒唐之言。[11]

　　此外，涂公遂在其《文學概論》中，綜合了中西各家的學說，得到以下的結論——文學具有三種共同的特性：

1. 文學是必需有形式的，而形式是由文字組織而成的。
2. 文學是必需有內容的，而內容是不屬於思想便屬於情感，或兩者兼而有之的。
3. 文學是必需有目的的，而目的的最低限度，便是為表現與傳達。

　　他根據以上三點來定義文學：「文學，是作者藉文字的組織，以表達其思想與情感的。」也可以說，「凡由文字組織而成，以表達其思想與情感的。」[12]有組織的語言文字為形式，思想與情感為內容，而表達則為目的。這個定義可以說是較為具體、妥貼、適當，並具有現代意義的「文學」定義。因為將「文學」的基本條件、要素都包含進去了。但他忽略了文學的藝術性，也就是文學不僅具有形式，而且

---

[11] 龔鵬程：《文學散步》（臺北：臺灣學生書局，2003年），頁17，18。
[12] 涂公遂：《文學概論》（臺北：五洲出版社，1991年），頁40-41。

還應是具有美感特性的形式（如結構之美），另外還需以凝練的語言文字，並富有文學的想像性。這呼應了前述簡介西方「文學」義涵時所歸納出的文學四要素：形式、內容、目的、想像。因此，若融合前述，文學可以定義爲「透過創造的想像，藉由凝練的文字組織，以蘊涵思想與情感的優美形式，給予讀者審美快感與性靈、思想啟迪的一種藝術。」

第二節　文學的起源

關於文學起源的說法很多，在張健、沈謙等人的《文學概論》中，均將文學起源分爲八種學說加以闡釋，這八種學說如下：遊戲衝動說、模仿衝動（本能）說、自我表現本能說、吸引本能說、宗教說、勞動說、生活需要說、感物吟志說。在這八種學說中，除了感物吟志說是純粹來自於中國文論傳統外，其餘的七種學說則是以西方哲學家、心理學家、文論家、人類學家⋯⋯觀點爲基礎。沈謙更將上述八種學說區分出兩大研究領域或觀視角度：「從心理學角度看文學的起源」與「從發生學角度看文學的起源」。前者包含五種說法：遊戲衝動說、模仿衝動（本能）說、自我表現本能說、吸引本能說、感物吟志說；後者包含三種說法：勞動說、生活需要說、宗教說（筆者將宗教說擴增爲「巫術・宗教」）說。各家意見紛紜，學說看法也各有利弊。以下概述之。

一、遊戲衝動說

最早提出「藝術可視爲一種遊戲」的觀點是十八世紀德國的哲學家康德（Kant）。他說道：「跟勞動比起來，藝術可看作一種遊戲。」並在《判斷力批判》一書中，比較了藝術與手工藝的不同：

> 前者喚作自由的，後者也能喚作傭僱的藝術。前者看起來好像只是遊戲，這就是一種工作，它是對自身愉快的，能夠合目的的成功。後者作爲勞動，即作爲對於自

　　己是困苦而不愉快的。

康德認為作為工作的藝術與作為勞動的手工藝最大的差別在於：前者帶來愉快，後者則是困苦，而關鍵點則在「自由」與否。也就是說，藝術的目的就是要從一切強制中解放出來，成為一種單純並能陶冶心靈的遊戲，和具有社會性的傳達作用。康德雖然強調藝術的自由與無實用目地性如遊戲一般，但卻不曾說過藝術（包含文學）的起源來自於遊戲衝動。因此，對於藝術起源的問題，勢必要正本清源。

　　作為藝術起源的學說之一「遊戲衝動說」的起始與發展應該是從德國文學家席勒（Schiller）開始，在《美感教育書簡》中，他首先認為藝術與遊戲同是不帶實用目的的自由活動，這個觀點明顯地與康德不謀而合。同時，他還強調藝術活動是過剩精力的表現，並藉動物行為來說明人類本能的遊戲衝動：

> 獅子在無飢餓之迫及無敵獸可搏戰時，牠富裕的精力就另找出路，牠於是在曠野中狂吼，把強悍的氣魄花費在無所為而為的活動上面。昆蟲在光天化日之下蠕蠕飛躍，只是為著要表現生存的歡樂；鳥雀的和諧的歌聲，也絕不是飢餓的呼號。這些現象中，都顯然有自由的表現。所謂自由，雖非脫淨一切的束縛，卻是脫淨固定的外來的束縛。動物在工作時是迫於實際生活的需要，在遊戲時是過剩精力的流露——是洋溢的生命在驅遣他活動。[13]

英國的哲學家斯賓塞（H. Spencer）則認為人類比動物有更為豐富的

---

[13]　張健：《文學概論》（臺北：五南出版社，1991年），頁13-14。

營養。因此，在生命保存與種族保存的兩大動物本能之外，人類尚有多餘的精力做其他的事，且在做某種特殊活動時，其他的活動就停止下來，可以恢復疲勞和增強精力。而這種多餘的精力就可以發洩在無所爲而爲的模仿活動上。[14]斯賓塞的說法事實上超越了單純的遊戲衝動說，他結合了遊戲衝動說與模仿本能說二者，來解釋藝術的起源。

美國哲學家桑他耶那（G. Santayana）主張改變遊戲衝動說爲「遊戲必要說」，在其著作《美感論》一書中，認爲遊戲不僅是一種本能衝動，而是生命保存與種族保存之外不可或缺的活動。遊戲與工作是相輔相成的，若沒有遊戲使人類恢復精力，那麼一切工作就難以達到它預期的效果。[15]由上述可知，遊戲必要說的目的在於提升人的工作效率，若說藝術是一種遊戲，在這個說法中，它成爲達成工作效益的功利性工具，而不再是無實用目的，無所爲而爲的自由與本能行爲。因此，並不能如某些學者所著的《文學概論》中，將這個說法視爲遊戲衝動說的「修正說」，而是藝術與遊戲相關的另一種說法。

芬蘭美學家希爾恩（Y. Hirn）在《藝術的根源》中批判了「遊戲衝動說」，他認爲藝術是超越遊戲的東西。遊戲的目的在過剩活力消耗完畢時，或在遊戲本能暫時中止時，就已經達到了。可是藝術的機能卻不僅限定在製作動作，在嚴格意義上的藝術，無論它用什麼形式表現，總是創造出來的東西，即使這些東西在它的形式消失了以後，還是可以存留下去。像舞蹈和演戲等，在表現出來後隨即消散，但它的效果仍可在記憶中存留下來。在遊戲衝動的本質裡，它所引起的心理狀態幾乎沒有什麼值得記載、保存的東西。所以把藝術之美的性質當作遊戲衝動的結果，是極爲不恰當的。[16]希爾恩在上述段

---

14 朱光潛：《文藝心理學》（臺北：臺灣開明書店，1976年），頁182-183。
15 參閱張健：《文學概論》（臺北：五南出版社，1991年），頁14。洪炎秋：《文學概論》（臺北：中國文化大學出版部，1991年），頁64。
16 張健：《文學概論》（臺北：五南出版社，1991年），頁14-15。

落中所用的藝術一詞已為成熟時期的藝術概念，並非源於原始先民所生產創造的初期藝術概念，前者指的是藝術高於遊戲的觀點；後者指的是藝術最早出現的源頭，兩者所談論的議題並不相同。換句話說，希爾恩所謂的藝術是境界較高、較嚴謹的藝術，據此來批判作為早期藝術起源的遊戲衝動說，實有雞同鴨講的意味，並不能為藝術的起源提供更具啟發性的論點。

由上述可知，真正涉及文藝的起源的學說只有德國詩人席勒所開創，並由英國哲學家兼心理學家斯賓塞所發展的「遊戲衝動說」。

二、模仿衝動說

早在柏拉圖、亞里斯多德時代就認為人生來就具有模仿的本能，一切藝術創作皆是模仿本能的表現。亞里斯多德在《藝術模仿論》中闡明「一切藝術皆不外乎對大自然及人生的種種現象的模仿。」[17]眾所周知，柏拉圖的模仿論將文藝世界視為模仿的模仿，距離他所認定的理型世界（Idea），即為一真理世界甚遠。因此，他認為詩人都是說謊家，將詩人排除在他的《理想國》之外。反此，亞里斯多德認為文藝世界具有相對的獨立性，並且認為文藝比歷史更接近哲學上的真理，以此賦予模仿現實世界的文藝作品以很高的評價，後成為「文藝獨立自主說」的濫觴。

關於文藝的起源學說之一的模仿衝動說，亞里斯多德在其著作《詩學·論詩之根源及其發展》中有較詳細的說明：

> 一般說來，詩的起源彷彿有兩個原因，都是出自於人的天性。人從孩提時就有模仿的本能——人和禽獸的分別之一，就在於人最善於模仿，他們最初的知識就是從模仿得來的——人對於模仿的作品總是感到快感。經驗明

17　張健：《文學概論》（臺北：五南出版社，1991年），頁16。

　　　　瞭這一點：事物本身看上去儘管引起痛感，但惟妙惟肖
　　　　的圖像看上去卻能引起我們的快感。⋯⋯模仿出於我們
　　　　的天性，而音調感和節奏感也是出於我們的天性，起初
　　　　那些天生最富於這種資質的人，使它一步步發展，後來
　　　　就由臨時口占而作出了詩歌。

德國學者谷魯司（K. Groos）的「練習說」主張遊戲並非無目的的活
動，而是生命工作的準備。他在此所謂的遊戲是與模仿本能、功用相
似的意思。因此，遊戲的目的就是把生命工作所要用的活動，預先練
習嫻熟。不同種類的動物所作的遊戲練習也就有所不同：小貓玩紙團
就是為了學習捉老鼠；小女孩玩洋娃娃是在練習作母親。[18]這些遊戲
都是來自於模仿，既然是模仿就需要有榜樣。谷魯司的「練習說」有
些許矛盾之處，既然人有模仿的本能，小女孩模仿母親，小男孩學造
房子，這些模仿的對象根源又是模仿誰或什麼呢？據此，谷魯司的
「練習說」並不能說明以原始先民為開端的文藝起源。然而，他站在
欣賞者的立場提出的「內模仿說」卻能解釋人在欣賞時，內在會受所
欣賞之物而引出模仿本能。例如人在欣賞雄偉的大自然時，會不經
意地模仿大自然的磅礴氣勢而肅然起敬，這是一種本能的實現。因
此，谷魯司的模仿本能「練習說」雖無法解釋文藝創造的開端，其
「內模仿說」卻可視為文藝欣賞的本源。
　　總括來說，亞理斯多德的模仿本能說是較具說服力的一種說法。

三、自我表現本能說

　　文藝的起源來自於人都有想將自己的情感表現出來的本能和衝
動。這一說法能從原始部落人民的身上表露無遺。英國詩人卡本特
（E. Carpenter）就曾經說過：「藝術的目的，完全在於情感的自我

---

[18] 張健：《文學概論》（臺北：五南出版社，1991年），頁16。

表現。」此外他還說道：「人類的生活，愈能無拘無束地宣洩，表現自我情感，便愈有價值。否則，一個人畏首畏尾地不表現自己的情感，便只是生存，不配稱爲生活。」原始人就如同小孩一樣地率眞，不將喜怒哀樂隱藏起來，於是就用各種動作、聲音、色彩等物作爲發洩的工具，而無視於外界的約束，盡情的表現自己，這就是文藝的起源。這點可以法國作曲家湯瑪士（A. Thomas）到澳洲維多利亞原始部落的實際經驗來說明，這個部落仍保有原始的情調與原始的舞蹈，於是他便記錄下來。他看到：「……女人一面歌唱，一面敲鼓打拍，歌聲與動作都符合節奏。舞者忽進忽退忽左忽右，搖臂頓足做種種姿態。……最後一場，全體興奮達到極點，舞者狂呼狂跳，婦女聲嘶力竭地歌唱，並按拍，有如瘋狂。」[19]由此可見，原始部落的人自由自在地表現衝動也可視爲藝術的源頭。

　　中國也有自我表現本能的說法，例如〈詩大序〉中說道：「詩者，志之所之也。在心爲志，發言爲詩。情動於中而形於言，言之不足，故嗟嘆之；嗟嘆之不足，故詠歌之；詠歌之不足，不知手之舞之足之蹈之也。」

四、吸引本能說

　　吸引本能說是根據達爾文進化論而產生的說法，主張人類都有將喜愛之對象吸引到身邊來的本能活動。達爾文（Darwin）說道：「藝術之發生，是要使別人，尤其是異性感到快慰，而把他吸引到自己身邊來。就像禽鳥和昆蟲用牠優美的聲音或漂亮的羽毛引誘異性一樣。」[20]這種說法有其缺憾之處，一來它所指的是藝術的生產原因，而非原始藝術的起源。二來它只能解釋較淺顯的藝術創作之衝動，而無法說明較深奧的藝術發生動機。既然此說法無法給予我們合理的原始藝術起源之因，實可當作有此一說而已。

19　張健：《文學概論》（臺北：五南出版社，1991年），頁18。
20　張健：《文學概論》（臺北：五南出版社，1991年），頁19。

五、感物吟志說

　　文藝起源於感物吟志爲中國特有的一種說法，其意指人受外物的刺激而與心靈相互交感，發爲吟詠，則產生了文學（藝）。最常見的是因自然環境的變遷而使人心盪漾，自然而然地激發了創作慾望。如晉陸機〈文賦〉有言：「遵四時以歎逝，瞻萬物而思紛；悲落葉於勁秋，喜柔條於芳春；心懍懍以懷霜，志眇眇而臨雲；詠世德之駿烈，誦先人之清芬；遊文章之林府，喜麗藻之彬彬；慨投篇而援筆，聊宣之乎斯文。」《文心雕龍·明詩篇》亦言：「人稟七情，應物斯感，感物吟志，莫非自然。」《文心雕龍·神思》篇又言：「登山則情滿於山，觀海則意溢於海。我才之多少，將與風雲而並驅矣。」南朝鍾嶸《詩品》：「氣之動物，物之感人，故搖蕩性情，形諸舞詠。若乃春風春鳥，秋日秋蟬，夏雲暑雨，冬月祁寒，斯四候之感諸詩者也。」南宋朱熹《詩集傳·序》：「或問於余曰：詩何謂而作也？余應之曰：人生而靜，天之性也；感於物而動，性之欲也。夫既有欲矣，則不能無思；既有思矣，則不能無言；既有言矣，則言之所不能盡，而發於咨嗟詠嘆之餘者，必有自然之音響節奏，而不能已焉。此詩之所以作也。」

　　由以上的引文可窺知，感物吟志實爲中國對文藝起源的主流說法。

六、勞動說

　　文藝起源於勞動的說法，主張個人或集體勞動時，往往會呼喊簡短重複之辭來調整個人動作或促進協同集體勞動，致使不易疲勞。這重複之呼聲與簡短之辭相結合便產生了最早的詩歌。中國早在《禮記·曲禮》鄭玄注中便提到：「古人勞役必謳歌，舉大木者呼『邪許』。」《呂氏春秋》也記載：「今舉大木者，前呼『輿謣』，後亦應之。」近代中國文學家魯迅在《且介亭雜文·門外文談》中清楚地說道：「我們的祖先的原始人，原是連話也不會說的，爲了共同勞作，必需發表意見，才漸漸地練出複雜的聲音來。假如那時大

家抬木頭都覺得吃力了，卻想不到發表，其中有一個叫道『杭育、杭育！』那麼，這就是創作；大家也要佩服、應用的，這就等於出版；倘若用什麼記號留存下來，這就是文學；他當然就是作家，也是文學家，是「杭育、杭育派」。」[21]蔡儀在《文學概論‧文學的發生和起源》中也強調勞動說：「儘管文學起源的具體狀況不一樣，然而從根本上說，原始文學總是在物質生產活動過程中產生的，總是和物質生產勞動沒有分離開來的，甚至是物質生產活動的一個組成部分。它們或者是作為勞動過程中的伴唱而發展的，或者是作為勞動前後對勞動收穫的禱祝與慶賀而產生的。」《詩經》中的各地歌謠和民間的拉縴歌、採茶歌、採蓮謠、漁歌、樵歌等均為勞動時所產生之歌謠。蔡儀的說法較近似馬克斯與恩格斯的唯物論主張。

恩格斯認為：「勞動是一切財富的泉源，自然界貢獻資源，勞動則將資源轉變為財富。勞動是人類一切生活的首要基本條件，甚至創造了人類自身，由人類所創造的文學與藝術，理所當然也就為勞動所創造無疑。」[22]普列漢諾夫在《論藝術‧沒有地址的信》中也說道：「原始狩獵者的心理本性決定著他一般地能夠有美的趣味和概念，而他的生產力狀況，他的狩獵的生活方式，則使他恰好有這些而非別的美的趣味和概念。」[23]

因此，文藝起源於勞動的說法在古今中外皆有學者支持，受到普遍的認同，是較具有說服力的一種看法。

七、生活需要說

生活需要說主張文藝源自於實際的生活需要。[24]原始人民最早並非是為了創造美的動機而產生文藝，他們實際上的目的在於實用，如

21　沈謙：《文學概論》（臺北：五南出版社，2004年），頁48。
22　沈謙：《文學概論》（臺北：五南出版社，2004年），頁46。
23　沈謙：《文學概論》（臺北：五南出版社，2004年），頁47。
24　張健：《文學概論》（臺北：五南出版社，1991年），頁21。

裝飾往往用於象徵或爲標記物品所有人時使用的記號，而今天看來則將其裝飾或記號視爲一種藝術。也就是說，這種以實用爲目的而產生具有美感之物或標記，是後人所賦予藝術價值，而非原始人民的首要目的。主張此說法的有德國美學家格羅斯（Grosse）和芬蘭美學家希爾恩（Hrin）。

　　格羅斯對於藝術的起源說道：「原始民族的藝術作品，大半不是由於純粹的美的動機而產生，而是含有實際的目的，同時實際的目的通常作爲第一目的，美的要求實居於次要。例如原始人的裝飾，是以實際意義的標誌及象徵爲主，並不是作爲裝飾而發明的。」[25]而希爾恩在《藝術的起源》中也有同樣的看法：「如果把原始時代某些民族的裝飾品仔細研究一下，就可知今天我們認爲僅僅用作裝飾的東西，其實由古代各民族看來，都具備著極其實用的非審美的意義。例如武器、家具等雕刻，紋身、編物等花樣，世人都認爲是純粹的，審美上的藝術產物。可是這些東西現在大多可以說明它們有的是用來作爲宗教的象徵，有的是用來作爲所有主的符號，大抵都含有這一類實用上的意義。」[26]

　　總之，若我們對原始部落進行考察，可發現初民的繪畫多以人物、風景、鳥獸爲主，這是因爲他們以繪畫作爲一種紀錄、備忘錄等，而舞蹈則是爲了練習狩獵的動作。這些都是原始部落生活上首要之需，美的考量居於次要的地位，我們甚至可以說原始部落民族之物品或某些動作起初也許並沒有審美的考量，而是後人加諸於其上的。

八、巫術、宗教說

　　藝術起源於巫術的說法在西方二十世紀才盛行起來，其源頭可追溯到英國人類學家愛德華·泰勒，但具體提出這個論點的是他的學生

---

[25] 張健：《文學概論》（臺北：五南出版社，1991年），頁21。
[26] 張健：《文學概論》（臺北：五南出版社，1991年），頁21。

詹姆士‧喬治‧弗雷澤的《金枝：巫術與宗教之研究》，書中舉了許多有關巫術儀式的例子，為研究藝術史學者所引用。哈麗蓀根據弗雷澤所收集的資料作研究，在她的著作《古代的藝術和祭典》中說明了藝術與巫術儀式的密切關係，並歸結出一句名言：「信仰乃詩歌之母」。她認為原始時代的人類，無論是游牧民族、漁獵民族、農耕民族都受到自然的力量所支配，因此，對於冥冥之中的神祕難解的神都必需舉行祭典，祈求平安，藉著動作表現他們的企願，於是便產生了舞蹈戲劇，同時也產生了音樂與詩歌。美國人類學家哈頓也有類似的觀點而提出「一切藝術皆產生於宗教的祭壇」的說法。[27]

　　其實，西方早在亞里斯多德的《詩學》中，就已經談論到藝術與祭神儀式的淵源：悲劇和喜劇都是從即席創作發展而來。前者起源於酒神頌，後者起源於生殖器崇拜的頌詩。朱光潛在《詩論》中也說道：「古希臘的詩歌、跳舞、音樂三種藝術都起源於酒神祭典。酒神是繁殖的象徵，在他的祭典中，主祭者和信徒們披戴葡萄及各種植物枝葉，狂歌曼舞，助以豎琴等各種樂器。從這祭典的歌舞中後來演出抒情詩（原為頌神詩），再後來演變為悲劇及喜劇（原為扮酒神的主祭官和祭者的對唱）。」[28]廚川白村在〈原始人的夢〉中更進一步地說明：「原始時代的宗教祭典與文藝的關係，真的好像是姊妹、是兄弟。這種現象無論在日本、中國、埃及、希臘、印度、巴勒斯坦，或在今日尚在原始狀態的民族部落裡，都是一樣的。……尤其是因為他們頭腦簡單，對自然界及自己的差別不太明瞭，就以為自然界都和自己一樣──有生命也有感情。所以殷殷雷鳴，就以為是觸犯神怒；鳥鳴花開，就以為是春的女神降臨了。像這樣的情感與想像，把它作為一個搖籃，於是詩和宗教這對雙生子便被培育起來了。」[29]

---

[27] 張健：《文學概論》（臺北：五南出版公司，1991年），頁19。

[28] 朱光潛：《詩論》（臺北：正中書局，1995年），頁9。

[29] 張健：《文學概論》（臺北：五南出版公司，1991年），頁19-20。

　　在中國，早在少皞之世以前，便有專司歌舞降神的祭師，女祭師稱爲「巫」，男祭師稱爲「覡」。許愼《說文解字》對「巫」的解釋爲「巫，祝也，女能事無形以舞降神者也。」[30]我們可以將巫、覡視爲最早的藝術家。因此，無論古今中外，文學藝術與宗教的密切關係，都有實例可證明。

第三節　文學的價值

　　所謂價值，是一種相對性的概念。「文學」在今日科技發達、務實尙用的社會裡，其存在的功能與價值常會遇到某些質疑。因爲，「文學」總被認定爲不具實際效用，只能承擔怡情悅性、生活調劑的消閒作用。

　　然而文學作爲社會文化組成的元素之一，是否應受到菲薄價値的評判？

　　在中國，文學的實用價值很早就爲人所重視。《論語·陽貨》：

> 詩，可以興、可以觀、可以群、可以怨。邇之事父，遠
> 之事君，多識於鳥獸草木之文。

所以在孔子的心目中，文學即具有「興、觀、群、怨」或「事父、事君」的價值。此外，曹丕《典論·論文》亦云：

> 蓋文章，經國之大業，不朽之盛事。年壽有時而盡，榮
> 樂止乎其身，二者必至之常期，未若文章之無窮。

所以，無論是由群還是從己出發，文學所創造出的具體價值，實不容

---

[30] 沈謙：《文學概論》（臺北：五南出版社，2004年），頁52。

小覷。

除卻嚴肅的實用價值，文學亦存在於「精神生活」的必然需求上。徐志平、黃錦珠在《文學概論》中曾云：

> 人類和一般動物最大的不同，在於有「精神生活」。[31]

所以在物質生活層面外，尚有精神世界需要滿足與追求。其又說：

> 精神世界和物質世界最大的不同在於，物質世界受到時間、空間、財富、體能等種種的限制，是非常狹隘的，而精神世界則不受任何的限制，可以海闊天空、瞬息千古。[32]

在人類的精神世界中，是如此自由、廣袤，不論貧富貴賤、種族性別，都可在此世界中馳騁飛翔。追求精神生活的心理機制，可說是人同此心、心同此理。因此，如何完善、擴大精神世界，就成為人類努力的方向。在眾多活動中，藝術是可行的做法。文學隸屬八大藝術之一，故列身為可供揀擇的選項之一。而在眾多藝術門類中，文學的傳播媒介甚為便利，連帶著影響其創造與接受的普及度，也因此文學的參與者眾，無論創作或是接受，皆遠勝於其他藝術門類。所以從滿足人類精神需求的角度觀之，文學自有其不可抹滅的存在價值。

歷來對於文學目的的討論，亦有為人生而文學、為藝術而文學兩大派別。粗略而言，前者主張經世、教化，強調的即是文學的實用功能；後者高揚文學的藝術感染效果，追求的是文學的藝術價值。

---

[31] 徐志平、黃錦珠：《文學概論》（臺北：洪葉文化，2009年），頁43。
[32] 徐志平、黃錦珠：《文學概論》（臺北：洪葉文化，2009年），頁43。

　　以下將就文學價值的產生、實用價值、精神價值等層面析而論之。

一、文學價值的產生

　　關於文學價值的產生，或在裨益社會人生的過程中得到實現，或在達成藝術審美價值的作用中得以煥顯。由前者觀之，文學是建築在現實社會的基礎上，故與人生息息相關。由後者觀之，文學隸屬於藝術的範疇中，並以語言文字的客觀媒材表現為具有美感價值的成品。

㈠為人生而文學

　　所謂為人生而文學，強調的是文學的社會實用功能。如前揭文引孔子、曹丕之說，即採取此一立場。受中國傳統儒家思想的影響，文學與社會的關係十分緊密，〈毛詩序〉：「經夫婦，成孝敬，厚人倫，美教化，移風俗」之說，即全面地概括文學所需擔負的責任。

　　在理學家的眼中，文學是載道的工具。如周敦頤《通書・文辭》即謂：

> 文，所以載道也。輪轅飾而人弗庸，徒飾也，況虛車乎？文辭，藝也；道德，實也。篤其實而藝者書之，美則愛，愛則傳焉。……不知務道德而第以文辭為能者，藝焉而已。噫！弊也久矣。

周敦頤明確提出「文以載道」的主張，以為文辭為「藝」，道德為「實」。雖然藝之美能夠增添流傳的力量，但在次第上，還是要以道德為先，而文辭為後。所以文學之所以存在，是因其工具性價值，如同車子載貨行走，所傳遞者，道而已矣。

　　除了儒學正宗的本位思想外，在古文家身上也多主張「道」的重要性。歐陽修〈與張秀才第二書〉：

君子之於學也務為道，為道必求知古，知古明道，而後
履之以身，施之於事，而又見於文章而發之，以信後
世。其道，周公、孔子、孟軻之徒常履而行之者是也；
其文章，則六經所載至今而取信者是也。其道易知而可
法，其言易明而可行。

歐陽修主張「道」是君子之學的根柢，欲求此道必先知古，始得以
施布於生活、修養之上。一如韓愈道統說的論述，這些先賢先哲之
作，即是吾人效法的範式。而劉勰「原道」、「徵聖」、「宗經」的
思惟脈胳，文學的依憑軌則全在「道」上。

　　無論是文道合一、先道後文，他們都主張文學的目的在於道德倫
理的經世教化效果上。

　　若從淑世化民的角度觀之，「為人生而藝術」的主張自有其積極
的意義與價值。但若過分執泥於現實功利的效果及意義時，文學即會
失去其主體意義，淪為道德的附庸，失去了本應具備的美學價值。

(二)為藝術而文學

　　所謂「為藝術而文學」，即強調文學應具有獨立的藝術價值及意
義。主張「事出於沉思，義歸乎翰藻」的蕭統，在〈陶淵明集序〉中
即云：

嘗謂有能讀淵明之文者，馳競之情遣，鄙吝之意袪，貪
夫可以廉，懦夫可以立。豈止仁義可蹈，抑乃爵祿可
辭！不勞復傍遊太華，遠求柱史，此亦有助於風教爾。

蕭氏所強調的是詩歌強大的藝術感染力，可以使貪夫廉潔、懦夫自
立。這股洶湧的感發力量，即是文學存在的價值所在。

　　以李煜〈虞美人〉為例：

> 春花秋月何時了，往事知多少。
>
> 小樓昨夜又東風，故國不堪回首月明中。
>
> 雕闌玉砌應猶在，只是朱顏改。
>
> 問君能有幾多愁，恰似一江春水向東流。

過往良辰美景、歡洽自適的情景，而今只似夢境一般不堪回首，難以再續。結句「一江春水向東流」的飽滿情思，已隨著江水意象，透過文學的感染力量，在讀者的心中氾濫開來。

今人葉嘉瑩〈從中西詩論的結合談中國古典詩歌的評賞〉云：

> 我認為我國古代詩歌中有一種興發感動的生命，這生命是生生不已的，像長江、黃河一樣不停息地傳下來，一直感動我們千百年以下的人。我以為這才正是學習古典詩詞中最寶貴、最可重視的價值和意義之所在。[33]

這種搖蕩性情的力量，不只存在於對自然景物的體會感受，也在文學閱聽的實際體驗中，一次次地敲擊我們的心靈。

當然，若片面的追求「為藝術而文學」，則可能使文學如同眩人耳目的七層寶塔，拆碎下來不成片段。

所以，無論是為人生或為藝術，若將主張推至極致，都將落入偏執的境地，各得其弊。如同沈謙《文學概論》所云：

> 文學作品在娛樂讀者之餘，總要能再給人一點東西，或者是淨化心靈的美的氣氛，或者是抒發情感的和諧共

---

[33] 葉嘉瑩：〈從中西詩論的結合談中國古典詩歌的評賞〉，《古典詩詞講演集》（石家莊：河北教育出版社，1997年），頁1。

鳴，或者是提升意志的撞擊力量，或者是開拓胸襟的新
的領域。[34]

其意義或在「真」的情事、「善」的價值、「美」的感受間，給予讀
者最深刻的影響。

二、實用價值

在文學活動的作用關係裡，文學作品之於作者、讀者或宇宙，皆
可能產生作用、體現價值。因此，關於文學價值的討論，或可回歸至
不同的對象上，始可具體討論。

㈠作者

在文學活動中，文學之於作者所創造的價值究竟為何？吾人可回
歸至作者創作過程中檢視之。在創造的過程中，作者以其動機與目
的，將內心的情意、思想，透過文學化的處理手法，再以特定的文體
表達出來。

1.表達思想主張

而每個人心中對於所處的時代環境，所歷之事物都有其特定的思
考與見解。如生活在清末民初的胡適，對於政治、社會的諸多現象有
深入的觀察。他發現中國人的內心深處存在一種思想不精細、記性不
精明的差不多性格，為求救亡圖存，其以文學為治世之工具，以諷刺
的筆法創作〈差不多先生傳〉，以針砭惡劣的國民性。

幾與此同時，魯迅也創作《阿Q正傳》。小說裡創造出主人翁愚
昧、可笑的性格，也將民眾的冷酷、無知的形象鮮活呈現。

在寫作二文之前，胡適、魯迅顯然對於國民性的缺失已有深入
的體會與認識，故特別藉由文學的形式，以筆為針、為劑，希望矯
治、匡正此一現象。

---

[34] 沈謙：《文學概論》（臺北：五南圖書出版公司，2002年），頁85。

他們在寫作的過程中，創造出了兩項價值。對作者可言，完成一己思想主張的傳達，即是價值所在。對宇宙、環境而言，也產生了匡弊濟俗的實際作用。

2. 帶來名利收穫

文學作品對於作者最具實際作用的價值就在名利收穫之上。如西漢時，司馬相如、東方朔等文人才子即是以賦的寫作，受到君王的賞賜，而享有實際利益。

在名的方面，唐代崔護曾有〈題都城南莊〉詩：

去年今日此門中，人面桃花相映紅。人面不知何處去，桃花依舊笑春風。

關於崔護的詩，《全唐詩》中僅存六首，成就亦不很高。但今天只提到「人面桃花」一詞，此詩即會立刻浮上吾人眼簾，也因為此詩，讓他在歷史上留給大家深刻的印象。

又如王之渙，其生平資料亦留存不多，詩歌創作僅數首存世。然旗亭畫壁中的文人佳話，卻使他得到後人的推重。類此之例，皆是因文學創作而獲致千古美名。

其次，在實際利益上，除相如、東方朔外，唐代的李白也曾以詩藝官拜翰林。若以近代而言，英國作家J.K.羅琳即因《哈利波特》的創作而名、利雙收。所以就作者而言，文學所能帶來的作用與價值，亦有其實際的作用。

㈡讀者

「文學」的接受，本質性的基礎在於「同情共感」的心理機制。因為人同此心、心同此理，在文學的創作與接受中，才能起著情意交流、思想傳遞的可能。

西方接受理論以為，文學的價值係在讀者接受、閱讀後始得以完成。所以文學對於讀者所產生的價值，自是不容忽視的環節之一。

　　對讀者而言，介入文學活動、接觸文學作品，究竟能夠發生什麼實際作用呢？筆者以為「開拓見聞」、「吸收知識」是文學實用的功能與價值之一。

　　關於見聞、知識的吸收與開拓，雪萊《詩辯》云：

> 詩的機能有二重功用：一重功用是給知識、力量、快樂、創造新的資料；另一種功用是給心靈產生一種願望，要去再度產生這些資料，並依照所謂美和善的某種節奏和秩序，來安排這些資料。[35]

所謂的「給知識」、「創造新的資料」並進而安排、應用，此即是文學予人的知識性價值。

　　在中國古代《論語‧陽貨》即有「多識於鳥獸草木之名。」之說，在《詩經‧豳風‧七月》即涵籠了祖先們豐富的物候、農忙等實用知識，如：鳴鵙、斯螽、莎雞、蟋蟀……等動物，即會隨著時序的變化而一一出現在生活的周遭。而不同的月分也會有不同時令蔬果可供食用，如：「六月食鬱及薁，七月亨葵及菽。八月剝棗，十月獲稻。」隨著季節的嬗遞，農忙、工事亦有所不同，如：「九月築場圃，十月納禾稼。」、「二之日鑿冰沖沖，三之日納於凌陰。四之日其蚤，獻羔祭韭。九月肅霜，十月滌場。」……故其在表現先民純樸生活的情趣之餘，何嘗不具備實用知識的傳遞價值？而非生活在此時空背景下的我們，透過閱讀活動亦可開拓視野，了解前人生活的音聲情態。

　　近世時興旅行文學、自然寫作等文類，透過旅行文學作品的閱聽，吾人可以借由作者之筆，經驗不同的山海、城市……景觀。如隱

---

[35] （英）雪萊：《詩辯》收入《文學理論資料彙編》（臺北：華諾文化事業有限公司，1985年），頁1001。

地〈布拉格，你能守住現在的寧靜嗎？〉帶領讀者遊走有「千塔之城」美稱的布拉格，隨著文中的敘述，不僅能擴大讀者視野，也可使我們了解文化及歷史。又如同廖鴻基的海洋文學作品，使我們了解到鯨豚、游魚的有情世界，如〈鬼頭刀〉中以移情的方式進行擬想，再現了萬物間深摯情感的動人力量。

在文學家的有情天地中，除了情意的陶冶，也能在實用性的視野中開拓其他的方方面面，豐富我們的知識，開展讀者認識世界的窗口。

㈢社會

〈毛詩序〉曾云：

> 先王以是經夫婦，成孝敬，明人倫，美教化，移風俗，蓋王政之所由興也。

文中所強調的文學功能，完全是就詩歌對於社會、政治的影響出發。而這也是歷來實用價值的代表論點。

王充《論衡‧佚文》亦云：

> 夫文人文章，豈徒調墨弄筆，為美麗之觀哉。為載人之行，傳人之名也。善人願載，思勉為善；邪人惡載，力自禁裁。

以為文章的價值並不在「調墨弄筆」之上，而是在勸善懲惡、匡時濟俗的社會意義上。

在詩歌方面，白居易有「惟歌生民病，願得天子知」的文學主張，強調的是文學反映民生疾苦的作用。在小說、戲曲的範疇中，文學的教化意義亦最常為人所強調。以《金瓶梅》為例，清代劉廷璣《在園雜志》說：

> 深切人情事務，無如《金瓶梅》，真稱奇書。欲要止
> 淫，以淫說法；欲要破迷，引迷入悟……而文心細如牛
> 毛繭絲，凡寫一人，始終口吻酷肖到底……結構鋪張，
> 針線縝密，一字不漏，又豈尋常筆墨可到哉！

此處「以淫止淫」、「引迷破迷」的說法，亦即是立足為社會教化立
場所作的詮釋。

　　李漁在《閒情偶寄・凡例》中曾提出「四期三戒」等七則凡例，
其云：

> 一期點綴太平，一期崇尚儉樸、一期規正風俗、一期警
> 惕人心；一戒剿竊陳言、一戒網羅舊集、一戒支離補
> 湊。

其中，「四期」即為其著書的目的，「三戒」則為對自身寫作態度的
宣示。所以其創作的意圖，係出於「點綴太平」、「規正風俗」、
「警惕人心」等目的。故在其小說、戲劇的創作中每每安排彰顯風化
的話頭，也表現出民間通俗性的文學作品所需服膺的教化力量。

　　降至近代，陳獨秀曾在〈文學革命論〉中提出「三大主義」：

> 推倒雕琢的阿諛的貴族文學，建設平易的抒情的國民文
> 學；推倒陳腐的鋪張的古典文學，建設新鮮的立誠的寫
> 實文學；推倒迂晦的艱澀的山林文學，建設明瞭的通俗
> 的社會文學。

其中重視的亦是文學直觀社會問題、描寫社會真實的功用。

　　在西方狄德羅《論戲劇藝術》曾主張：

> 假使政府在準備修改某項法律，或者取締某項習俗的時
> 候，善於利用戲劇，那麼將是多麼有效的移風易俗的手
> 段啊！

其所看重的，即是戲劇「移風易俗」的影響效果。

雪萊《詩辯》亦云：

> 一個偉大的民族覺醒起來，要對思想和制度進行一番有
> 益的改革。而詩便是最為可靠的先驅、伙伴和追隨者。

也將詩歌視爲改革思想、制度的手段之一。

所以，無論古今、文體，在多數人的心中，文學總具有關乎風教的社會作用。如果能夠達成文人心中預想，正是其價值的實踐與體現。

三、精神價值

就文學而言，除卻實用意義之外，仍具有精神層次的價值。以下將析論之。

㈠作者

1.抒發情感

在中國文學的傳統認識中，文學之於作者本身，實帶有抒發情感的基本功用。如鍾嶸《詩品》即有「氣之動物，物之感人，故搖蕩性情，形諸舞詠」之說，文學的原發力量，即是一種抒情的本能衝動。當時光遷逝、季節變化，或有感於人生境遇、社會現實，這些感諸於事、於物後所生之情，就成了詩人陳詩展義、長歌騁情的堅實基礎。

劉勰《文心雕龍‧明詩》：「人稟七情，應物斯感；感物吟志，莫非自然。」即明白揭示感物吟志乃是人之天性，亦是自然的行

爲。每個人在與世界應接的過程中，總會生發情思、感懷，或是綺思
異想。文學之於作者的原初價值，即在此表情達意過程中所興發之滿
足感。

　　李贄在《焚書‧雜說》云：

> 其胸中有如許無狀可怪之事，其喉間有如許欲吐而不敢
> 吐之物，其口頭又時時有許多欲語而莫可所以告語之
> 處，蓄極積久，勢不能遏。一旦見景生情，觸目興嘆；
> 奪他人之酒杯，澆自己之壘塊，訴心中之不平，感數奇
> 於千載。

這些無狀可怪之事、欲吐而不敢吐之物，蓄積在人們心懷之中。待至
景事牽引，不可遏抑之時，即會進入一種抒情衝動的高峰期。在寄
文暢情的過程裡，作者的情緒得到紓緩，透過書寫進行自我心靈的療
癒。此即爲文學對於抒情自我的價值所在。

　　廚川白村曾說：

> 在心中燃燒的慾望被壓抑作用的監察官所阻，其間所生
> 的衝突與糾紛，造成人類的苦悶。……我們能從經常受
> 到內在和外在的強制壓抑中解脫出來，而用絕對的自
> 由，實行純粹創造的唯一生活，這就是藝術了。[36]

所以在這種苦悶的情緒下，文學的創作是實現其精神價值的途徑之一。

　　在複雜的世界中，抒情敘志是人類的本能需求，當這股勃發的

---

[36] （日）廚川白村著，林文瑞譯：《苦悶的象徵》（臺北：志文出版社，1979年），頁29-
30。

創作衝動透過文學的創作得以紓解時，這是文學之於作者的實際作用。但作者對於情感的深度挖掘，及其所創造出來的意境、美感，則將成爲人類精神層次的重要遺產。一如莊子所謂的「得魚忘筌」、佛家「捨筏登岸」之說，文學在形式媒材之外，所凝縮的是人生情志的展現。如杜甫「會當凌絕頂，一覽眾山小」，藉登高俯察的經驗、體會，喻示一己之人生志向。元稹「曾經滄海難爲水，除卻巫山不是雲」，則是以觀海爲喻，其情意的深摯、纏綿，亦爲作者本身興會之情的具象展現。甚或蘇軾「不識廬山眞面目，只緣身在此山中」的人生體味，或是朱熹「問渠哪得清如許，爲有源頭活水來」的修養進程。甚至是略嫌生硬的「明道」、「載道」之說，在實際功利作用之外，其所揭示之「道」，仍是作者生命體驗到的眞切宏旨。所以，由人世間「理、事、情」三者構築而出的文學作品，其內蘊皆具有作者精神層次的深刻體會，自有其存在的意義與價值。

2. 馳騁想像

　　其次，想像亦是文學活動的重要條件。劉勰《文心雕龍‧神思》曾說：

> 文之思也，其神也矣。故寂然凝慮，思接千載；悄焉動容，視通萬里。

對於文思上下古今、尺幅千里的能動性，有十分貼切的形容。在人的思惟模式裡，想像力的馳騁亦是重要的部分，如《西遊記》中，仙、妖、神、怪的際遇組合，靈山、洞府、地獄、龍宮的場景轉換，其之所以能夠飽滿於紙上，全待想像力的運用與進行。書中作者曾借唐僧之口揭示「心生，種種魔生；心滅，種種魔滅。」的道理，亦即其間的妖魔鬼怪，皆是複雜的人心所幻化出來的。其中，有對於生命壽夭、利祿功名、飲食男女等慾望的追尋。作者透過想像力，將這些盤桓人心的執念，借由魔怪的形像，將之具體化。

所以，孫悟空大鬧天宮，或以為揭竿起義，或以為是兒童對於成人世界成規的反抗……其詮解、主張，既多元且豐富。但若回歸到文學對於作者本初的意義及價值討論時，盡情揮灑、飛舞想像即是其意義的完成。至於見山、見水的觀看角度，則是讀者階段意義的開展了。

㈡讀者

如前所述，文學作用的基礎在於同情共感的心理機制。其之所以能夠產生影響與效果，皆是本之於此而起始。在閱讀的過程中，讀者除能增廣見聞、開拓視野，在精神層次方面情感的共鳴與安慰，即是其具體作用與效果所在。

對作者而言，作品是生命感發後的創作成果。作品包蘊著作者的情感、襟抱與性情，這也是讀者透過閱讀活動後所欲體貼、經驗的重心所在。

清人周濟《宋四家詞選‧目錄序論》云：

> 讀其篇者，臨淵窺魚，意為魴鯉，中宵驚電，罔識東西；赤子隨母笑啼，鄉下緣劇喜怒，抑可謂能出矣。

在文學接受的過程裡，讀者必需調整心緒，將情感融入作品，始能理解其中幽微。尤有甚者，甚或會產生「借爾之筆，抒我之情」的效果。

佛羅斯特〈未走之路〉：

> 金色的樹林裡有兩條路岔路，
> 可惜我不能沿著兩條路行走；
> 我久久地站在那分岔的地方，
> 極目眺望其中一條路的盡頭；
> 直到它轉彎，消失在樹林深處。

　　　　然後我毅然踏上了另一條路，
　　　　這條路也許更值得我嚮往，
　　　　因為它荒草叢生，人跡罕至；
　　　　不過說到其冷清與荒涼，
　　　　兩條路幾乎是一模一樣。

　　　　那天早晨兩條路都鋪滿落葉，
　　　　落葉上都沒有被踩踏的痕跡。
　　　　唉，我把第一條路留給未來！
　　　　但我知道人世間阡陌縱橫，
　　　　我不知未來能否再回到那裡。

　　　　我將會一邊歎息一邊敍說，
　　　　在某個地方，在很久很久以後；
　　　　曾有兩條小路在樹林中分手，
　　　　我選了一條人跡稀少的行走，
　　　　結果後來的一切都截然不同。

　　詩中喻示了人生旅途的不可逆性，在時光洪流的推進下，我們永遠只能揀擇一條道路，這也是生命必然的限制。但是在文學的世界裡，我們在同情共構的心理機制中，可以透過想像，與讀者、作品產生共鳴，甚或移情深入，重獲體驗真切人生的機會。

　　此外，亞里斯多德《詩學》曾提出「淨化」說，以為悲劇表演的目的還在「引發起哀憐與恐懼之情緒，從而使這種情緒得到發散」，所以文學可以紓解精神上的壓力，解開心中的鬱結，透過此一陶冶、宣洩的作用，讓身心回復到健康的狀態。

　　所以，在情感受到文學作品感發之後，其或產生審美體驗，而或

產生淨化效果，在人之精神層次得到陶冶與滿足。

除此之外，賀拉斯曾說：

> 神的旨意是通過詩歌傳達的；詩歌也指示了生活的道
> 路。……最後，在整天的勞動結束後，詩歌給人們帶來
> 歡樂。

詩歌可以指引人們生活的方向，並使人在辛勤勞動後獲得情緒上的歡
樂。

萊辛《拉奧孔》：

> 詩人啊，替我們把美所引起的歡欣、喜愛和迷戀描繪出
> 來吧！做到這一點，你就已經把美本身描繪出來了。

則認為詩歌是一種美的追尋。我們透過詩人逐美成文的作品，重新經
驗歡欣、熱烈的美的體會。

最後，就社會的角度觀之，組成的分子即是廣大讀者與作者。作
者所創造出的作品成為寶貴的文學遺產，在世世代代中流傳，而不同
時代的讀者也以其個別的視角，透過閱聽接受創造出豐富的意義與價
值。在這樣的生發、接受過程裡，不斷充實飽滿，此亦即為文學終極
價值的生成過程。

問題與討論

1. 試述「文學」、「文」、「文章」在中國文學史上的演變過程。
2. 「文學」的本質定義為何？
3. 「文學的起源」可分為幾種學說？以哪幾種較具說服力？
4. 「文學」的「實用價值」有哪些？試詳細說明之。
5. 「文學」的「精神價值」的內涵為何？

第二章

文學與想像、感覺、
道德

　　本章節所關注的問題是與文學相關的課題，例如想像、感覺、道德，前二個課題說是與文學相關，倒不如說屬於文學的內部研究不可忽視的要素。想像既是產生文學的能力與作用，想像出來的東西又屬於文本的內容，而感覺更是文學創作的要素與構成文本不可或缺的一環。道德的議題雖然既不涉及文學創作的根本要素，又不涉及分析探究文本的批評條件，但與作者、讀者的關係密切，以及與其價值評量有相對的關係，而且歷來無論中西都是個爭議的焦點。因此，文學與想像、文學與感覺、文學與道德的問題的闡釋與澄清是刻不容緩的事情。

第一節　文學與想像

　　一般人認為想像是天馬行空或混亂無章的自由聯想，事實上，這種說法指的應該是幻想而非想像。那麼，何謂想像？文學與想像又有什麼關係呢？以下筆者根據朱光潛在其名著《文藝心理學》中對文學與想像關係的闡釋[1]作為本小節主要介紹的基礎。

　　想像先分為「再現的想像」與「創造的想像」。所謂再現的想像，指的是在現實感官世界中看見某一意象，儲存於腦海中，一旦不能見到這意象時，我們可以透過記憶將儲存於腦中的意象複現，這就稱為再現的想像，也就是再現經驗本身。創造的想像則需以再現的經驗作為材料，才能創作文藝。既然是創造，必然有新的東西呈現，這新的東西並不是舊經驗所提供的，而是將舊經驗加以安排、組織而成為新的形式，這新的形式才是創作。因此我們可以說，創造的想像是舊經驗的新綜合，這經驗的東西可以是平凡無奇的，但創造出的新形式必需是不平凡的組合，例如「人閒桂花落，夜靜春山空，月出驚山鳥，時鳴春澗中」，這二十個字看似平凡，但經過排列組合後成為一

---

[1]　可參閱朱光潛：《文藝心理學》的第十三章〈藝術的創造（一）想像與靈感〉（臺北：開明書店，1985年），頁200-209。

句耐人尋味的優美詩句。作品之所以能成功，端賴這創造的想像。

　　朱光潛還提到，法國心理學家芮波運用心理學的分析方法，將創造的想像分成三個成分：「理智的、情感的、潛意識的」。這裡必需先說明的是，本小節著重的是創造想像三成分中的理智與情感的成分，至於潛意識的部分，因涉及靈感的問題，在此省略不談論。創造的想像首要的成分──理智的，根據芮波的看法，理智的成分又具有兩種心理作用，「分想作用」與「聯想作用」。分想作用的功能在於將混整的意象加以選擇，是選擇意象時不可缺少的作用。若無分想作用將一混整的意象區分並選擇有用的部分，就會如同孩童死背教科書，當我們提到書中的某句話，他必得靠記憶從頭開始背，直到背到我們所提出的那句話，才能說出那句話來。於是，分想作用是選擇意象所必需的作用與條件。此外，芮波認為分想作用是消極的，是創作的前行準備，不具有創造的作用。這個觀點受到朱光潛的反駁，朱光潛認為分想作用已具有創造的作用，它是積極而非消極的。例如「星垂平野闊，月湧大江流」、「採菊東籬下，悠然見南山」、「枯藤老樹昏鴉，小橋流水人家，古道西風瘦馬」等詩句，全只是運用分想作用加以組織而成的膾炙人口的詩句。這可證明並說明分想已具備一種創作方法與作用。

　　再者，理智的第二種心理作用即聯想作用，更是創作時必備的作用，沒有聯想作用，作品往往會平淡無味，只能寫出平鋪直敘、淡乎寡味的句子。聯想作用又可分為「接近聯想」與「類似聯想」，前者是屬於經驗上的聯想，如在大安森林公園看到菊花，便聯想到中山公園的菊花；後者屬於性質上的聯想，如看到菊花聯想到向日葵，它們同樣都是花，而且都是黃色的，或看到菊花聯想到陶淵明的高節情操，都屬於類似的聯想。但是，接近聯想有時與類似聯想難以清楚地畫出明顯的界限或有時難以清楚的歸類，所以用一權宜之計來說，無論是接近的聯想或類似的聯想都是由某甲聯想到某乙。類似的聯想比接近的聯想運用在文學作品使用得更加頻繁，尤其是詩歌這種體裁。接近的聯想大多用於散文。

　　類似的聯想可以四種修辭格來說明。第一種是擬人法，這是將物視爲人，如海棠花可以帶醉，也可以凝愁，或是杜甫詩〈春望〉中的「感時花濺淚，恨別鳥驚心」。第二種是變形，這是將物用物來做比喻，如白雲可爲蒼狗，亦可爲白衣，或「鬢雲欲度香腮雪」、「大弦嘈嘈如急雨，小弦切切如私語」、「大雪紛飛何所似，灑鹽空中差可擬」。第三種是託物，這是運用物來寄託想表達之言，如莊周寄寓意於大鵬鳥，或作爲忠臣者不適當直諫時常用託物的方式來表達或建議君王，或因君王身邊的讒言過多，忠臣難以靠近時，便改用託物修辭法來進諫君王或寄情於物，這種情況在中國歷史上的例子不勝枚舉，如屈原寄孤憤於香草。有時這三種比喻格難以明確區分，例如「水是眼波橫，山是眉峰聚」，既可歸爲擬人又可說歸爲變形修辭，或「菊殘猶有傲霜枝」，既可歸爲擬人，又可歸於託物。

　　第四種爲象徵，它屬於引申義而非同以上三種爲比喻格的修辭格，而是指以具體事物表抽象概念，如天平象徵律法，龍可象徵吉祥，紅玫瑰可象徵愛情，鴿子象徵和平等。運用象徵時需要特別小心，象徵義中的概念需用得恰到好處，概念如糖，文句如水，水與糖必需用得不著痕跡，如糖水般相容在一起，既有水又可喝到甜味，避免概念過於表露而失去修辭的藝術效果。

　　創造的想像中的第二種成分爲情感的。前述分想作用中所舉的例子，如「星垂平野闊，月湧大江流」、「採菊東籬下，悠然見南山」、「枯藤老樹昏鴉，小橋流水人家，古道西風瘦馬」，這些詩句中，意象選取的依據爲何？或純粹聯想的「忽見陌頭楊柳色，悔教夫君覓封侯」中的楊柳色，可聯想到綠衣人或與楊柳相關的事物，爲什麼女主人翁獨獨會聯想到夫君呢？這些不是理智能清楚說明的。換言之，理智的成分只能告訴我們哪些意象被選擇，而無法說明、解釋爲何選擇這些意象。這部分就需用情感來說明、解釋了。首先，我們往往是依據使我們感興趣之事物來做選擇。如走在路上，我們是先看見老人，還是年輕美少男少女，若是看美少男少女，又是先看臉或是身材呢？這好惡便是情感的表徵，引起我興趣的才能使我注意，其餘必

然被排除在外。因此，情感是選擇意象的根本條件與作用，才會產生從「楊柳色」聯想到「夫君」，夫君對少婦而言，是思念的對象，也就是情感投射的對象，從第一句便有所極佳的鋪陳「春日凝妝上翠樓」，女爲悅己者容，然而，悅己之人不在身邊，致使「忽見陌頭楊柳色，悔教夫婿覓封侯」表示對求官之夫君的思念。總之，情感是選擇意象的首要作用。

其次，選擇了意象加以組織安排成一個完整的有機體，也需靠情感來加以統攝。不同的境界產生不同的情感，不同的情感又產生不同的意象。意象隨情感而改變，情感又隨作家不同的境界而有所不同，「可堪孤館閉春寒」是一種境界，一種情感，一種意象。三者是緊密關聯的。畢竟想像不是像幻想一樣混亂無章，而統整選擇出來的意象群成爲完整有機體的便是情感。

再者，情感具有慰情的作用。從中西方的若干創作者身上，我們可以見到他們即使在最困頓、最痛苦的時候，也不放棄創作，如貝多芬失聰之後，仍然堅持不懈地繼續作曲，完成了膾炙人口的《快樂頌》；司馬遷受宮刑之後依舊隱忍完成他的巨作《史記》，這些都是情感上的需要而持續努力的例子。人心中有負面情緒時，往往會找尋發洩的管道與出口，文藝創作是抒發個人負面情感或情緒的最佳管道與出口，能夠將心中的不愉快抒發出來，才不至於導致心理上的疾病。無論是亞里斯多德針對觀者而言的淨化論，還是佛洛伊德針對創作者的昇華說，都在說明文藝創作與作品對負面情感或慾望有正面的消除效果，因此，我們才可以說文藝具有安慰情感的作用。

第二節　文學與感覺

文學與「感覺」的關係極爲密切，所有文學體式幾乎都離不開「感覺」這個要素。所謂的「感覺」可分爲：視覺、聽覺、嗅覺、味覺、觸覺五種。在詩歌中，由於意象的重要性，「視覺意象」成爲詩歌構成的必要條件之一，有時還配合著「聽覺意象」或與其他感覺

混用，以製造某種特殊的氛圍，或者達到某種意境，甚至以感覺爲象徵等。運用「感覺意象」最豐富的詩歌派別，莫過於象徵主義詩歌。散文中的感覺運用也是常見的，無論是敘事性散文或抒情性散文皆然。而小說中，雖然以故事、情節爲要，但作者也常用感覺來表現氣氛，或將人物的心理具體化與外顯化。因此，感覺並非只具有製造氣氛的效果，有時還具有意義的價值。以下筆者列舉幾個例子加以說明。

一、視覺

英國小說家康拉德（Joseph Conrad）的名言「藝術最主要的目標，就是要使你能看見。」[2]正是說明視覺在小說中的重要性。

小說中的視覺意象可以陳忱《水滸後傳》及郭松棻的「詩化小說」爲例：

> 陳忱《水滸後傳》二十二回：
> 立在橋上，看那一帶清溪，潺流不絕，靠著山岡，松竹深密。有十餘家人家，都是草房。門前幾樹垂楊，一陣慈鴉在柳梢上啞啞的噪，溪光映著晚霞，半天紅紫……到村盡處，一帶土牆，竹扉虛掩，楊林挨進身去，庭內花竹紛披，在堂上垂著湘簾，紫尼堊壁，香几上，火爐內，裊出柏子輕煙，上面掛一幅丹青，紙窗木塌，別有一種情況。

> 郭松棻〈月印〉：
> 前幾天，他躺在被裏，從文惠的背後看到鏡子裏的她，

2　張健：《文學概論》（台北：五南出版社，1991年），頁44。

驚豔一般發現自己的太太居然美麗有如日曆上的美婦人。

（文惠）戰時鬱鬱不樂的樣子一掃而空，如今想得高興了，她還會飛起小碎步，背後帶著一陣風。／每次文惠走在路上，總會咦地一聲叫出來。／沒想到台北被炸得這麼厲害。戰前和鐵敏一起走過的一些街道和房子，現在再也看不到了。

郭松棻〈奔跑的母親〉：

把夢的眼集中在黑夜和海連接的那一片遼闊而成為無聲的恐懼……、母親印花布的裙幅像海浪一樣飄起來、腳下溝水已漲滿，月娘印出奔水的摺紋，像一條飄開的裙幅、母親的裙幅飄過石橋／一步一步飄過來／一步一步接近／到了／接著她的體溫漫過來／而其實是一步一步跑遠了、蒼鬱的綠野舒展成為全部的天地。遠去的笛聲揭開了天空的奧秘。我看到年輕的母親腋下挾著麵粉袋，像蚱蜢一般，一躍就跳上了徐徐駛開的卡車，去外鄉買黑市米、太陽照到溝裏，溝壁的紅蟲就開始悠悠搖擺著尾巴，好像在淘沙、廁所裏總飛來一種叫舂米龜的飛蟲，在窗口上頂著毛玻璃嗤嗤反飛。停下來，牠的尾巴就像舂米一般打著拍子。

詩詞中的視覺意象更為豐富，時而配合著聽覺意象，以下舉幾首詩詞為例：

北朝人斛律金〈敕勒歌〉：

敕勒川，陰山下，籠蓋四野。天蒼蒼，野茫茫，風吹草

低見牛羊。

這首詩以純視覺的方式，描繪出敕勒川周圍，籠罩天地的空曠草野，並帶有些許的蒼涼之感。

岑參〈登慈恩寺浮圖〉：
塔勢如湧出，孤高聳天宮，登臨出世界，磴道盤虛空。突兀壓神州，崢嶸如鬼工。四角礙白日。七層摩蒼穹……連山若波濤，奔湊似朝東，青槐夾馳道，宮館何玲瓏。秋色從西來，蒼然滿關中。五陵北原上，萬古青濛濛。

這首詩也是以純視覺意象，描寫慈恩寺塔的氣勢高聳於天，以及它玲瓏的宮館，進而呈現其四周的遼闊和秋季空濛的景象。

王維〈鹿柴〉：
空山不見人，但聞人語響，返影入深林，復照青苔上。

王維的這首詩不僅運用了視覺意象，還包含了聽覺意象，兩相照映，製造了寂靜氛圍，並呈現一種空靈的意境。
劉辰翁云：「無言而有畫意。」章薇云：「與與化機，著不得一毫思議。」故謝榛云：「詩有可解，不可解，不必解，若水月鏡花，勿泥其跡可也。」一般詩歌多可解，但如王維〈鹿柴〉則細解之未必恰當。[3]

3　張健：《文學概論》，頁44。

王維〈辛夷塢〉：

木末芙蓉花，山中發紅萼，澗戶寂無人，紛紛開且落。

這首〈辛夷塢〉表面上看似只有視覺意象，但卻隱含了聽覺意象，即花落之聲。這首詩除了視覺意象的使用之外，還隱約涉及了聽覺意象於其中。表現出一種寧靜恬適之氛圍與意境。

杜甫〈旅夜書懷〉：

細草微風岸，危檣獨夜舟。星垂平野闊，月湧大江流。
名豈文章著，官應老病休。飄飄何所似？天地一沙鷗。

1. 〈旅夜書懷〉前兩句對仗工整，造成雄渾的效果。又細草、微風岸、危檣……都是名詞，並置使用下予人緊密之感。危檣之「危」給人「快要倒了」的感覺。此兩句背景、氣氛均為視覺形象的使用。而「微風」則可歸屬於「觸覺」意象，然而如王維〈辛夷塢〉中的聽覺意象的使用，基本上是以隱晦的方式作處理。
2. 星光垂落，顯得平野寬闊，月光湧出時，看大江奔流，更顯其氣勢之雄偉。
3. 「名豈文章著，官應老病休。」兩句寫詩人之年歲漸衰的感懷。
4. 「天地」一句，背景至大，反襯出一孤獨而渺小的存在物。此詩除了隱藏觸覺之外，絕大部分均為視覺形象。[4]

杜甫〈望嶽〉：

岱宗夫如何？齊魯青未了。造化鍾神秀，陰陽割昏曉。

---

[4]　張健：《文學概論》，頁45。

　　盪胸生層雲，決眥入歸鳥。會當凌絕頂，一覽眾山小。

1. 泰山居於齊、魯之地，以一片青綠緜延無盡，訴諸於視覺的直截
感受。結尾「了」字乾脆而爽快。
2. 造物主出神入化之秀麗景致，均聚集於此；舉凡日月陰晴之變
化，讓泰山有昏曉之別（一說是泰山遼闊，另一說是一坡是昏，
另一坡已然是曉）。
3. 層雲似自胸中盪漾而出；作者睜大了眼睛，看著黃昏歸巢的飛
鳥。
4. 有志者皆應登峰之極頂，始可一覽群山之小。此詩全部皆屬視覺
形象。[5]

柳宗元〈江雪〉：

　　千山鳥飛絕，萬徑人蹤滅。孤舟蓑笠翁，獨釣寒江雪。

1. 鳥飛絕之前，必有許多鳥出現於千山之間；人蹤滅之前，亦必有
人跡之至。故前兩句把過去、現在相異的時空，並列呈現在作者
眼前的景色之中。
2. 在千山萬徑之畔，有一江水，孤舟老翁，雖應在釣魚，卻似釣
雪。言外之意，是自己的孤獨寂寞。「釣雪」的動作係知其不可
為而為；若從負面說則為「徒勞無功」，帶有悲劇性的情調。故
本詩表面上均屬視覺形象；然亦可由視覺形象中領略象徵的意味
（一說所釣者為道）。[6]

　　作為象徵的顏色視覺意象

5　張健：《文學概論》，頁46。
6　張健：《文學概論》，頁46。

李白〈送竇明府薄華還西京〉：

遠煙空翠時明滅，白鷗歷亂長飛雪，紅泥亭子赤欄干，
碧流環轉青錦湍。

此詩中有綠色、白色、紅色、藍色，根據上下文，分別有希望、恬淡
或蒼白、煩惱或勇氣、陰鬱……等象徵之意。

陳師道〈城南〉：

白下官楊小弄黃，騎臺南路綠無央。含紅破白連連好，
度水吹香故故長。

此詩中使用白色、黃色、綠色，紅色……等顏色意象，根據上下
文，分別有純潔中帶有平和、未盡之感，並具有富貴替代恬淡等象徵
之意。

俄國現代小說家納布可夫（Maboukov）《愚昧人生》：

頭上只有一片深藍，瑪各四肢分開，躺在淡金色的沙
丘。她的四肢，是鮮明的蜜褐色，黑泳衣襯著一條白橡
皮帶。海邊最完美的招牌。

這一段描述中有深藍色、蜜褐色、黑色、白色，根據上下文，深藍色
為背景顏色，配合著蜜褐色、黑色、白色強烈的對比而製造一種令人
怪異、不和諧的感覺。因此，「最完美的招牌」實為諷刺之意。

二、聽覺

張健在《文學概論》中說到：「聽覺意象雖不如視覺之普遍，

但有時在效果上勝過視覺。」[7]張健所指的多爲中國古典詩詞中的情
況，實際上，在小說中也是如此。但凡事都有例外，譬如郭松棻在其
短篇小說〈那噠噠腳步〉中，大量使用聽覺意象與聽覺語言以營造特
殊的情境與氛圍，同時在這些情境與氛圍下，將人物心理加以具體化
或外化，實爲特異的藝術技巧。以下僅舉三個例子來說明：

郭松棻〈那噠噠腳步〉：

1. 孤寂的聆聽

妹妹在空無一人的屋中等待著偷跑出去的病哥哥。孤單的妹妹只
能聆聽著隔壁的聲響，靜靜等著哥哥歸來的木屐聲：

> 夏天的午後。靜默和天空一樣無邊無際。日影落在牆
> 上。鄰居在打他們的貓。又偷吃東西了。……爲了那塊
> 豬肉，鄰居的太太挨了一頓罵。後來丈夫好像還拿起了
> 菜刀。太太從天井的後門蹓跑。一陣喊鬧。……貓趁機
> 爬上飯桌，吃了那塊肉。彷彿是這樣。／打過了貓，整
> 條巷子又寂無聲息。／巷子口一直聽不到哥哥回來的木
> 屐聲。

2. 懸疑的驚恐

無名的聲音在妹妹耳際響起，驚恐地抓住哥哥的衣角，那到底是
什麼聲音？它又來自何方呢？即使大白天，妹妹仍能聽到那聲音。有
一天，妹妹終於聽出那是人的腳步聲：

7　張健：《文學概論》，頁51。

「那聲音……」／靠著哥哥。期期艾艾地說。抓住他的衣角的手在顫抖。／哥哥的手搭到她的肩上。／天井裏安靜無人。這棟房子大白天，就只有他們兩個人。／她聽到哥哥的肋骨發出了好像脫散的碎響。每次哥哥的手搭到她的肩上，她就聽到那聲音。／……／「那是怎麼樣的聲音呢？」哥哥說。／夜裏。他們躺在床上。默默期待著。／「聽見了嗎？」／「嗯」。／「那聲音。」／即使大白天，充滿了噪音的街上，她也可以聽到。／聲音來了。潮水般的車聲反而退得遠遠的。／整條熱鬧的街。最後只剩下那聲音。／遠遠地聽去，比夜半的簷漏還清脆。……「那會是什麼聲音呢？」／「那是人的腳步聲。」／有一天，她突然這麼說。／在舊家，她沒有聽過這種聲音。

3.激烈的反撲

父親第一次離家，母親一個身子撞到牆上。父親回家，一進門就摑母親。哥哥脫光了衣服又喊又叫，衝出大門往大水溝跳去，朝向父親大吼。妹妹也奔出去，要替母親跳溝，直到父親離去：

> 父親第一次離家。母親一個身子撞到牆上。／那是在不可思議的無聲中發生的。／母親要整個人撞進牆裏。再也不想見這個世間了。／母親在走一條自己的路。／即便坐在床沿擦著痛風，或蹲在溝邊洗衣，或在灶腳忙著，她都走在那條自己的路上。越走越遠。／這樣也好，現在什麼都聽不見了。／……／父親回家。一進門就摑她。過一回又砰地甩門走了。／……／哥哥脫光了衣服，又喊又叫。一個人從後廳跑進穿廊。衝出大門。跑過煤渣路。跳入大水溝。／……／你敢打她。你敢打

她。有膽的你就下來打我。……親在後尾說，你這是借
誰的膽，敢說這種話。……／母親快昏倒。她跑得歪歪
斜斜。她還在穿廊跑。喘著粗氣。急得哭不出聲。我的
兒我的兒，要死我跟你一起死。／這時。一個新的光景
出現在她的眼前。她一下子長大了。她看明白了一切。
／……／她要替母親跳這個水溝。／這個溝她得跳。
／……／半夜。父親走了。母親的血從耳朵裏流出來。
不可思議的靜默。

事實上，〈那噠噠的腳步〉中的聽覺語言與聽覺意象可分為十一種
不同又相互關聯的聲音、氛圍與情境。文本中的真正聆聽者是「妹
妹」這個人物，由聆聽外在世界的嘈雜逐漸進入內心世界所發出的噠
噠腳步，在未知「那聲音」的來源所產生的驚恐，及欲擺脫那聲音的
糾纏後，隨著歲月的流逝，終於領悟那聲音不僅是母親的聲音，更是
發自於自我內在心靈無可擺脫的聲音，那聲音早已內化為自己的心靈
之聲，進入潛意識的狀態而成為一種「非意願型記憶」，隨時隨地都
可能觸發，如影隨形。

　　屠格涅夫《獵人日記・歌聲》：
　　他的第一聲是軟弱而且不平均，好像並沒有從他胸裡發
　　出來，卻彷彿從遠方吹過來，偶然吹到屋裡來一般。這
　　個顫顫索索的歌聲，奇怪地感動了大家……過了一陣，
　　他的聲音不再跳躍了——卻抖索著一種不很顯著的情感
　　內部的抖索，向劍似的射進聽者的心裡——這種聲音不
　　斷的堅硬起來擴大起來。

　　以下舉幾首以聽覺意象為主的中國古典詩詞為例：

駱賓王〈在獄詠蟬〉：

西陸蟬聲唱，南冠客思深。不堪玄鬢影，來對白頭吟。
露重飛難進，風多響易沉。無人信高潔，誰為表予心？

王維〈鳥鳴澗〉（雲谿雜題之一）：

人閒桂花落，夜靜春山空。月出驚山鳥，時鳴春澗中。

李白〈烏夜啼〉：

黃雲城邊烏欲棲，歸烏啞啞枝上啼。機中織錦秦川女，
碧紗如煙隔窗語。停梭悵然憶遠人，獨宿孤房淚如雨。

李白〈春夜洛城聞笛〉：

誰家玉笛暗飛聲，散入春風滿洛城，此夜曲中聞折柳，
何人不起故園情。

劉禹錫〈秋風引〉：

何處秋風起，蕭蕭送雁群，朝來入庭樹，孤客最先聞。

蔣捷〈虞美人〉：

少年聽雨歌樓上，紅燭昏羅帳。壯年聽雨客舟中，江闊
雲低，斷雁叫西風。而今聽雨僧廬下，鬢已星星也，悲
歡離合總無情，一任階前點滴到天明。

三、觸覺

　　在中國古典詩中，運用觸覺來表現得很罕見的，而在詞中的聽覺
意象較多，但非以觸覺意象為主，而是配合著其他感覺而呈現的，特

別是與視覺或聽覺或其他感覺合用的情況頗多。因此，筆者以下所舉
的例子便只著重在觸覺上的片段詩詞。此外，觸覺意象往往以身體的
感受表達不同的作者的心裡感受。因此，它不僅只能表現觸覺這種感
覺而已，經常是別具意義的。

杜甫〈月夜〉：
香霧雲鬟濕，清輝玉臂寒。

蘇軾〈賀新郎〉：
手弄生綃白團扇，扇手一時似玉。

李清照〈醉花陰〉：
玉枕紗櫥，半夜涼初透。

劉克莊〈滿江紅〉：
金甲琱戈記當日，轅門初立。磨盾鼻，一揮千紙，龍蛇
猶濕。鐵馬曉嘶營壁冷，樓船夜渡風濤急。

張孝祥〈念奴嬌〉：
孤光自照，肺腑皆冰雪。

辛棄疾〈生查子〉：
赤腳踏層冰，為愛清溪故。

聽覺與觸覺配合運用之例：

徐訏〈盲戀〉：
我覺得字音像是同我觸覺連續著，有的是尖銳的，有的
是圓平的，有的是粗糙的。

林泠〈菩提樹〉：
小徑的青苔像鏽，生在古老的劍鞘上，而我被往復的足
跡拂去，如拂去塵埃。

以上兩段散文將聲音與觸覺相互聯想在一起。

四、嗅覺

在中國文學中，嗅覺意象以在詞為多，且多為「香」字字面和語
意，婉約派詞人尤其喜愛運用。[8]即使中國詞中使用觸覺較其他文體
為多，但也僅是詞中的一段而已，與觸覺一樣並沒有整篇以嗅覺為主
的詞，多是與其他感覺混用。此外，小說或散文運用觸覺的情況較詩
詞多。以下先舉中國古典詞中關於嗅覺的片段為例，再介紹小說中的
嗅覺使用例子：

姜白石〈念奴嬌〉：
嫣然搖動，冷香飛上詩句。

吳文英〈踏莎行〉：
潤玉籠綃，檀櫻倚扇，繡圈猶帶脂香淺。

吳文英〈浣溪沙〉：
門隔花深舊夢游，夕陽無語燕歸愁，玉纖香動小簾鉤。

8　張健：《文學概論》，頁59。

辛棄疾〈鵲橋仙〉：
釀成千頃稻花香，夜夜費，一天風露。

辛棄疾〈清平樂──憶吳江賞木樨〉：
怕是秋天風露，染教世界都香。

莫泊桑〈溫泉〉：
明知道我的鼻子給了我甚麼樣的享樂，我暢吸著這兒的
空氣，我用這種空氣自我陶碎，……感覺到空氣裡含
著的一切、一切，絕對的一切。……從來沒有，從來
沒有甚麼更其……更其類乎仙境的東西，震動過我的心
弦……好呀，那是正在開花的葡萄氣味，我費了四天工
夫才發現它。

屠格涅夫《獵人日記》：
新伐的白楊樹正淒淒楚楚倒在地上……木屑在潮濕的殘
根附近，吹出一種特別的、憂鬱的氣味。

五、味覺

　　無論在中、西方的詩歌中，味覺的使用均非常罕見，更不用說以
味覺為主的作品，但這不表示味覺在文學作品中不存在，只是味覺在
文學作品的地位不如其他感覺。象徵主義詩中，或小說中有時也運用
味覺來表現。以下舉幾個味覺的例子：

蘇軾〈戲作鮰魚一絕〉：
粉紅石首仍無骨，雪白河豚不藥人。寄語天公與河伯，
何妨乞與水精鱗。

李華〈雜詩六首〉：

甘酸不私人，元和運五行。生人受其用，味正心亦平。
爪牙相踐傷，日與性命爭。聖人不能絕，鑽燧與炮烹。
嗜欲乘此熾，百金資一傾。正銷神耗衰，邪勝體充盈。
顏子有餘樂，瓢中寒水清。

沈約〈需雅〉八首之一：

實體平心待和味，庶羞百品多為貴。或鼎或鼐宣九沸，
楚桂胡鹽芼芳卉。加籩列俎雕且蔚。

沈約〈需雅〉八首之二：

五味九變兼六和，令芳甘旨庶且多。三危之露九期禾，
圓案方丈粲星羅。皇舉斯樂同山河。

沈約〈需雅〉八首之三：

九州上腴非一族，玄芝碧樹壽華木。終朝采之不盈掬，
用拂腥膻和九穀。既甘且飫致遐福。

沈約〈需雅〉八首之四：

人欲所大味為先，興和盡敬鹹在旃。碧鱗朱尾獻嘉鮮，
紅毛綠翼墜輕翾。臣拜稽首萬斯年。

沈約〈需雅〉八首之六：

膳夫奉職獻芳滋，不麛不夭咸以時。調甘適苦別澠淄，
其德不爽受福釐。於焉逸豫永無期。

沈約〈需雅〉八首之七：

備味斯饗惟至聖，鹹降人神禮為盛。或風或雅流歌詠，
負鼎言歸啟殷命。悠悠四海同茲慶。

沈約〈需雅〉八首之八：

道我六穗羅八珍，洪鼎自爨匪勞薪。荊包海物必來陳，
滑甘滫瀡味和神。以斯至德被無垠。

六、視覺與聽覺綜合使用

在中國古典詩詞中，視覺與聽覺意象綜和運用的情況最多，在前述所舉的視覺意象中已有幾首詩歌將視覺與聽覺意象合用的例子，但多為隱藏在字句中而非顯於外。這部分筆者專注於文學中視覺與聽覺意象外顯化的綜合使用。

王維〈積雨輞川莊作〉：

積雨空林煙火遲，蒸藜炊黍餉東菑，漠漠水田飛白鷺，
陰陰夏木囀黃鸝。山中習靜觀朝槿，松下清齋折露葵。
野老與人爭席罷，海鷗何事更相疑？

孟浩然〈宿桐廬江寄廣陵舊遊〉：

山暝聽猿愁，滄江急夜流。風鳴兩岸葉，月照一孤舟。

韋應物〈滁州西澗〉：

獨憐幽草澗邊生，上有黃鸝深樹鳴。春潮帶雨晚來急，
野渡無人舟自橫。

七、視覺與嗅覺綜合使用

晏殊〈訴衷情〉：
芙蓉金菊鬥馨香，天氣欲重陽，遠村秋色如畫，紅樹間疏黃。

晏殊〈踏莎行〉：
爐香靜逐遊絲轉，一場愁夢酒醒時。斜陽卻照深深院。

八、視覺與觸覺綜合使用

勞倫斯《虹》：
他周圍的空氣，有綠色、銀白色和藍色。

九、聽覺與觸覺綜合使用

姜夔〈揚州慢〉：
清角吹寒。

十、視、聽、觸覺三種綜合使用

張愛玲〈怨女〉第二章：
木輪轔轔在石子路上輾過，清冷的聲音，聽得出天亮的時候的涼氣，上下一色都是潮濕新鮮的灰色。

劉長卿〈秋日登吳公台〉：
夕陽依舊壘，寒磬滿空林。

李益〈夜上受降城聞笛〉：
回樂峰前沙似雪，受降城下月如霜。不知何處吹蘆管，
一夜征人盡望鄉。

張耒〈舟中曉思〉：
客燈青映壁，城角冷吟霜。

蘇軾〈永遇樂——彭城夜宿雁子樓夢盼盼，因做此
詞〉：
明月如霜，好風似水，清景無限。曲港跳魚，圓荷瀉
露，寂寞無人見。紞如三鼓，鏗然一葉。

十一、視、聽、觸、嗅覺綜合使用

溫庭筠〈更漏子〉：
玉爐香，紅蠟淚，偏照畫堂秋思。眉翠薄，鬢雲殘，夜
長衾枕寒。梧桐樹，三更雨，不道離情甚苦。一夜夜，
一聲聲，空階滴到明。

周邦彥〈少年遊〉：
并刀如水，吳鹽勝雪，纖指破新橙。錦幄初溫，獸煙不
斷，相對坐調笙。

辛棄疾〈鷓鴣天〉：
一榻清風殿影涼，涓涓流水響回廊。千章雲木鉤輈叫，
十里溪風罷穮香。

歐陽炯〈西江月〉：
月映長江秋水，分明冷浸星河。淺沙汀上白雲多，雪散
幾叢蘆葦。扁舟倒影寒潭裡，煙光遠罩清波。笛聲何處
響漁歌，兩岸萍香暗起。

波特萊爾〈冥合〉：
芳香色彩和聲音互相呼應著。有的芳香涼爽如孩童的肌
膚，碧綠如牧場而且柔和如木笛。

十二、各種感覺彼此互喻

(一)以聽喻視

波特萊爾〈戀者之死〉：
我們將交換一個最後的閃光，如一個長長的嗚咽，帶著
驪歌。

(二)以視喻聽

勞倫斯〈女狐〉：
那是狐狸的歌聲，他像稻穀，十分橙黃而輝耀。

岡察洛夫〈懸崖〉：

音調彈出記憶的和絃。許多記憶迴翔到他的面前，形成一個把它抱在胸前的女人的姿態。

高爾基《俄羅斯浪遊散記》：

牧人的歌聲，形成一條明亮的音流。

張愛玲《怨女》第四章：

後院子裡一隻公雞的啼聲響得刺耳，莎嘎的長鳴是一之破竹竿，斗刻刻的樹到天上去。

㈢以嗅喻視

巴爾札克《幽谷百合》：

在這世界上有些婦女擁有了這天使般的精神⋯⋯那位隱名哲學家聖馬丁所謂的智慧的、悅耳的、馨香的光輝。

㈣以視聽喻嗅覺

波特萊爾〈冥合〉：

有的芳香涼爽如孩童的肌膚，碧綠如牧場而且柔和如木笛。

十三、視、聽、嗅揉合爲一

里爾克〈盲女〉：
所有顏色都移入雜音和氣味裡。而且不斷鳴響，優美得
有如音調。

十四、視、嗅、觸覺揉合爲一

福克納《聲音與憤怒》：
我可以聞到那種光芒耀眼的寒冷。

高度的感官交錯運用，可促成作品的立體化與深厚感、新穎感，
有時更造成一種神祕感。[9]

第三節　文學與道德

無論中西，歷來對文學與道德的關係爭論不休。但中國自漢代以
來，大部分的時間都是以道德爲要，主張「文以載道」、「文以明
道」，使文學成爲道德的附庸。其間有幾個時期擺脫了文學爲枝葉的
情況，例如明代的以袁宗道、袁宏道、袁中道爲首的公安派，強調
的不是文章中需具有道德寓意，而是主張爲文需以自由眞性情爲前
提，並書寫自然流露的眞性情，才能寫出人間佳美之作。

西方在文學與道德關係上的爭論比中國來得更爲劇烈。柏拉圖在
以哲學家爲首要人物，以理式爲事物的本質與眞理的前提下，認爲現
實世界是理式的模仿，藝術世界又是對現實世界的模仿，在與理式隔
了兩重模仿的觀念下，對文藝產生不屑一顧的態度，並認爲文藝世

9　張健：《文學概論》，頁68。

界充滿謊言，而詩人是謊言家，他所說的謊言有害於國家命脈，因此只要在詩人頭上灑上香水，說幾句好聽的話，就可以將他們踢出他的理想國。而其弟子亞里斯多德則認爲，文藝世界是相對獨立的，文藝比歷史更具有哲理性，歷史是已然的事實，而文藝具有普遍性，更接近眞理。於是柏拉圖的觀念成爲西方文藝寓道德教訓說的肇端，而亞里斯多德則是主張文藝獨立自主說的先鋒。從西方文學史的角度看來，大多時期也都是文藝寓道德教訓占主導地位，尤其是羅馬時期的浩越斯的文藝教訓說，中世紀教庭掌權下的文藝要符合道德與教義的規範，十七世紀古典主義時期也以道德爲文藝指導原則，以及十九世紀大文豪兼教徒的托爾斯泰反對文藝帶來快感之說，以及強調好的情感傳達打破人與人之間的界限，並且能夠增進人與人的團結和人與上帝的關係的觀念，都是在文藝寓道德教訓說的範圍內。

西方只有在文藝復興時期、浪漫主義時期、啟蒙運動時期和自然主義大師左拉的反撲，以及從康德到克羅齊等人的唯心派美學強調美感經驗，和十九世紀末到二十世紀初的文藝心理學家芮加茲的科學觀點下，文藝才能逐漸地自道德框架中獨立出來。

但是，正如朱光潛在其名著《文藝心理學》中所言，無論是文藝寓道德教訓說或者是文藝獨立自主說，都只是緊抓著自己所信仰的觀念不放，去爲自己所持的觀點辯護，而造成各有利弊的情況，兩者都不去眞正地探究文藝與道德在哪些方面有關，在哪些方面無關。於是在建構他的理論時，從美感經驗出發，將文藝與道德關係問題分成美感經驗中、美感經驗前、美感經驗後三部分，從作者的觀點與讀者的觀點探討文藝與道德有何關係。所謂的美感經驗，即是「形象直覺」、「意象孤立」、「無所爲而爲的觀賞」。以下根據朱光潛的理論加以說明：

一、美感經驗中

在美感經驗中，無論是作者或是讀者的心裡活動都是單純的直覺，這時候心中突然出現一種美的意象，一瞬間與外界隔絕，彷彿天

地之間只直覺到這個美的意象，而不會去做名理的判斷，這時道德問題自然不會闖進來。在《金瓶梅》中，西門慶無論是在私生活或賄賂官員，進而買官的行為，還有潘金蓮的淫蕩本是不道德的行為，武松拒絕潘金蓮的誘惑本是道德的行為，但這些小說人物讀來都栩栩如生，都覺得有趣，而且入情入理，他們都是藝術上成功的角色。在覺得有趣，入情入理的那一頃刻間，作者與讀者都只用直覺欣賞這些純意象或純形象，而不會去褒武松或是貶西門慶和潘金蓮。「藝術的作品是否成功，就要看它能否使人無暇取道德的態度，而專把它當作純意象看，覺得它有趣和入情入理。」[10]因此，這時刻文藝與道德是無關的。

二、美感經驗前

　　一個人不可能一直活在直覺或稍縱即逝的美感經驗中，美感經驗也不是藝術活動全部。在美感經驗前，一個靈感或一個意象的突然出現是需要長時間的醞釀與準備，在這長時間中，作者是一個生活在現實世界的人，他也需要做學問、累積生活經驗，關心並思考政治、經濟、社會、宗教、道德等問題。這些都不屬於直覺的事，但在思考後，無形之間會決定直覺的走向，頃刻間的直覺的產生是有這些長時間的做學問與豐厚的經驗背景，道德也是其中一個關注的項目。一個作家與另一個作家不同，不僅是它們的作品形式不同，他們所表現出來的人生觀也不會是一致的。有些作家無意於表現道德而道德自見，如莎士比亞、陶淵明，也有些作家表明有意表現道德，又不會妨礙到文藝之美，如托爾斯泰、蕭伯納。因此，我們可以說，如果說在美感經驗之前，文藝與道德關係是密切相關的，無異於說藝術與時代背景和作家個性有關。

　　就讀者方面而言，讀者的道德修養與見解往往會影響他對文藝的

10　朱光潛：《文藝心理學》，頁128。

趣味。同一件藝術品對甲引起美感，對乙卻引起道德態度。看到好人沒有好報就看不下去，或看到壞人有好結果便忿忿不平，好人有好報，壞人有壞報的觀賞心理都是來自於道德意識。一部作品本來應先產生美感，卻引起道德態度，是失其應有的功能。所以藝術家不能不注意人類這個普遍的弱點，要設法使作品不受到影響，並且要使藝術與道德的距離配合得恰到好處，這是美感經驗成立的必要條件。若一件作品只能引起道德上的反感，美感經驗就根本不能成立了。

三、美感經驗後

在美感經驗以後，文藝與道德的問題更為複雜，它涉及到兩方面的問題，一方面是價值的標準，另一方面是文藝所產生的道德影響。首先，在評判文藝作品的價值時，是否要顧及到道德？還是純粹文藝的觀點著手？英國學者布萊德利（Bradley）在《牛津詩學講義》中的〈為詩而詩〉篇說得很清楚：首先，詩本身就具有其內在價值，它之所以有並不因為它本身以外的緣故。其次，如果它能夠效用於文化或宗教，能夠傳教訓、慰情感、造成一種美舉或替詩人得名得利，到良心上的安慰，那更好，那就讓我們為這些緣故而將詩看得有價值。但詩的真正價值不能以它的外在價值決定，如果讀者在體驗詩的時候顧慮到它的外在價值，就難免降低了詩的價值。

芮加茲（Richards）在《文學批評原理》曾對〈為詩而詩〉加以議論，認為外在價值之中，如文化、宗教、教訓、慰情等與得名得利不能等量齊觀。名利固然不能成為決定作品價值的標準，但文化、宗教、教訓、情感這些因素對於詩的價值並不是毫無影響。文藝作品本來就不能一概而論，有的作品可以從其本身定價值，如陶淵明的〈桃花源記〉、韓愈的〈毛穎傳〉、謝靈運的寫景詩、柳宗元的山水雜記。也有不能完全從文藝本身定價值的，如屈原的〈離騷〉、阮籍、杜甫、白居易、陸游等詩人，大部分的元曲，以及一般諷刺作品。這些作品本來就是作者有意無意地滲入一種人生態度或道德信仰，我們在評斷它的價值時，就不能不考慮那種人生態度或道德信仰

的價值，如我們在批評杜甫或屈原的作品時，就不能將他們的人格與憂世憂民，以及忠君愛國的熱忱列爲評價的範圍裡。

其次，文藝能產生怎麼樣的道德影響？朱光潛說道：

㈠就個人來說，文藝是人性中最原始的、最自然、最普遍的需求，人類在穴居時代就已經有圖畫、詩歌，或者嬰孩在離開襁褓時便開始作帶有藝術性的遊戲。喜好美如同喜好美食一樣，都要求得到滿足，只不過一個是精神上的滿足，一種是物質上的滿足。並且希冀得到美的滿足也如同希冀得到眞與善的滿足，缺少一項，對人性來說都是一種耗損。有的作家既不爲他人而寫，也不爲其他別的目的而寫，只是自己而寫，這是作家心中有表現的欲求，是他情感上的需要。就如同現代心理學家告訴我們的，若心理抑鬱感情不得發泄，最容易造成性格乖僻或精神失常。文藝就是一種最佳的解放工具，是維持心理健康的最佳良藥。

藝術雖是爲我自己而藝術，我們卻不能忽視它在道德上的價值。人除了滿足口腹之慾外，尚有更高層次的精神渴求，藝術就是其中之一。生命其實就是活動，活動越自由，生命就越有價值，越有意義。實用性的活動大多是有所爲而爲，是受到環境的限制的行爲，只有藝術是無所爲而爲的，不受環境的牽制與限制的自由活動，此時人是自己心靈的主宰。這種無所爲而爲的創作與無所爲而爲的觀賞不僅是善，而且是最高的善，美也就是同樣這種最高的善。

㈡就社會來說，藝術的功用如托爾斯泰所說，是打破人與人之間的界限，是傳達人與人之間團結的情感。一般人都活在自己狹小的世界裡，對外界視而不見，聽而不聞，食而不知其味。藝術家比一般人的情感要來得眞摯，感覺也比較敏銳，觀察比較深刻，想像也比較豐富。他們能見到我們一般常人所見不到的，因此，我們能透過他們的作品看到更廣袤同時也是最細微的世界，知道人心最深邃曲折的奧祕之處。這種啟發對於道德有什麼影響？它可以伸展同情心、擴充想像、增進對人、事、物更深廣的認識，而

這些正是道德的基礎。

　　總之，道德是人活在社會上的各種規範，合不合適，當然要看對於人生了解的程度而定。文藝能給我們更深廣的人生觀照和了解，所以沒有其他東西比文藝更能幫助我們建設更完善的道德基礎。[11]

問題與討論

1. 何謂「再現的想像」與「創造的想像」？
2. 理智與情感在創造的想像中的作用為何？
3. 試舉三例視覺與聽覺合用之文學作品（文體不拘）。
4. 試闡述朱光潛的文學與道德的理論觀點。
5. 文藝能產生怎麼樣的道德影響？

---

[11] 可詳參朱光潛，《文藝心理學》第八章〈文藝與道德（二）理論的建設〉，頁127-134。

第三章

文體論概述

　　所謂的「文體論」，即是關於文學類型、體式的討論，它是文學活動蓬勃發展後必然面臨的課題。當作品數量日益浩繁，彼此間又存在著某些差異與共相，此時文學的「分類」就成了有志於文學研究者無可歸避的責任。

　　在中國，兩漢時期即有「文學」、「文章」的區分。所謂的「文學」指的是儒學與其他學術著作，「文章」則用以指稱具有文采的作品，如詩、賦之流。六朝時期則發展出「文」、「筆」之分。劉勰《文心雕龍‧總術》云：

　　　今之常言，有文有筆，以為無韻者為筆也，有韻者為文。

以「韻」之有無作為文章類型區分的關鍵，前者如詩辭歌賦，後者如論辨、詔令、奏議一類。而後《文心雕龍》在「文」、「筆」二類中統攝三十六種文體，成為我國文體理論的發端。

　　在西方，亞里斯多德《詩學》將詩分為「史詩」、「戲劇」兩大類。到了十八世紀，歌德將文學類型析分為「敘事詩」、「抒情詩」與「戲劇」三類。今日，對於文學作品類型的認識，則是以詩歌、散文、小說、戲劇等四大文類為主。

　　然而，在介紹四大文類之前，必須就「抒情」與「敘事」的文類特質略作說明，再者還需了解形式與內容的關係，最後再就文體的類型進行介紹，始得以清晰勾勒文體論的基本輪廓。

第一節　抒情與敘事

　　在文學作品中，大抵可以區分為抒情與敘事兩大範疇。前者主要涵括詩歌、散文兩類，後者則由小說、戲劇屬之。當然兩大範疇之間並不是壁壘分明的截然二分，因為人情、事理本即涵括於現實生活之中，文學既是社會生活的表現與反映，故無法進行必然且絕對性的切

割。以下將就抒情、敘事兩大文類分敘如下。

一、抒情

所謂的抒情文類，即是以情感的抒發為主要目的，其是以意味深長的語言文字反映現實生活、表現作家思想情感、創造審美價值等意涵。它往往具有強大的感性力量及深刻的表現性，以下將就抒情文類的定義、抒情文類的結構、抒情文類的語言、抒情文類的主體等面向進行細部討論。

㈠抒情文類的定義

關於文學中的「抒情」一詞，主要是來自西方文學傳統。古希臘時期，盛行一種由七弦琴伴唱的短歌，其性質係以抒情為主，重在表現個人情感、體會，故由七弦琴（lyre）進而演變出「抒情」（lyric）這個專有文類。

在中國，是以詩、文作為文學的主流，故其特別重視作者情思、懷抱的抒發、表現。如〈毛詩序〉所謂之「情動於中而形於言」或陸機〈文賦〉所謂之「詩緣情而綺靡」，都在強調「情感」的重要性。

當然，從表達的重心來看，抒情性文類比較偏向表現作者主觀的情感世界；敘事性文類則偏向再現客觀的事物、世界。就敘寫目的看來，抒情文類是以音聲話語、意象境界來象徵、喻示心中的情感；敘事文類則是以情節、觀點來講述故事。

一般而言，抒情性的作品是以「抒情詩」為主體，其內容如寄人、懷友、敘志、諷刺……都涵括其中，在韻文類下的詩、詞、曲、賦，大抵都可歸之。

除此之外，散文中也有抒情文一類，其即是以情意真切見長。如琦君所作之〈髻〉、張曉風〈詠物篇〉等作，雖自客觀事、物而發，但其動人心緒者，還是在情意的感染力上。

然而，在詩、文作者表情時總離不開具體事物的描寫，而在敘事性作品中也不免摻入抒情的成分，所以二者的區別只是舉其大要。如

杜牧〈赤壁〉：

> 折戟沉沙鐵未銷，自將磨洗認前朝。東風不與周郎便，
> 銅雀春深鎖二喬。

詩中描寫作者睹物思古，透過赤壁故地風雲的追溯，興發其歷史感
懷。其中歷史人物、故事是主要的元素，但這些具有敘事特質的
人、事、物，早已被作者的情意消融，結合為有機的整體。

　　而小說、戲劇，雖是以敘事為主，但其中也有具備抒情特色者，
如郁達夫的小說《沉淪》，其主人翁以零餘者的姿態，宣洩自我的精
神困境，其中即帶有深刻的抒情意味。而中國傳統戲曲也常以抒情詩
作為劇中人物表情達意的唱詞，即便是人物賓白的部分，也多具有抒
情的特質。

(二)抒情文類的結構

　　抒情文類的內容主要是主人翁的情意，基本上是透過具有象徵效
果的音聲、畫面，將之傳達出來。所以「聲情」與「意象」可謂是抒
情體文類的主要結構元素。

1. 聲情

　　若就抒情類的主體——詩歌而言，其與音樂本即存在著同源的關
係。在中國古典詩詞中，可入樂而歌者亦占多數，且在八大藝術之
中，詩歌的特質也與音樂最為相近，詩歌亦是透過聲音的高低、短
長、強弱等特質，形成富有音樂性的節奏與旋律。其所追尋的，亦是
一種音聲和諧的流轉韻味。

　　其次，在語文表達的形式中，字音是組成的基本單位，而字音的
排列組合，就形成一種音調上的特色。以中文為例，音調中有平、
上、去、入四聲的差別，如何透過字詞的安置、組合，以形成和諧的
音聲情調，就成了作者用心之所在。

　　范曄〈獄中與諸甥侄書〉云：

性別宮商，識清濁，斯自然也。觀古今文人，多不全了
此處，縱有會此者，不必從根本中來。

其中所謂的清濁，指的即是聲韻、音調上的不同。范曄以爲古今文人
對此音聲上的特質，還未能全盤的掌握，故不解其中的奧祕。可知平
仄聲調的使用技巧，或是當時文人不傳的之祕。

而沈約在《宋書‧謝靈運傳論》中云：

夫五色相宣，八音協暢，由乎玄黃律呂，各適物宜，欲
使宮羽相變，低昂舛節，若前有浮聲，則後須切響。一
簡之內，音韻盡殊；兩句之中，輕重悉異。妙達此旨，
始可言文。

在此，「宮羽」指的即是平仄不同、高低抑揚的差異，其中「浮
聲」指的是平聲，「切響」指的是仄聲。沈約以爲詩句用字必需要平
仄相間、輕重殊別，才能形成聲律上的美感。由此可知，在古詩文
中，四聲、平仄的諧婉與否，是文人必需面對的重要課題。

以今日語音學觀之，古典詩詞慣用雙聲、疊韻、疊音等字詞，來
形成流暢悅耳的聲調。所謂「雙聲」，係指詞彙組合時，上、下字在
開始發聲的部位和方式相同。如：王昌齡「分付鳴箏與客心」句，
「分」、「付」二字都是以「ㄈ」聲起始，因爲起音部分的重複，讓
人吟誦起來更加悅耳動聽。

而所謂「疊韻」，係指組成詞彙組合時，上、下字在聲音收束處
發音部位和方式相同。如：蘇軾「縹緲孤鴻影」句，其中「縹」、
「緲」二字都是以「ㄧㄠˇ」來收束，這就叫作「疊韻」，因爲收音
的部位、方法相同，也會形成悅耳動聽的效果。

至於「疊音」，係指詞彙組合時，上、下二字的聲音元素完全相
同。如姜夔「燕燕輕盈，鶯鶯嬌軟」，「燕」、「鶯」二字的疊音使

用，造成了音聲上的複重結構，使詩詞更添音樂效果。

此外，還有押韻與對偶的使用，讓古典詩詞在表達形式上更富音樂性。所以詩詞的格律就是前人在各種組合變化中摸索出來的音聲規範，在組合排列的過程中，產生流暢、悅耳的音樂效果。此時若能配合作者情意的激切、纏綿，而在抑揚、短長的節奏中聲情相諧，此即是詩中的佳作。

2.意象

借景抒情是中國詩歌的悠久傳統，而景的形成即是透過物象的揀擇而具體展現。然而詩中的景往往帶有作者主觀的情思，如李白〈黃鶴樓送孟浩然之廣陵〉：

> 故人西辭黃鶴樓，煙花三月下揚州。孤帆遠影碧山盡，惟見長江天際流。

其中的景物無不沾染了作者的主觀情感，即便江上千帆過眼，卻因作者離情深切，全副心神都在友人離別的船隻之上，故顯得形單影隻。而奔流天際的河水亦象徵著作者綿延、氾濫的離情愁緒，無止無休。是以王國維《人間詞話》云：「一切景語皆情語也」。

在詩歌中，「情」與「景」、「意」與「象」，是基本的組成原質。「意」是主觀的情意，如：思想、情感、懷抱、想像……屬之；至於「象」，則是一切外物的客觀形態。「意」在內而「象」在外，一者抽象、一者具體，而詩歌的組成往往就在二者的有機結合中完成。

王夫之《夕堂永日緒論》云：

> 情景名為二，而實不可離。神於詩者，妙合無垠。不能作景語，又何能作情語邪？……以寫景之心理言情，則身心中獨喻之微，輕安拈出。

明白點出「情」與「景」（「意」與「象」）本是不可切割的。前人所謂「情景相生」、「情景交融」，即是古典詩詞所追求的最終境界。如李白〈渡荊門送別〉末兩聯云：

> 月下飛天鏡，雲生結海樓。
> 仍憐故鄉水，萬里送行舟。

將夜晚時荊門外江面上倒映著潔白月影，宛如長空飛來的明鏡，照應其中。白天時，雲影變化無窮，出現如海市蜃樓般奇妙的景色，此時水中的明月、變化的雲彩、一靜一動，讓來自蜀地的李白感受到楚國獨特的風景。望著長江之水，遙想其亦曾流經遠方的家鄉，江水彷彿有情，眷戀不捨的送我萬里，伴我天涯。詩中深刻的思鄉情懷融入悠悠江水之中，而萬里送行的人性化想像，讓情、景間的關係泯合無間。

所以，異鄉遊子的心情是難以具體言說的，惟有透過景象特性的描寫與掌握，才能如實地傳達出思鄉的情意。

在抒情詩中，其所創造的是專屬抒情主體的「世界」，此「世界」的建構，即是透過諸多「意象」的組合、拼貼形塑完成的。這個詩歌所營造出的特殊境象，就是所謂的「意境」，它是由詩人主觀情意和客觀外物密切融合後，所成就的藝術境界。讀者閱讀時，即是透過語言文字的描寫轉化成具體、可感的意象，進而將個別的意象統合成完整的畫面，並於讀者的心靈世界中重新組合、示現，成就為自洽完滿的藝術境界。

㈢抒情的語言

在抒情性文類中，其語言的表達方式有如下幾種：

1. 比喻與象徵

所謂的「比喻」是借物喻彼的表現手法。在修辭學上，有所謂的「明喻」、「隱喻」和「借喻」三種方法。例如杜甫〈旅夜書

懷〉：

名豈文章著，官應老病休。飄飄何所似？天地一沙鷗。

即是以明喻的方式，以沙鷗自況，表達內心漂泊、孤獨的感傷。

至於「象徵」，則是以具體的事物間接表達作者的思情與情感。如范仲淹〈蘇慕遮〉：

山映斜陽天接水，芳草無情，更在斜陽外。

表面上描寫的是青山映照夕陽，長空連接秋水的景致，作者登高望遠，視野所及，卻是不懂人間情感的芳草，綿延生長至斜陽之外。在此句中，眼前的實際景致實已轉入詞人心緒的描寫，離情別緒雖未明言，卻已隱寓其中。作者怨懟芳草無情，正在其蔓延無邊的生長態勢，阻滯了行人的視線、延宕遊子返鄉的歸期。

在抒情詩中，常會使用這種具有間接暗示效果的語句，使詩人情感可以寄寓於具體景象之中，使之鮮明可感。

而在中國詩詞的傳統中，月亮往往是思鄉的代名詞，流水則多與愁緒相關。梅花象徵高潔的品格，菊花則爲逸士高人的象徵。此外，浮雲與遊子，紅豆與相思……都已成爲一種思惟定勢，啟領著讀者進入詩詞的情感世界。

2.倒裝與歧義

所謂的「倒裝」即是透過語序上的刻意錯置，讓詩句得以協（叶）律，或加強音樂、節奏的表現力量。若能巧妙運用，將可增添聲情相偕的效果。在古典詩詞中，最著名的例句莫過於杜甫〈秋興〉八首之八：「香稻啄餘鸚鵡粒，碧梧棲老鳳凰枝。」其若依漢語的語言習慣，應作「鸚鵡啄餘香稻粒，鳳凰棲老碧梧枝」。但此處將「香稻」與「碧梧」二詞置前，意在強調此「稻」非尋常稻粒，而是鸚鵡啄餘的香稻，而「梧」亦非一般梧桐，而是鳳凰所棲的碧梧。如

此，除了詩律上的協（叶）韻外，還增加了詩句的特殊性，以及感染力。

至於「歧義」則是詩句所包含的多重可能解讀。宋人劉辰翁〈題劉玉田題杜詩〉曾云：「觀詩各隨所得，或與此語本無交涉。」所謂的「各隨所得」即是凸出詩詞詮釋時的多義性。今人隱地〈街景投影〉詩云：

> 一隻貓／在窗前／觀看街景／牠突然轉身／望著正在喝咖啡的我／一室寂靜／因為貓的回頭／讓我讀到了／一首詩

詩中貓看著窗外的街景，作者也看著街景，而對作者而言，貓亦是作者眼中景象的一部分。突然間，貓轉身回望，目光所及，恰與作者四目對望。此回眸的瞬間亦是詩意綻放的瞬間，宛如詩歌般在作者內心深處形成了永恆的停格。至於讀到的是什麼樣的「詩」？解讀也許會因人而異，但在分歧的理解過程中，都將各自形成讀者內心深處美妙的一幀風景。

3.誇飾與對比

所謂的「誇飾」，指的是抓住事物的某些特徵，運用想像力將之渲染、誇大，以寫出異於人表的語句。可以袁宏道的抒情小品〈晚遊六橋待月記〉為例：「歌吹為風，粉汗為雨。」形容伶人歌唱、演奏的音聲像風一般陣陣拂來，蘊有仕女們的香脂水粉的汗滴，如春雨般淋漓落下。透過誇飾的筆法，突顯了描寫對象的特徵，留給讀者深刻且強烈的感官印象。

至於「對比」則是將寓意、特質相反的兩種事物並列在一起，以形成一種對照、映襯的關係，以突顯二者間所形成的差異與張力。例如吳晟〈從未料想過〉一詩云：

> 直到親情和鄉情／占滿了我們的心胸／直到忙碌而恬靜
> 的生活／平淡了功名／天涯作客的浪漫情懷／也曾在年
> 少的時光／和你一起日夜編織

是時作者應美國愛荷華大學之邀，參加「國際作家工作坊」而離家四個月。詩中，作者撫今追昔，回憶年少時曾有「天涯作客」、「遠赴異邦」的浪漫情懷與功名願景。而今，昔時美夢雖已成眞，詩人竟無法安適入夢，只因爲心胸之中早已爲「親情、鄉情」所牽絆，無法自已。詩句中以今、昔想法的轉變，婉轉地傳達詩人對於鄉土的熱愛與眷戀，值得吾人再三回味。

4. 借代與用典

所謂的「借代」是以一物代一物的修辭方式，其中有以因事物間的關聯性而產生以部分代全體的借代。如《詩經・采葛》：「一日不見，如三秋兮」，三秋即指三年，而在季節的嬗遞中，秋不過是四季之一，此處卻代表著年歲的更迭。

此外，還有因語言使用上約定俗成的習慣，使人們一見到某物，即聯想到彼物所形成的借代效果。如曹操〈短歌行〉：「何以解憂，惟有杜康」，杜康本是善釀酒的師傅，而後聞其名即令人聯想到酒水，故曹操以人名借代酒。

凡此語言使用上的常識，已成爲抒情詩歌的基本素養。而爲求詩歌語言的凝練，在表現手法上，詩人就好以此爲用。

至於「用典」，古時或稱「用事」，前人在詩詞中常會借用故事來造句。一般而言，典故或可分爲神話典故、歷史典故與文學典故三大類。如李商隱〈嫦娥〉：「嫦娥應悔偷靈藥，碧海青天夜夜心」即是運用神話典故。而歷史典故如蘇軾〈念奴嬌・赤壁懷古〉：「遙想公瑾當年，小喬初嫁了。雄姿英發，羽扇綸巾，談笑間，檣櫓灰飛煙滅。」即是化用三國歷史典故。至於文學典故，如杜甫〈可嘆〉詩：「天上浮雲似白衣，斯須改變如蒼狗。古往今來共一時，人生萬

事無不有。」其中的「白衣蒼狗」一詞即成了後人詩文中常見的文學
典故。

　　抒情文類因要求形式簡潔，內蘊豐富，是以巧妙用典將能增加
語言的精練度、提升表意的含蓄效果，使之更添想像空間與藝術美
感。

㈣抒情的主體

　　抒情文類中的抒情主體立場，約略可分爲第一人稱的自我抒情，
及代言體的抒情兩種。

1.自我抒情

　　係指作者以第一人稱的立場，直截的表現自己內心情意。如元稹
〈遺悲懷〉三首之二：

> 昔日戲言身後事，今朝都到眼前來。衣裳已施行看盡，
> 針線猶存未忍開。尚想舊情憐婢僕，也曾因夢送錢財。
> 誠知此恨人人有，貧賤夫妻百事哀。

則是以丈夫的角度，細數昔日夫妻共苦同甘的生活點滴，從昔時的玩
笑話開始，當時的情景仍歷歷在目。因思念之情太深，爲避免睹物
傷情，只得忍痛將亡妻的衣物都送給別人。而過去妻子曾使用過的針
黹仍收藏盒中不忍打開。在家中，曾經服侍過妳的婢僕，因爲妳的緣
故，我都照護有加，更常因爲殷切的思念，在夢中多次想帶給妳生活
所需的錢財。雖然生死離別的苦痛是人人都會經歷的，但誰又能體會
我們初時身分貧賤時的無奈與哀傷呢？

　　在這裡，詩人以親身的經歷，眞誠地表達對亡妻的愧疚與感念，
在字裡行間更包蘊著深摯的思念之情，令讀者爲之動容。

　　在抒情的文類中，類似此種第一人稱的敍事手法是最爲常見的，
也因爲事出肺腑，故具有震撼人心的眞實力量。

2.代言抒情

　　所謂代言抒情，係指作者以代言者的角色，以他人的立場抒寫情志。此法最常見於閨怨詩中，透過女子的身分、心理、口吻、語氣進行詩歌創作。如金昌緒〈春怨〉：

　　　　打起黃鶯兒，莫教枝上啼。啼時驚妾夢，不得到遼西。

此詩描寫的是女子思念遠征在外的丈夫，因時空的阻隔，只能於夢中才能身赴遼西與良人相會。然而惱人的黃鶯卻總在天明時啼鳴，驚醒女主人翁難得的好夢。於是女子遂去驅趕黃鶯，以防止其再次擾人清夢。

　　總括而言，抒情文類大體有上述特色，可茲以區別敘事類的文體作品。

二、敘事

　　所謂的敘事（narration）就是講述故事，亦即將現實生活或可能發生的事物狀況，依作者的創作意圖加以安排，如：情節、結構、敘事觀點……，都是敘事性文類所側重之點。以下將透過敘事文類的定義、敘事文類的元素與敘事活動的主體三者進行論述。

㈠敘事文類的定義

　　對於「敘事」性文類而言，「故事」是最基本的要素，而故事的組成就是透過人物、情節、場景等元素加以表現。在最早的敘事文學裡，如希臘的《伊里亞得》、印度的《摩訶婆羅多》、盎格魯撒克遜的《貝武夫》多是神話、國族英雄、先祖事蹟的故事。在歷史發展的過程中，「故事性」一直是此類文學作品的共同特徵。

　　至於其敘事的內容，大抵是以社會生活的事件與人類的行為及動作為主。它與抒情文類最大的差異在於，敘事性作品側重之點不在於主觀的思想、感情之上，而在於外在世界的存在。所以它會通過事件的描摹、記述，來掌握社會現實的狀態，此亦即意義所在。

其次，敘事的言說大抵是透過虛構的手法來形塑文學的世界，如《西遊記》與玄奘口述之《大唐西域記》即有不同的意義，對於文學性作品的《西遊記》我們不必徵驗其所述事、物的核實性，也無須考慮其與邏輯判斷的必然關係。因為敘事性的文類本即是以語言文字，虛構出想像的疆域與故事。

但是吾人無須因敘事性作品的虛構特質就輕忽其存在的價值，因為即便是虛構出來的文學世界，仍必需立足於現實世界，以其作為反映、描述、批判、發揮的基石。以蒲松齡《聊齋誌異》為例，即便存在著天馬行空的瑰麗想像，但在這些曲折精采的故事裡，仍舊寓有揭發社會現實、批判政經制度、針砭人性墮落的深意。而這些也正是蒲氏內心所關懷的現實問題。

(二)敘事文類的元素

1.人物

小說、戲劇雖然是以故事為主幹、以情節為枝架，但將這些事件具體呈現出來的卻有待角色、人物的搬演始得以進行。故「人物」可視為文類中重要的元素之一。

在敘事性文類中，人物常具有下列的特色：

(1)片面性：

所謂的片面性，係指「小說」中無法鉅細靡遺地記錄人物言行的點點滴滴。所以敘事文學中的人物，其設立的目標，或只為求完整情節而設置，故不需表現出完整、全面的真實性格。

(2)透明性：

這是說敘事文學中出場的「人物」大多具「透明性」的特色，亦即他們的內心世界可以一五一十地剖析、呈顯在觀眾、讀者面前。如有需要，作者會透過語言文字表現出人物的內心世界，即便是情緒、感覺、想法等抽象世界，也可以透過具體文字細膩且清晰地書寫出來。而戲劇中的人物也可以透過對白、動作將內心感受詮釋出來。

(3)隨意性：

　　敘事文學中的「人物」並不具有必然的抒寫程式，它可以因應事件進行的需求進行描寫。可以地北天南的自由出入，作必要的調整與安排。

2.情節

　　所謂的「情節」，即是依照因果邏輯所發展出的一系列事件。作者會打破事件發展的時間序列加以重組、排列，表現出作者深刻的思想與見解。除了因果關係外，也會出現為塑造人物形象而調整事件、時序的先後次序。其中時間順序、敘事觀點、戲劇張力三者是情節分析所必需注意之處。

(1)時間順序

　　敘事文學的基本結構是歷時性的線性結構，在事件的進行過程中即會產生閱讀順序等問題。在文本裡，存在著兩種不同的時間：一是閱讀文學作品所需要的實際時間，一是故事中所虛構出的故事時間。而敘事作品中的時序，通常會視實際時間與故事時間的關係、異同、變化而有所不同。

　　首先，若兩者時序一致時，則此因果邏輯的順序也將「順」乎自然時間的變化，故稱之為「順敘」法。如嚴歌苓〈少女小漁〉即是依照時間變化的順序描寫男女主角小漁與江偉，因身分問題而透過假結婚的方式想取得永久居留權。之後小漁在與老人的假婚姻關係中，在彼此的交流與刺激下，進而轉變與成長。其使用的即是「順敘法」。

　　其次，若二者時序間有所衝突，即可能創造出逆時間的敘事順序，此即所謂的「倒敘」法。如白行簡〈李娃傳〉開篇即已點明李娃的身分與地位，而後進行李娃如何從長安倡女轉變為汧國夫人的故事，其使用的即是「倒敘法」。

　　當然，時序間也會出現「中斷」、「歧出」的可能性，如在原來的敘述序列中突然插入其他的片段內容，此即所謂的「插敘」法。在古典小說筆法中有所謂的「橫雲斷山法」，即是在敘事過程中插入另

一事件，此類手法在《金瓶梅》、《紅樓夢》中常常出現。又如魯迅小說〈孔乙己〉，亦是使用插敘手法進而交代孔乙己的身世，並將其爲人態度和品行介紹出來。

⑵敘事觀點

在敘事類文體中，說故事的人即是所謂的「敘述者」，而「敘述觀點」就是產生於「敘述者」和他所敘述的「事件」的關係之上。若依照現在通行的分類方式，約可從「時間」、「空間」兩大維度進行分析。

從時間關係進行區分的話，可以分爲現在進行式、過去式與未來式三種。

①現在進行式，指的是故事中的事件發展與敘述者的時間正同步發展進行中。

②過去式，指的是故事中的事件在敘述者敘述的當下，早已經發生過了。

③未來式，指的是故事中的事件在敘述者敘說時，其實還未發生，故將之歸屬於未來式。

此外，吾人還可由空間性的角度對敘述觀點進行分類，可分爲第一人稱、第二人稱與第三人稱敘述觀點。

A.第一人稱敘述觀點：指的是「敘述者」即是所敘事件的主角或是事件的參與者、旁觀者，因此在敘事時會以第一人稱「我」出現於文本之中。

由於敘述者實際牽涉於事件之中，所以其所敘述的事件就會比較生動、眞切。特別是人物內在的思想、情感，也都可以被細緻地刻畫出來。然而，也因爲敘事者「我」是「事件」裡的當事人之一，所以聽到、看到的事件情貌就較爲有限。因此其所能描摩、觸碰的區域，將會受到客觀限制。

B.第二人稱敘述觀點：指的是「敘述者」以「你」作爲言說對象，與讀者營造一種親切的互動關係。它或是採取「第一人稱」和「第三人稱」展開敘述，與身爲讀者的「你」，議

論、抒情。或是以「我」的立場和另一個人物「你」進行對話，讓讀者以第三者的角色旁觀。或是透過某一特定人物「你」的觀點講述故事，與讀者進行交流。其優點是能帶領讀者更快地進入狀況，但隨著篇幅的增長，反易造成細節上的偏差。

C.第三人稱敘述觀點：指的是「敘述者」是所敘述事件中的局外人，因此都會以第三人稱的姿態現身於文本之中。因為是第三者的關係，所以敘述者處於事件之外，其所見聞者，範圍也就擴而大之。然而，也因為受到敘述者即是局外人的限制，此種觀點會讓讀者像在聽故事般，缺少身歷其境的真切感受。

(3)戲劇張力

在情節之中，引人入勝的關鍵就在戲劇張力的有無，其具體的表現則是在矛盾與衝突之上。通常戲劇、小說的衝突之處，即是作品高潮之所在，衝擊力道越強，其激盪出的火花也就越絢爛。

黑格爾曾說：

情境在定性之中分化為衝突、障礙糾紛以至引起破壞，人心感到為起作用的環境所迫，因而不得不採取行動去對抗那些阻撓他目的和情慾的阻礙力量，對這個意義來說，只有當情境所含的衝突揭露出來時，真正的動作才算開始。但是因為引起衝突的動作破壞了一個對立面，它在這個衝突中也就引起被它襲擊的那個和它對立的力量來與它抗衡，因此動作與反動作是密切連繫在一起的。只有在這種動作與反動作的錯綜中，藝術理想才能顯現出它完滿的定性和運動。在這種情況之下，兩種從和諧中分裂出來的旨趣在互相對立和衝突著，而它們的

　　　　這種互相激盪就必然要求達到一種和解。[1]

所以情節就在事件生發的過程裡，人物因其性格、行為與阻礙的力量
產生衝突與矛盾，就在對抗之中，揭示了人物性格、命運的發展與變
化。

　　至於衝突、矛盾產生的原因約可區分為三類：一是人與自然的衝
突，二是人與人之間的衝突，三是人與自我的衝突。如福克納的小說
《熊》，描寫的即是人與自然間的衝突。而錢鍾書的《圍城》則是逼
顯出人情的虛浮假象，塑造出人與人之間的衝突與矛盾。至於莎士比
亞的《哈姆雷特》，其悲劇產生的原因與其內心的矛盾衝突有著必然
的關係。

　　在敘事文學中，衝突的形式往往是層遞漸進的，一次次事件的
發生，都推使著戲劇的張力達到最後的高潮。如〈杜十娘怒沉百寶
箱〉，十娘排除萬難，施計贖身，而李甲庸懦的性格也在一次次細瑣
的考驗中展露出來。是以當船遇孫富，李甲畏於「忠孝節義」等禮教
大纛，進而以千金之資變賣十娘，其中的情節發展無論情理，也都在
讀者的預料之中了。在情節發展的過程中，當十娘爭取自由婚配的主
體意識堅定地展現時，李甲、孫富可鄙的形象就更深入人心。最終十
娘有意識地選擇「岸上之人，觀者如堵」的時刻，開匣沉箱，終至投
江自盡，其悲劇張力在此時亦臻至於高潮。

　　是以敘事性的文類，在情節安排上必需妥善運用衝突與矛盾，才
能營造出精采的高潮時分。

3. 場景

　　所謂「場景」，係指敘述文類中人物活動、生存的背景。一般而
言，背景有大、小環境之別，所謂的「大環境」，指的是人物成長的
時代背景、自然景觀與社會氛圍，而「小環境」，指的是人物實際活

1　（德）黑格爾著，朱孟實譯：《美學》第一卷（臺北：里仁書局，1983年），頁288。

動的區域、場景。

　　無論小說還是戲劇，都是透過人物角色，在此時空範圍中演出。是以時代背景必需考證詳實，即便是虛擬世界，也需合於人情事理。如《紅樓夢》中寶玉的怡紅院、黛玉的瀟湘館、寶釵的蘅蕪苑，在園林景觀與屋舍器具的擺飾都不相同，甚至還需照應人物性格，與之相應。

　　所以，敘事文類中場景的設定必需生動且真實，才能夠產生文學的說服力。尤其在發生重大情節的關鍵場景上，更需仔細照看，以免因細微疏漏，拖累了作品的整體成就。

㈢敘事活動的主體
　1.敘述者與作者

　　所謂的敘事，係由說故事的行為展開，在故事的說講過程中，必然會由敘述者來說，而預設有接受者來聽。在閱讀、觀賞敘事類作品時，讀者或觀眾經常會陷入一種思惟的誤區，亦即將說故事的那個人想像成作者本人。如莫言小說〈白狗秋千架〉中的「我」，亦來自山東高密，似乎與作者莫言有著內在的連繫。但實際上小說中的「我」實則是作者虛構出來的敘事者，故讀者切莫將之與作者等同視之。尤其是以第一人稱觀點出發的敘事文類，在音聲口吻上容易使接受者產生作者、敘事者重疊的錯覺，這是吾人閱聽、接受時必需要有的基本認識。

　　至於第三人稱觀點出發的作品，若採取全知全能的姿態進行敘事，猛然一看，也容易讓人產生作者與敘事者間的混淆。吾人如果不察其中的分野，則將無法正確體會作者的深意，淆雜了故事與現實之間的界限。

　2.敘述者及其聲音

　　敘事文類中敘說的重點不在於內容本身，敘事者所採用的口氣、態度、立場，也必需細緻體會，此音聲、樣態即是敘事者的「聲音」。從敘事的目的看來，故事的傳達才是意義所在，但敘事的聲音

卻可以更準確、生動地表現故事及其情感。在明代的擬話本中經常
會出現橫插議論的敘事者，故讀者在閱讀過程中，常會透過戲劇式
旁白的音聲啟領，進入到敘事故事的世界中。如〈十五貫戲言成巧
禍〉，其開篇云：

> 聰明伶俐自天生，懵懂痴呆未必真。
> 嫉妒每因眉睫淺，戈矛時起笑談深。
> 九曲黃河心較險，十重鐵甲面堪憎。
> 時因酒色亡家國，幾見詩書誤好人。
> 這首詩單表為人難處，只因世路窄狹，人心叵測，大道
> 既遠，人情萬端。熙熙攘攘，都為利來；蚩蚩蠢蠢，皆
> 納禍去。持身保家，萬千反覆。所以古人云：「顰有為
> 顰，笑有為笑。顰笑之間，最宜謹慎。」這回書，單說
> 一個官人，只因酒後一時戲笑之言，遂至殺身破家，陷
> 了幾條性命。且先引下一個故事來，權作個德勝頭回。

這裡的古人云云，即是以說書者現身說法的姿態，介入了讀者閱讀
的視野之中，是以其間的敘述風格對於敘事作品的成敗也會有所影
響。

　　不過，擬話本之作因保留了原始宋元話本的敘寫傳統，故保留了
說書人角色的存在。而在一般的敘事文體中，這種戲劇化的敘事者還
是較少出現。然而，無論敘事者的聲音是否被作者戲劇化地推至讀者
接受的前景中，吾人還是需要仔細觀察其立場、口吻。

3. 敘述者與接受者

　　如前所述，故事的敘述除了說的人外，必然存在故事的接受者。
如《初刻拍案驚奇》卷一〈轉運漢遇巧洞庭紅　波斯胡指破鼉龍
殼〉：

> 看官有所不知，假如人家出了懶惰之人，也就是命中該
> 賤，出了敗壞的人，也就是命中該窮。此是常理。卻又
> 自有轉眼貧富，出人意外，把眼前事分毫算不得準的
> 哩。

即是擬想有看官、聽眾的存在，故文中的道德價值與具體意義，實
則有個對映、投射的對象。

其他如《三國演義·序》：

> 予謂誦其詩，讀其書，不識其人，可乎？讀書例曰：若
> 讀到古人忠處，便思自己忠與不忠？孝處，便思自己孝
> 與不孝。至於善惡可否，皆當如此，方是有益。若只讀
> 過，而不身體力行，又未為讀書也。

此敘事主體即十分關心讀者的接受反映，所以在創作當下，作者顯
然已擬想一位理想的接受者，將透過閱讀的歷程，與敘事者情意交
流。如若接受者的背景與作者設定的對象有所差異，則誤讀的可能性
也會因此升高。

第二節　形式與內容

　　無論中西，大抵都將文藝作品區分為內容與形式兩部分，或是從
主題與技巧兩方面來討論。而中國歷來都存在著內容重於形式的觀
念，對於主題的探討也多於技巧的研究。直到二十世紀初，西方新文
學理論的誕生，尤其是俄國形式主義的出現，關於作品的形式、寫作
的技巧、策略、手法等，才被正式提出而加以研析。至此，形式與內
容的關係才真正的發生變化，成為不可分割的整體。

　　雖然在克羅齊的心靈形式說或心靈表現完成說中，已認為形式與
內容不可分開討論，但他的理論缺乏具體作品的實踐與體現，使他

理論、主張有所罅隙，而不適用於文藝作品的實際分析與研究。因此，筆者本節將不把克羅齊的形象直覺、意象孤立的美感經驗理論納入討論範疇。

一、形式與內容在中西文藝理論史中的發展概況

一般說來，中國在「情勝於文」的傳統觀念下，較傾向於要求作家必先具備高尚的品德、敏銳的感知、豐富的智識及閱歷等，才可能作出具有淑化社會、經世致用之理想文章。即使孔子也曾提出形式與內容統一的觀念：「質勝文則野，文勝質則史。文質彬彬，然後君子。」（《論語·雍也》），但其所追求的形式與內容是美善的統一，需合於禮，因此在表達上即需有所約束、節制，才能達到「和」的審美標準。這也說明儒家雖講究「文質（或美善）並茂」，但實質上仍是以創作者之德行，以及經世致用的價值對內容進行要求（如《論語·衛靈公》：「辭達而已矣」）。道家或認為只要具備「自由人之真性情」便可創作出人間大美之作。《莊子·田子方》有則故事說：

> 宋元君將畫圖，眾史皆至，受揖而立；舐筆和墨，在外者半。有一史後至者，儃儃然不趨，受揖不立，因之舍。公使人視之，則解衣般礴，臝。君曰：「可矣，是真畫者也。」

大體說來，在劉勰《文心雕龍》之前，中國美學所提倡的是「內容重於形式」，藝術家的人格、品德即是判斷作品優劣的先決條件。

劉勰在《文心雕龍》中，分別從「情」和「采」、「意」和「辭」、「風」和「骨」等面向，系統而深入地分析文學內容與形式的關係。概括說來，可分為三點：

1. 文學的思想、內容需要通過一定的形式才能表現出來。如：「文附質」、「質待文」之說，皆主張凡文章都必有文采，所以文

章抒發思想、感情,描寫事物風貌,都離不開藝術形式。其〈情采〉云:「其為彪炳,縟采明矣」,即此謂也。

2. 文學內容決定文學形式,作品的文辭描寫皆需以具體思想內容作基礎。〈情采〉:

> 夫鉛黛所以飾容,而盼倩生於淑姿;文采所以飾言,而辯麗本於情性。故情者,文之經,辭者,理之緯;經正而後緯成,理定而後辭暢,此立文之本源也。

〈鎔裁〉也云:「情理設乎其位,文采行乎其中」。〈體性〉也有「情動而言形,理發而文見」、「辭為肌膚,志實骨髓」之說,皆此謂也。

3. 文學形式要和內容結合,不可脫離內容而徒務形式。劉勰即曾主張「為情而造文」,反對「為文而造情」。並以為文章應以「述志為本」,不應「言與志反」。作品形式華麗而不損害內容,辭藻豐富而不淹沒思想。[2]

　　總括來說,無論是對於文人涵養或文學創作,中國始終抱持著「內容重於形式」的觀念。所以,六朝駢儷唯美的詩風,常被唐宋以降文學家所輕視,認為過於注重字面形式的絢麗,以致內容不夠深刻。沈德潛曾說:「古人不廢鍊字法,然以意勝而不以字勝。」(《說詩晬語》下)

　　在西方,很長一段時期內容與形式都是被切割對待的,各個美學流派各依其是,而有所偏重。到了十八、九世紀,德國古典美學才企圖將這些對立的主張加以調和、統一。

　　在西方美學歷史發展中,我們可將美的本質大致分為五種:

2　杜黎均:《文心雕龍理論研究和譯釋》(臺北:谷風出版社,1963年),頁20-23。

1.古典主義：

　　美在物體形式。主張形體各部分間的比例需和諧、對稱、平衡、整齊，將「美」建立在物體形式的感性認識上。

2.新柏拉圖主義和理性主義：

　　美在完善。主張美在物體形式，建立在理性與神學基礎上。

3.英國經驗主義：

　　美感即快感，美即愉快。主張美等同於美感，美感屬於主觀心理活動之一，所以美是主觀的。

4.德國古典美學：

　　美是理性內容表現於感性形式。主張美即內容，經過作者的藝術處理後，遂成為最高的藝術成就。如：席勒《給克爾納論美的信》（1793/2/28）：「在一件藝術作品裡，材料必需消融在形式裡，……現實必需消融在形象裡」吾人已隱約可見內容與形式統一的先聲。

5.俄國現實主義：

　　美是生活。如：「美是按照我們的理解應該如此的生活」，「美是使我們想起人以及人類生活的那種生活」。藝術再現生活，說明生活和對生活下判斷，因此成為研究生活的教科書。[3]

二、何謂形式？

　　前面說到無論中西文藝理論，向來多將文藝作品區分為形式與內容兩大區塊進行探討。在中國大多強調「內容重於形式」或「內容決定形式」；在西方則多將形式與內容割裂開來，且依各家學說派別而有所偏重。這也就是說，在真正探討何謂形式、何謂內容的問題之前，我們需對這兩個詞彙先有基本的認識。因此，我們可先探究「內容重於形式」、「內容決定形式」或「形式與內容割裂」這些

---

[3]　朱光潛：《西方美學的源頭》（臺北：金楓出版社，1962年），頁14-42。

語句中的形式與內容分別意味什麼？若說文學是「以語言文字為媒介，用以表達思想情感的作品」的話，在這簡單的定義中，已將形式與內容的問題作了初步的回答。意即作品中，具有「組織的語言文字」的部分是為「形式」，而蘊涵「思想情感」之處便是文學作品的內容了。而形式與內容的關係也可以簡單表述成「意內言外」或「意在言先」，這也就中國傳統對於形式、內容觀念的理解。更具體的說，形式就是決定是詩、是散文、是小說、是戲劇的「語言格式」。以詩為例，當我們探討詩的格律時，就是單就詩的形式來說，如五言、七言絕句詩。龔鵬程在《文學散步》中曾舉白居易〈過華清宮〉：「一騎紅塵妃子笑，無人知是荔枝來」為例，用以說明「語言格式」實際上就是「形構語言的法式、體制或格律」。[4]換句話說，文學形式就是「由文字組合而呈現出來的藝術形象，它本身是種種方法與手段的總和或具體呈現」。[5]

　　文藝作品的形式，主要是指「結構」、「藝術語言」、「藝術手法」、「類型體裁」等，它是作品內容的存在方式。文藝作品的形式一般又可以劃分為「內部形式」和「外部形式」，所謂的「內部形式」是指文藝作品的內部連繫，包括內容諸因素之間的相互連繫和組織形態等，主要是指結構。「外部形式」是指藝術作品的外部形態，即藉以傳達內容的手段和方式，包括藝術媒介、藝術語言和藝術表現手法等。

　　「結構」則是指文藝作品內在的組織和構造，俄國作家岡察洛夫曾慨嘆：「單是一個結構，即大廈的構造就足以耗盡作者的全部智力活動。」所以，「結構」的作用是通過一定的組織方式和安排構造，將文藝作品中的各個部分結合成完美統一的整體。「結構」在造形藝術中主要是指構圖和形體設計，在敘事藝術中則是指情節等

4　龔鵬程：《文學散步》（臺北：漢光文化事業，2001年），頁83-86。
5　朱國能：《文學概論》（臺北：里仁出版社，2003年），頁77。

安排，在抒情藝術中主要是指情感節奏的表現等。至於「結構」的方法，除了根據以上各種不同的種類的藝術而具有各自不同的特點外，其共同的特點是強調「剪裁」與「布局」，也就是注重題材的取捨和內容的安排。對於一件文藝作品而言，獨特巧妙的結構不僅能夠完善地體現作品的內容，也具有審美價值。

三、何謂內容？

　　文藝作品的內容一方面包括對於客觀社會生活的能動反映，另一方面，它又凝聚著藝術家的審美理想和審美情感，融會藝術家的知、情、意。文藝作品的內容主要是指題材、主題、人物、環境、情節等諸多要素總合而成。文藝作品的內容則是來自主、客觀的統一，具體地說，文藝作品的內容包括題材、思想、情感。以下將分項解說。

㈠題材

　　所謂的「題材」，即作者所經歷的人、事、景、物，經過作者的加工提煉，並透過語言文字的組織、安排後，具體呈現於讀者眼前者。如若未經作者加工、提煉的人、事、景、物，仍只是作者的尋常體驗，僅能稱之為「素材」。

　　所謂加工提煉，是作者心靈的特殊作用，亦即想像力的審美作用。透過作者的審美想像能力，透過語言文字的組織、安排，使讀者能夠知道故事情節的部分則為題材。

　　此外，讀者經常錯把題材當作主題，前者是故事事件的發展過程，而後者是由這些題材提取出具有引導作用的中心思想或觀念。例如〈孔雀東南飛〉中，男女主角的遭遇，我們稱為「題材」，而從這「題材」可以看出傳統婚姻制度所造成的人間悲劇。所以，追求男女平等、改善婚姻制度即是本詩的主導思想，亦即所謂的「主題」。「主題」或稱主旨、題旨或主題思想，文藝作品的「主題」是指通過藝術形象所表現、揭示出的主要思想內涵。「主題」中既有「題材」本身的意義，更有藝術家主體情思的移情效果。它是作家、藝術

家對於豐富生活現象的理解和思考，更是藝術作品的靈魂所在。作為構成作品內容的重要元素，主題體現出藝術家對於生活的獨特思考與認識。它來自於對題材內涵的深入發掘，並通過藝術形象的塑造與描繪，具體顯現出來。一些清新抒情、描寫自然景物的散文，作者也常借助詩意盎然的語言，詠物吟志、借物述志。某些容量較大、內容豐富的藝術作品，經常不只涵蓋一個主題，而出現多元主題的現象。接受美學理論主張，作品的主題意識是作者、作品、讀者三者通力合作下，所提取出的核心觀念，如人生觀、婚姻觀、愛情觀、宗教觀……。[6]因此，不同的讀者會產生不同的主題思想，例如《紅樓夢》，若從社會學的觀點觀察賈府興衰的歷程，或可投顯出當時具體的社會現象。當然，也可立基於愛情觀的立場，析論《紅樓夢》中複雜的人際、情感關係，或考釋人物形象。

(二)思想

　　沒有一部或一篇好的文學作品是沒有思想的，「思想」是蘊藏在題材背後的中心觀念。愛默生曾說：「文學是最好的思想紀錄。」所以，除了「題材」之外，思想與情感也是作品不可或缺的一環。

　　「思想」包含作者的生平、胸襟、抱負、理想等，但思想不等同於作者的意圖。「思想」在前文已有闡釋，而作者的「意圖」則是指作者在創作之初，所想傳達的意義內容，它有時能夠充分地體現在作品之中，有時只能部分地展現。有時作者意圖不能為讀者掌握，有時讀者對於作品的解讀，已超出作者的原初意圖，從而產生新的意義。因此，作者的意圖是否能被讀者感知，或作者的思想是否為讀者所把握，均有賴於讀者各方面的能力，如領悟力、生活經驗、心靈活動等。作者透過作品所傳達的思想，也會因讀者的閱歷與悟性而有不同程度的展現，讀者也可能從作品中得到超越作者原意，產生新的意義。

────────────

6　徐志平、黃錦珠，《文學概論》，頁108-109。

㈢情感

　　情感是作品中最重要的一部分。陸機〈文賦〉：「詩緣情而綺靡。」而劉勰在《文心雕龍・情采》之中，強調作文要以真情為基底，反對為書寫文章而刻意製造情感，也就是反為文而造情，而主張為情而造文。沒有一部作品是沒有情感的，即使寫實主義者倡導文學作品應忠實地反映現實世界，以及自然主義者強調作者的客觀性，倡導要如照相機般真實呈現現實世界，但其背後仍無法擺脫情感的因素。也就是說，現實主義者與自然主義作家若沒有對社會抱著無限的關懷，也不會如此實踐。《禮記》中引孔子之言曰：「情近信」，這裡的「信」就是「真」，意即強調文章的情感要真實誠懇。《晉書》中以「任真自得」評價陶淵明，鍾嶸《詩品》也說陶淵明作品「篤意真古」，足見真情感在中國批評上的重要性。

　　王國維亦曾說：「能寫真景物真情感者，謂之有境界」，否則「謂之無境界」。「境界」一詞與「意境」相當，而「意境」又與「意象」有著密切的關係。關於「意境」與「意象」之間的關係，王先霈曾解釋，意境是由作者的主觀情思與客觀物象交融相契而成。而「意象」亦是主客體的相互契合，不同的是，「意境」的範圍比較廣，它可以是一句詩，一段詩句，乃至一整首詩，而「意象」是形成「意境」的最小單位元素。「意境」就好比一棟建築物，而「意象」是建構這棟建築物的磚石。[7]葉嘉瑩認為，有「境界」指的是作者在現實生活所感知到的情感，並將之以語言文字表達出來，若能夠讓讀者也同樣感受到作者的情感，這樣即稱之為「有境界」，若無法讓讀者透過作品感受到作者貫注的情感，則為「無境界」。[8]由此可見，「情感」是意境或境界產生不可或缺的因素。

---

[7] 王先霈，〈中國古典詩歌的意象〉，《中國詩歌藝術研究》，北京：北京大學出版社，1996，頁54。

[8] 徐志平、黃錦珠，《文學概論》，頁121。

四、形式與內容的統一

文藝作品的構成因素有內容與形式的統一、感性與理性的統一、再現與表現的統一……。黑格爾曾說：「內容和完全適合內容的形式達到獨立完整的統一，因而形成一種自由的整體，這就是藝術的中心。」在文藝作品中，內容和形式的統一的關係使它們共同構成了一個有機的整體。

文藝作品的內容和形式是不可分割的有機體，它們構成了辯證統一的相互關係。形式具有相對獨立性，它不僅直接影響到文藝作品的內容表達和體現，且形式本身也具有審美價值，並擁有獨特的藝術魅力。所以優秀的藝術作品應當是進步的思想內容與完美的藝術形式的有機統一。[9]

五、形式與內容不可分之說

列夫‧托爾斯泰曾經講過：「在真正的文藝作品——詩、戲劇、圖畫、歌曲、交響樂裡，我們不可能從一個位置上抽出一句話、一場戲、一個圖形、一小節音樂，擺放在另一個位置上，而不致損害整個作品的意義，正像我們不可能從生物的某一部位取出一個器官來放在另一個部位而不致毀滅該生物的生命一樣。」可見，對於藝術作品的有機整體來說，文藝內容和文藝形式實際上是不可分離的，它們共同賦予藝術生命。

現代西方一些文藝理論家更是把內容與形式完全看成一回事，甚至反對將藝術作品構成因素劃分為內容與形式兩部分。其實，對於藝術作品而言，它本即是有機整體的存在，確實不能將它機械地分割為兩個部分。但是，從理論上對藝術作品進行分析，或將形式作為創作的手法與技巧時，則又可將作品劃分為內容與形式兩部分，並且逐一進行探究與分析。

---

[9] 彭吉象：《藝術學概論》（臺北：淑馨出版社，1993年），頁179-184。

以下將說明形式與內容何以不可分之說：

若以白居易〈過華清宮〉：「一騎紅塵妃子笑，無人知是荔枝來」爲例，其形式爲七言絕句，那麼它的內容是什麼？其內容、意義在於唐明皇爲了博楊貴妃一粲，竟不恤民力，千里迢迢從嶺南運送荔枝來給她吃。龔鵬程在《文學散步》中並不逕稱這意義爲內容，而是稱之爲「意義形式」或「內容形式」，以別於格律、法式、體制等屬於「結構形式」的「語言格式」。其原因在於：「這裡所謂的意義或內容，其實並不是獨立於形式之外或預存於形式之前的東西，而只是這首絕句，這首七絕的語言文字組織後構成的東西」。所以同樣寫楊貴妃的名句還有其他，如：「江山情重美人輕」，故楊貴妃是「題材」，這兩首七絕是「形式」（結構形式），而「內容」則是詩意。此外，主題或內容或意義也無法獨立於形式之外來討論。

我們可以發現，若只談形式而不管內容的問題，即可以光談「語言格式」，但一旦涉及內容或意義等面向，即立刻察覺內容是無法脫離形式而獨立存在的。其主要的原因如下：

1. 在文學作品裡，一切的「意義」都仰賴文字來呈現，包括言外之意亦是以語言文字來蘊涵或暗示。所以，我們找不到在文學作品之外或之前的意義。

2. 一篇文學作品的意義，例如：詩，並不是專指那些能夠用散文敘述出來的意思才叫作意義或內容。許多人以爲我先有了一個孤寂悵惘的情感，有個燈前獨坐的意想，才寫出「悠揚好夢爲燈見」這樣的詩句來，卻不曉得這一句詩，它的散文意義可能跟「寒燈思舊事」差不多，但對整個詩的意義（意境）來說，卻是風馬牛不相及。詩的意義（更恰當的說法是詩的「意境」）乃是由押韻、特殊的文法構造、文字的奇異涵義、比喻、富於表意的音質，以及可以用散文敘述簡括的內容，一起合併起來的綜合體。所以，即使是結構形式，也是意義構成的一部分，不可或缺。因此，文學作品的結構形式一定會影響到意義內容的構成，而特殊的結構形式將會形成特殊的意義內容。譬如「詞」所表現及形成

的情感內容、思想意義，都有它獨特之處，且爲其他文類所無法
企及。[10]

還有一點重要的原因是針對「文藝創作」而言，當我們思考之
時，已經是透過語言在進行此項活動。換句話說，我們的思想，一部
分是用語言形成的，而與另一部分同時進行。所以，我們不能把語言
看成在外、在後的「形成」，用來「表現」內在的稱之「內容」的思
想，如此，「意在言先」、「意內言外」便無法成立。

總而言之，在文藝創作時，由起念到完成，思想在生產過程大抵
是由淺到深，由粗而細，由模糊而明確，出混亂而秩序，由不完美的
形式臻至完美。起念之時，它常是一陣飄忽的情感，或一個條理不甚
分明的思想，或是一幅未加剪裁安排的境象，它是作品的雛形，粗
糙的內容。然而從這個起點出發，透過思想將內容、形式，意念、
語文，進行伸展與變動。在未完成前，思想常是一種動態，一種傾
向，一種摸索，它好比照相時要調配距離和度數，才能逐漸使要照的
人物形象投注在最適合的焦點之上。文藝作品所要調配的距離、角度
同時是內容和形式，思想與語文，並非先將思想調配妥當，再費一番
工夫去調配語文。俟一切調配妥貼後，內容與形式已同時成就，內
容就在形式中表現出來。所以我們可以說，「表現」就是藝術的完
成；「內容」就是作品裡面的話語；「形式」是表達出來的方式。這
裡所謂的「話」，指的是作者心中想要說的，是思想情感語文的化合
體，一如「僧推月下門」與「僧敲月下門」的反覆推敲，這一字之差
就影響到整句詩的意境展示。[11]

現在我們可以撇開「內容」重要或「形式」重要？或「內容決定
形式」或「形式決定內容」等問題了。

---

[10]　龔鵬程：《文學散步》，（臺北：漢光文化事業，2001年），頁83-86。
[11]　朱光潛：〈文學與語文——內容、形式與表現〉，《名家談寫作》（臺北：牧村圖書公司，
　　　1993年），頁50-51。

第三節　文體的類型

　　在一般的生活中，我們多以具體的「文類」來指稱文學作品，如「詩歌」、「散文」、「小說」、「戲劇」，此四者即所謂的四大文類。而此四大文類，基本上是由文學作品的形式、結構，所作的簡要區別。茲分述如下：

一、詩

　　詩是以凝練的語詞，透過具有諧婉音樂性質的節奏與韻律，以跳躍性的結構表達作家生活、思想、情感的文學體裁。其文體特徵即表現在語言的凝練性、諧婉的音樂性及結構的跳躍性上。

㈠凝練的語言

　　詩語的凝練特質，主要是以簡約的文詞承載深刻的思想與情感，反映現實生活。《文心雕龍·鎔裁》曾云：「情周而不繁，辭運而不濫」，所以詩歌的情感表現要細密而不繁蕪，文詞需精準而不浮濫，在表現形式上，係以精煉為基本原則。

　　此外，詩歌還力求以最精簡的文字創造最大的想像空間，所以具有高度的概括性。詩的表現多是以集中、針對的方式，抓住詩人於生活見聞中感受最為深刻、最具表現力道的片段來反映人情、社會的諸多面向。它不像小說、戲劇，需要以人物、情節、場景的刻畫、經營，而是瞬間的感受為敘寫重點，體現豐富多采的世界。

　　其手法多是經由作者主觀情意與客觀物象的交會、融合，形成鮮活的「意象」。在「意象」的疊加、組合後，創造出鮮明、具體的音聲、畫面，此即為「意境」。並以之作為讀者感知、理解詩人情志的基礎。

　　如馬致遠的〈天淨沙·秋思〉：

　　　枯藤老樹昏鴉，小橋流水人家，古道西風瘦馬。夕陽西下，斷腸人在天涯。

在短短的二十八字中卻選取了九個意象，透過枯黃的藤蔓、衰頹的樹枝、夕陽下的烏鴉等形象，在瑟瑟秋風中，一個流落天涯的異鄉遊子，踽踽獨行於蒼涼古道之上。曲中僅描摹客觀景象，但在這些景象的拼貼、作用下，秋日羈旅的愁苦之情卻已躍然讀者心中。

關於詩歌的凝練性還可由作家的審慎態度見出。南宋洪邁的《容齋隨筆》曾記載王安石「春風又綠江南岸」詩句的創作軼事：

> 吳中士人家藏其草，初云：「又到江南岸」；圈去到字，改為「過」；復圈去，而改為「入」；旋改為「滿」，凡如是十許字，始定為「綠」。

由王安石在字句選用多次改易的過程，足見其鑄字之審慎嚴謹。此外，杜甫作詩亦有「語不驚人死不休」之說，陸游也有「煉字未安姑棄置」之語，都說明了詩人創作時對於詩歌語詞凝練度的追求。

㈡諧婉的音律

在中國詩歌的發展過程，詩與音樂的關係是非常緊密的。〈毛詩序〉云：

> 詩者，志之所之也，在心為志，發言為詩。情動於中而形於言，言之不足，故嗟嘆之；嗟嘆之不足，故詠歌之；詠歌之不足，不知手之舞之，足之蹈之也。

所以詩歌、音樂、舞蹈，在藝術發展的原初形態中是密不可分的。

詩歌的「音樂性」主要是表現在節奏、音調與韻律之上，也就是詩歌的句式要求以鮮明的節奏、和諧的音調、協調的韻律，給予讀者吟唱、誦讀時一種音聲上的美感享受。

所謂的節奏，是指詩歌裡以規律的停頓或間歇，造成詩歌的音節效果。其常會配合詩人情意的起伏而有長短、抑揚、強弱的調整與配

合。郭沫若〈論節奏〉一文云：

> 情緒的進行自有它的一種波狀的形式，或者先抑而後
> 揚，或者先揚而後抑，或者抑揚相間，這發現出來便成
> 了詩的節奏。所以節奏之於詩是她的外形，也是她的生
> 命，我們可以說沒有詩是沒有節奏的，沒有節奏的便不
> 是詩。

所以透過感性形式與眞摯的情感結合，才是詩性特質的展現。

　　至於詩歌的節奏往往體現在句式、分行之上，它往往透過規律
性的停頓產生節奏感，所以整飭的形式、格律的要求，於此應運而
生。其次，詩歌常會利用音長、聲調的變化形成音樂的節奏感，以
中國詩歌爲例，漢字有平、上、去、入四聲的變化，這些聲調的音
長、音高都有所不同。透過這些細微的音聲效果的配合、使用，如平
仄的起伏、音調的變化、韻腳的使用，即可創造出特殊的韻味。

　　當然，詩歌的音樂性最直觀的功能就是審美心理上的愉悅之感，
透過諧婉的音律，給人悅耳動聽的美的饗宴。其次，音樂的節奏還有
助於情意的傳達。如《詩經·蒹葭》：

> 蒹葭蒼蒼，白露為霜。所謂伊人，在水一方。溯洄從
> 之，道阻且長。溯游從之，宛在水中央。
> 蒹葭凄凄，白露未晞。所謂伊人，在水之湄。溯洄從
> 之，道阻且躋。溯游從之，宛在水中坻。
> 蒹葭采采，白露未已。所謂伊人，在水之涘。溯洄從
> 之，道阻且右。溯游從之，宛在水中沚。

在四言爲主的形式中，形成一種規律、鮮明的節奏感。三章韻部皆
不同，第一章押「陽」韻，韻腳是「蒼、霜、方、長、央」；第二

章是「脂、微」合韻，韻腳是「淒、晞、湄、躋、坻」；第三
章押「之」韻，韻腳是「采、已、涘、右、沚」。透過這些韻腳的使
用，營造出音韻的和諧之美。

(三)跳躍的結構

　　詩歌的結構並不以呈現因果、邏輯思考的歷程為目的，而是依
循情感、想像的生發過程，故常以跳點的方式，擺脫線性思考的束
縛。是以詩歌文體往往予人活潑、跳躍的鮮明感受。

　　在表現方式上，有「時間」維度上的跳躍可以橫跨古今、經寒歷
暑，任意穿越歷史、時間的洪流。另外，還有「空間」維度上的跳躍
可以上天下海、天南地北的任意穿梭，突破空間的限制。當然更多時
候是併而用之，以立體、多面向的變化，讓讀者感受到作者活躍的思
緒與獨特色彩。

　　陳子昂〈登幽州台歌〉：

> 前不見古人，後不見來者。念天地之悠悠，獨愴然而涕
> 下。

作者立足於現下時空的基點，以時間的維度展開前後求索的追尋過
程。其次，則在悠闊的空間維度中，極目探尋，最終的發現自己仍是
孤單、寂寞的存在個體，在過去、未來，在天地、宇宙之中，人生意
義的追求與探尋，仍舊是無解的課題。

　　此外，在具體形式的安置上，杜甫即有「香稻啄餘鸚鵡粒，碧梧
棲老鳳凰枝」之句。他以錯置的手法將句中詞序進行調整，進而創造
出閱讀時嶄新的審美感受。如此在詩歌句式結構上的用意，透過試
驗、斷連、重組的方式，使詩歌語言的魅力發揮到極致。

　　另外，詩歌往往以獨特的斷句、分行形式，作為區別其他文體的
特色所在。如句式太長時，為了突顯節奏感即會進行斷句，或為了營
造綿延的情韻，以斷句的方式給人似斷非斷，似連非連的效果。

鄭愁予〈賦別〉：

> 這次我離開你，是風，是雨，是夜晚。
> 你笑了笑，我擺一擺手，一條寂寞的路便展向兩頭了。

即是以斷句的方式，將主人翁於風雨交加的夜晚與情人賦別的情境，營造的更富情味。

　　除了上述特點外，詩歌還可依其內容性質分為抒情詩與敘事詩二大類。所謂的抒情詩，是以抒發詩人情感為主的詩篇。它所著力之處不在事件的細節、人物的形象上，而是透過詩中營造的情景、意境，展現出詩人的自我形象。而敘事詩則是以客觀的筆法，對事件、人物進行描述，與前者相較，所寫情、事都較為客觀具體，而情意的展示，也較直切、質實。當然，抒情詩與敘事詩二者並非截然二分，或有二者相涉的情況，往往只是比重上的不同。

二、散文

　　散文一詞，基本上是相對於「韻文」而提出的概念，泛指不押韻的文章。所以歷來文體分類時，凡是不押韻、不偶對的散體文章，皆可歸之。它不像小說必需設計對話，強調人物性格的塑造，或安排故事情節。也不像詩歌講究音韻，或意象、意境的營造，也不像戲劇需要製造衝突，以表現戲劇張力。它可以不拘形式，順手拈來，直抒胸臆，內容上亦可以敘事、抒情、議論、寫景無所不包，故散文可謂是最靈活、自由的一種文體。

　　其主要特徵大抵有三：題材廣泛多元、形式自由靈活、情意真摯深切。

(一)題材多元廣泛

　　散文中的題材，大到國家大事、小至蟲魚草木，無所不可。無論是寫人敘事、詠物寫景、訪友懷舊……，皆可藉由散文的形式加以描摹。而作者的思想感情、人我互動、社會關懷、志業懷抱……亦可借

之記錄、傳達。

廚川白村在《出了象牙之塔》一文中曾說：

> 如果是冬天，便坐在暖爐旁邊的安樂椅上，倘在夏天則
> 披浴衣，啜苦茗，隨隨便便，和好友任心閒話，將這些
> 話照樣移在紙上的東西，就是散文。[12]

故其具有一定的隨意性，不受規則的束縛，在尋常生活中的真實點
滴、體驗，都可作為散文的題材。

㈡形式自由靈活

「散文」在「結構」上最大特色就是自由靈活，與小說、戲劇等
文體相較，散文沒有固定的抒寫模式。近人李廣田曾說：

> 詩必需圓，小說必需嚴，而散文則比較散。若用比喻
> 來說，那就是：詩必需像一顆珍珠那麼圓滿，那麼完
> 整……小說就像一座建築，無論大小，它必需結構嚴
> 密，配合緊湊……至於散文，我以為它很像一條河流，
> 它順了壑谷，避了丘陵，凡可以流處它都流到，而流來
> 流去卻還是歸入大海，就像一個人隨意散步一樣，散步
> 完了，於是回到家裡去。[13]

所以「散」代表著形式的自由靈活，具有一定的隨意性質。它可以在

---

12 （日）廚川白村：《出了象牙之塔》，《魯迅譯文集》第三卷，（北京：人民文學出版社，
1958年），頁113。
13 李廣田：〈談散文〉，收入於俞元桂主編《中國現代散文理論》（南寧；廣西人民出版社，
1983年），頁148。

行文「章法」上自由表現，透過順敘、倒敘、插敘、補敘等敘寫筆
法，意到筆隨、流水行雲。也可以在「筆法」上靈動演出，既可抒情
言志，亦可風生議論，也可敘事白描，專憑作者之意，信筆而發。
既可純然抒情，亦可專務敘事，或以敘議相雜，亦可駢散自由。此
外，在「文法」上，既可帶入濃郁的詩情，賦予流轉的音響，在散文
的結構上，尋求一種斐然詩韻，如蘇軾之〈赤壁賦〉：

> 清風徐來，水波不興。舉酒屬客，誦明月之詩，歌窈窕
> 之章。

在散文的形式下，結合了詩之情境與韻味，遂成千古之佳文。

當然，散文之「散」並不是散漫無序，林文月《午後書房·散文
的經營》云：

> 有人認為散文不同於詩，可以隨便揮灑不拘格律。其
> 實，散文雖篇幅較詩為大，形式也較詩為自由，卻也未
> 必是鬆鬆散散毫無組織結構的文體。好的散文也自應有
> 其結構布局才對。[14]

所以散文之作仍需扣緊文章的主題、思想，如此才能避免鬆散、蕪
亂、無組織的弊病。

(三)情意真摯深切

梁啟超論寫作時說：「筆鋒要常帶情感」，可見「情感」正是作
品的靈魂所在。所以不少人以為，散文是所有文類中最貼近作者的心
懷、自剖性最強，其虛構與想像的空間也最小的一種。無論是記人敘

---

14 林文月：《午後書房·散文的經營》（臺北：洪範書店，1986年），頁4。

事、狀物寫景,皆需在眞情實感的基礎上有感而發。所以情意的眞摯、感受的深切,正是散文的特點之一。

朱自清的〈背影〉,單純記錄父子之間一次送行的事件,卻將作者所思、所見、所聞、所感寫得眞切深刻,讀者透過文字體貼到作者眞實的情意與感受,故心靈爲之振動。又如余光中〈我的四個假想敵〉,眞切的寫出父親的憂慮與微妙情感,四個女兒依次成長,即將面臨的就是四個可能的外在拉力。即將到來的情愛、婚配等問題,弄得父親好不焦慮。故文中這股既期待女兒幸福,又落寞孤單的矛盾情緒,躍然筆上。而此文之所以繫動人心者,就在於深摯的情意上。

在上述特點外,散文的類型還可分爲敘事、抒情和論說三大類。「敘事文」基本上是以寫人記事爲主的敘事散文,它重在事件的敘述與人物的刻畫。「抒情文」則是用以表達作者的情意感受,多是由主觀情志出發,觀照生活上的事與物,進而抒發作者情懷。而「論說文」則是以議論、說明爲主要目的,其往往是由生活、歷史中的人物、事件出發,借以發表議論、說明道理。

三、小說

小說是以人物形象的塑造與故事情節的安排,進而描摹、反映實際生活樣態的一種文體,也是各種文體中,最貼近社會生活本身的。此一文體的主要特色大抵有三,分別是:細緻的人物刻畫、完整的故事情節、具體的場景描寫。而人物、情節、場景,亦爲小說的三要素。

㈠細緻的人物刻畫

人物是小說得以開展的重要關鍵,也是小說異於其他文類的特點之一。詩與散文雖也可進行人物的刻畫與塑造,卻並非必要條件,但小說則必需描寫人物,而人物形象刻畫的完熟與否,也標誌著小說發展的進步程度。

小說人物的塑造,主要是由外在的音聲相貌的肖像描寫,與內在心理狀態的刻畫、描摹所構成。可以透過對話、行動以及環境的烘

托、點染進行描繪。

　　初略而言，小說人物可分為「扁平人物」、「圓形人物」兩大類。[15]所謂的「扁平人物」就是採用靜態的方式，透過簡單的意念或特徵所塑造出性格單一、簡明的人物。這種人物又稱為類型人物，性格殊乏變化、前後一致。而「圓形人物」則是以動態的方式，人物性格會隨著情節的發展而有所轉變，性格豐富、複雜、飽滿，且具有獨特之處。通常小說中的配角面貌較為平板，故多屬前者，而主角往往經歷情節的矛盾、衝突後，性格會有所變化，故多為後者。

　　人物形象塑造成功與否，往往也是小說成敗的關鍵，如《水滸傳》就鮮明地創造出一百單八名英雄的獨特形象，其細膩的敘寫與刻畫，即成為讀者最深刻的閱讀印象。

㈡完整的故事情節

　　在小說中，引人入勝的故事情節亦占有相當重要的地位。所謂的「情節」，就是小說中事件、片段的有機結合，它通常對於小說故事的整體發展有決定性的作用，透過衝突、轉折的情節安排，在具體的事件中刻畫人物的性格。所以生動、曲折的情節安排，往往能夠起到引領讀者閱讀情緒的作用，若能扣人心弦的營造讀者期待心理，就能增加作品的可讀性。

　　而以文體類型的特質看來，敘事詩或報導文學甚至戲劇皆有可能安排故事情節。但詩歌、散文受篇幅所限，情節的豐富與完整性遠不如小說，而戲劇則受舞台的限制，較難突破時、空的限制。所以就故事情節的完整度、複雜度看來，仍是以小說最為凸出。

　　以傳統小說《西遊記》為例，在故事情節的設計上就饒富特色，不僅時間的跨越度大，天上、人間、陰曹地府、海底龍宮，人與妖、仙與魔，作者縱放的奇思異想就在一個又一個充滿趣味、幻想的情節中，勾勒為豐富謹嚴的結構整體。

---

[15]　（英）佛斯特著，李文彬譯：《小說面面觀》（臺北：志文出版社，2002年），頁59。

㈢具體的場景描寫

　　所謂的「場景」，係指小說中人物行為、活動的場所，提供小說情節鋪陳的背景基礎。舉凡歷史、區域環境的設定，都會影響小說情節的設定與人物性格的形成。

　　在小說之中，欲細膩地刻畫人物性格，場景、環境亦是重要的環節。惟有具體、可徵的場景，才能營造出作者設定的環境氛圍，增添小說的說服力與可信度。即便小說所展示的是第二自然、第二真實，仍應注意場景、環境的合理性。

　　如《三國演義》中三顧茅廬的片段：

> 不數里，遙望臥龍岡，果然清景異常。後人有古風一篇，單道臥龍居處。詩曰：
> 襄陽城西二十里，一帶高岡枕流水。高岡屈曲壓雲根，流水潺湲飛石髓。勢若困龍石上蟠，形如單鳳松陰裡。柴門半掩閉茅廬，中有高人臥不起。修竹交加列翠屏，四時籬落野花馨。床頭堆積皆黃卷，座上往來無白丁。叩戶蒼猿時獻果，守門老鶴夜聽經。囊裏名琴藏古錦，壁間寶劍映松文。廬中先生獨幽雅，閒來親自勤耕稼。專待春雷驚夢回，一聲長嘯安天下。

　　從孔明居處清景異常：修竹翠屏、籬落花馨、蒼猿獻果、老鶴聽經……等描寫，即可想像是什麼樣的高士名賢才會棲居在如此幽雅的環境裡。在小說的寫作中，常會使用烘托的筆法，透過景物的描寫，進而烘托、映襯出場人物的風容氣度。

　　除此三大特色外，小說還可以篇幅長短區分為長篇、中篇、短篇、極短篇之別。長篇小說的特色是篇幅長、內容豐富，其字數一般在六萬字以上，情節的豐富度、人物多寡或性格的刻畫都更加精細。中篇小說的特色是人物不宜太多、情節不宜太曲折，篇幅介於

長、短篇之中，一般字數在三、四萬字左右。短篇小說則是篇幅短小、人物精簡、情節單純，一般字數在一、兩萬字之內。極短篇小說又稱掌上小說或迷你小說，篇幅更小，一般字數在兩千字左右。

四、戲劇

戲劇是以人物賓白為手段，反映社會人生的一種文學體裁，其原型最早可回溯至宗教、祭典儀式中的歌舞演出。唐代時民間盛行參軍戲，宋代則流行雜劇，金代時有院本，元代有雜劇，明清有傳奇，發展迄今作品產量亦十分豐富。

戲劇之所以可成為文學的一支，其理由在於「劇本」的創作。它是以文字的方式記敘演出時場景、燈光、人物動作、對白等各項要素，再透過角色的扮演在舞台上演出，故其具有一定的外觀、形式。也因為需透過實際搬演的方式躍上舞台，故戲劇演出也有其客觀上的限制。如在觀賞戲劇時，觀眾將無可避免的受到演出時人物表現、舞台、音聲效果等客觀要素所影響，無法如欣賞其他文體般馳騁想像而有所約制，故較具客觀性的特質。總括而言，戲劇是一種綜合性的藝術形式。

至於其文體的特質，約略有三：反映現實生活、表現矛盾衝突、豐富的人物語言。

㈠凝練反映現實生活

戲劇必需將豐富的情節凝練在一定的時間中搬演，在場景上也受到演出舞台的空間限制，所以在情節安排、人物關係以及場景安排都必需要儘可能的簡明、集中，展現出高度的集中性與概括性。

清代的劇作家李漁在《閒情偶記》中即強調戲劇結構要簡明，並主張「立主腦」、「減頭緒」、「密針線」，都是要求情節單純化、事件不枝蕪、線索要連貫，才能形成首尾照應、劇情緊湊的整體效果。

在西方，自古典戲劇起即有所謂的「三一律」，在一天之中、一個地點、一個情節，完成一齣戲的演出。強調動作、情節、時空的整

一性，表現出集中、凝練的要求與原則。所以無論中、西，對於戲劇的審美要求，都提出「凝練」、「簡明」的原則，務使在簡短的時間中，容納歷史、社會、生活中複雜豐富的情貌與事件。

㈡集中表現衝突張力

戲劇與小說同屬於敘事類，是以說故事爲主要的目的。在故事的進行中，必需透過情節的安排來豐密樹木的枝幹。在戲劇的情節力，多半要求需具有矛盾與衝突，以增加表現力、突顯戲劇張力。在類似的情節中，才能鮮明地展現人物的風貌與性格。

所謂的矛盾、衝突，就是指劇中人物間的矛盾與糾葛，它可能是人物本身性格所致，可能是外在命運的安排。因爲戲劇有其展演時空的客觀限制，所以必需簡約地利用有限時間，完整勾勒故事全貌，故在情節的揀擇安排上即無法緩慢、悠長地娓娓道來。在時間壓力下，事件與事件間的接榫必需流暢、迅速，人物的性格營造也需在衝突、矛盾的事件中具體呈現。有了衝突的情節安排，戲劇才能產生張力，在連續的情節起伏下，才能製造出一波一波的高潮。在一次次的衝突間，不只豐富了人物形象的飽滿度，推動故事劇情。觀眾的情緒也在反覆的刺激中，維持在關注的心理狀態，產生審美效果。

㈢細緻刻畫語言動作

在戲劇演出中，人物的語言、動作是塑造形象的基本方法。登台的人物必需透過各具特色的語言、行爲來形塑自己的特徵，所以對於人物的心理、思想情感的揣摩、刻畫，就務求細膩深刻。

一般而言，戲劇中人物的語言必需動作化，也就是音聲、表情與動作需三者結合。在戲劇中，語言是人物內心世界的外顯表現，故表述時還需要結合動作姿態，因爲戲劇的語言不只是說明式的，必需透過動作化的安排始具有「演出」的具體效果。

此外，人物的語言動作還必需性格化，亦即透過對話、獨白及其他動作塑造其獨特的形象。比如其身分地位、社經階序、成長背景、生活習慣，甚至種族、年齡、性別等，都會影響其語言、動作的

設定。所以，觀眾透過人物語言的典雅、俚俗，語氣的緩急，情緒的激越、平和，態度的客氣、粗魯等細部的觀察建構人物的具體形象。反觀劇中的設定人物背景、圖象，如果有所齟齬扞格，就不是好的安排。惟有惟妙惟肖且恰如其分的語言動作，才能將人物的閱歷、教養以更具體的方式完善表達。

最後，戲劇的語言不僅停留在內心世界的展現，它還必需透過巧妙的設計，揭露人物的情志、願望、思想等面向，擔負起情節推展的責任。所以人物的語言動作必需創造想像的空間，暗示觀眾故事可能的發展。此時，語言的言外之意即需觀眾深入咀嚼、體會，始可深入人物的內心世界，連繫劇情的發展。

所以，戲劇的語言動作需要編劇者細緻的體貼、揣摩，才能與情節巧妙結合，成為貼近生活、具有張力的優秀作品。

至於戲劇的分類，約有悲劇、喜劇、正劇之分。所謂的「悲劇」係源於古希臘，著名者艾斯奇勒斯《奧瑞斯提亞三部曲》、蘇佛克里斯《伊底帕斯王》、尤里匹蒂斯《美蒂亞》。悲劇中的主角往往具有崇高的理想，卻受到命運或巨大力量的撥弄、阻礙，最終正義的力量無法伸張，而遭致失敗的結局。

「喜劇」則是源於古希臘祭祀酒神時的歌舞儀式，著名者如亞里斯多芬尼斯《阿卡奈人》。喜劇的特點就是帶給觀眾歡樂，它會以誇張的手法、詼諧有趣的台詞、調笑諷刺社會中的諸多現象。

至於「正劇」則是結合悲劇與喜劇兩大元素，故又稱「悲喜劇」，十八世紀啟蒙運動後始出現此一體式，著名者如易卜生《玩偶之家》。正劇裡包含了悲劇、喜劇兩種元素，故內容表現、人物設定上也更為自由，既可是英雄的偉大世業，也可以是平凡百姓的生活瑣事。

問題與討論

1. 「抒情文」與「敘事文」的差別為何？
2. 何謂「形式」？何謂「內容」？
3. 試闡釋「形式」與「內容」的統一說與不可分之說。
4. 現今的文體分為哪幾類？它們各有何特色？

第四章

中西文學思潮發展概述

第一節　文學思潮釋義

　　所謂的「文學思潮」或稱作「文藝思潮」。從字面意義看，思潮之「思」代表著精神性的思惟活動，「潮」則是形象性的比喻，用以指稱其具有如潮水般的動態變化與廣大影響的特質。當二者連綴成詞，代表著接二連三的思想活動，且具有影響範圍大、動態、變化的特質。

　　梁啟超在《清代學術概論》中云：

> 今之恆言，曰「時代思潮」，此其語最妙於形容。誠凡
> 文化發展之國，其國民於一時期中，因環境之變遷，與
> 夫心理之感召，不期而思想之進路，同趨於一方向，於
> 是相互呼應洶湧，如潮然。[1]

所以，在特定的時空背景下，受環境之變遷，將形成某種具有趨同效果之思想進路或心理感召，進而形塑出洶湧如潮的席捲力量。而「文學思潮」亦隸屬於「時代思潮」之中，故必然受時代思潮之總體傾向所影響，其間的關係可謂明矣。

　　至於「文學思潮」的具體定義，各家說法大同小異。如劉介民《比較文學方法論》將文學思潮定義為：

> 在一定歷史時期內，隨著經濟變革和政治鬥爭的發展而
> 在文藝上形成的某種思想傾向和潮流。[2]

劉安海與孫文憲主編的《文學理論》中則主張：

---

[1]　梁啟超：《清代學術概論》（臺北：水牛出版社，1981年），頁1。
[2]　劉介民：《比較文學方法論》（臺北：時報出版社，1980年），頁570。

指在一定社會歷史運動或時代變革的推動下，一些政治
文化相近、創作主張和審美追求相似的作家共同形成的
帶有廣泛社會傾向性的文學運動或文學潮流。[3]

徐志平、黃錦珠合著的《文學概論》指出，因前人對於文學思潮的定
義都強調歷史、經濟、政治、社會等因素，故其將這些因素簡化，以
「歷史」來概括其他因素。他們還參考陸貴山的定義，簡化之後提出
以下的看法：

特定歷史時期，受某種文學規範體系所支配的作家之群
體性思想趨向。[4]

但二氏所謂「群體性思想趨向」，似有必要就「文學思潮」與「文學
流派」的關係，再作細緻的分品與澄清。根據張雙英《文學概論》中
所言：

基本上，「文學流派」係指一種以「作家」為主的論
述。它是指一群在先天秉賦上相近，或後天境遇上有關
係的作家，在刻意經營或自然而然之下，乃發展成一個
文學團體。這個團體利用共同的力量在有關的主張上或
作品的風格上產生了相當程度的影響力，影響了當時的
文壇，甚至於在文學史上造成了震撼等。[5]

3　劉安海、孫文憲主編：《文學理論》（武漢：華中師範大學出版社，1999年），頁230。
4　徐志平、黃錦珠：《文學概論》（臺北：洪葉出版社，2009年），頁151-152。作者另加注
　　說明此定義係參考陸貴山意見提出。參見陸氏著《中國當代文藝思潮》（北京：中國人民大
　　學出版社，2002年），頁20。
5　張雙英：《文學概論》（臺北：文史哲出版社，2004年），頁256。

由此可知，文學思潮所涉及的範圍與構成因素不僅比文學流派來得廣大，更與文學以外的歷史、社會、經濟、政治緊密相關，彼此不可分割。它指的是在某歷史時期、時空環境下，共同受某體系所規範、支配的作家群，展現出相近的思想趨向。而文學流派則是聚焦在相近風格或秉賦的作家群，以「作品」風格或文學主張為基本的構成要素。因此，前者所謂的作家群並非刻意經營的流派，而是除了相近的思想主張外，還有各種其他因素促使他們產生共通點，他們既可以互不熟悉、互不認識，也可以是不具有群聚思想、企圖的獨立個體。然而，流派作為一文學團體，作家們之間彼此多相互熟悉、認識，而且擁有相近的文學風格，以及共同的理念、主張。

所以文學思潮的產生，受到特定歷史背景，諸如：社會、哲學、思想等制約，在此時空環境下孕育出一些藝術情趣、審美風尚相近的文學藝術家。他們的作品不僅具有個人特色，並不約而同的發展成隸屬於時代的鮮明色彩，並且在社會上產生廣泛的影響，形成一種潮流。

有了文學思潮的清楚義界後，以下將進入中、西方文學思潮演變大勢的概述。

第二節　中國文學思潮演變概述

中國的文藝思潮與地域文化有著緊密的關係，受地域、環境的影響，大抵可區分為以黃河流域為主的北方風土與長江流域的南方風土，形成兩種截然不同的氣質。

《北史・文苑傳序》：

> 江左宮商發越，貴於清綺；河朔詞義貞剛，重乎氣質。

即是以在風土民情的差異上，作為南北文學風格的概括。而文學傳統上，或可上溯至《詩經》、《楚辭》迥異的風格。在學術思想方

面，亦有著儒、道二家的不同思想進路。

《莊子‧天運》曾說：

> 孔子行年五十有一而不聞道，乃南之沛見老聃。老聃
> 曰：「子來乎！吾聞子，北方之賢者也，子亦得道
> 乎？」孔子曰：「未得也。」

《孟子‧滕文公上》：

> 陳良，楚產也，悅周公、仲尼之道，北學於中國，北方
> 之學者未能或之先也。

由此可知，在先秦時期似乎即存有南北學統的畛域劃分，分別以老子與孔子為代表。而大體而言，北方儒家精神較偏現實，學派代表經典為「五經」，富有濃厚道德、實踐的色彩。南方道家精神則偏向浪漫，學派代表經典為《老》、《莊》，主張清靜無為、崇尚自然。從風格上來說，道家「上善若水」主柔弱，儒家「天行健，君子自強不息」主剛強。前者主靜，後者主動。

從自然環境看來，北方資源、氣候較不利於生活，是以必需努力進取，以人力去克服外在的限制，故其思想重人為、重實踐。南方得天獨厚，故對於自然的崇敬與愛護之心油然而生，加上山澤雲雨、幽谷勝景，浪漫情懷的產生，可謂其來有自。

除了儒、道兩大思想主流外，東漢末年，佛教正式傳入中國。魏晉以後，隨著經典譯釋、高僧大德的推布，佛教的影響力日益擴大。杜牧〈江南春〉云：

> 南朝四百八十寺，多少樓台煙雨中。

可知佛教思想在六朝之後興盛的狀況。自此之後,佛教思想與儒、道三家,成了我國思想鼎足而三的主要力量,在歷史的長流裡呈現著消長、融合的現象,也推使著一代又一代的思潮奔騰前行。

一、現實思潮的發端

㈠詩經

《詩經》是我國現存最早的詩歌總集,亦可視為我國文學傳統的奠基之作。其源於生活的寫實特色,為中國文學樹立了現實思潮的發端。

如:

> 擊鼓其鏜,踴躍用兵。土國城漕,我獨南行。(〈邶風・擊鼓〉)

詩中如實地將軍旅中操練的場景,修築城漕的境況,完整的呈顯出來。而「我獨南行」一句則是在外在景象的勾勒外,也凸出了主人翁的內在心境。這種植根於現實的書寫方式,正是先秦北方文學的重要特色。

又如:

> 七月流火,九月授衣。
> 一之日觱發,二之日栗烈。
> 無衣無褐,何以卒歲!(〈豳風・七月〉)

《詩經》中的長詩〈七月〉,鉅細靡遺地反映了農民一年四季的勞動生活:從季節的更迭變換對應出人們在不同時序中,衣、食、住、行……的生活境況。詩中表露出來的情調是直面現實,借由詩歌的形式將物候遷遞與農忙勞役給連結在一起,所以從字裡行間表現出當時人們的生活樣態與關懷的重心。

　　當然，《詩經》「六義」還有比、興等寫作手法的運用。儘管使用譬喻、聯想等技巧，但其關懷者仍舊是現實生活面的問題。

　　如：

> 碩鼠碩鼠，無食我黍！
> 三歲貫女，莫我肯顧。
> 逝將去女，適彼樂土。
> 樂土樂土，爰得我所！（〈魏風·碩鼠〉）

即以「比」的手法，將官吏橫徵暴斂的行徑，形象的比喻為肥胖的老鼠，其貪得無厭的行徑讓人忍無可忍。詩中除將農工飽受剝削的心聲傾吐出來，也直率地表達「逝將去女，適彼樂土」的心願。

　　除了衣食住行、軍國大事外，《詩經》貼近生活的特色還表現在其他的方面，例如以親情為主的有：

> 蓼蓼者莪，匪莪伊蒿。哀哀父母，生我劬勞。（〈小
> 雅·蓼莪〉）

借莪蒿之別，譬喻自己未能達成父母期望、未能成材，無法報答父母生養子女的恩惠。詩句表露出的孝親情感，子欲養而親不待的遺憾，打動歷來無數讀者。

　　以愛情為主的如：

> 將仲子兮，無踰我里！無折我樹杞！豈敢愛之，畏我父
> 母！仲可懷也；父母之言，亦可畏也。（〈鄭風·將仲
> 子〉）

詩中女主人翁以內心獨白的方式，純真直率的表達對愛情的期待與父

母之言的疑懼，就在愛、懼矛盾之中，深刻地表達出少女情懷的眞摯情貌。

由上述詩例可以得知《詩經》反映社會、表現生活的寫實特色，其情感、語言亦有著眞誠、自然、樸素的特質。即便使用比興寄託的手法，卻仍以充滿現實傾向的「風雅興寄」爲依歸。

㈡儒家詩教

漢武帝獨尊儒術後，儒家思想成爲中國文化的主流，其對於文學的看法，影響後世既深且遠。

從孔子《論語》論詩依始，即奠定儒家詩學觀的基底。

> 子夏問曰：「『巧笑倩兮，美目盼兮，素以爲絢兮』何謂也？子曰：『繪事後素』曰：『禮，後乎？』子曰：『起予者商也，始可與言《詩》已矣。』」（《論語・八佾》）

由此可知，孔子重視內容更甚於形式，存在著鮮明的本質論述。

> 小子何莫學夫詩？詩，可以興，可以觀，可以群，可以怨；邇之事父，遠之事君，多識於鳥獸草木之名。（《論語・陽貨》）

孔子解詩重在「興、觀、群、怨」，所謂的「興」或指「引譬聯類」或指「感發志意」，其在乎的多是對於實際應用上的問題。而「觀」係指「觀風俗之美惡」，其意即是詩歌是社會生活的直截反應。而「群」則是將詩當作人我交際的工具。孔子曾說：「不學詩無以言」，又說「誦《詩》三百，授之以政，不達；使於四方，不能專對，雖多，亦奚以爲？」（《論語・子路》）其所著眼的即是詩歌外交辭令上的效果。《左傳》中即存在許多外交場合「賦詩言志」的實

況，可作爲詩歌之用的實際參照。至於「怨」則是「怨刺上政」之意，意則借用詩歌諫諷君上，以達言之者無罪，聞之者足以諫的效果。所以總括而言，儒家的詩觀是繫於政治、實用的框架之下。

漢代時，眾儒解《詩》亦以「詩言志」、「思無邪」爲綱領，其重視的是文學在政治上的美刺效果，是以充滿了實用主義的色彩。

由此可知，以《詩經》、儒家爲主的北方文學，其基調是偏實用、重現實的。而透過漢代以降儒家定爲一尊的文化主流，其影響流布所及，遂成爲中國文學思潮中的鮮明底色。

二、浪漫思潮的源起

中國南方多名川大澤，謝靈運詩云：

> 山行窮登頓，水涉盡洄沿。岩峭嶺稠疊，洲縈渚連綿。
> 白雲抱幽石，綠篠媚清漣。

在此錦繡佳景下，自易勾染出充滿玄想的浪漫情懷。在此山川勝境中，即孕育出饒富浪漫色彩的《楚辭》與道家思想。

㈠楚辭

《楚辭》作爲先秦南方文學的代表，即充滿了豐富想象與激越情調的鮮明色彩。

> 浴蘭湯兮沐芳，華采衣兮若英。
> 靈連蜷兮既留，爛昭昭兮未央。（〈九歌·雲中君〉）

此處吟哦的對象爲雲神——雲中君，在詩文裡，他是位俊美的年少，在蘭湯中沐浴後，穿著五彩華服，展現美好的姿容。在此充滿瑰麗想像的文詞裡，透顯著是跨越人神界限的浪漫情調，更展現出人們

對美好青春的深切眷懷。

　　對於《楚辭》的發源地──楚，清人洪亮吉〈春秋時楚國人文最盛論〉中即云：

> 春秋時人才惟楚最盛，其見用於本國者不具論；其波及他國者，蔡聲子言之已詳，亦不復述。……他若文采風流，楚亦勝他國。……其後諸子百家亦大半出於楚。……至辭賦家則又原始於楚。屈原、唐勒、景差、宋玉諸人皆是。蓋天地氣盛於東南，而非僅和氏之璧、隋侯之珠，與金木竹箭皮革角齒之饒所得專其美矣。

是以楚地自先秦開始即是個人文薈萃、景色怡人的人間佳境。在此風土環境下，孕育出中國浪漫文學的先聲。

　　以《楚辭》為例，其中充滿綺思異想的神話，迥異於北方現實傳統的情調。舉凡〈天問〉裡不斷追索的深沉探問，其多本於神話、傳說。而〈招魂〉中更有關於天界、地獄的景觀描寫，其表現出來的即是文人心中所勾勒的天地景觀。其他如東皇太一、湘君、湘夫人、雲中君、東君、河伯、大司命、少司命、山鬼……都是泛靈神祇觀下的產物，其泯合人與自然萬物的界限，讓自然景觀也因此人格化了起來。其中最著名的〈離騷〉亦充滿著想像與神話的色彩：

> 吾令羲和弭節兮，望崦嵫而勿迫。
> 路曼曼其修遠兮，吾將上下而求索。
> 飲余馬於咸池兮，總余轡乎扶桑。
> 折若木以拂日兮，聊逍遙以相羊。
> 前望舒使先驅兮，後飛廉使奔屬。
> 鸞皇為余先戒兮，雷師告余以未具。
> 吾令鳳鳥飛騰兮，繼之以日夜。

> 飄風屯其相離兮，帥雲霓而來御。
>
> 紛總總其離合兮，斑陸離其上下。
>
> 吾令帝閽開關兮，倚閶闔而望予。
>
> 時曖曖其將罷兮，結幽蘭而延佇。
>
> 世溷濁而不分兮，好蔽美而嫉妒。

其中，羲和是日神之御，崦嵫是日神棲宿之處，咸池是日浴之所，扶桑是日出之處。望舒則是月神之御，飛廉是風神，其他如鸞皇、雷師……皆是神話中的人物。而這些化用神話、傳說的特色，則是屈原沾溉於楚地風土、文化，而成爲其作品中難以褪去的底色。

在神話與心靈世界之際，屈原展現出超現實想像的特點。金開誠《屈原辭研究》中云：

> 超現實想像作爲心理活動的一個顯著特點，就是它突出表現了想像者的願望、情感等主觀意向。[6]

他並指出：

> 屈原辭的自覺超現實想像既可以對傳統素材隨意進行再創造，又可以不斷摻進新的認識內容，因此在願望與情感的表現上也就不再受到拘束。[7]

其對於天界、神祇的想像，也是其浪漫思想的具體表徵。

除了主題上的特色外，南方楚人在情感表達上也充滿了直切的激

6　金開誠：《屈原辭研究》（南京：江蘇古籍出版社，1992年），頁276。

7　金開誠：《屈原辭研究》（南京：江蘇古籍出版社，1992年），頁278。

情。〈離騷〉：

> 日月忽其不淹兮，春與秋其代序。
> 惟草木之零落兮，恐美人之遲暮。……
> 長太息以掩涕兮，哀民生之多艱。……
> 忳鬱邑余侘傺兮，吾獨困乎此時！

其於悲痛的情緒，於字裡行間直切地流露，使讀者能夠感同身受，激盪起共鳴之感。

　　稍晚於屈原的作家宋玉，其悲秋之作亦充滿了物候之於人的深刻體驗：

> 悲哉，秋之為氣也！蕭瑟兮，草木搖落而變衰。
> 憭栗兮，若在遠行。登山臨水兮，送將歸。
> 泬寥兮，天高而氣清，寂寥兮，收潦而水清。
> 憯悽增欷兮，薄寒之中人。愴怳懭悢兮，去故而就新。
> （〈九辯〉）

將秋天氣候的變化、草木搖落之景與個人、家國隱微地連繫在一起。所以觸物起興的傳統，在《楚辭》作品的創作中得到充分的展現。

(二)道家思想

　　在先秦思想家中，老、莊是最具南方浪漫色彩的思想家，他們尊重自然、主張無為，對於附益於本然之外的人文雕飾抱持反對的態度。但在反對人文雕飾的《老》、《莊》二書中，卻充滿了人生的智慧與文學的趣味。

　　老子姓李名耳，春秋（約西元前六世紀）楚國苦縣人。所著《道

德經》可視爲是韻文形式的哲理詩。在精練的五千餘言內，以富有形象思惟的方式，表現出他的義理思想。諸如：「千里之行，始於足下」，「合抱之木，生於毫末」，「九層之台，起於累土」等，皆是極具形象性的詩意的語言。就形式而言，以《詩經》爲主的先秦韻文，大抵以四言爲主，老子卻以一種自由的詩體，暢達地將其人生體悟表現而出。故在說理之餘，富有濃濃的文學興味。

　　莊子名周，戰國（西公元前369-286）宋國蒙縣人。其思想包蘊於《莊子》一書之中。是書是以散文的形式，作爲表達義理的載體。但其中浪漫的精神特質卻貫穿全書。以首章〈逍遙遊〉爲例：

> 北冥有魚，其名曰鯤。鯤之大，不知其幾千里也。化而
> 爲鳥，其名爲鵬。鵬之背，不知其幾千里也；怒而飛，
> 其翼若垂天之雲。是鳥也，海運則將徙於南冥。〈逍遙
> 遊〉

其中鯤化鵬飛的故事，除了工夫、境界論等義理層次的討論外，其中跨越物種的變形想象，充滿茫忽恣縱的想像色彩。明代宋濂〈諸子辨〉曾說「汪洋凌厲，若乘日月，騎風雲，下上星辰而莫測其所之，誠有未及者。」所以豐富的想像與生動的形象，使它充滿浪漫主義的色彩。

　　《莊子》中最令人印象深刻的還有許多的寓言故事，諸如「枯魚之肆」、「郢匠揮斤」、「呆若木雞」、「梓慶削鐻」等都具有上述的文學特色。其他還有一些援用神話、傳說以闡釋義理的篇章，皆是以誇張、浪漫的想像，開拓後人的理解經驗。誠如莊子〈天下〉自道：「以謬悠之說，荒唐之言，無端崖之辭，時恣縱而不儻，不以觭見之也。」在奇幻、荒誕的情節之中，實則是莊子浪漫思想的具體實現。

　　李澤厚曾說：

> 由於（儒家）實踐理性對情感展露經常採取克制、引
> 導、自我調節的方針，所謂以理節情，「發乎情止乎禮
> 義」，這也就使生活中和藝術的情感經常處在自我壓抑
> 的狀態中，不能充分地痛快傾洩表達出來。……只是由
> 於老莊道家和楚騷傳統作為對立的補充，才使中古代文
> 藝保存了燦爛光輝。[8]

　　由此可知，以《楚辭》、道家為主的南方文學，其基調是浪漫、富幻想的。在屈宋、莊老等文學家、思想家的影響下，成為與儒家思想並峙而存的兩大文學主流。

三、南北思潮的合流

　　在先秦諸子紛起的時代中，慢慢出現一派旁通博綜、兼採各家之長的新興流派問世。呂不韋的《呂氏春秋》及劉安的《淮南子》，即是秦漢思想潮流中的代表作品，他們調和各種學派，採取折衷主義的態度，兼收各家之長，反映出南北民族與文化統一之後，必然的文化、思想的走向。

㈠賦

　　漢代的代表文體——賦，即是結合《詩經》的書寫手法、《楚辭》的形式特色，而派生出來的新興文體。它以宮廷生活、山川城郭、草木獸禽、宮室園囿為抒寫題材，以士大夫的視野，開啟了秦漢帝國宏闊的帝京氣象。

　　班固在〈兩都賦序〉曾說：

> 至於武、宣之世，乃崇禮官、考文章，內設金馬石渠之

---

[8]　李澤厚：《中國古代思想史論》（北京：人民出版社，1986年），頁37-38。

署，外興樂府協律之事，以興廢繼絕，潤色鴻業。……
故言語侍從之臣，若司馬相如、虞丘壽王、東方朔、枚
皋、王褒、劉向之屬，朝夕論思，日月獻納。而公卿大
臣，御史大夫倪寬、太常孔臧、太中大夫董仲舒、宗正
劉德、太子太傅蕭望之等，時時間作。或以抒下情而通
諷諭，或以宣上德而盡忠孝，雍容揄揚，著於後嗣，抑
亦雅頌之亞也。故孝成之世，論而錄之，蓋奏御者千有
餘篇。

在潤色帝王鴻業的原則下，將漢帝國威震四邦、都邑繁榮、物產豐
饒、宮室富麗的形象勾勒而出，一派歌功頌德的景象。如司馬相如的
〈子虛賦〉或揚雄的〈羽獵賦〉即是描寫畋獵之樂、苑囿之美。

　　《西京雜記》記載漢賦代表作家司馬相如論賦云：「合纂組以
成文，列錦繡而為質，一經一緯，一宮一商，此賦之跡也。賦家之
心，苞括宇宙，總覽人物，斯乃得之於內，不可得而傳。」這些言語
侍從致力於文學創作，講究形式、辭藻之美、曲盡描摹，形成了漢賦
「鋪采摛文，體物寫志」的文體特色。

　　當然，在追求美的同時，賦仍舊保留著現實關懷的層次，如班固
即謂：「抒下情而通諷諭，宣上德而盡忠孝」。而賦家揚雄在《法
言・吾子》也提出了兩種賦體：「詩人之賦麗以則，辭人之賦麗以
淫。」之說，前者係指有益世道人心，具諷諫意味的作品，其謂
「麗以則」，強調賦還需兼及「體物而瀏亮」的現實原則。此外，
「麗以淫」之說，則是指〈神女賦〉、〈上林賦〉一派，充滿瑰奇想
像的作品，其上承《楚辭》的浪漫傳統。在不同的創作題材與心態
下，分流出漢賦兼具現實、浪漫的多元色彩。

(二)文

　　在散文的範疇中，漢代以政論、史傳文章成果最豐，其中《史

記》一書，更是後人學習、模仿的經典作品。無論是韓愈：「非三代兩漢之書不敢觀，非聖人之志不敢存」（〈答李翊書〉），或明代前後七子的「文必秦漢，詩必盛唐」（《明史‧文苑傳》），其所推許的對象，皆是以《史記》爲代表。

就現實主義的傾向而言，《史記》爲我國正史之始，其〈太史公自序〉云：「余嘗西至崆峒，北過涿鹿，東漸於海，南浮江淮矣！」班固〈司馬遷傳〉亦謂其：「二十而南游江淮，上會稽，探禹穴，窺九疑，浮沅湘。北涉汶泗，講業齊魯之都，觀夫子遺風，鄉射鄒嶧；阨困蕃、薛、彭城，過梁楚以歸。」故其訪故踏查，深歷實地的採集故實，故是書雖上溯五帝三皇，時間橫亙二千餘年，仍能保有「信史」之譽，而爲史家絕唱。

就浪漫主義的傳承而言，司馬遷〈報任安書〉：「蓋西伯拘而演《周易》；仲尼厄而作《春秋》；屈原放逐，乃賦《離騷》；左丘失明，厥有《國語》；孫子臏腳，《兵法》修列。……《詩》三百篇，大氐賢聖發憤之所爲作也。」在此「發憤著書」的論點牽引下，其行文筆端充滿情感，在激越的創作情緒中，寄寓著作者深刻的思想。舉凡爲項羽、荊軻、伯夷、屈原……等人立紀作傳，其豐沛的情感與理想寄託，在這些歷史人物的身上尋得了宣洩的出口。

如其於〈屈原賈生列傳〉提到：

> 屈平正道直行，竭忠盡智以事其君，讒人閒之，可謂窮矣。信而見疑，忠而被謗，能無怨乎？屈平之作〈離騷〉，蓋自怨生也。〈國風〉好色而不淫，〈小雅〉怨誹而不亂，若〈離騷〉者，可謂兼之矣。……其文約，其辭微，其志絜，其行廉，其稱文小而其旨極大，舉類邇而見義遠。其志絜，故其稱物芳。其行廉，故死而不容自疏。濯淖汙泥之中，蟬蛻於濁穢，以浮游塵埃之外，不獲世之滋垢，皭然泥而不滓也。推此志也，雖與

　　日月爭光可也。

文中對於屈原忠而見謗的行誼，與稱小而旨大的文章，比之可同日月
爭光。是以在以現實主義爲基礎的歷史作品中，司馬遷將之與己身的
境遇結合，投以豐沛的情感認同。所以《史記》一書，可謂是文學化
了的歷史，也可謂之爲歷史化的文學，在抒情與記實之間，泯除了二
者間的界線，巧妙地揉合一鑄。

㈢詩

　　漢代詩歌主要以樂府、〈古詩十九首〉爲代表。《漢書‧禮樂
志》曾記載漢代樂府官署有採集民歌的工作，「采詩夜誦，有趙、
代、秦、楚之謳」。而這些篇什是以「感於哀樂，緣事而發」爲特
色，這些民間歌謠也就現出反映民生疾苦的現實主義色彩。

　　如鼓吹歌辭中的〈戰城南〉、相和歌辭中的〈十五從軍征〉，
或相和曲辭〈婦病行〉，反映出戰爭、徭役所帶給老百姓的痛苦。
「戰城南，死郊北，野死不葬烏可食。爲我謂烏：『且爲客豪！野死
諒不葬，腐肉安能去子逃！』」對於戰士曝屍荒野的悲慘命運，有
深刻且卑微的深刻著墨。而「十五從軍征，八十始得歸。道逢鄉里
人：『家中有阿誰？』」以長年爲國征戰的老兵返鄉的見聞答問，將
戰爭帶給人民的苦痛留下鮮明的見證。而「婦病連年累歲，傳呼丈
人前一言，……入門見孤兒，啼索其母抱。徘徊空舍中，『行復爾
耳』，棄置勿復道。」以病婦臨時前與夫話別的景象，勾勒出底層人
民貧困且悲慘的命運。另外〈東門行〉：

　　　　出東門，不顧歸。來入門，悵欲悲。盎中無斗米儲，還
　　　　視架上無懸衣。拔劍東門去，舍中兒母牽衣啼：「他家
　　　　但願富貴，賤妾與君共餔糜。上用倉浪天故，下當用此
　　　　黃口兒。今非！」「咄！行！吾去爲遲！白髮時下難久
　　　　居。」

以家中無斗米儲的貧困夫妻爲書寫主角，在妻子極力勸阻而丈夫仍執意鋌而走險的對話中，反映時代的悲劇共相。

　　凡此種種，對於貧困、不公的社會問題，漢人以詩歌的形式加以表現。是以在敘事與抒情之間，可謂在寫實的原則下，將人情的苦悶、悲憤，進行控訴。

　　在漢代採集樂府民歌的工作中，下開五言古詩的新傳統。在抒寫與敘事、浪漫與現實的結合下，完成了「逐臣棄婦，朋友闊絕，遊子他鄉，死生新故之感。」（沈德潛《說詩晬語》）的傑作。

　　綜上所述，秦漢時期在思想上是雜揉、統合的時期，其文學走向亦透顯著此一特色，故就文學所體現出的思潮取向，是合拍且齊鳴的。

四、佛道思想的風行

㈠玄言遊仙之風盛行

　　東漢末年，豪強並起，政治紛亂，傳統社會的倫理價值也分崩離析。在連年戰亂中，文人以其敏銳的視野，洞察亂世中流離的人間悲歌。三祖、陳王以及「於學無所遺，於辭無所假」（曹丕《典論‧論文》）的孔融、王粲、劉楨……等之建安七子，各「騁驥騄於千里」，於文學的場域中各擅勝場，以清峻遒健的「建安風力」，激盪出中國文學史上的高峰。

　　他們的文章氣格爽朗、情感眞切，語言精粹而鏗鏘，在文、質二維之中，展現出極高的藝術成就。以王粲〈七哀詩〉三首之一爲例：

> 西京亂無象，豺虎方遘患。復棄中國去，委身適荊蠻。
> 親戚對我悲，朋友相追攀。出門無所見，白骨蔽平原。
> 路有飢婦人，抱子棄草間。顧聞號泣聲，揮涕獨不還。
> 「未知生死處，何能兩相完？」驅馬棄之去，不忍聽此言。

將親身經歷的景況以實境模擬的方式，描摹出戰爭的殘酷與生民塗炭的慘狀。沈約在《宋書・謝靈運傳》中更稱此詩「直舉胸臆，非傍詩史」。

而劉楨的〈贈從弟〉三首之二：

> 亭亭山上松，瑟瑟谷中風。風聲一何盛，松枝一何勁。
> 冰霜正慘悽，終歲常端正。豈不罹凝寒，松柏有本性。

以松柏之剛勁喻志向之堅貞，表面詠物，實則喻人，表現出主人翁高潔、不迴的剛正本性。無怪乎曹丕稱其「五言詩之善者，妙絕時人。」（〈與吳質書〉）

曹魏三祖、陳王，雅愛文章，熱心文學事業，復以七子閱歷豐富、體驗真切，加上斐然文采，是以形成文學史上的盛世。魏晉易代之時，司馬氏與曹氏權鬥、傾軋，屠戮之事屢見不鮮，文人處境更加危疑。正始年間，以阮籍、嵇康為首的「竹林七賢」，即將關懷重心由現實人世，移轉至談玄論理的清談之上。

《晉書・阮籍傳》記載：「籍本有濟世志，屬魏、晉之際，天下多故，名士少有全者，籍由是不與世事，遂酣飲為常。」在「天下多故」的亂世中，名士「少有全者」，是時文人在現實環境的逼迫之下，不得不以隱微、象徵的手法包裝自己的深刻情志，或將關懷的重心由現實生活轉移到玄理的探研之上。如《晉書・阮籍傳》云：「籍雖不拘禮教，然發言玄遠，口不臧否人物。」這或許是在危疑之境中最佳的自衛方法。而與阮籍齊名的嵇康，為人直切，曾作〈與山巨源絕交書〉回絕山濤的任官邀請，因其好惡分明的性格，最終為司馬氏所殺。

劉勰《文心雕龍・明詩》曾云：「正始明道，詩雜仙心。何晏之徒，率多浮淺。惟嵇志清峻，阮旨遙深，故能標焉。」所謂的「詩雜仙心」即是向道家思想的靠攏。

　　而後西晉太康年間，中國進入短暫的統一狀態，文學風氣逐漸走向華麗綺靡，在引領文壇的文人如張華、張協、陸機、潘岳等人的筆下，都表露出濃冶浮豔的特色。但前朝的道家思潮仍為本朝所承襲，更摻雜神仙、道教的思想形成所謂的遊仙文學。朱乾《樂府正義》云：

> 遊仙諸詩，嫌九洲之局促，思假道於天衢，大抵騷人才士不得志於時，藉此以寫胸中之牢落，故君子取焉。

他以為是時騷人才士，於現世有限時空的生命場域中無法自在揮灑，故而託理想於廣大的想像世界，以抒發不遇之情，在遠遊與幻境的世界裡尋求精神的慰藉。在當時代表文人張華，即便身處台閣，也曾有「遊仙」之思：

> 玉佩連浮星，輕冠結朝霞。列坐王母堂，艷體滄瑤華。
> 湘妃詠涉江，漢女奏陽阿。（〈遊仙詩〉四首其二）
> 遊仙迫西極，弱水隔流沙。雲榜鼓霧枻，飄忽陵飛波。
> （〈遊仙詩〉四首其四）

其中王母、湘妃為神話中的人物，西極、弱水則為傳說中的仙境。詩中可見對於神仙幻境的嚮望，也表現出當時文人思想的普遍傾向。

　　稍後的永嘉詩人郭璞曾製作〈遊仙詩〉十四首，更將遊仙文學推向了高峰。

> 京華遊俠窟，山林隱遁棲。朱門何足榮，未若託蓬萊。
> 臨源挹清波，陵崗掇丹荑。靈溪可潛盤，安事登雲梯。
> 漆園有傲吏，萊氏有逸妻。進則保龍見，退為觸蕃羝。
> 高蹈風塵外，長揖謝夷齊。

詩中以遊仙的高邁否定世俗的富貴榮華，表達對隱逸生活的嚮往與神遊仙鄉的期待。只是魏晉以降的「玄言」、「遊仙」諸作，在相同的主題框架下，讀之往往索然無趣，宗教、哲理意味太濃。直至晉末陶淵明在仕途不順後返歸自然，躬耕南畝，始以其深摯的體會，寫出歸田閒逸的隱逸興味。諸如〈歸園田居〉五首之一：

> 少無適俗韻，性本愛丘山。誤落塵網中，一去三十年。
> 羈鳥戀舊林，池魚思故淵。開荒南野際，守拙歸園田。
> 方宅十餘畝，草屋八九間。榆柳蔭後簷，桃李羅堂前。
> 曖曖遠人村，依依墟里煙。狗吠深巷中，雞鳴桑樹顛。
> 戶庭無塵雜，虛室有餘閒。久在樊籠裡，復得返自然。

其跳脫玄理、哲思的板滯陳述，以實際人生的體會，在尋常鄉里田園之中，覓得了人間仙境、現世樂園。其間或有道家思想的色彩，但讀來不覺生硬無味，其語樸而意真的詩句，在真誠、自然的表述中，獲得後人的熱切共鳴。

㈡佛教的流布與傳衍

　　佛教於西元前六至五世紀由釋迦牟尼所創立，於兩漢易代之際前後傳入中國。初期中國文學受佛教思想的影響並不明顯，到了西晉末年五胡亂華，異族於中國北方肇建了十六個大小不一的國家。在胡漢文化交流的過程中，佛教透過「格義」的方式，應用中國本土的思想、典故詮釋佛教教義，使得佛教的流布與傳衍逐漸的盛行。

　　就文學思潮而言，佛經的翻譯與梵唄傳入是佛教傳衍的重要關鍵。在佛典翻譯方面，六朝時期出現幾位譯經大師，如支謙、康僧會，他們使用老、莊義理，以意譯的方式重新詮解佛教經典。稍後的翻譯大師鳩摩羅什具備良好的漢語能力，且以其胡人身分，精通西域多國語言，其翻譯工作係以直譯的方式，將經義的譯解帶到另一個層次。入唐之後，有玄奘西行取經，於十九年間遍歷多國，更與名

僧大德論學、問辨，對於佛教經義的理解更臻完熟。歸國時，共帶回六百五十七部經籍，而後於慈恩寺專務翻譯，共譯出佛典七十三部，凡一千三百三十卷。

　　就譯經方式而言，鳩摩羅什以直譯的方式，雖有刪節重複篇章，但基本上是忠實呈現原作。而玄奘則是以意譯爲主，難免會因經義暢達而改易篇帙、體制之處。但無論以何種形式，佛教的義理在諸位高僧的翻譯下，更深入到社會各處。

　　總括而言，佛教思想對於文學的影響有五：

1. 語言詞彙的開拓：

　　因爲音譯的關係，許多佛教外來語的使用也隨著宗教勢力的擴散而影響文學。諸如「涅槃」、「浮屠」、「刹那」等都是新語彙的使用。

2. 文體形式的變化：

　　前文嘗提及梵唄，其與音樂的關係十分密切。而佛教經典常以詩文夾雜的形式表達，也對敦煌變文或後世講唱文學都有深刻的影響。

3. 敍事文學的發展：

　　抒情文學是中國文學的主流，從《詩經》以降，詩歌一直爲文學的正宗。隨著佛教經典的傳入，其中有許多充滿情味的神話與故事，重新喚醒了文人對於敍事文學的創作意識。如《維摩詰經》即充滿小說、戲劇的場景與對話，而《佛本行經》則是敍述釋迦摩尼一生故事的長詩，其中在擬詠人情物態的精工筆法，曲盡幽微細膩的特色，而類似的寫物方法，是我國傳統文學中所不曾出現的。

4. 佛教思想的散播：

　　佛教輪迴轉世的思想，對於我國民間小說、故事影響甚大。諸如果報觀、勸善懲惡觀都在民間故事、小說中得到彰顯。而在哲理思惟、宇宙本體的認識與理解上，也深入到文人對於文學觀點的理解。如唐代的詩境理論，即受佛教影響。

5.音韻聲律的發現：

六朝文學基本上是朝向「詩賦欲麗」的走向發展，除了用字辭藻的講究上，聲律之說的發現亦是文學史上的重大事件。「五色相宜，八音協暢」、「一簡之內，音韻盡殊，兩句之中，輕重悉異。妙達此旨，始可言文。」（《宋書‧謝靈運傳》）而這些與聲律相關的認識皆與佛經的宣傳有關。慧皎《高僧傳》：「天竺方俗，凡是唱詠法言，皆稱爲『唄』。至於此土，詠經則稱『轉讀』，歌讚則號爲『梵音』。」在經師的唱導下，聲調的頓挫抑揚亦成爲講經時的重點之一。後來周顒的《四聲切韻》或沈約的《四聲譜》以及所謂的「四聲八病」之說，皆與佛經的宣講有著極大的關係。

總括而言，隋唐以前，文學思潮是以道家、神仙思潮爲主流。但在文化的融合與格義佛教的詮解下，佛教思想已逐漸可與道家神仙思想分庭抗禮。

(三)佛道的交涉與融合

南北朝時道教借鑑佛教義理與僧團組織，創建出許多經典，如《老子大權菩薩經》、《靈寶法輪經》等，幾可謂是循佛經規模而創造，而佛教亦沿襲道教傳說教義，仿作出不少經典。二教關懷皆以「生死」爲核心，但求超越。道教主延年，佛教空我執，在宗旨上雖有區別，卻存有相互吸收調合的共通之處。

是時佛道思想的交流、參鑑，也反映在文學作品之上。諸如孫綽〈遊天台山賦〉：

> 王喬控鶴以沖天，應真飛錫以躡虛。騁神轡之揮霍，忽出有而入無，於是遊覽既周，體靜心閒；害馬已去，世事都捐。投刃皆虛，目牛無全。凝思幽巖，朗詠長川。爾乃羲和亭午，游氣高褰。法鼓琅琅以振響，眾香馥馥以揚煙。肆覲天宗，爰集通仙。挹以玄玉之膏，漱以華池之泉，散以象外之說，暢以無生之篇。悟遣有之不

> 盡，覺涉無之有間；泯色空以合跡，忽即有而得玄。釋
> 二名之同出，消一無於三幡。恣語樂以終日，等寂默於
> 不言。渾萬象以冥觀，兀同體於自然。

文中融合佛道思想，前句言仙人王子喬駕鶴沖天，後句便提到應貞羅
漢踏錫躡虛。前有《莊子》庖丁解牛之例，後有《法華》振鼓揚煙之
事。入出天宗老君之所，漱崑崙華池之泉，所閱悟者為道家象外之說
與佛家無生之篇。前句主張泯色空，後句即提得玄道，在有無、色空
的觀想下，終能渾齊萬象而冥觀，兀然同體於自然。是以全文雜揉佛
道思想，由之反映南北朝文人意識對於佛道思想的涵籠與包攝。

　　《文心雕龍・明詩》：「宋初文詠，體有因革，莊老告退，而山
水方滋。」繼莊老之學而起的則是山水、田園之作。它們表現出謳歌
自然，在山水、園林，曠達、放酒的生命體驗中，淡化了道家玄理的
色彩。

　　以謝靈運為例〈登江中孤嶼〉：

> 江南倦歷覽，江北曠周旋。懷新道轉迴，尋異景不延。
> 亂流趨孤嶼，孤嶼媚中川。雲日相暉映，空水共澄鮮。
> 表靈物莫賞，蘊真誰為傳。想像崑山姿，緬邈區中緣。
> 始信安期術，得盡養生年。

詩中描寫詩人於永嘉江畔懷新、尋異的過程，發現巍然獨立於江中的
孤嶼，在雲日、空水、亂流、中川等景致的點染下，壯潤綺麗的山
水勝境浮顯於讀者眼前。接著詩人啟動飄逸塵外的想像，其中雖也聯
想到仙山神人、長生道術等，但更值得吾人注意者，乃在意象生動的
山水景致與詩人精神企求的深刻體驗上。凡此山水之作，皆可謂是對
於前期遊仙、玄理的超越，將關懷的視野，重新拉回人境，並寄寓己
身情懷，以表達對人生、自然的體悟。此類詩作，已臻於「情景交

融」的境界。

　　其〈山居賦〉云：

> 安居二時，冬夏三月。遠僧有來，近眾無闕。法鼓朗
> 響，頌偈清發。散華霏蕤，流香飛越。析曠劫之微言，
> 說像法之遺旨。乘此心之一豪，濟彼生之萬理。啟善
> 趣於南倡，歸清暢於北機。非獨愜於予情，諒僉感於君
> 子。山中兮清寂，群紛兮自絕。周聽兮匪多，得理兮俱
> 悅。

在法鼓朗響、頌偈清發的聽覺摹寫下，置身散華、流香所營構出的美
好環境。聽聞的是千載的微言、遺旨，讓人曉喻了人生的萬理、善
趣，清明了人的天機。在此清寂的山林之中，得到是悟透佛理的愉悅
之感。是以在秀麗的風景中，詩人感受到宗教義理的啟發，使詩文在
內在意蘊上，熨貼了深刻的哲理深度。

　　是以無論詩、文，佛、道義理皆滲入至文人觀看世界的角度，故
在山水的範形下，其包蘊的無不是佛、道深微意蘊的體悟。

　　而後的山水之作日多，如謝朓即是山水詩的能手，其名句如「餘
霞散成綺，澄江靜如練」（〈晚登三山還望京邑〉）、「天際識歸
舟，雲中辨江樹。」（〈之宣城郡新林浦向板橋〉）皆是膾炙人口的
作品。

　　除了詩文、辭賦外，道、佛義理對於通俗文學亦產生不小的影
響。如吳均《續齊諧記》中的〈陽羨書生〉，載記許彥山行偶遇書生
腳痛，求寄鵝籠之中。而後口吐銅奩、美饌及一美女共宴，接著發生
一連串男女吞吐的情節，揭露幽微的人性與情慾。魯迅《中國小說史
略》即針對此一故事談道：「魏晉以來，漸譯釋典，天竺故事亦流傳
世間，文人喜其穎異，於有意或無意中用之，遂蛻化為國有」。明白
指出此文承衍釋典變化而來的背景。

其他如劉義慶《宣驗記》、《幽明錄》等，從集名即可發現其宗教性的色彩，而所錄故事亦皆與因果報應等佛道思想相關。

在隋唐時期結束了南北朝分裂的局面，「調和」成了這個時代的主要旋律。舉凡南、北學派，佛、道思想，都呈現出會合交流的現象，兼容並蓄、三教合一，呈現出宏闊的帝國氣象。

在詩歌方面，有上官儀、沈佺期、宋之問等，對於詩歌格律化持續發明、推動。而還有王梵志、寒山、拾得等人，將宗教哲理思想，以詩歌的形式進行推闡。而後詩佛王維更將自然景致的靜觀靈悟，以充滿禪味的意趣，自然湊泊的音聲，將山水田園詩歌推至高遠的境界。舉凡：

> 人閒桂花落，夜靜春山空。月出驚山鳥，時鳴春澗中。
> （〈鳥鳴澗〉）
> 空山不見人，但聞人語響。返景入深林，復照青苔上。
> （〈鹿柴〉）

皆在短小精練的語句中，勾勒出一幅純然、靜謐的風景。其中已擺脫嫁接宗教哲理的模式，而是在自然的形象中，啟領讀者進入類宗教性的神祕體驗。在充滿詩意的景象、形式中，詩人的情感、體會也自然流露。

而詩仙李白則是在詩酒自適的世界中，留下許多浪漫瑰麗的詩文。如〈夢遊天姥吟留別〉：

> 海客談瀛洲，煙濤微茫信難求。
> 越人語天姥，雲霓明滅或可睹。
> 天姥連天向天橫，勢拔五嶽掩赤城。
> 天台四萬八千丈，對此欲倒東南傾。
> 我欲因之夢吳越，一夜飛度鏡湖月。

湖月照我影，送我至剡溪。

謝公宿處今尚在，淥水蕩漾清猿啼。

腳著謝公屐，身登青雲梯。

半壁見海日，空中聞天雞。

千巖萬轉路不定，迷花倚石忽已暝。

熊咆龍吟殷巖泉，慄深林兮驚層巔。

雲青青兮欲雨，水澹澹兮生煙。

列缺霹靂，丘巒崩摧。

洞天石扇，訇然中開。

青冥浩蕩不見底，日月照耀金銀台。

霓為衣兮風為馬，雲之君兮紛紛而來下。

虎鼓瑟兮鸞回車，仙之人兮列如麻。

忽魂悸以魄動，怳驚起而長嗟。

惟覺時之枕席，失向來之煙霞。

世間行樂亦如此，古來萬事東流水。

別君去兮何時還，且放白鹿青崖間，

須行即騎訪名山。安能摧眉折腰事權貴，

使我不得開心顏！

全詩以記夢遊仙的主題，表現出作者惝恍莫測、繽紛多采的藝術想像。天姥山與天台山相對，峰巒對峙，然其山勢崔巍更甚五嶽，並令天台為之拜倒。接著在月夜清光之下，李白飛越鏡湖，渡剡溪，踏上青雲梯，只見石徑盤旋，光線明滅不定，映入眼簾的盡是奇異景色：有熊咆龍吟，有深林層巔，有霹靂崩摧的山巒，有訇然中開的洞天石扇，一片洞天福地，躍然眼前：雲之君披霞為衣，驅風為馬，群仙列隊迎接，仙人分列如麻。金石、銀台與日月爭輝，如此眩目耀人的千載盛會，在李白的筆下輝煌而開。然而隨伴詩人醒覺之後，仙境

倏忽即逝，夢境杳然無蹤，在沉重的枕席之上，徒留「古來萬事東
流水」的慨嘆。就在放鹿青崖、騎訪名山的山林中探尋快意人生之
時，詩人卻憤然的拋出「安能摧眉折腰事權貴」的鬱積之語。吾人方
知，對於洞天靈府的探尋，實乃是對於現世人間權貴當道，懷才不遇
的深刻心聲。由此可知，李白此詩雖描摹仙鄉，寄寓出世之思，但實
際關懷者，仍於現實人世。

　　至於佛道思想在唐代傳奇中也有進一步的發展。如〈枕中記〉、
〈南柯太守傳〉，對於科舉取士的制度的反省，官場黑暗的揭露都有
極為深刻的刻畫。人生所求之功名利祿竟如夢境，不如遁世求道，尋
求真正的意義與價值。

　　綜上所言，佛道思想在六朝期間，在特殊的歷史背景下，深入到
社會各階層。文學反映人生，在詩、文、小說各領域中皆能看到佛道
思想的滲透與傳衍。其與主流儒家思想，勢成鼎足，成為影響文學的
重要力量。

五、儒學思想的復興

　　以安史之亂劃分，粗略可將唐朝分為前後兩期，前期有「開天
盛世」國富民強，文化上亦呈顯著欣欣向榮的景觀，後期則國勢動
盪，雖仍維持表面的平和，但實已是強弩之末，逐漸衰頹。唐代前
期，以王維、李白為文學發展的頂峰標誌，佛、道思想在二人身上也
得到充分的展現。後期戰爭頻仍，藩鎮割據，文人士子遂將關懷視野
移向社會現實。以杜甫為代表的儒家詩歌精神重新躍上文壇，取得
了眾人的回響。白居易、元稹的新樂府運動重新召喚起「惟歌生民
病，願得天子知」的樂府傳統。當然，還有辟道斥佛，重振儒學的宗
師韓愈，其推動的「古文運動」挽狂瀾於既倒，讓儒學思想得以復
興。

㈠現實主義的回歸

　　安史之亂後生靈塗炭，志士能人值此內憂外患，無不傷時感事，
將關懷的重心拉回現實社會問題之上。在這個動盪的時代，「流落

饑寒，終身不用，而一飯未嘗忘君」（蘇軾〈王定國詩序〉）的杜甫，以其民胞物與的仁愛精神，成為亂世中最耀眼的明星。

杜甫〈奉贈韋左丞丈二十二韻〉：

> 甫昔少年日，早充觀國賓。讀書破萬卷，下筆如有神。
> 賦料揚雄敵，詩看子建親。李邕求識面，王翰願卜鄰。
> 自謂頗挺出，立登要路津。致君堯舜上，再使風俗淳。
> ……

其少時的自信與志願，昂揚為世的精神，已於詩中躍然而出。但終其一生，卻無法在仕途上得到重用，一展志向，即便任官也只是員外郎、拾遺之類的卑微官職，更曾因抗顏力諫而被逐放還。然杜甫沒有太多的怨嗟，還是一心期待家國重振，興復前朝榮光。

> 雖乏諫諍姿，恐君有遺失。君誠中興主，經緯固密勿。
> 東胡反未已，臣甫憤所切。揮涕戀行在，道途猶恍惚。
> 乾坤含瘡痍，憂虞何時畢。靡靡逾阡陌，人煙眇蕭瑟。
> 所遇多被傷，呻吟更流血。（〈北征〉）

其心心念念都在生靈社稷之上，個人仕途宦達與否，已置之度外。在國家危難之際，其表現出的忠君愛國思想，充滿動人脾腑的深刻力道。

至於杜甫的代表作「三吏」、「三別」，更是反映社會問題，充實現實主義精神的作品。

> 暮投石壕村，有吏夜捉人。
> 老翁逾牆走，老婦出門迎。
> 吏呼一何怒，婦啼一何苦。

> 聽婦前致詞:「三男鄴城戍。
> 一男附書至,二男新戰死。
> 存者且偷生,死者長已矣!
> 室中更無人,惟有乳下孫。
> 有孫母未去,出入無完裙。
> 老嫗力雖衰,請從吏夜歸。
> 急應河陽役,猶得備晨炊。」
> 夜久語聲絕,如聞泣幽咽。
> 天明登前途,獨與老翁別。(〈石壕吏〉)

詩中對於安史之亂征兵抽丁的情況有了深刻的描寫,老婦一家三名男丁都被征召充軍,死者已矣、其餘命運未卜,現在竟連上了年紀的老嫗也得入軍營「備晨炊」。詩中如聞其聲的對話,更令讀者掬以同情的眼淚。

其他還如〈三絕句〉之二:

> 前年渝州殺刺史,今年開州殺刺史。
> 群盜相隨劇虎狼,食人更肯留妻子。

描寫身涯晚期寓居夔州所聽聞之地方亂事,連年發生地方刺史死於非命。詩中對於軍紀敗壞、群盜侵凌的情況作了直白的記敘,百姓苦難生活,可見一斑。

故在杜甫的詩中,個人生活閱歷與關懷社會動盪的仁愛之心是結合在一塊的。發為吟哦的詩篇,多半有深刻的家國之思與忠忱,一如〈春望〉所云:

> 國破山河在,城春草木深。感時花濺淚,恨別鳥驚心。
> 峰火連三月,家書抵萬金。白頭搔更短,渾欲不勝簪。

在即目所見的景致中，帶進了深刻的國愁家恨，花鳥彷彿亦通人情，也陪同詩人感傷濺淚。而在衰頹老朽的身軀中，包蘊的仍是那顆赤忱愛國之心，才會為此時代的苦痛而泣血椎心。

杜甫重啟的現實主義精神，在白居易、元稹的新樂府運動發揚光大。他們提出「文章合為時而作，歌詩合為事而作」（〈與元九書〉）的創作主張，振興儒家入世關懷仁民愛物的精神。如〈賣炭翁〉、〈長恨歌〉等名作，皆有明確的針砭意圖與作用。而「上以詩補察時政，下以歌洩導人情」更是儒家詩教的承繼與發展。所以，從杜甫以降至中唐新樂府運動對於現實主義的回歸，可視為是唐宋儒學復興運動中的一道曙光。

(二)古文運動的推行

安史之亂後，唐代的政治、社會起了急遽的變化。地方上兵燹交仍、藩鎮割據，朝廷中又有宦官干政與黨爭傾軋，國朝的命運已逐漸衰頹。是時如元、白新樂府運動將民生疾苦納入詩作之中，而文章方面則是韓、柳古文運動的推行，重新尋回文章的現實精神。

古文運動中的「古文」乃是相對六朝以降，時興的「駢文」而出現的。在六朝務求華藻、講究音律流麗的浮靡文風籠罩文壇數百年的歷史，因為形式、格律上的要求，使得文章無法暢所欲言的申述作者情志，受到嚴重的拘束與桎梏。在中唐韓柳之前，雖也有部分文人提出反對駢文的主張，但回響並不顯著，一直到韓愈、柳宗元的出現，以具體的主張與文學成就才得到時人的關注。

韓愈〈答李秀才書〉曾說：「愈之所志於古者，不惟其辭之好，好其道焉爾。」在〈答李翊書〉又云：「非三代兩漢之書不敢觀，非聖人之志不敢存」，畢生以復古、學古為職志。而「文」對於韓氏而言，是「道」的載具，是以「文」的責任乃在於明道、貫道。而其所謂之「道」究為何也？韓愈在〈原道〉中有明確的表示：

夫所謂先王之教者，何也？博愛之謂仁，行而宜之之謂

> 義，由是而之焉之謂道，足乎己無待於外之謂德。其
> 文，詩、書、易、春秋；其法，禮、樂、刑、政；其
> 民，士、農、工、賈；……其為道易明，而其為教易行
> 也。……曰：「斯道也，何道也？」曰：「斯吾所謂道
> 也，非向所謂老與佛之道也。」堯以是傳之舜，舜以是
> 傳之禹，禹以是傳之湯，湯以是傳之文武周公，文武周
> 公傳之孔子，孔子傳之孟軻。軻之死，不得其傳焉。

是以先王、聖人所傳示之仁、義、道、德，係由堯、舜、禹、湯、
文、武、周公、孔、孟一派承衍而下。在文學方面，《詩》、
《書》、《易》、《春秋》等儒家經典即是先王之教、聖人之志的具
體成果。在「以道為本，以辭為末」的文學觀念下，韓愈想以儒家之
道重整六朝綺錯婉媚的文風，在辭藻表現與形式上，主張「惟陳言務
去」，提倡文從字順的流暢風格。《舊唐書·韓愈傳》：

> 愈所為文，務反近體，抒意立言，自成一家新語。後學
> 之士，取為師法，當時作者甚眾，無以過之，世稱韓文
> 焉。

《新唐書·韓愈傳》謂其「與孟軻、揚雄相表裡」，贊其文氣雄
偉、流暢生動。其著名作品如〈師說〉、〈原道〉、〈進學解〉等
文，皆是辭氣雄闊、文意暢達的說論名篇，而〈送董邵南序〉、
〈送孟東野序〉、〈柳子厚墓誌銘〉於論敘散行之外，更有綿遠真切
的詩味情韻，為散文發展標誌了新的里程碑。
　　至於古文運動的另一健將柳宗元，其散文成就不下於韓愈，在文
學主張上亦可謂是韓氏的知音：

> 始吾幼且少，為文章，以辭為工。及長，乃知文者以明

道，是固不苟為炳炳烺烺，務采色、夸聲音而以為能
也。（〈答韋中立論師道書〉）

這裡柳氏明確提出「文以明道」的說法，更將文與務采色、夸聲音的
唯美取向作區隔。而其所謂之道者何？

> 故吾每為文章，未嘗敢以輕心掉之，懼其剽而不留也；
> 未嘗敢以怠心易之，懼其弛而不嚴也；未嘗敢以昏氣出
> 之，懼其昧沒而雜也；未嘗敢以矜氣作之，懼其偃蹇而
> 驕也。……本之《書》以求其質，本之《詩》以求其
> 恆，本之《禮》以求其宜，本之《春秋》以求其斷，本
> 之《易》以求其動，此吾所以取道之原也。參之《穀
> 梁》氏以厲其氣，參之《孟》、《荀》以暢其支，參之
> 《莊》、《老》以肆其端，參之《國語》以博其趣，參
> 之〈離騷〉以致其幽，參之太史公以著其潔，此吾所以
> 旁推交通，而以為之文也。（〈答韋中立論師道書〉）

柳宗元自剖創作的心理歷程，仍表現出嚴謹、貴創的寫作態度，並指
出了許多創作時的不良習氣，不能輕忽草率、不能怠惰鬆散、不能昏
昧雜亂、不能驕矜放肆。更重要的是，他指出了學文的基礎，在於博
通群書，以學習聖人之道。他提出了《詩》、《禮》、《春秋》、
《易》為文之根柢，再旁參《穀梁》、《孟》、《荀》、《莊》、
《老》、《國語》、〈離騷〉、《史記》等名著，旁推交通、融會貫
通，始可成就文學事業。於此，吾人可以發現柳氏的取徑對象要較韓
愈寬泛，也具體了韓柳二人對於「三代兩漢之書」的基本想像。
　　至於具體創作，柳宗元係以遊記及小品寓言著稱，如〈永州八
記〉、〈三戒〉、〈捕蛇者說〉等，即是其中代表。

　　總括而言，在韓柳等人的提倡，輔以元白新樂府運動的推行，中唐時期呈顯出一股向關懷現世、儒學振興的氛圍。而後雖因國祚衰頹，綺旎婉約之風復起，但入宋後這股力量被歐陽修、曾鞏、王安石、三蘇父子所接續，而完成散文史上的古文復興運動。

　　而後兩宋易代之際，愛國詩文的黍離之悲，亦可視為是此儒學復興思潮的延續與回響。

六、市井文化的崛起

　　在唐前文學史上，廟堂文學、雅正文學占據了主流位置。雖然在文學發展過程，雅俗文學總是相互為濟，但以文言書寫的士大夫文學，才是發聲的主力。

　　但從宋代開始，隨著時代發展，市民階層逐漸崛起，為迎合新的消費者的脾胃，各式民間戲劇、歌舞、雜耍等娛樂形式相繼問世。文學的創作與消費，不再只是士階層專屬的特權，隨著市井文化的流布，在文學思潮上也產生了具體的變化。

㈠變文的傳入與影響

　　從唐代開始，隨著胡漢的交流，佛教變文的傳入即造成了文學體制的改變。韻散夾雜的文體，說中有唱，輔以趣味、奇特的故事，生動的將佛經義理傳入民間。佛經變文大體可分為兩類：一是與佛經故事相關、一是與佛經故事無關者。前者如〈維摩詰經變文〉、〈父母恩重經變文〉，後者如〈伍子胥變文〉、〈王昭君變文〉。由此可知，源自於宗教的變文體式，因其敘事上的活潑特點，已成為民間故事宣講所慣用的文體。趙璘《因話錄》云：

> 有文淑僧者，公為聚眾譚說，假託經論，所言無非淫穢鄙藝之事。不逞之徒，轉相鼓扇扶樹。愚夫冶婦，樂聞其說，聽者填咽寺舍，瞻禮崇奉，呼為「和尚」。教坊效其聲調，以為歌曲。其怐庶易誘，釋徒苟知真理，及文義稍精，亦甚嗤鄙之。

在唐代時即有僧人文淑講談俚俗市井故事，從聽眾熱烈的反應，即可想像講唱文學在當時流行的情形。

然而如前所敘，俗講內容或境界不高、或涉「淫穢鄙褻」，故其品質已為人所詬病，加上宋眞宗篤信道教，故下令禁止變文說講。然而變文的講唱形式卻已滲入或派生其他文體，形成話本、鼓子詞、諸宮調等新興文藝。此時說唱的地點已不限於廟宇之中，說唱人士也不僅是禪師大德，在民間勾欄、瓦舍中，已有更多的講唱藝術從業者投入這些新興娛樂產業，成為社會大眾接受文學的重要途徑之一。

如陸游〈小舟遊近村舍舟步歸〉詩云：

> 斜陽古柳趙家莊，負鼓盲翁正作場。死後是非誰管得？
> 滿村聽唱蔡中郎。

由「滿村聽唱」的情形可知講唱藝術在宋代時期所掀起的巨大魅力。

㈡話本的發展與傳布

宋代時期活絡的工商活動造就了許多大型都市，為迎合城市裡大量工商人口的娛樂需要，勾欄、瓦舍、酒肆、茶樓等服務產業便應運而生。孟元老《東京夢華錄‧市瓦伎藝》條載：「孫寬、孫十五、曾無黨、高恕、李孝詳，講史；李慥、楊中立、張十一、徐明、趙世亨、賈九，小說；……吳八兒，合生；……霍四究，說「三分」；尹常賣，《五代史》。」可知民間說唱藝術種類繁多且風行一時。更有許多講唱藝術家因此技藝而留名史冊，據宋灌圃耐得翁《都城記勝‧瓦舍眾伎》條記載：

> 說話有四家。一者小說，謂之銀字兒，如煙粉靈怪傳奇，說公案，皆是搏刀趕棒及發跡變泰之事；說鐵騎兒，謂士馬金鼓之事。說經，謂演說佛書；說參請，謂賓主參禪悟道等事。講史書，講說前代書史文傳，興廢

　　　爭戰之事。最畏小説人。蓋小説者能以一朝一代故事，
　　　頃刻間提破。合生與起令、隨令相似，各占一事。

其中關於「合生」、「說經」、「說參請」等，因已無相關記述，故
難以指實。而「小說」一家，迄今留存數量尚多，其形態可從洪楩
《六十家小說》、繆荃孫《京本通俗小說》略知梗概。而「講史」一
類則是以長篇的形式，或幾十回甚或上百回，將史傳興廢爭戰之事搬
上殿堂演唱。從內容上而言，小說的話本大體是從現實生活中尋找創
作題材，講史則是從歷史發展中截取歷史事件輔以虛構想像形成歷史
演義。前者如著名的《三言》、《二拍》，後者則如說《三國》、
《殘唐五代史》或《宣和遺事》等。
　　在話本小說裡，吾人可以發現幾個凸出的特點：
　　首先，主角不再是上層官宦或士大夫階層的菁英分子，而是將市
井平民躍為敘述主體。如〈錯斬崔寧〉中的崔寧是小商人、陳二姐是
糕餅店鋪的女兒。因為聽話本的群眾多為平民百姓，故選擇富有民
間特性的人物易使人產生認同感與共鳴效果，更有一種親切之感。
　　其次，在人物描寫上，多重在情節的承接與鋪排，對於人物內心
世界的刻畫較顯薄弱。如〈西湖三塔記〉主角遇妖後，其心理反應的
描摹幾乎付諸闕如。
　　其三，在主題關懷上，話本大體可歸類為悲劇與娛樂兩大類別。
如〈錯斬崔寧〉係因戲言而成此巧禍，與人物本身的品質關聯性不
大，故其悲劇性質多是命運的安排所招致。而娛樂類則是投聽眾之
所好而鋪展，以誇張、喜劇的手法，造成突梯的娛樂效果，如〈宋四
公大鬧禁魂張〉，捉弄他人的情節令人不禁莞爾。
　　最後，在語言方面，話本小說的革命性意義即在於以白話口語取
代文言書面語。其中更夾雜了許多方言、行話，保留了深刻的民間特
質。
　　至於「講史」類的小說則是在正史的框架下尋求突破，在虛實
之間，實帶有借古喻今，反映社會意識的效果。如〈大宋宣和遺

事〉、〈新編五代史平話〉，都反映出動盪時代下，對人民所帶來的災難。其中人物、情節的安排，更表現出民間對於歷史事件的詮釋視野。如〈宣和遺事〉云：

> 中原之土未復，君父之大仇未報，國家之大恥不能雪，此忠臣義士之所以扼腕，恨不食賊臣之肉而寢其皮也歟。

其中所反映出來的亡國之嘆以及對朝廷中傾軋、爭亂景象的不理解，皆是由民間視角所生發的深沉探問。其他如著名的「說三分」，蘇軾於《東坡志林‧懷古》記載：

> 王彭嘗曰：「塗巷中小兒薄劣，其家所厭苦，輒與錢，令聚坐聽說古話。至說三國事，聞劉玄德敗，顰蹙有出涕者；聞曹操敗，即喜唱快。」

其中評講三國者所建構出的忠孝節義精神、倫常觀念，在他們生動的形容表述下，得到移人甚深的具體效果。而後《三國志通俗演義》、《水滸傳》即是承繼民間講唱藝術家的思想與意識，使之豐潤成更加飽滿的文學故事與形象。

(三)雜劇與戲曲的問世

　　在民間市井審美意識的發展過程中，除小說外，也帶動了北曲雜劇、南曲戲文的發展。

　　雜劇的發展在宋金時期，本是嘲諷現實生活、對白打諢的滑稽短劇。在此時期還有鼓子詞、諸宮調等具有音樂性的敘事文體也在逐漸發展。如唐代的傳奇小說〈鶯鶯傳〉，融入了說唱敘事與音樂效果，而有趙令時的鼓子詞〈商調蝶戀花〉與董解元的諸宮調〈西廂記〉。其中諸宮調的演唱形式即是由變文所派生而出的新興新體，有

對白、有樂曲,由一人唱唸的方式演出。這個演出形式影響了後世的元雜劇,也採取一人獨唱的方式表現。而雜劇作為民間市井文化思潮的高峰,其主要意義還是在劇作的主題思想上。

如公案劇,主要是承繼話本公案類的小說而進一步發展。蒙元時期實施種族階層制度,漢人、南人的地位卑下,在衙門案獄的審判中,經常遭遇不公正的對待,於是人民只能寄希望於戲劇,而有包拯一類的青天老爺能為民伸冤平反。關漢卿《竇娥冤》即是其中的代表作品,劇中揭露了官吏逼供、土豪無賴恃強逼占的惡劣行徑,譜演出驚天地、泣鬼神的古典悲劇。

另外,還有俠盜劇的問世,它們可說是公案劇的延伸,當澄清的吏治不可期,或正義的力量無法昭雪沉冤時,只好寄託在俠義之士,以非常手段滿足民眾的期待。如高文秀的《黑旋風雙獻功》,即是藉李逵仗義營救孫孔目,擒殺白衙內的故事,平反不公的吏治斷獄。

再如因果劇則是藉民間宗教果報之說,提揭善惡有報的不變至理。如無名氏的《盆兒鬼》即是藉神靈鬼魂替生人申冤,後在包拯的裁斷下,重振善惡有報的價值。

其他還有神仙道化劇,如馬致遠《黃粱夢》,反映出民間的宗教信仰與奇幻想像。而婚配愛情劇,如鄭光祖《倩女離魂》、王實甫《西廂記》等,則是表現出對婚姻自主及自由戀愛的爭取與想望。而歷史劇則如話本中的講史類一般,多有借古諷今的深意,如紀君祥的《趙氏孤兒》中隱藏著家國、民族的思想,在人物犧牲奉獻的精神中,洗滌了觀眾的心靈。

總括而言,從唐代變文開始,一股代表民間的觀念與力量衝擊了文學固有的疆域。它們在內容思想與表達形式上都起了質與量的變化,市井文化的崛起推動了小說、戲曲的發展,帶來更活潑且富生命力的嶄新質素。

七、性靈思潮的緣起

(一)陽明心學的發展

　　南宋末年朱熹之學晉身官學，蒙元時期亦以朱學爲主流，明太祖朱元璋標榜理學開國，成祖更頒布《四書大全》、《五經大全》、《性理大全》，敕命士子習讀。宋、明時期，程朱理學已然成爲政教思想的主流，後輩儒者治學不敢有所逾越，以致思想僵化，倫理綱常、仁義禮教形成一張堅韌的網絡，籠罩著整個時代。

　　明代畫家文徵明〈晦庵詩話序〉曾說：

> 夫自朱氏之學行世，學者動以根本之論，劫持士習。謂六經之外，非復有益，一涉詞章，便爲道病。言之者自以爲是，而聽之者不敢以爲非。雖當時名世之士，亦自疑其所學非出於正，而有「悔卻從前業小詩」之語。沿僞踵敝至於今，漸不可革。嗚呼！其亦甚矣！

朱子曾有「文道合一」的主張，削弱了文學獨立存在的意義與價值。後世學者以是爲尊之後，對於文人的戕害與限制，實不難想見。

　　隨著明代中期陽明心學的興起，主張「心即理」，提倡以己身靈明之心審視世間萬物，聖賢典籍也在檢驗的範圍之中，才重新喚醒文人的主體意識與思辨精神。

　　而後陽明後學發展爲泰州學派，對於「存天理，滅人欲」的主張提出公然的挑戰，他們菲薄聖賢、貶抑六經，以異端者的姿態發表言論。此派學說對於政教禮法帶來極大的衝擊，推動了個性思潮的發展。

　　明代中期的李贄，受陽明心學的啟發，提出了許多在當時看來十分前衛的異端主張。首先，他肯定情慾的合理性，不論衣食、聲色的逐求享受，皆是人之情性中地義天經，不容剝奪的一部分。其〈答鄧

石陽〉中指出：

> 穿衣吃飯，即是人倫物理。除卻穿衣吃飯，無論物矣。
> 世間種種，皆衣與飯類耳。故舉衣與飯，而世間種種自
> 然在其中。非衣飯之外，更有所謂種種絕與百姓不相同
> 者也。

所以，物質生活是人類與生俱來的生理需求，在人同此心、心同此理
的基礎上，人欲的產生不應是被抑制、消卻的對象，而需得到適當的
紓解與洩導。其〈答鄧明府〉更說：

> 如好貨，如好色，如勤學，如進取，如多積金寶，如多
> 買田宅為子孫謀，博求風水為兒孫福蔭，凡世間一切治
> 生產業等事，皆其所共好而共習，共知而共言者，是真
> 邇言也。

此處李贄更把好貨、好色與勤學、進取並列，並提出凡一生治生產業
等事都是人們所共好、共習者，所以不管你是市井小民還是博學鴻
儒，這都是人的本性與需求。而這些人欲的表現，是「不必矯情，
不必違性，不必昧心，不必抑志。直心而動，是為眞佛。」（《焚
書・失言三首》）

　　所以明代中期以後，對於物性、情慾的理解與認識，提供了市民
階層的人們追求物質生活、提高文化水平的合理性。反映在文學創作
上，對於眞「情」的標榜與追求，以及通俗文化的認同與滲透，甚至
是審美品味的精緻化上都有極大的影響。

　　明代弘、正年間，以唐寅、祝允明等為代表的吳中才子，在詩
文、書畫上即表現出對傳統審美規範的挑戰。而後主張「出於己之所
自得，而不竊於人之所嘗言」（〈葉子肅詩序〉）的徐渭，以鮮明的

個人色彩衝擊僵泥的文苑綱常。這股啟自陽明心學，而後逐漸匯聚的啟蒙思潮，在李贄、湯顯祖、馮夢龍以及公安三袁的身上，展現出具體的成果。

(二)個性思潮的解放

李贄曾說：「天下之至文，未有不出於童心焉者」（〈童心說〉），竭力主張不雜後天道德聞見習染、絕假純眞的自然本心，此其所謂之「童心」。在李贄看來，文學必需眞實地表露作者內心的情感和慾望，惟有直面自己自然的情意、感受，才是存眞去假、不受禮教束縛的「眞」文學。

而後湯顯祖在〈耳伯麻姑遊詩序〉中也提出「尊情」的主張：

> 世總為情。情生詩歌，而行於神。天下之聲音笑貌，大小生死，不出乎是。

所以言情是文學，甚至人生的終極力量，在他的名著《牡丹亭》中，「因情成夢，因夢成戲」，透過戲劇的形式，表達「情」於人生的主導地位。

其他如何良俊《曲論》也說：

> 人生於情，所謂「愚夫愚婦可以與知者」。觀十五國風，大半皆發於情，可以知矣。

提出《詩經》以降主情的緜長傳統，更將情感形容為人類不論賢愚皆可同感之共通語言。是以當時社會瀰漫著一股主情的風潮。

馮夢龍〈情史序〉中更主張以「情教」代替禮教：

> 我欲立情教，教誨諸眾生：子有情於父，臣有情於君，推之種種相，俱作如是觀。萬物如散錢，一情為線索，

> 散錢就索穿，天涯成眷屬。……佛亦何慈悲，聖亦何仁
> 義。倒卻情種子，天地亦混沌。無奈我情多，無奈人情
> 少。願得有情人，一齊來演法。

是以在《三言》之中，記載了許多至情至性的人情軼事，成為市井文
學中最奪目的光彩。其他如郭正域〈睡庵集序〉中提到：

> 夫文生於情，乃為真文。三代以還，王跡熄而詩亡；非
> 詩亡也，亡於情也；非情亡也，亡於情之真也。是真
> 者，音之發而情之原乎！

郭氏以為，本之於「情」的文章才是「真文」，三代以降因為復古蹈
襲，以致於去「情」日遠，故已無甚可觀。而著名的公安派作家袁
宏道，在〈敘小修詩〉中嘗評論袁中道年歲既長，遊歷日多、見聞益
盛，故其創作在質量上有所轉變：

> 足跡所至，幾半天下，而詩文亦因之以日進。大都獨抒
> 性靈，不拘格套，非從自己胸臆流出，不肯下筆，有時
> 情與境會，頃刻千言，如水東注，令人奪魂。

其主要原因在於「獨抒性靈」、「自胸臆流出」的真情實感上。而袁
宏道自己的文章亦是以此為原則篤力實踐，其友人江盈科在〈解脫集
二序〉中曾評袁宏道的山水遊記云：

> 中郎諸牘，多者數百言，少者數十言，總之自真情實境
> 流出，與嵇、李下筆，異世同符。

以為中郎文章因能寫出真情實境，雖信筆直書卻種種入妙，足可與李陵、嵇康等感人心脾的作品相提並論。

是以個性思潮的解放後，在天理、人欲上的理解轉向了對個體情感的肯認。當文學的實踐與探索轉往作者自身後，人性之本然的靈性、性格與情感就成為書寫的主要依據。如此，詩與文的本原已不是自外而鑠的禮義教化，而是自出胸臆的活潑性靈。袁宏道〈敘曾太史集〉：

> 余與退如所同者，真而已。其為詩異甘苦，其直寫性情則一；其為文異雅樸，其不為浮詞濫語則一。此余與退如之氣類也。

所以，袁氏所標榜信口而出、不假雕琢的創作主張，都是為了直截抒發個人真實性靈的體驗與感受。而這些素材正是「抒自性靈，不由聞見者。」（袁中道〈成元岳文序〉）

值此，吾人可清晰勾勒出明代文學思潮的發展脈胳：受陽明心學的啟蒙，個人、私我層次的情感成了文人深入掘發、肯認的創作根柢。主「情」的文學觀逐漸發展為重視個體「性靈」的抒發與言說，形成後世影響甚大的「性靈」派。

八、實學思想的回歸

晚明個性思潮在公安派獨抒性靈、信口信手的寫作主張下，逐漸走向輕薄俚淺的路途。而後有鍾惺、譚元春等竟陵派作家，將「率性而行」的寫作主張導向超越塵俗、幽深孤峭的幽情單緒，這是一個外放向內斂轉換的起點。此時，明末家國危殆的嚴峻情勢，重新將文人視角拉回社稷國族之上，突顯一己性情的呼喊已日益消退。而後江山易主，有識之士對於明代國祚的終結進行深切的檢討，而理學家好談性理，不切實際的迂闊行徑，以及明末「束書不觀，遊談無根」的頹靡士風皆大加撻伐、批判。欲矯此空疏流蕩之弊，一股提倡實事、事

功，講究實證、力行的學風慢慢興起。他們以復古爲職志，標榜踐履躬行的實際效應，故爲後人稱之爲「實學」思潮。

(一)實錄精神的體現

　　所謂的實學思潮，主要是從明末東林黨、復社、幾社等文人團體開始匯聚力量，而在清初三大家顧炎武、黃宗羲、王夫之等人治學成就上得到較具體的成果。他們經歷了國族政權的崩解，見證了百姓流離顛沛的苦難。對於明末吏治的崩壞、物欲的橫流、道德的淪喪有著極爲深刻的體驗，也引發了文人實錄歷史的意識。

　　顧炎武《日知錄・畫》嘗云：

> 古人圖畫，皆指事為之，使觀者可法可戒。上自三代之時，則周明堂之四門墉，有堯舜之容，桀紂之像，有周公相成王負斧扆南面以朝諸侯之圖。楚有先王之廟及公卿祠堂，圖畫天地山川神靈，琦瑋僪佹，及古賢聖、怪物行事。秦漢以下，見於史者，如〈周公負成王圖〉、〈成慶畫〉、〈紂醉踞妲己圖〉……之類，未有無因而作。逮乎隋唐，尚沿其意。

由他推崇實物之像，主張指事爲之，強調觀者可法可戒的態度，可以發現與傳統畫論尙神韻、意境的態度相去甚遠，凸顯出重視實事、實物的實際態度。

　　而這種「尙實」的態度與清朝初期，纂改、掩蓋史實的行跡，以及高壓文網、大興文字獄的種種措施有關。同爲遺民的黃宗羲在〈萬履安先生詩序〉中曾云：

> 逮夫流極之運，東觀蘭台但記事功，而天地之所以不毀，名教之所以僅存者，多在亡國之人物。血心流注，

> 朝露同晞，史於是而亡矣。猶幸野制遙傳，苦語難銷，
> 此耿耿者明滅於爛紙昏墨之餘，九原可作，地起泥香，
> 庸詎知史亡而後詩作乎？

文中指出明代真正的歷史不在於清朝所修之明史，因國朝已亡，謗議由人，所以後人只能從亡國遺民的詩文中加以探尋、還原。而對黃宗羲而言，遺民詩文的意義就在於補闕史錄的價值之上。如清初詩人吳偉業，除名曲〈圓圓曲〉外，還有〈洛陽行〉、〈永昌宮詞〉等作，皆描寫易代之際的人、事、物，以詩傳事，情感淒愴真切。程穆衡〈鶯悅巵談〉云：「吳之瀏絕者，徵詞傳事，篇無虛詠，詩史之目，殆曰庶幾。」足可見其史料的徵實價值。

　　除此之外，戲曲名作《桃花扇》亦是借侯方域與李香君的愛情故事「借離合之情，寫興亡之感」。從個人命運的故事書寫連繫到整個時代、家國的存亡，表面上是個人命運的悲歌，實際上是天下國家的同聲歎輓。是以此時代的文學創作在徵實的原則下，往往寓有深刻的史詩意識、實學精神，其中的現實意義與時代意識都是值得我們注意的。

(二)尚用文學觀的形成

　　在明末清初之際，出現一股以實救虛、由虛返實的思潮。強調「實事」、「實務」、「實行」、「實功」等實際效果。顧炎武所謂之「博學於文」、「行己有恥」一談治學、一談做人，也就是說學問不僅是書本內的智識討論，更是回饋己身的實際課題。一如〈大學〉所謂的修身、齊家、治國、平天下的外拓過程，學問的實踐應在於實際事功之上。於是顧炎武考核典章制度，歷覽二十一史及天下郡縣府志，作《天下郡國利病書》，這種輿地、形勢、山川之學，多是前朝文人不入眼界的學問。

　　顧炎武〈三朝紀事闕文序〉：

　　　士當求實學，凡天文、地理、兵農、水土，及一代典章
　　　之故，不可不熟究。

由此可以看出實學家們開闊的學術視野與宏拓的企圖。其《日知
錄》中即分「經術」、「治道」、「博聞」三篇，「經術」在於傳
統經典義理的闡示，「治道」、「博聞」則在實修實證的致用之道
上。
　　而清初實學家顏元曾批評朱子說：

　　　千餘年來，率天下入故紙中，耗盡身心氣力，作弱人、
　　　病人、無用人者，皆晦庵為之也。（〈朱子語類評〉）

對於朱熹之學引後輩學子困於「故紙」之中，只是空談心性，無法實
修、實行，這些學說在顏元看來，根本是不值一哂的無用之道。
　　反映在文學上，實學思潮引領文學要為人生而藝術。顧炎武說
「文需有益於天下」：

　　　文之不可絕於天地者，曰明道也，紀政事也，察民隱
　　　也，樂道人之善也。若此者，有益於天下，有益於將
　　　來。多一篇，多一篇之益矣。若夫怪力亂神之事，無稽
　　　之言，剿襲之說，諛佞之文，若此者，有損於己，無益
　　　於人，多一篇，多一篇之損矣。（《日知錄・文需有益
　　　於天下》）

強調文學需具備現實致用的意義，才有存世的價值。而黃宗羲則強調
《詩經》「變風」、「變雅」的怨刺精神。

　　　今之言詩者，誰不言本於性情？顧非烹煉使銀銅鉛鐵之

盡去，則性情不可出。彼以為溫柔敦厚之詩教，必委蛇
頹墮，有懷而不吐，將相趨於厭厭無氣而後已。……吾
觀夫子所刪，非無〈考槃〉、〈丘中〉之什厝於其間，
而諷之令人低佪而不能去者，必於變風變雅歸焉。蓋其
疾惡思古，指事陳情，不異薰風之南來，履冰之中骨，
怒則掣電流虹，哀則淒楚蘊結，激揚以抵和平，方可謂
之溫柔敦厚也。（〈萬貞一詩序〉）

他主張詩人不應只寫喜樂而不言怒哀之情，並贊賞〈考槃〉、〈丘中
有麻〉等「變風」、「變雅」之作，因為它們雖疾惡思古，掣電流
虹、淒楚蘊結，但此不平之情中，反而更符合溫柔敦厚詩教的真正要
求。黃宗羲通過對詩教說的嶄新闡釋，開拓了傳統狹隘政教詩學的
局限，強化了詩教的思想意義。另外，他在〈馬雪航詩序〉中更強
調，詩歌應具有廣闊深遠的社會政治內涵，由是他提出「一時之性
情」與「萬古之性情」的分野：

夫吳歈越唱，怨女逐臣，觸景感物，言乎其所不得不
言，此一時之性情也。孔子刪之，以合乎興、觀、群、
怨、思無邪之旨，此萬古之性情也。吾人誦法孔子，苟
其言詩，亦必當以孔子之性情為性情。如徒逐逐於怨女
逐臣，逮其天機之自露，則一偏一曲，其為性情亦為末
矣。（〈馬雪航詩序〉）

所以詩人創作不應局限在一己之情、一時之情的表達層次，而應讓個
體窮愁怨憤提升至眾人之情的層次，使之具備群體意識，如此才可
避免一偏一曲的狹隘之失。
　　由上可知從清初開始，直面人生的致用文學觀點已逐漸蔚為風

尚。如黃宗羲的〈原君〉批判古往今來「家天下」的思想，宣達
「天下為主，君為客」的民本主張。鄭燮的〈寄舍弟墨書〉則批評文
人一捧書本便想中舉、中進士、作官、攫取金錢、造大房宅、置田產
等庸俗目的，提出「士為四民之末」的看法。這些都是具有社會關懷
意識的作品，以群體的角度提出新的見解與看法，皆是實學精神在文
學作品上的具體展現。

第三節　西方文學思潮演變簡述

一、文藝復興時期的人文主義

　　在西方擺脫了近千年的中世紀基督宗教的統治之後，文藝復興
思潮逐漸嶄露頭角。所謂的文藝復興時期，因各國發展時間前後不
一，我們只能大致說它是從十四世紀末期至十六世紀下半葉逐漸形成
的一種具有共同文化認知，開放、自由、多元的時期。雖然文化上呈
現出多元現象，但仍具有主流的文化思潮。它的主流文化思潮是以復
興受到中古時期以來，統馭歐洲文明，粗糙、古怪、陰鬱的哥德文化
所摧殘的古典文化，也就是主張回歸到充滿蓬勃朝氣的古希臘、古羅
馬時期。所謂的「復興」即「再生」之意，而文藝復興的重點即是
在於重新發現古典文物，給予歐洲宗教、哲學、文藝、科學……方
面，帶來溫故知新氣象的運動。他們主張重新詮釋、翻譯、校訂、考
證、評估、研讀、整理、辯駁古希臘、羅馬文化的文物、典籍，進而
以古典文化為基礎，創造出歐洲文學和藝術上燦爛的成就，也引渡著
歐洲由中古進入現代。

　　「文藝復興的時代精神是樂觀進取、充滿信心、努力不懈的。這
一時期的人們深信觀察、講究實驗、追求進步，懷疑舊有的方式，並
且為創新而不斷努力。過去靜態、保守的中世紀文明所表現出來的思
想特徵是：滿足於現狀，缺乏遠見而了無生氣。相反的，文藝復興時
代的特色則在於重視個性，以及強調獨立自主的人本主義思想。他們
堅信，人應盡量發揮一己之長，並享受現世生活的情趣，嘗試豐富而

多采多姿的人生和社會經驗。」[9]

　　義大利是文藝復興運動的發祥地，此時占據義大利人心靈的是人文或人本主義。人文及人本主義使他們由宗教傾向哲學，由來生轉向現世，也向義大利人傳達了異教思想與藝術寶藏。這時期對古典的愛好與興趣，表現在古典文化是人性化的學問之上。人文主義就是一種以研究古典語文爲基礎，以人爲中心的教育與學術運動。人文主義的學者模仿古典的形式，吸收古典的思想與精神，從而表達自己對人生與現世的看法，其基本精神是與中世紀經院哲學相對立的。

　　經院哲學是以「神學研究」爲宗旨，而人文主義強調的是以「人」爲中心的人生態度。古希臘、羅馬的作品均在基督教產生之前完成，故未曾受到基督教教義的洗禮，更重要的是其作品內容偏重探討「人」的問題，或描寫「人」的情感。學者們在研讀古典文獻中，逐漸體認到當下人類最適當的研究題材即是人的本身與自我，特別是人類的潛在能力或體態之美。它們是人的感受：或歡樂或痛苦，是人類理性所表現的尊嚴與軟弱，而這些正是古希臘、羅馬文學所關懷的主題。

　　文藝復興時期的成就，大致可概括爲四點：

1. 人文主義取代了經院哲學。解除了所有加諸在學術文化發展上的宗教教條和束縛，更掃除了一切局限個人思想和人性自由的權威，使個人的才智和優點得以盡情發揮。

2. 唯美主義取代了禁慾哲學。人類透過藝術來追求人身及外在世界之美，產生了如米開朗基羅（Michelangelo）、達文西（Da Vinci）、拉斐爾（Raphael）等不朽的藝術大師，及如但丁（Dante）、佩脫拉克（Petrarch）、薄伽丘（Boccaccio）、塞萬提斯（Cervantes）、莎士比亞（Shakespeare）等偉大文豪。

3. 新的人生態度取代了舊禮教的約束。在南方，享樂主義的思想大

---

[9]　何欣：《西方文學發展概述》（臺北：中央文物供應社，1983年），頁45。

為盛行，提倡率性而行以及滿足人生慾望的觀念。而北方則是講
究實際的功利主義抬頭，力行勤儉致富及提高生活水準的法則。

4.國家主義的興起，中央集權制度的發韌，均是來日新君主專制政
體的理論基礎。[10]

　　而後文藝復興運動由於政治情況的動盪不安和經濟景氣的衰退與
商業的沒落，於十七世紀開始由盛轉衰，繼之興起便是古典主義時
期。

二、古典主義

　　古典主義的產生與發展大約從十六世紀下半葉到十七世紀末，主
要代表國家為路易十四統治下的法國。是時路易十四建立了絕對的王
權，他宰治一切，舉凡軍事、政治、經濟乃至於文化，都在他的掌控
之下。政治上的集權造成了文藝的規範化，此時期各國君主皆企圖維
持或恢復古希臘羅馬時期的精神，力求模仿古典形式。

　　在法國，當時大多數的文藝創作者都在路易十四的庇蔭下，成
為娛樂王親貴族的文學侍臣。這些創作者平時不愁吃、穿，儼然形
成特殊的階級，即使未受到君王獎挹、扶植的文學、藝術、哲學家
們，也能透過公、侯爵夫人們所開闢的「沙龍」，發表自己的作品
或言論，或交換彼此對於文化、藝術等的見解。當時最著名的沙龍
為朗布萊侯爵夫人（Marquise de Rambouillert）的「藍室」（Blue
Room），私人團體則如義大利的「牧人之家」，也享有一片發表的
場域。原先最著名的私人團體為法蘭西學院，於一六三四年由黎胥留
（Richelieu）樞機主教所成立，一六三五年路易十四將之歸為國家
管理，而後成為世界知名的官方學術機構。因為統治者的喜好與提
倡，以及社會民間團體的積極響應，古典主義終能大行其道。

　　古典主義時期的法國，許多文學家都致力於戲劇創作，並制定

10　何欣：《西方文學發展概述》（臺北：中央文物供應社，1983年），頁46-47。

了一套悲劇的基本原則，即家喻戶曉的「三一律」。此時著名的劇作家有高乃伊（Pierre Corneille）、拉辛（Jean Racine），在喜劇方面，則有莫里哀（Molière，原名Jean Baptiste Poquelin）、波瑪舍（Pierre Augustin Caron Beaumarchais）等。尤其是莫里哀的喜劇，將原本不受重視的喜劇，翻轉成爲文藝史上重要的文學體裁。

　　十七世紀的歐洲常被史學家們稱爲理性的時代，笛卡爾謂此爲歐洲大陸的時代魂，他的哲學思想正體現了時代理性主義美學的基本精神。笛卡爾的重要哲學著作如：《方法導論》、《形上學的沉思》皆是以理性爲核心，是時的文學創作及理論也都充滿了理性的色彩。

　　笛卡爾對古典主義影響較大的是政治觀、倫理觀和方法論。在政治方面，他在《方法導論》中對統治階級權威採取畢恭畢敬的態度，正好支持了古典主義文學聽命於王權政治的傾向。在倫理方面，笛卡爾把「靈」與「肉」對立，他認爲人的心靈活動即「理性」，與人的身體活動所萌生的慾望經常發生衝突，而慾望常常驅使人做出不合理的行動。他認爲正確的行爲應依賴理性的判斷，若想將行爲導入常軌，則必需以理性控制感情，以適應社會道德和義務。高乃依悲劇中以「理性」克制感情的衝突，可謂是笛卡爾倫理觀的具體體現。在方法論方面，笛卡爾認爲人類應使用數學上特有的理性思惟來進行哲學思考，他所追求的是一種確定性的價值，以及概念、認識上的「清晰明白」。古典主義從中受到啟發，學習他的哲學方法，進而建立起種種藝術法則與規範，使文學藝術走向嚴整、有條理的規範化道路。除了悲劇的「三一律」外，還有著重優美形式的均衡、對稱、比例、秩序、統一律等條件。

　　這個時期的作家大都受過良好的教育，有極好的古典文學修養。何欣在《西方文學發展概述》曾說：

　　　　他們所希冀的文學是一種健康寧靜的享受，一種高尚的
　　　　消遣，一種精神生活的糧食，和道德生活的指導。古典
　　　　文學具有理性，促使個人同社會和諧相處而不激起兩者

間的衝突，它擁護已經建立的社會秩序，因此排斥放縱
與粗野。古典文學的主要對象是人，但它研究的不是人
的外表的存在，而是人的靈魂。它認為人類心靈是永恆
的，其他一切都是膚淺的、瞬息的、有盡的。[11]

他們所描述的人物多為具有高度修養，受過教育的現代貴族或市民階
級之人，對於未開化的人、文化低劣的人、粗俗不成熟的人則置之不
顧。而且他刻意忽略地方色彩，不關切遠離城市的鄉間異地，淡化國
民性，力求普遍性。這時期的作家所遵從的是理性，他們以為理性是
人所共有的，想像力與感受性則會因人而異。所以要達到具有普遍性
的文學，就必需以理性為基礎。並且這時期的作家認為，人們所喜愛
的是合理、正確、健康的思想，而不是飄忽不定的空想，或夢幻般的
想像，甚或是神祕之類的內容。

總而言之，古典風格是力求明朗勝過感動、純樸明淨勝過豐富，
在詩與散文方面，則要求用字遣詞必需反覆推敲，以求正確。

三、浪漫主義

德國理論學家柏根（E. B. Burgum）曾於1941年在刊物《墾耘
評論》（Kenyon Review）中說到：「誰想要界說浪漫主義，便是走
進一項危險的行業，而這一行業已經犧牲了不少人。」[12]由此可知，
浪漫主義的定義與界說眾說紛紜，莫衷一是。如歌德（Goethe）認
為，浪漫主義是疾病，古典主義是健康；盧梭（Rouseau）則認為，
浪漫主義是回歸自然；雨果（Victor Hugo）認為，浪漫主義是文學
的自由主義，熔怪異與悲劇或雄偉於一爐，是人生之完全真相；斯湯
達爾（Stendhal）認為，浪漫主義在任何時代都是當代藝術，古典主

---

11 何欣：《西方文學發展概述》（臺北：中央文物供應社，1983年），頁98。
12 何欣：《西方文學發展概述》（臺北：中央文物供應社，1983年），頁145。

義則是前一時代的藝術；喬治桑（George Sand）認爲，浪漫主義是情感不是理智，是心不是腦。而提出接近當今通行的定義要算是斐德烈・席雷格（Fredrich Schilege），他說：「浪漫者，以想像的形式描繪情感的內容。」[13]此外，還有許多文學家都嘗試爲浪漫主義下定義，由於數量太多，實無法一一列舉。但從上述的幾個較著名的說法已可見出，浪漫主義的定義多如牛毛，無怪乎柏根會說，要爲浪漫主義界說或下定義是種危險的行業。所以，在尙無定說的情況下，我們只能從其出現的歷史或字根去探究其最初的意涵。

　　「浪漫」一詞最初是流行於英國，有人甚至認爲這是英國對歐洲思想的重大貢獻之一。起初這個詞彙與舊有的傳奇、俠義、冒險、愛情故事相關，其特點是誇大的感情、違背常理、過分渲染甚至虛假。簡而言之，就是和嚴肅、理性的人生觀所對立的種種元素。十八世紀初，英國開始強調「感性」的重要性，「浪漫」一詞才逐漸地恢復地位，並獲得新的意義。此時它具有雙重意義：一是本義，也就是令人聯想到舊的傳奇；一是衍義，喻示它對想像與感情的吸引力。浪漫主義傳到法國後，特別指涉由景色所引起的情緒反應，如盧梭在《獨行者的沉思》一書的第五篇中的名句：「碧安湖岸遠比日內瓦湖岸洶湧浪漫。」[14]根據法國研究院的字典，類似的解釋一直到1798年仍然通用：「本詞彙（浪漫）通常用於地點或風景之能夠促使想像力憶起詩歌或小說的描寫者。」[15]

　　此外，浪漫主義具有以下三點特色：

1.新的情感模式：

　　若說古典主義獲得了「理性時代」的稱號，浪漫主義則被視爲「感性時代」。浪漫主義時代推崇的是溫柔心腸的多愁善感，它的

---

[13]　何欣：《西方文學發展概述》（臺北：中央文物供應社，1983年），頁152。

[14]　Rousseau, Reveries du Promeneur Solitaire (*Missngs of the Solitary Stroller*), 1963, p.50.

[15]　何欣：《西方文學發展概述》（臺北：中央文物供應社，1983年），頁156。

基本性質是憂鬱的，而非冷靜思惟後的正確判斷。如法國的拉蕭塞（La Chausée）的《眼淚喜劇》、盧梭（Rouseau）的《新艾洛依斯》，在德國有柯羅斯多（Klopstolck）的「深情詩歌」，歌德（Goede）的《少年維特的煩惱》，英國有瑞查森的《克萊麗莎‧哈洛》，史登的《感情之旅》等，都帶有鮮明的憂鬱色彩。

　　當敏感的心靈一旦轉向內省，就會越來越注意到自己的憂鬱。由於當時的宗教運動使作家們強調個人的靈魂及私人啟示重要性，使人領悟到人生的短暫與空虛，以及人類命運的悲哀，這一主題產生了古瑞的《墓地輓歌》、楊的《夜思》、哈維的《墳間思惟》等詩篇。在這類悲嘆人類命運的哀歌中，最突出的是傷感的曲調，「物」在「情」的面前逐漸退去，而腐敗的意象如墓園、枯骨、古老的修院，引發悲悼的幽情。古瑞的《哀歌》的主題和技巧都具備這種憂鬱詩的許多成分：教堂的墓園、指陳人生苦短的墳墓、日暮餘暉、孤獨、嚴肅，如歌一般的氣氛描寫、詩歌想像力的激發，便是對感性時代的品味。情感的流露、幽暗神祕的布景、華美的詞藻、內心的憂鬱，凡此一切，在在預示浪漫之處。

2. 新的園地：

　　浪漫主義者不僅著重情感的內在世界，也會在外在世界裡尋求自然與真摯。因此，他們狂熱的興趣所在，是和矯揉造作的都市生活，尤其是上流社會完全相反的自然、純樸的初民社會。例如盧梭的「回歸自然」隱含對外在世界的嶄新觀念，其基本上的轉變就是從機械觀到組織觀。對笛卡爾和他的理性主義夥伴來說，世界向來就是一部機器，原為上帝所造，依據固定的原則運行，具有理智的人類則是這一宇宙的國王，要馴服野蠻的自然，把它安排成對稱的花壇、整齊的樹籬，像規規矩矩的法國式庭園。

　　十八世紀中葉，瑰麗的英國式庭園設計蔚為時尚。自然原只是人類的工具，如今第一次獲得獨立存在的機會，或許這種觀念使人類認識到大自然活潑、有機的性質，了解它其實具有生命力，甚至和人類一樣擁有多變的情緒，而後也就發展出自然浪漫詩歌裡常見的「物

我相契」之感。因為感性的介入，作家由客觀描寫大自然變成對大自然的主觀喜愛，因此人與自然的交融，在浪漫詩歌與散文中屢見不鮮。此時自然環境已經化入個人的心境，這種寫法一般稱為「風景心境」，可以盧梭於1778年《獨行者的沉思》為典型。

　　在「純樸生活」及其相關的「高貴野蠻人」觀念發展上，盧梭也扮演決定性的角色。這並非文學上的創新，《魯賓遜漂流記》依舊是「荒島」小說的傑作，然而卻是盧梭在冒險故事裡加入一種思想，才影響到浪漫的烏托邦色彩。在〈人類不平等之源起〉論文中，盧梭認為頹廢起於文明，特別是財產所有權造成不平等，而後演變為嫉妒與墮落。他提出的辦法就是著名的「回歸自然」，回歸到他所謂的「第一個社會國度」，一個基於共享的簡單公社組織。隨之而起的是將自然國度中，由初民組成的純潔社會視為理想的形態。此外，這時期還有些故事以異國情調為背景，如聖皮耶的《印地安茅屋》和《保羅與維吉妮》。

3. 新的美學：

　　自從原有的古典主義潰散之後，新的文學理論逐漸形成。朱萊登與雷辛呼籲欣賞「美」，狄德羅倡導「寫實主義」，雷辛則大力推崇莎士比亞戲劇，並認為他擁有原創力的天才，這一切都喻示著重要的新起點。重要的名詞如「天才」、「原創力」、「創造」、「自發」、「自然」……，在浪漫主義以前即已存在，但這時期更加強調原創性與自然性，這些詞彙也喻示著浪漫主義者的詩歌理論。此外，歌德、席勒、何德、柯林格等作家對任何既有的信條：無論是文學的、社會的、政治的還是宗教的，一概加以反抗。他們由於急於打破過去的枷鎖，所以排斥一切現狀。人生和藝術一樣，最重要的是個人的創新、天才的創造，無怪乎狂飆時期又稱為「天才的時代」。他們主張作家必需將個人的經驗自由、自然地表達出來。以下舉歌德《少年維特的煩惱》中的一段為例，以顯示人物與自然密不可分的關係：

　　　我的心對於生意洋溢的自然界所感受的那種豐富溫暖的
　　感情，以前曾經那麼充沛地使我喜悦，使周圍的世界化
　　為樂園，如今卻成為我不能忍受的虐待者，成為使我苦
　　惱的妖魔，到處追蹤著我。我以前從山上隔河遙望豐饒
　　的山谷，直望到那丘陵，看見四周的萬物都在發芽，在
　　湧現。我看見那些山，從山麓到山巔都覆蓋著茂密的
　　樹林，看見那山谷，蜿蜒曲折，為非常可愛的森林所遮
　　蔽，那平靜的河在低聲私語的蘆葦中徐徐流過，倒映著
　　被柔和晚風吹送來的燦爛雲霞。我又聽見鳥雀在環繞我
　　的樹林中聒噪耳語，無數的蚊蚋成群結隊地在夕陽的紅
　　光中飛舞……但願能在我有限能力的心中能分享一滴創
　　造者自身或由祂自身所創造的萬物的幸福。[16]

此段呈現出主人翁的內在心靈感受也投射到大自然上，當心情愉快
時，大自然如同一樂園，但在哀愁苦惱時，大自然成為妖魔，纏繞於
其周遭。於是，主人翁祈願能如過去一般，享受在造物者所創的大自
然懷抱中的歡娛與幸福。

四、現實主義與自然主義

㈠現實主義

　　現實主義又稱寫實主義，其時期大約是起於十八世紀末到十九世
紀上半葉。工業革命的影響帶動了工業都市的興起，造成了嚴重的社
會問題，並導致工業國家向外侵略與剝奪原料與市場的現象。工業革
命同時深遠地影響人們的理想與態度，工商業擴展的結果是使人們產
生尚求實際的態度，重視物質的成果與利潤。

16　歌德著，周學普譯：《少年維特的煩惱》（臺北：志文出版社，1979年），頁80-81。

　　十九世紀中葉，包括物理、化學、醫學、生物學等自然科學揭開了許多自然界的祕密，深深影響了人類的精神生活。在生物學方面，達爾文（Charles Robert Darwin）的《物種原始》和《人類的祖先》這兩本著作提倡進化論，提倡「物競天擇，適者生存」之說，可說是發聾震聵。自然科學注重的和應用的科學方法，強調觀察與分析，熱情幻想在科學家看來是毫無意義的巫婆咒語，這種客觀而冷靜的科學方法，在哲學領域就產生了實證哲學。這個學說爲法國哲學家孔德（Auguste Comte）所提倡，他要求任何科學必需以可感知的事實作出發點，並自限於描述可感知的事實及其規範的哲學。他主張實證哲學的基本原理，在於肯定一切現象皆是由不變的自然法則所支配，而實證哲學的目的，則在於精確地尋找出這些法則、設計與圖式。科學方法因而被引入純粹思惟的傳統哲學領域之中。

　　物質文明、科學精神、實證主義也影響文學理論與文學批評，這種新思潮表現在法國兩大批評家：聖・柏甫（Sainte-Beuve）與泰納（Hippolyte Adolphe Taine）。聖・柏甫認爲一位作家執筆寫一篇作品時，必定有他所期望的目的，這一點是身爲批評家所必需特予注意的，因此對於作者的人生閱歷與境遇等，必需進行精密的調查與研究，而作者其他的作品也需詳加研究。他認爲，批評家的任務是將該作品及作者的生平、境遇、目的、社交、周遭的氣氛，一起呈現在讀者面前。

　　而眞正將科學的、秩序的軌道導入文藝批評的則是泰納，他的理論完全根據自然派的唯物論與決定論而發。他否定了人類的自由意志，認爲萬物皆由某種不變的法則所支配，文藝作品也和其他社會現象一樣，是由外在因素所引發的必然產物，而一國的文藝就是其國民一切狀況的具體成果，而非作者隨性所至，任意杜撰的。泰納在他的著作《英國文學史》的序文中，將影響文學作品的重要因素歸納爲三點：

1.種族：

　　指人類生而具有的、遺傳的性質，但這些先天的性質因種族的不同而有差異。種族不論怎麼改變，其遺傳的素質永遠存在。

2.環境：

一個人生活在這個世界上，無論如何皆不能完全獨立於世，他的周圍有大自然的山川草木，也有同種族的人類。從風土氣候到他接觸的社會狀態，均與個人存在著直接或間接的關係。他必需適應這些差異與變化，因此他的本性必然會產生某種程度的改變，而具有所處環境所賦予他的地方色彩。

3.時代：

即形成文學的時代背景。過去循某種系統或歷史發展的文學，一定會受到新時代文化的影響。[17]在泰納看來，人的行為被這三種外在因素所決定，人成為「一部裝有複雜齒輪的機器」，他的行為一如機器的運轉，可以被任意地觀察、描述和分析。因此，作家也應該像歷史家和科學家一樣，做客觀無我、不動感情的觀察和記錄。

就現實主義作家與作品而言，十九世紀的現實主義為批判的現實主義，代表現實主義的成熟期，以狄更斯、果戈里等人作品為第一批優秀的典範。而巴爾札克、福樓拜、托爾斯泰的作品則奠定了現實主義不朽的地位。現實主義作為自古以來文藝的基本創作方法或風格之一，它具有以下的特徵：

1.客觀性：

由於現實主義著重忠實地反映現實生活，因此強調作家需客觀地描繪生活，而非抒發個人的主觀情感或發表自己主觀的思想。他們甚至主張作家不能以個性來影響事物的客觀描寫，徐志平、黃錦珠曾謂：「現實主義作家專注於冷靜地觀察、研究社會現實，力求把當時社會黑暗得現象揭露出來，因此他們特別注重細節的描寫真實性，甚至要求文學具有『科學真理的精確性』」。[18]

---

[17] 以上內容參閱何欣：《西方文學發展概述》（臺北：中央文物供應社，1983年），頁213-215。

[18] 徐志平、黃錦珠：《文學概論》（臺北：洪葉文化，2009年）頁157。

2.典型性：

　　現實主義注重人物形象的典型性，所謂的「典型性」，既是獨特的這一個，又是這一類的代表。前現實主義著重在忠實地反映現實生活，但忠實反映現實不等於運用照相機拍攝的寫真。尤其是對人物形象的刻畫，也不同於自然主義只停留在表面生活瑣碎細節的敘述，而是有意地運用藝術技巧，加以篩選、提煉、概括、加工，以呈現藝術的真實、形象的典型性。誠如別林斯基所言：「典型人物是一整類人的代表，是很多對象的普通名詞，卻以專有名詞表現出來。舉例說，奧賽羅是只屬於莎士比亞所描寫的一個人的專有名詞，然而，當我們看到一個人嫉妒心發作時，就會叫它奧賽羅。」[19]

3.日常生活性：

　　現實主義作家總以日常生活為創作題材，尤其特別注重表現社會中、下階層人民的生活，揭露他們生活背後的黑暗面。他們反對敘述上層社會生活或偉大與英雄人物之事蹟，也不追求曲折離奇的故事情節的鋪陳。徐志平、黃錦珠曾云：

> 狄更斯為了「追求無情的真實」，在《奧列佛·特維斯特》等社會小說中描繪了當時英國社會底層的悲慘生活和犯罪墮落的現象。又如以果戈里為代表的俄國自然派作家提出了寫小人物的口號，果戈里的小說《外套》便是以飽含同情的筆墨刻畫了小人物的悲慘命運和內心痛苦。[20]

事實上，中國也不乏現實主義的作品，無論是古典小說或「現代」

---

[19] 別林斯基：〈論人民的詩〉第二篇，轉引自《文學理論資料匯編》（臺北：華諾文化事業有限公司，1985年），頁528。

[20] 徐志平、黃錦珠：《文學概論》（臺北：洪葉文化，2009年），頁158。

小說。如中國古典長篇小說中的《金瓶梅》、《紅樓夢》等，以及《三言》、《二拍》等有關小市民的小說作品，或《儒林外史》、《官場現形記》等以官場各種生態與人物醜態爲揭露對象等小說作品，都具有現實主義的特質。大致說來，中國的現實主義小說的出現比西方現實主義小說早了幾百年。在臺灣，現代寫實主義小說多以鄉土小說形態呈現，以鄉土短篇小說爲例，即有楊逵〈送報伕〉、鍾理和〈蒼蠅〉、陳映眞〈鄉村的教師〉……，長篇鄉土小說則有吳濁流的《亞細亞的孤兒》和李喬的《寒夜三部曲》……。

(二)自然主義

自然主義與寫實主義的主張與特色非常相近，所以部分文學史專著乾脆將二者合併起來談論，但若仔細研究，還是可以發現二者的差異性。首先，自然主義發端的時間較現實主義晚一些，大約要到十九世紀三〇年代才發端，主要代表作家並不多，如：左拉（Emile Zola）是最著名的自然主義作家，還有比利時作家於斯曼（Joris Karl Huysmans）。其次，寫實主義主張人物典型化，自然主義則主張人物的刻畫要按照眞實生活中的樣態來書寫，故事情節力求與現實生活相仿，甚至要如照相機拍攝下來般眞實。其三，自然主義深受孔德實證主義的影響，以觀察、實驗、求眞爲核心信念，而寫實主義則主張從日常生活中加以提煉加工，故在方法上有所不同。因此，自然主義作家爲了求眞實，常將生活上一些微不足道的小細節或人物話語都鉅細靡遺地記錄下來，這些細節經常沒有推動故事發展的作用，因此常令讀者有種贅言的煩膩之感。

此外，強調科學精神的結果，自然主義主張要橫跨其他科學領域，如生理學、遺傳學、病理學、解剖學等去描寫人物，並解釋人的思想行爲。徐志平、黃錦珠說：

> 自然主義理論將人物個性當成只是生理學意義上的某種
> 情況，或是某種遺傳性怪癖受害者，不去關心人物在環

境中的成長和改變，因而削弱了小說人物的典型性。[21]

在藝術上，自然主義者和現實主義一樣關心日常生活，主要以日常生活為題材，尤其是以社會底層人物為描述對象，如左拉的小說《酒店》、《娜娜》等長篇小說。左拉小說中語言的運用，不排除民間俚俗或粗鄙的語言，而且注意到人物的性情、生理、心理、遺傳上的關係。這些寫作題材或方向拓展了小說創作的領域，但就藝術審美價值觀點看來，現實主義較自然主義略勝一籌。左拉曾為自然主義的實驗小說下過定義：

> 一件文學作品不能全賴於個人的情感，因為我認為個人感情只不過第一衝動，而後一直存在的自然要使自己被覺察被發現，或者至少是已經為科學家揭開了祕密的那部分自然，而對這一部分我們沒有任何權利作幻想。實驗小說家因此是一位接受以證實的事實的人，他要指出在個人在社會中的現象結構──科學證實的部分，他不再介入個人情感。[22]

因此，自然主義作家必需擺脫主觀的情感與想法，必需以科學家的客觀態度來看待這個世界，進而在所創作的文學作品中去實踐科學已證實之事理。

五、現代主義

　　西方剛踏進二十世紀的門檻時，在世界舞台上演的仍是列強向外擴張的戲碼，新科學、技藝的發明帶動工商業迅速發展，產品的推銷

---

[21] 徐志平、黃錦珠：《文學概論》（臺北：洪葉文化，2009年），頁159。
[22] 何欣：《西方文學發展概述》（臺北：中央文物供應社，1983年），頁220-221。

與原料的求取，使這些工業化國家繼續向海外侵略。正如英國哲學家
羅素所言，他們的侵略是軍事的、商業的和文化的。白人的軍隊、
商人和傳教士結合在一起，除了傳教士還有些理想外，軍隊與商人的
目的只是要建立殖民地與圖利，亞洲與非洲未開發地區成為他們爭
奪、剝削的主要目標。此時，西方社會以工商界為主的中產階級已經
取代了從前的貴族、地主，他們所支持的政黨掌握了政權，並從事各
種有利於他們的改革，制定保護他們利益的法律。在政治上他們倡導
民主，在經濟上主張放任主義，在軍事上要求擴充軍備，並提倡狹義
的愛國主義，以作為建立帝國的主要力量。

　　此時，西方各國戰爭頻仍，一九一四年甚至爆發大規模的第一
次世界大戰。在經濟與社會上，西方各國內部則發生嚴重的勞工問
題。宗教上，教會不甘心被排除在政治舞台之外，它們則與農民、
工人結合，反抗由中產階級所控制的政府。正如英國小說家狄更斯
（Charles Dickens）所言：「這是最好的時代，這是最壞的時代，這
是智慧的時代，這是愚昧的時代，這是信仰的時代，這是懷疑的時
代，這是光明的時代，這是黑暗的時代，這是希望的春天，這是絕望
的冬天。我們擁有一切，我們一無所有，我們都正走向天國，我們正
向相反的方向走……」[23]。簡言之，這是一個極為混亂的時代。

　　此外，科學的研究態度與方法大大削弱了宗教對一般人的控制
力量，並引起人們對宗教所持的懷疑態度。科學的研究重事實的觀
察，「拿證據來」是研究科學的人的口頭禪。其實，從十九世紀末自
然科學的研究成果，使得一般人的眼光移向物的世界，漸漸遠離宗教
的教條，造成了精神上的空虛。達爾文「種源論」主張，人是由猿人
發展而來，這個發現不但在生物科學方面有革命性的貢獻，也深深影
響了一般人的生活。人類既然是由低等動物慢慢進化而來，那麼聖
經上所說：「神就照著自己的形象造人，乃是照著他的形象造男造

---

[23] 何欣：《西方文學發展概述》（臺北：中央文物供應社，1983年），頁267。

女」就被全然否定了。而且，在自然選擇過程中是弱肉強食，勝者永遠屬於強者，那麼那些互助互愛的道德律不就是違反科學的主張？除此之外，奧國醫生佛洛伊德（Sigmund Freud）發展了精神分析方法，他首先探討人類無意識世界，認為保存在無意識中的記憶會影響一個人的精神生活。他還將人格的結構區分為三個成分，分別是本我、自我、超我。「本我」是一種本能了力量，「自我」是接觸世界的一種執行力量，「超我」是一種自律的力量，人的生命力來自於本能衝動，稱為利必多（libido），就是指性本能。於是，一般人接受佛洛伊德的性衝動說，人的一切活動的動機就不再是高尚的理想，而只是壓抑下性衝動的宣洩罷。一八八八年，德國哲學家尼采（Friedrich Wilhelm Nietzsche）出版了《反基督》，在這本小冊子中，他攻擊了正在式微的基督教：

> 我覺得它是一切可以想像的墮落中最大的墮落，它具有最徹底的墮落意志。基督教會沒有一點東西不染上墮落的色彩，它把一切價值變成非價值，把一切真理變成謊言，把一切完整性變成靈魂的卑賤。[24]

人類最大的痛苦莫過於失去信仰的痛苦，沒有了信仰也是「心死」，哀莫大於心死，因此，這個時期主導的思想是悲觀主義。但這也可謂是必然現象，因為悲觀主義是普遍信仰衰落後的自然結果與最顯著的徵象。但人們並不是一下子跌進悲觀主義的深淵，在英國小說家哈代（Thomas Hardy）、美國小說家德萊塞（Theodore Dreiser）這些悲觀論者的社會悲劇中，至少還暗示著一種信心，即是一個較好的社會仍舊可能出現在這世界。所以，為了逃避現在的痛苦、恐怖，人們只能選擇擁抱未來。二十世紀的悲觀主義有一種更堅

24　何欣：《西方文學發展概述》（臺北：中央文物供應社，1983年），頁269。

實的哲學基礎，是從一種更嚴密且不具溫情的知識中放射出來。它散播時，演變成情緒性的與非哲學性的態度。總之，它是更具破壞性的，它探測人性更黑暗的深處，喚起人類不曾想像到的可怕幽靈。尤其是第一次世界大戰影響每個人的經驗，其所破壞的不只是物質生活而是精神生活，它促成一個大的改變，特別是道德方面的改變，也造成舊秩序的崩塌。

對於這樣的現實，作家群中產生了三種不同的態度：

1. 將現實中的一切反映在作品中，讓讀者知道其所生存的現實生活究竟是什麼樣子？哪些是善的？哪些是惡的？哪些是美的？哪些是醜的？哪些是垂死的？哪些是新生的？這些作家就是前述的寫實主義者。

2. 在他們的作品中，不僅是把現實呈現出來，還必需採取批判的態度向讀者提出他所認爲的盡善、盡美的理想。他們構畫出一幅烏托邦的藍圖，強調人的精神價值，卑視凡俗、醜惡的性質。他們對人仍寄有期望，認爲未來會比現在要來得美好，使讀者能夠從他們的精神鼓勵下，有勇氣與信念爲美麗的未來盡力，不再於現實壓力下苦苦呻吟，這類作家我們稱之爲理想主義者。

3. 超越我們生活的物質世界，強調非物質的精神活動。那領域常在虛無縹渺間，亦即他們所宣稱的神祕性或純美，這類作家稱爲逃避主義者。[25]

(一)象徵主義

被視爲現代主義先驅的象徵主義，較傾向於上述的第三類作家。英國詩人西蒙茲（Arthur-Symonds）在一八九九年發表一篇文章〈文學中的象徵主義運動〉中說到：「在每位偉大的作家中，在某種的僞裝中都看到象徵」。這些作家都已經捕捉並表現了「一種看不見的現實」。「象徵主義」一詞通常是指十九世紀後半期，源自於法國

---

[25] 何欣：《西方文學發展概述》（臺北：中央文物供應社，1983年），頁275-276。

的一種文學運動，在還未給此運動命名前，有些作家已有意的使用象徵。受斯維登堡（Emanuel Swedenborg）的影響，象徵主義前驅作家波特萊爾在他的十四行詩〈冥合（Correspondances）〉中就曾說，這個世界是「一林的象徵」。他在詩裡塞滿巴黎生活的恐怖意象，不只是作爲一種描述，也是作爲他自己精神狀態的表現。象徵主義前驅者還有魏爾蘭（Paul Verlaine）、藍波（Arthur Rimbaud）和馬拉美（Stéphane Mallarmé）。以下說明何謂象徵主義。

　　早在一八九一年，馬拉美就曾說它是「一種逐漸召喚出某物件，以顯示某種情緒」的藝術。換言之，它是「一種選擇某物件，並抽取其靈魂狀態的藝術」。但「指明一物件，便剝奪了一首詩最大的樂趣，詩的樂趣乃逐步留靈」。因此，物件只能被暗示，暗示就是「夢」。最後馬拉美說：「此種神祕過程之完美表現，便是象徵主義的神髓」。

　　他的大弟子德‧亥尼耶（Henri de Régnier）認爲象徵是「抽象與具體之間的一種比較，其中一種只能用暗示表現出來」。他更進一步指出，由於象徵往往獨立，讀者對象徵的事物也所知有限，甚至一無所知，因此，象徵主義詩歌便自然而然地具有某種內設的晦澀。由此觀之，象徵主義可以說是一種表達思想與感情的藝術，其技巧不在直接描述，也非藉由具體意象公開比較或界說這些思想與感情。它利用暗示的方法來展現，或透過一些不落言詮的象徵，在讀者心中重新創造出這些思想與情感。

　　除此之外，象徵主義還有第二層意義，我們或稱之爲「超越的象徵主義」。其中所有的具體意象都是象徵，不僅是詩人內心的特殊思想與情感的象徵，還是永恆的理想世界的象徵，我們生存其間的這個世界，只是那理想世界的不完美的表象。波特萊爾在〈愛倫坡新論〉一文中說到：「靈魂透過詩歌乃能一窺墳塋彼端之榮華瑰麗」。他接著說：「吾人詠完美之詩歌而淚下，實感懷人間世之多瑕而神傷，乃欲亟亟振拔此苦海，投身詩中所展現之天堂」。因此，詩人是先知，他天賦異稟，能夠超越現實世界，洞察理想世界之本

質，通過詩人的神來之筆，將現實世界變成超越的世界。馬拉美也曾說過：「詩的目的在創造一純粹的概念，不受任何具體世界的回聲的阻撓」。大多數象徵主義詩作中的意象都是晦澀和混亂的，主要是要使現實過渡到理想，這是詩人有意的混亂，爲的是讓讀者的眼睛能超越現實，專注於基本概念之上。此外，象徵主義詩人特別強調詩中音樂的流動性，因此不拘縛於嚴格的格律，尤其是藍波，他使法國詩歌從傳統的音韻、節奏的枷鎖中解放出來，更襲用了散文詩。[26]

以下舉波特萊爾的〈夜之和諧〉（*Harmonie du Soir*）爲例：

> 現在白晝來了，搖曳在它軀幹上的
> 每一朵花，都吐出芬芳，宛如香爐；
> 聲音與氤氳流轉在晚空；
> 感官遂緩慢而慵懶地起舞。

> 每一朵花，都吐出芬芳，宛如香爐；
> 小提琴顫抖如破碎的心；
> 感官遂緩慢而慵懶地起舞。
> 穹蒼悲傷璀璨宛如祭壇。
> 小提琴顫抖如破碎的心，
> 柔愛的心憎恨浩瀚黝黑的淵藪；
> 穹蒼悲傷璀璨宛如祭壇；
> 太陽已沉入其凝結的血中。

> 柔愛的心憎恨浩瀚黝黑的淵藪，
> 乃採擷光榮的過去的每一條痕跡；

---

[26] 何欣：《西方文學發展概述》（臺北：中央文物供應社，1983年），頁284-286。

太陽已沉入其凝結的血中⋯⋯
妳留給我的回憶閃爍如聖堂。

全詩透露詩人對於已消逝的愛情在夜深人靜的感念，並將過去無法忘懷的美好愛情加以神聖化與空間化爲祭壇、聖殿。愛情雖已不再，每每回憶並感受到它的美好時，破碎與溫柔的心雜揉在一起，成爲永遠銘刻於心的記憶，宛若「太陽已沉入其凝結的血中」。

(二)表現主義

　　表現主義是與象徵主義一樣，都是自然主義的反動。「表現主義」一詞，在繪畫史上具有明確的定義，但運用在文學上時就與「浪漫主義」一詞一樣，缺乏一個精確而單純的定義。在繪畫方面，它指的是一九〇五年左右在德國開始的一種運動，這群畫家包括孟克（Munk）、柯科斯卡（Kokoschka）、康定斯基（Kandinsky）、保羅‧克利（Paul Klee）⋯⋯等[27]，爲了要表現內在自我，及對這世界的某種基本想像，所以他們拒絕模仿外在的現實，但在文學方面則沒有爲大家所接受的一段歷史或一派作家。斯特林堡（August Strindberg）的《夢劇》中有光的城堡曾被稱之爲表現主義技巧。T. S.艾略特（T. S. Eliot）在《荒原》中使用的片斷孤立的結構也曾被稱爲表現主義技巧。詹姆斯‧喬埃斯（James Joyce）的作品《守夜》也曾被認爲是表現主義的。事實上，在文學作品中，凡是故意扭曲現實的技巧都被視爲表現主義的範例，甚至卡夫卡（Kafka）的《變形記》也被稱爲表現主義的作品，所以在使用這個名詞時，應格外注意，否則容易誤用。

　　表現主義雖是單調、不健康且令人困惑的，但它對戲劇卻有極大的貢獻。《世界戲劇藝術欣賞》的作者布羅凱特對表現主義做了以下

---

[27]　筆者按：孟克爲具象表現主義畫家，其餘三位爲抽象表現主義畫家。

的解釋：表現主義者的興趣集中在人，人有能力做高貴的事以力求發揚自身，但高度機械化的社會卻把人貶低爲機器。表現主義關懷當今之時，不沉緬於過去，他們強烈要求社會改革。他們在人性中追求永恆不變的眞理，所以希望能先了解人的靈魂或精神，繼之改革社會，使人的偉大能實現。表現主義者認爲，眞理是主觀的，故必需以嶄新的藝術方法來表現：歪曲的線條、誇張的形式、異常的顏色、機械化的動作、電報式的語言，都是用來使觀眾理解超出表面形象的慣用手法。

　　徐志平與黃錦珠合著的《文學概論》嘗依據徐曙玉、邊國恩之說，將文學上的表現主義特徵分爲三點：

1. 反對描寫外部行爲，提倡「揭示深藏在內部的靈魂」。表現主義所探討的多是範圍較大、較具有哲理意味的問題，如：人與社會、人性與暴力、精神與物質、自我與非我、意志與命運之關係……。由於作品的目的在於理念之「表現」，因此人物的個性、身世，甚至姓名皆無關緊要。在他們的作品中，人物多爲無名氏，或逕用「女人」、「老人」、「死人」、「大學生」、「看門人的妻子」等稱號爲代表。此種人物在作品中之性格既無發展，又無特徵，缺乏鮮明個性，亦不符合生活邏輯，其指是某種主觀願望或抽象觀念之化身罷了。[28]

2. 反對模仿現實，提倡發抒作家的主觀感受，提出「不是現實，而是眞實」的口號，認爲重複客觀存在的現實是沒有意義的。因此，表現主義作品中，常見的是強烈的社會情緒、危機感、孤獨感、無力感及無所歸屬的感受等。代表作如卡夫卡的小說《變形記》、《城堡》，奧尼爾的戲劇《毛猿》等。[29]

---

[28] 參閱徐曙玉、邊國恩編，《20世紀西方現代主義文學》（天津：百花文藝出版社，2000年），頁40。及徐志平、黃錦珠：《文學概論》（臺北：洪葉文化，2009年），頁169-170。

[29] 參閱徐曙玉、邊國恩編，《20世紀西方現代主義文學》（天津：百花文藝出版社，2000年），頁40。及徐志平、黃錦珠：《文學概論》（臺北：洪葉文化，2009年），頁169-170。

3. 表現主義象徵、夢幻及外化的藝術手法，雖然旨在表現內在的主觀感受，並非具體描寫或直抒胸臆，而是運用獨白、旁白、幻想、道具、場景及肢體動作來表現人物的精神活動，且以視覺形象呈現，故有人說表現主義為戲劇小說領域的象徵主義。[30]

㈢達達主義

　　第一次世界大戰後，各國遭受破壞，極目淒涼，使人仰首哀嘆，加上經濟蕭條，貨幣貶值，人民生活艱難。這些快速變化對文學藝術產生極大的衝擊力，一時反戰文學廣為讀者所歡迎。整體說來，西方人發現戰爭徹底破壞了他們的既存真理、社會制度、經濟結構和人類精神生活所依據的一切之後，都感到迷惘無助、煩躁不安、焦慮恐懼，使人們緊張到快精神崩潰，因此詩人們必需設法尋覓自存之道，以克服危機。舊有的一切再也無法達成他們的要求，他們首先為新的「道」清理出一條路來，這種「清除」便是對傳統的否定。在這種背景上，達達主義是一種「前衛」的文學運動，發起人是羅馬尼亞詩人查拉（Tristan Tzara），他在一九一六年於瑞士的沮利克掀起此一運動，戰後傳到法國，獲得了沃土，很快發展開來。關於Dada一字，解釋不同，有的人說這個字毫無意義；有的人說它是「媽媽（Mama」）的反義字，象徵著「陽剛」的雄壯之美，達達主義者要以他來代替「陰柔」之美；有的人說在法語裡它指玩具馬，他們選用這個字，就是表示它並沒有重要意義。

　　倡導達達主義的詩人和藝術家意欲拋棄已經陳腐的藝術傳統，並清除他們所看到的社會罪惡。《世界文學大辭典》對它的解釋是：「由一九一七年開始的一個文學與藝術上的派別，其特徵是努力壓制思想與表現間的普通的邏輯關係。一般說來，它的主要任務是摧毀一切妨礙藝術自由生發的東西，為達此目的，它使用狂暴的幽默

---

[30] 參閱徐曙玉、邊國恩編，《20世紀西方現代主義文學》（天津：百花文藝出版社，2000年），頁41。及徐志平、黃錦珠：《文學概論》（臺北：洪葉文化，2009年），頁169-170。

和破壞性的反諷。」另一本辭典介紹得較爲詳盡：「第一次世界大戰期間，特禮斯坦‧查拉在瑞士的沮利克倡導的達達主義是文學與藝術中的一種虛無主義運動，它反抗邏輯、束縛、社會慣例和文學本身。……爲了要表現他們對於文明的歧視，他們畫令人驚駭的圖畫，寫毫無意義的詩，在劇院中和有歌舞表演的餐館中安排稀奇古怪的表演。這種運動的倡導人之一杜尙（Marcel Duchamps）在巴黎第一次雕刻展覽會時，送去一隻抽水馬桶供展覽，但立刻被退還。雨果‧包爾（Hugo Ball）寫了一首「聲音詩」在一家有表演節目的餐館中朗誦，他腿上綁有藍色紙板，頸間是能移動的紅色領，還戴頂藍白條紋相間的帽子，唸著不清不楚的詩。達達主義浮誇、不自然，立刻傳播到德國、荷蘭、法國、義大利和西班牙，戰爭結束後即煙消雲散。一九二〇年間，被超現實主義所取代。」[31]

由此可以發現，達達主義的文學運動只不過集中於破壞一切舊有的文學藝術傳統，但他們在破壞之餘，並沒有任何新的建樹，更無積極主張，最後只能是曇花一現。

㈣超現實主義

繼達達主義而起的是超現實主義，它試圖在藝術（主要是文學與繪畫）中表現無意識活動。這名稱是由阿波利奈爾（Guillaume Apollinaire）所創，而這一運動奠基人則是法國詩人布萊頓（André Breton）。布萊頓在一九二四年曾發表超現實主義宣言，在宣言中他解釋說，如果心靈能從邏輯與理性的控制中獲得自由，就能抓住一個更高的現實。在此之前，深受佛洛伊德精神分析影響的布萊頓曾實驗所謂的自動書寫。英國批評家赫勃特‧芮德（Herbert Read）曾把超現實主義置於浪漫主義傳統中，其中心觀念是對心靈的探討。超現實主義畫家有吉瑞柯（Chirico）、畢卡索（Picasso）、唐該（Tanguy）、達利（Salvador Dali）。詩人有阿哈貢（Aragon）和埃呂亞

---

[31] 何欣：《西方文學發展概述》（臺北：中央文物供應社，1983年），頁305-308。

（Eluard）。這一運動發展可分為三期：

1. 一九二〇年到一九二四年，偏重於美學方面的發展，即技巧方面的革新，對無意識活動的探究。

2. 一九二五年到一九三〇年五年間，超現實主義者在政治方面公開同情共產國際，所產生的文學作品依循「純粹自動主義」。所謂自動書寫，即創作不受思想的干擾。

3. 一九三〇年代後期，超現實主義者在政治路線方面逐漸疏遠並擺脫莫斯科的控制，彷彿又返回先前他們所痛恨的愛國主義、宗教與家庭，美學的理論也擴大範圍，允許在寫作過程中進行有意的控制。這種擴展是藉「偏執狂方法」或「疏離」（在一件藝術作品中，偽裝某種形式的精神錯亂以對現實創造某種新的看法），加上所謂的「客觀偶然」（在世界上或心靈中一種偶然的聯合，這種聯合沒有明顯的原因，但其意義較重大）和「黑膽汁」（超現實主義者的幽默，「反諷的反諷」），構成近代超現實主義的美學三合一。[32]

　　第二次世界大戰時法國淪陷，超現實主義向其發展源地巴黎告別而移民美國，開始在非超現實主義詩歌與戲劇中產生影響。以下舉赫維蒂（Pierre Reberby）的〈蜿蜒的路〉為例：

　　　　空氣中瀰漫著塵埃灰淒淒的迷濛
　　　　一陣南風張著暴風雨的翅膀
　　　　蹣跚的黃昏於光中水面上發出嗡嗡的回聲
　　　　濕濡的夜潛伏在各個角落
　　　　鹵莽的聲音在埋怨
　　　　舌頭上煤渣的苦澀味

---

32 何欣：《西方文學發展概述》（臺北：中央文物供應社，1983年），頁308-309。

巷底傳出風琴的聲音

茫然不知所措的心猛然跳動

工作和它附帶的災禍

沙漠裡的火一一熄滅

眼睛如草葉般濡濕

凝露赤足地踐踏著樹葉

晨曦甫至

而某人正在尋找

掉在路上的一個地址

星星擦拭得亮晶晶而花朵

從破碎的枝梢間墜落

一條祕密的河水揩過它剛接吻過的細嫩的雙唇

某人走在日晷儀上的腳步聲

他支配著日晷的移動而直將地平線往前推

所有的吶喊終將成為過去

所有的時間終將匯流

我現在可以走向天空我的眼睛在陽光下

莫名的噪音而在我心中泛起一些名字

和活生生的臉龐

　　　人世間發生過的一切

那場狂歡

　　　在那裡我失去了我的時間[33]

33　引自蔡源煌：《從浪漫主義到後現代主義》（臺北：書林出本版社，2012年），頁171-172。

全詩充滿著不合邏輯與現實的詩句，其實有其內在心理眞實與邏輯。即對時間無論空間呈現了什麼，無論在什麼空間裡移動，無論感官感覺到了什麼，記憶喚起了曾經熟識的人的臉龐，都是在時間中流逝的殘餘痕跡（人生的狂歡之後），卻帶來了詩人對晃眼時間不再的焦慮。

㈤未來主義

　　與超現實主義差不多同時，義大利詩人馬利內蒂（Filipo Tommaso Marinetti）首創未來主義。這一運動開始於一九一○年，這些未來主義者以在米蘭出版的「詩刊」爲宣傳中心。一九一四年又轉移陣地，以在佛羅倫斯出版的Lucerba爲宣傳機關刊物，但他們大部分宣言是在巴黎的《費加洛報》上發表的。由馬利內蒂執筆的《未來主義的基礎與宣言》即是在一九○九年二月十日發表在《費加洛報》。這篇宣言舉出了他們的「十二守則」，說明他們的主張和做法。未來主義的顯著特色是風頭主義與自我宣揚，他們喜歡在公眾場所如演講廳、畫廊、劇院中「給大眾的趣味一耳光」。馬利內蒂稱這種精神爲現代精神，他用的字是modernolatry，因爲在義大利，傳統精神的力量較英、法爲強，所以他不遺餘力地攻擊文學藝術的廟宇、圖書館與博物館。這種精神表現於「歌頌速度」與都市文明，歌頌大工業中心。馬利內蒂從這些方面看到新美學，即機器之美的理想與標準。他們歌頌美國流行的東西、頌揚戰爭，說它是「這個世界上的衛生學」，他們歌頌飛機爲新時代的象徵。他們反對浪漫主義的感情主義，他們的口號是「徹底消滅月光」。

　　在文學創作方面，他們主張徹底摧毀構句法，節奏韻律也予以取消。像馬利內蒂的一些極端宣言就是片斷的混亂的一連串的名詞與不定動詞，既沒有邏輯的也沒有韻律的排列，沒有連接詞，也沒有押韻的回響。什麼象徵都可以自由使用，從最粗俗的聲音到化學、數學符號或公式的使用，工程師的心中幻想同無機物的盲目的惰性混合一起。最好的作品只有鄧南遮（D'Annunzio）的自由詩和馬利內蒂的

詩歌。

這些未來主義的詩人與畫家彷彿是些不滿意的憤怒頑童，把傳統中的一切現在事物都踢得亂七八糟，盡其破壞之能事，但要讓他們重建一座有秩序的文學藝術花園，卻是他們能力所不及的。[34]以下舉馬利內蒂的〈的黎波里之戰〉爲例：

重量+氣味

正午　3/4　笛子　呻吟　暑天　咚咚　警報　咳嗽

破裂　喇叭　前進　叮吟吟　背包　槍支　馬蹄　釘子

大砲　馬鬃　輪子　置重　猶太人　煎餅　麵包一油

歌謠　小商店　臭氣　光輝　膿　惡臭　肉桂　霉　漲潮

退潮　胡椒　格鬥　汗垢　旋風　秸樹一花　印花　貧困

骰子　象棋　牌　茉莉+蔻仁+玫瑰　阿拉伯花紋　鑲崁

獸屍　螫刺　惡劣

機關槍=石子+浪+

群蛙　叮叮　背包　機槍　大砲　鐵屑　空氣=彈丸+

熔岩+300惡臭+50香氣……

全詩可見未來主義詩人如何運用各種名詞、數學符號、數字等的任意羅列，企圖打破傳統詩歌的次序，只製造了融合日常生活與戰爭的混亂感覺。

㈥意識流小說

意識流小說崛起於二十世紀二〇年代的英國，而後盛行於西歐與美國，直至四〇年代後逐漸勢微。「意識流」的概念最早由美國心理學家威廉‧詹姆斯（William James）所提出，他認爲人的意識活動

---

[34] 何欣：《西方文學發展概述》（臺北：中央文物供應社，1983），頁309，311-312。

不是以各部分互不相關的零散方法進行的，而是像一種流水般的形式，如思想流、主觀生活之流、意識流的方式進行的。人的意識是由理性的自覺意識和無邏輯、非理性的潛意識所構成。而且，人過去的意識會浮現出來與現在的意識交織在一起，這就會重新組織人的時間感，形成一種在主觀感覺中具有直接現實性的時間感。法國哲學家柏格森強調並發展了這種時間性，提出了與「空間時間」相對的「心理時間」的概念。奧國精神分析學家佛洛伊德肯定了無意識的存在，並把它看作生命力和意識活動的基礎。他們的理論促進了文學藝術中意識流方法的形成和發展。

　　意識流小說不是一個統一的文學流派，也沒有公認的統一定義。意識流運用於文學，指的是一種寫作技巧，它泛指一種心靈活動，指未形諸於語言之前，人的心理意識像瀑布般流動。運用這種技巧書寫而成的小說就稱為意識流小說，其特點在於打破傳統小說依故事發生的時間順序，或是情節發展間的邏輯關係，所形成的單一、直線發展的結構。故事的發展和情節的銜接不受一般時間、空間、邏輯、因果關係所制約，表現出時間、空間的變化與跳躍。小說中前後兩個場景間常會缺乏時間、地點方面的緊密邏輯連繫，時間上更可能是過去、現在、未來交叉或重疊。

　　意識流的書寫技巧，最大的貢獻在於使人物的刻畫，從外在行為與現實的描述，轉向內在心靈的挖掘。作家筆下的人物可以隨興所至，天南地北的自由聯想，在時間的隧道裡縱橫無阻。所以，意識流小說中所強調的時間，也許只是生活中某個片刻，但是當人物遊思方外時，他腦中所想的可能是過去所經歷過的經驗或創傷。這種自由聯想的脈絡就好比一張蜘蛛網，四通八達，而人物的大腦就像穿越於網上的蜘蛛。因此，漫長的回憶與往事便可透過人物追溯，一幕幕地呈現在腦海裡；而人物的心理狀態亦可透過意識流的寫作技巧，被表現得更淋漓盡致。[35]

---

[35]　蔡源煌：《從浪漫主義到後現代主義・意識流──剎那到永恆》（臺北：書林出版社，

綜上所述，意識流小說的特徵，在於以人物意識活動爲結構中心來展示人物持續的感覺和思想，通常借助自由聯想來完成敘事內容的轉換。如前所述，它們往往打破傳統小說正常的時空次序而出現過去、現在、未來的大跨度跳躍。人物心理、思緒經常飄忽變幻，情節段落的交叉併接。現實情景、感覺印象、回憶、嚮往等交織疊合，現實與回憶相互交織，來回流動。象徵性意象與心理獨白的多重展示，甚或是語言形式的離奇試驗，或透過捨棄部分標點符號的方式，使敘事顯得撲朔迷離。

西方所公認的意識流小說家及作品，有普魯斯特的《追憶逝水年華》、喬依斯的《尤里西斯》、維吉尼亞‧伍爾夫的《到燈塔去》、福克納的《聲音與憤怒》等。而臺灣用意識流手法書寫小說的作家有王文興、白先勇、七等生、黃春明、郭松棻等。以下舉郭松棻的〈雪盲〉三段「人間」、「斜陽」、「故鄉」中的最後一段「故鄉」爲例：

「故鄉」的客觀敘述主要圍繞在共用一間研究室的日本教授的生活，及在沙漠警察學校教中文（魯迅）的單調日子。其餘則由「觸景生意／憶」、「自由聯想」、對父親、母親、校長、米娘的大篇幅回憶，以及「內心獨白」相互交織、穿插而成。他「觸景生意／憶」開啟了「故鄉」的敘事：

> 車燈印出來的影子越來越大……。模糊了。突然一起向牆壁的左上角倉皇頓去。／一組黑影消失，窗口就傳進轟的一聲。／汽車駛過公寓的樓角。／尾後的汽車又在牆上打出另一組類似的形象。／在你還來不及認辨以前，馬上開始變形。越來越大……越大。「自由聯

2012年），頁49-51。

想」：「醉酒的時候，他（日本教授）就嬰孩般嚶嗖起來。他要你為他想想，祖父曾經是四谷的武士。父親經營了江戶第一家外銷的紙傘店。而自己好端端一個江戶兒，竟落草般陷在這沙漠裡。……／煙裊裊湧上山谷。二月的一場雨。遠山染上金毛狗的幼綠。……你的思惟被擾亂了，你甩著頭，想甩掉殼裡的遲鈍。潮濕中孕育的蕨腥，……。母親在越洋電話裡說，臺北已經變成了一個巨大的城。／阿幸仔，你回來都認不得了。仿如蕨類的抽芽，一夜之間肥大了起來。」；內心獨白：「有一天你會忘了家鄉腐殖土的泥腥。也會忘掉蝸牛爬過的舔液的氣味。你悄悄走入一片鼠色的陰影，然後把身子藏在乾燥的黑暗裡，眺望著落日和沙的地平線慢慢完成T形的結合。魯迅，在陰影下曾經被樹上掉下來的毛蟲冷冷地爬過頸項。那是一九一八？」「故鄉」結束在一段內心獨白：「在這百無聊賴的日復一日中，倘還有什麼未能放得下的，也許就是在暝暗裡，你總是看到自己——那揮之不去的允諾——沿著少年的那段河堤在奔跑，迎來成群的蝙蝠，在夏日雲霞燦爛的天際喁喁飛翔，在這海拔五千公尺的沙漠上，在這美國警察學校裡。[36]

由上述例子可見，「故鄉」中的現實敘述又比「人間」更為淡化，在現實中事件無端並置、觸景生意／憶、大篇幅的回憶（以心繫

---

[36] 郭松棻：〈雪盲〉，《奔跑的母親》（臺北：麥田出版社，2002年），頁199、202、208、212、216。

事）、內心獨白的前後穿插、交織、意識來回遊蕩，急走與趨緩，均無視於時間存在而天馬行空，使這部分看似隱形的「我」與你的意識活動，尤其展現成一種以「自由聯想」、「內心獨白」與「以心繫事」為主的敘述方式，意識流的敘述形態著實呈現。

郭松棻〈雪盲〉中有合乎理性的傳統敘述和描寫的部分，但越來越大量的運用非合乎因果關係與邏輯聯貫性的事件並置，有如蒙太奇式畫面接合，以及越來越少量的現實客觀陳述，使文本逐漸走向隱形「我」與「你」活躍的內心與意識活動。感覺、幻覺、夢境、現實與回憶雜揉、大篇幅與大跨度的回憶（以心繫事）、內心獨白，最後以「無時性」或稱「非時性」的自由聯想，才能統括其敘述技巧的現象，最終成為一篇意識流小說。若將〈雪盲〉「支離破碎」的外在與內在交錯或交融，所產生的多層次內涵，將顯得更加撲朔迷離。這將迫使讀者絞盡腦汁去思索、去尋找各自的解答，或進行適當的解讀。[37]

㈦存在主義文學

存在主義文學是二十世紀流行於歐洲的一個文藝思潮流派，它是存在主義哲學在文學的反映。存在主義作為一個文學流派，是出現在第二次世界大戰之後，主要表現在戰後的法國文學中。四○年代後期起到五○年代是存在主義文學的高潮，而後影響了歐美以及部分東方國家的文學界。從六○年代起，存在主義作家已經失勢，到了七○年代存在主義已不復存在，而為其變種的荒謬派系劇與黑色幽默所取代。

存在主義原本來自丹麥神學家、哲學家克爾凱戈爾的一個哲學觀念。沙特（Jean-Paul Sartre）在一九三八年出版長篇小說《嘔吐》，開啟了無神論存在主義文學的先河。他於一九四三年發表的《存在與虛無》是存在主義的哲學綱領，一九四四年上演的《密室》則加強

---

37 顧正萍：〈〈雪盲〉走向意識流的藝術技巧〉，《從介入境遇到到自我解放》（臺北：秀威出版社，2012年）頁176-178，188-189。

了存在主義的影響。沙特的《嘔吐》與卡謬的《異鄉人》（1942）是存在主義最經典的兩部小說，它們描繪了一個令人厭惡的荒誕世界，生活在其中的都是這些憂慮的、徬徨無助的「多餘人物」。早期存在主義文學作品大都是表現荒誕世界中無意義的生活。一九四六年沙特發表的《存在主義是一種人道主義》，則暗示著存在主義的新動向，作家們不再單純在荒誕世界裡無所事事，而是從絕望的世界中尋找希望。沙特在戰後的作品中體現了這種「新人道主義」，例如《恭順的妓女》（1947）中，作者譴責了種族主義的罪惡行爲，對被壓迫、被損害的黑人予以深切的同情。

　　阿爾貝‧卡謬（Albert Camus）則是存在主義的另一大將，雖然他並不承認自己是存在主義作家，但他的作品中卻瀰漫著濃厚的存在主義氣息。他的小說《異鄉人》與劇本《卡利古拉》（1945）、《誤會》（1944）及散文集《西奇佛斯的神話》等，都揭露了荒誕世界裡的荒誕人生：現實世界無非是一個一無可爲的荒誕世界，人的存在也是如此，人所苦苦追求的生活意義喪失了著落，人的存在還有何意義？

　　存在主義思想家的觀點並不完全相同，有人說，世上有多少存在主義哲學家，就有多少種存在主義。法國的存在主義基本上分成兩大派別：一是以西蒙娜‧魏爾與加布里塞爾‧馬塞爾爲代表的基督教存在主義；二是以沙特、卡謬最爲代表的無神論的存在主義。從文學的社會影響上說，沙特與卡謬最爲重要，尤其是沙特，他是存在主義理論的集大成者，他的哲學著作《存在與虛無》、《存在主義是一種人道主義》、《人的前景》、《辯證理性批判》等，奠定了存在主義文學的理論基礎。

1.存在主義的主張和觀點

　　存在主義者否定客觀事物的獨立存在，認爲只有自我感到存在才是眞正的存在，而且這種眞正的存在和客觀現實永遠是對立的，不可能統一。沙特宣稱，「存在」即「自我」，「存在先於本質，換言之，必需以主觀性爲出發點」，這就是說，客觀事物的本質是由主觀

意識決定的。存在主義認爲，個人的價值高於一切，個人與社會是永
遠分離對立的，人是被拋到這世界上來，客觀事物和社會總是與人
在作對，時時威脅著自我。沙特在他的劇作《禁閉》中有一句存在主
義名言：「他人就是（我的）地獄。」存在主義者把恐懼、孤獨、失
望、厭惡、被遺棄感等，看成是人在世界上的基本感受。在他們看
來，人和其他動物的區別，在於動物不知道自己的死亡的來臨，無所
謂對死亡的恐懼，而人能知道自己終究不免一死。因此他們認爲，存
在的過程就是死亡的過程，而得出了「存在」就等於「不存在」的悲
觀主義的結論。

此外，存在主義否定藝術的認識作用，認爲藝術作品不能反映現
實，只能在某種程度上揭示人的心靈衝動，給人以「享樂」與感受的
能力，使人的「非理性感覺清晰、明確」。他們認爲藝術家創作的目
的在於創造自己的世界，表達自己的哲學思想與自己的感受，而不
是藝術地再現客觀世界。在這種思想支配下，存在主義文學的主要內
容，往往是描寫荒謬世界中個人的孤獨、失望和無限恐懼的陰暗心
理。

臺灣著名的存在主義作家與作品以七等生的〈我愛黑眼珠〉爲代
表。

2. 存在主義文學的特性

存在主義文學最初是作爲對存在主義哲學思想的形象闡述而出現
的，具有鮮明的哲理性，其基本主題表現出對人的生存狀態的深沉關
注，肯定人的存在先於本質，揭示世界的荒謬與人生的痛苦，主張人
的自由選擇。在特定的虛構境遇中表現人物，展開情節，讓人在特定
的環境中自由選擇自己行動，造就其本質。注重介入生活，貼近生活，
作品富有眞實感，著實地呈現生活內容，集美醜於一身。加強戲劇衝
突，尤其注重表現人在選擇與存在二者之間的痛苦心理衝突。其結尾
往往出人意料之外，意味深遠，成爲闡述問題的核心所在。存在主義
思潮流派對後現代主義其他文學思潮流派產生了直接而重要的影響。

㈧魔幻現實主義

　　魔幻寫實主義的誕生有其歷史與社會的背景，但其溯源於何時何地，至今仍是爭議的焦點。一般說來，它起源自西方反對承續前理念的繪畫場域，如「一九二五年德國文藝批評家弗朗茲・羅（Franz Roh）延舊歐洲後期表現主義繪畫專著《後期表現派：魔幻現實主義，當前歐洲繪畫中的若干問題》一書，將富於幻想、構思誇張、具有原始藝術的神祕色彩的後期表現派繪畫以「魔幻現實主義」稱之。」[38]一九二〇年代傳到拉丁美洲的魔幻寫實主義不僅影響了其後殖民的文學創作，更根據拉美的政治社會背景產生拉美魔幻寫實主義本土化的現象。而一九四〇年代形成了一種文學運動，直至一九六七年馬奎斯的《百年孤寂》（或稱《兩百年的孤獨》）獲得諾貝爾文學獎後，被視為魔幻寫實主義的典範，此後，魔幻現實主義名稱不脛而走。而後傳到了臺灣，也影響了臺灣一些小說作家，根據陳正芳《魔幻現實主義在臺灣》中提到，臺灣最早運用魔幻現實主義的小說家及作品為張大春的〈蛤蟆王〉、〈將軍碑〉、〈四喜憂國〉、〈最後的先知〉、〈飢餓〉、〈天火備忘錄〉等，其次有宋澤萊《血色蝙蝠降臨的城市》、《打牛湳村系列》、《蓬萊誌異》、〈花鼠仔立志的故事〉、〈救世主在骨城〉、《廢墟臺灣》、《熱帶魔界》與林耀德《一九四七・高砂百合》、《大日如來》等。然而這三位作家各有其對魔幻寫實的認知與運用，而相同之處在於他們的作品都以打破自然時空順序，人物生與死共（或超脫生死），神話與謠言等的魔幻手法，並或多或少涉及臺灣混亂的政治、社會和歷史、記憶與遺忘、災難、救贖與記憶、反殖民等主題。除了反映了拉美魔幻寫實對上述作家的影響甚巨之外，這些的魔幻寫實作品也呈現出創新與在地化。[39]

[38] 徐志平、黃錦珠：《文學概論》（臺北：洪葉文化，2009年），頁183。
[39] 陳正芳：〈臺灣小說的寫實與反叛〉，《魔幻現實主義在臺灣》（臺北：華文網股份有限公

　　魔幻寫實主義的特色為：「現實與神話、眞實與夢幻交相雜揉，創造出一種似眞非眞、似夢非夢，虛實眞假難分的魔幻情境。用複雜多變的結構編織富於虛幻色彩的情節，大量運用倒敍、轉述等技巧，按照主觀時序編知情節，多用側面、跳躍戲來表現生活的複雜性、總體性。運用現代主義的各種手法，如誇張怪誕的描寫、象徵及寓意的展示、借代與暗示，以及意識流手法等」。[40]例如《百年孤寂》寫獨裁者裝被殺害的罷工者的列車有二百節車廂，由三個車頭牽引，又如家族的地點馬孔多下了四十一個月零二天的大雨，在如雷梅苔絲這個美麗的姑娘，竟然在晒被單時被風捲走了。這些誇張的寫法所表現的都是心理的眞實。[41]但要注意的是，「在魔幻現實主義的小說中，作者根本目的就是試圖借助魔幻來表現現實，而不是把魔幻當成現實來表現。」[42]

六、後現代主義

　　「後現代主義」（Postmodernism）一詞最早見於弗‧奧尼斯（Federico de Onis）在一九三四年出版的《西班牙暨美洲詩選》中。美國學者哈桑（Ihab Hassan）認為，後現代主義興起於二十世紀的四〇年代。但李歐塔（J. F. Lyotard）在其著作《後現代狀況》中則認為，後現代主義是五、六〇年代的產物。其實，後現代主義是反現實主義與現代主義而產生的思潮，而且，後現代主義甚至可追溯自達達主義。[43]由此可見，關於後現代主義的發端時期，其實是眾說紛紜，無一定論。

　　至於後現代、後現代主義與後現代性等概念，王岳川在其著作

司，2007年），頁190-240。

[40] 徐志平、黃錦珠：《文學概論》（臺北：洪葉文化，2009年），頁184。

[41] 徐志平、黃錦珠：《文學概論》（臺北：洪葉文化，2009年），頁184。

[42] 馬爾克斯，《兩百年的孤獨》，朱景冬等譯，昆明：雲南人民出版社，1997之附錄。

[43] 鄭祥福：《後現代主義》（臺北：揚智文化公司，2004年），頁9-10。

《當代西方最新文論教程》中有清楚地說明：

> 「後現代」是一個歷史概念，指第二次世界大戰後出現
> 的「後工業社會或信息時代」，「後現代主義」是這一
> 社會狀態中出現的一種文化哲學思潮。而「後現代性」
> 則是一個社會理論概念，指後現代社會結構的功能性轉
> 型與知識話語轉型問題。後現代是後現代主義產生的時
> 代土壤，後現代主義是後現代社會的文化哲學表徵，後
> 現代性則是後現代轉向的話語系譜與結構模式。[44]

後現代主義理論家以哈桑、李歐塔、鮑德理亞為代表。關於後現代
主義理論，請參閱本書第六章〈二十世紀西方文學理論與批評概
述〉。

問題與討論：

1. 試說明中國的「浪漫主義」思潮與「現實主義」思潮的特色為
   何？
2. 試闡釋佛學東傳對中國文學思潮的影響。
3. 試說明市井文化崛起後對於中國文學體式的影響為何？
4. 就西方而論，相較於「古典主義」，「浪漫主義」的特色為
   何？
5. 試區分並闡釋西方的「現實主義」與「自然主義」。
6. 西方「現代主義」包含哪些重要的文學思潮，試概述之？

---

[44] 王岳川：《當代西方最新文論教程》（上海：復旦大學出版社，2011年），頁287。

第五章

中國文學理論批評
概述

第一節　中國文學理論的架構

　　中國文學理論是前人對於文學創作歷史發展規律的認識及創作經驗的總結，從中可以看出不同時代文學觀念的演變。而在具體文學批評的專著中，可以了解批評方法的原則與應用，更可顯現出不同時代、批評家的審美趣味。

　　在中國文學理論的架構上，劉若愚在艾布拉姆斯文學理論的架構基礎上提出他的看法。首先，他將文學四要素修改為：宇宙、作家、作品、讀者。其次，他嘗試以中國文學理論為考察對象，提出中國文學的六大理論，其架構圖如下：

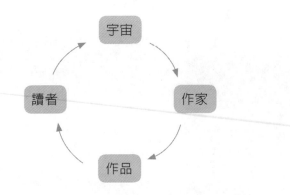

　　劉氏以為四要素間，存在著一種雙向循環的關係，首先在順向循環中：

　　第一階段，「宇宙」影響「作家」，作家反應宇宙。

　　第二階段，「作家」創造「作品」。

　　第三階段，「作品」影響「讀者」。

　　第四階段，因閱讀作品的經驗，使「讀者」對「宇宙」有所反應。

　　透過此四階段的進程，完成了順向循環。

而逆向循環圖示如下：

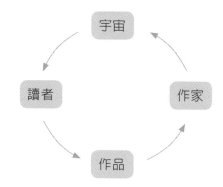

第一階段，「讀者」接受「宇宙」的影響。

第二階段，受此影響使「讀者」對「作品」產生反應。

第三階段，「讀者」透過「作品」進而與「作家」產生情意交流。

第四階段，「讀者」了解「作家」如何對「宇宙」產生反應，進而完成反向循環。

在此四大元素、雙向循環的過程中，劉氏將中國傳統批評析分為六大文學理論：

一、形上理論

所謂的形上理論，係指「作家」體會到「宇宙」中各種形而上的原理或法則，如儒家、道家所謂的「道」，文學即是此「道」的具體表現。在四要素中，其關係在於「宇宙」與「作家」之間。

二、決定理論

所謂的決定理論，係指「作家」生活於「宇宙」（時代環境）之中，在既定的現實條件下，不可避免、也不自覺地將之反映於文學作品之中。在四要素中，其關係是在於「宇宙」與「作家」之間。

三、表現理論

　　所謂的表現理論，係指文學作品是作者情意、思想的具體表現。在文學創作的過程中，作者常會將自己的個人才性、經歷學識、情意感受，透過語言文字表露出來。在四要素中，其關係是在於「作家」與「作品」之間。

四、技巧理論

　　所謂的技巧理論，係指「作家」在創作「作品」時，精心構思的創作過程。或使用悅耳的音聲節奏，或透過整飭的形式、華麗的修辭加以表現，於是文學就成為作者技巧展示的結果。在四要素中，其關係是在於「作家」與「作品」之間。

五、審美理論

　　所謂的審美理論，係認為文學是麗言佳句的集合，其與技巧理論有著一體兩面的關係。只是技巧理論著重在作家與作品的關係，而審美理論注重的是作品給讀者帶來的美感體驗與樂趣。在四要素中，其主要關係是在「作品」與「讀者」之間。

六、實用理論

　　所謂的實用理論，係指「讀者」接觸了「作品」，心中受到感發、影響，進而轉變成實際的作為。使讀者在面對「宇宙」的態度、行為，產生具體的變化。在四要素中，其主要是在「讀者」與「宇宙」之間。

　　在劉氏提出此六大理論後，即成為學者討論中國文學理論的原型。至於後世學者所做的增益修正，大抵都在此基礎上進行討論。

第二節　中國文論的文體形式

　　欲了解中國文學理論，對於其批評文體也應有基本的認識。一般而言，中國文學理論的批評形態有下列幾種：

一、專著

此指專門為闡述文學理論而寫成的文章、著作。專著者如劉勰的《文心雕龍》、鍾嶸的《詩品》、嚴羽的《滄浪詩話》，專文則如曹丕的〈論文〉、陸機的〈文賦〉。

二、詩、詞、曲話

「詩話」是中國詩歌理論批評的獨特文學體式，許顗《彥周詩話》稱：「詩話者，辨句法、備古今、記盛德、錄異事、正訛誤也。」其內容有「論詩及辭」與「論詩及事」兩大類。基本上是以隨筆、閒談的方式，將與詩歌相關的批評、理論或本事、軼聞記錄成文。篇幅上長短不一，內容多元，或與詩史論述相涉，或論格律體制，或品評詩人風格特色，或辨析字法句法，或考證典故，著名者如歐陽修《六一詩話》、張戒《歲寒堂詩話》等。而詞、曲等文學體式興起後，亦產生與詞、曲相關的專門論著，此即為詞話、曲話之屬。著名者如陳廷焯《白雨齋詞話》、梁廷楠《曲話》等。

三、序跋

古人常會在詩文集前安排序文，或於集末安排跋文，透過序、跋的撰寫，對書籍進行評論與介紹。因關乎作品本身，故序、跋中常會出現與文學理論相涉的文字，如〈毛詩序〉即是《毛傳》對於《詩經》的總體闡釋與評論。而後更有人將著名文人的題跋文章綴集成冊，如蘇軾的《東坡題跋》等。在這些題跋文章中，表達了作者對於文學的理解與主張。

四、書信

書信本是人與人間連繫交流的信函，在古人交往的過程中，有時會面不易，故藉由魚雁往返的形式連繫情感、論學談藝。所以在文人間的書信交誼，也保留了許多可貴的理論批評史料，如白居易的〈與元九書〉或司空圖的〈與李生論詩書〉等。

五、論詩詩

　　所謂論詩詩，即是「以詩論詩」的批評形式。古人好詩，故偶有藉詩來發表自己賞詩、論詩的理解與體會，詩中或表現詩學觀點，或逕行價值評斷，所以也是吾人不應忽略的可貴資料。著名者如杜甫〈戲爲六絕句〉，即是針對當時詩壇的現象發表自己的看法與意見。此外，金元好問的〈論詩絕句三十首〉則是以組詩的形式表達自己的詩學主張與品評意見。

六、評點

　　所謂的「評點」多用於小說戲曲之中。「評」是指以文字分析、批評文學作品，這類品評多是靈心慧筆的小巧文字，又有「回評」（就小說一回的內容進行評論）、「眉評」（於該頁上方空白處注記意見）、「夾評」（夾在行與行間作簡要評論）等區別。而「點」則是符號的方式圈記、標識，在評論者認爲關鍵、精采之處，則在字句左方以點逗的方式提醒讀者注意。一般而言，「圈」表示精采、「點」則次之。在評點者的提領下，以最精練的言語或標記，引導讀者進入小說、戲曲的文學世界。著名者如毛綸、毛宗崗的《毛批三國演義》、脂硯齋《重評石頭記》等。

七、筆記

　　古人常於隨筆性的雜著中表達自己的文學觀點，或進行相關評論。如劉義慶的《世說新語》或沈括的《夢溪筆談》，二書雖是筆記之作，卻摻雜了許多與文學相關的可貴資料，是以筆記、札記之作亦是吾人不容輕忽錯過的可貴資料。

　　透過以上介紹，吾人可以了解中國文學理論批評的多元形態，在靈活多變的體式中，也表現出中國文論多元、創造的精神。

第三節　中國文論發展簡述

　　中國文學理論批評史的發展過程，據張少康《中國文學理論批評

史》的說法，約可分爲古代和近代兩大階段。另外還可細分爲：先秦
萌芽產生期、漢魏六朝發展成熟期、唐宋金元深化擴展期、明清繁榮
鼎盛期和近代中西交會期等五個時期。

一、先秦萌芽期

　　先秦時期是我國古代文論的開端，此時還未具備獨立、純粹的文
學藝術概念，多是將之視爲政教倫理或道德修養之佐，故與文論相關
文字往往是依附在哲學、政治典籍之中，而非以專著的形式問世。以
下將簡要介紹先秦時期的重要文論作品。

㈠《尚書・堯典》──詩言志

　　〈堯典〉本是《尚書・虞書》中的一篇，後被析裂而出。據後人
的考證，是篇應非堯舜時代的眞實語錄，依史家推斷應是由先秦史官
追述而成，故其內容仍舊反映了先秦時期的文學思想。

> 帝曰：「夔！命汝典樂，教冑子，直而溫，寬而栗，剛
> 而無虐，簡而無傲。詩言志，歌永言，聲依永，律和
> 聲。八音克諧，無相奪倫，神人以和。」夔曰：「於！
> 予擊石拊石，百獸率舞。」

書中明白提揭「詩言志」的主張被後世學者朱自清評爲中國詩歌理論
的開山綱領，也奠定了中國文論重情尚志的抒情基調，後世的「緣
情」之說亦是由此派生而出。當然，《尚書》作爲儒家重要的思想典
籍，在「言志」之外，更強調文學的道德教化作用。另外，本段文字
將詩與樂、舞併論，搭配《禮記・樂記》：

> 詩言其志也，歌詠其言也，舞動其容也。三者本於心。

更可看出上古時期詩樂舞三者合一的歷史遺蹟，是以古時的音樂理論

與詩歌理論的關係甚為緊密。

(二)《論語》

　　《論語》是記載孔子及弟子言行的典籍，是研究先秦儒家思想的重要著作。書中關於孔子的文學思想的闡述，主要表現在孔子對《詩經》的評論。

　　首先，孔子提出自己的文學批評規準：

> 子曰：《詩三百》，一言以蔽之，曰：思無邪。（〈為政〉）

所謂的「無邪」即是「歸之於正」，而「正」即是不偏不倚，表現出孔子所主張的中和美學觀。這基本上是指思想內容方面，另外在內容、形式的關係上。

> 子曰：「質勝文則野，文勝質則史。文質彬彬，然後君子。（〈雍也〉）

在孔子的思想中論人與論文常有相互比附之處，就道德行為而言，追求的是文質彬彬的和諧君子貌，在文學創作上亦是如此。另外，在論雅樂〈韶〉、〈武〉之別時，孔子表示：

> 子謂〈韶〉，盡美矣，又盡善也。謂〈武〉，盡美矣，未盡善也。（〈八佾〉）

強調美與善的結合，追求的是盡善盡美的中和之境。

　　此外，孔子論《詩經》篇章時曾云：

　　子曰：「〈關雎〉，樂而不淫，哀而不傷。」（〈八佾〉）

強調詩樂中所包蘊的情感應符節有度，也可視為其歸之於正的中和美學的實際應用。只是，受儒家務實尚用的觀點影響，在二者不能兼至的情形下，似乎仍舊有先後次序之別。

　　子夏問曰：「巧笑倩兮，美目盼兮，素以為絢兮。」何
　　謂也？子曰：「繪事後素。」曰：「禮後乎？」子曰：
　　「起予者商也！始可與言詩已矣。」（〈八佾〉）

孔子在與子夏討論《詩經・碩人》時，在孔子文德一致的思惟中，帶出了「繪事後素」的引申討論，而子夏循此思路，體悟出先仁後禮的原則。這樣的論詩方式，自然是儒家尚用、尚德觀念的展現，落實在文學上，似乎也表現出先內容而後形式的觀點。不過，孔子門下論詩的高足子貢即曾闡釋夫子之說：

　　棘子成曰：「君子質而已矣，何以文為？」子貢曰：
　　「惜乎！夫子之說，君子也。駟不及舌。文猶質也，質
　　猶文也。虎豹之鞹，猶犬羊之鞹。」（〈顏淵〉）

認為在人格修為上如果沒有適當的文采彰顯君子的品德，君子的美言善行將無法獲得眾人的理解與肯定。所以，文采與德行是一樣重要的，只要是合乎原則的修飾而不虛矯，更可達成德澤他人、往來溝通的目的。

　　除了中和、無邪的觀點外，孔子看待藝文的觀點，基本上仍是落在現實道德、政教的應用之上。如：

子曰：「興於詩，立於禮，成於樂。」（〈泰伯〉）

在孔子看來詩、禮、樂三者，都是以「仁」爲中心，成就君子道德的養成之術。

子曰：「誦詩三百，授之以政，不達，使於四方，不能專對，雖多，亦奚以爲？」（〈子路〉）

則是強調《詩經》在外交辭令場合中的實際作用。先秦時期外交官員常以賦詩言志的方式，進行對外交涉工作，所以學《詩》的功用，就孔子而言，更是在辭令專對與應用之上。是以其示兒教子時也曾說：

鯉趨而過庭。曰：「學詩乎？」對曰：「未也。」「不學詩，無以言。」鯉退而學詩。（〈季氏〉）

對孔子而言，《詩經》幾可謂是當時社交往來溝通的必備基本能力。其於〈陽貨〉又云：

子謂伯魚曰：「女爲〈周南〉、〈召南〉矣乎？人而不爲〈周南〉、〈召南〉，其猶正牆面而立也與？」（〈陽貨〉）

如果不讀〈周南〉、〈召南〉等《詩經》作品，就猶如面牆而立，無以行走。至於其根本的原因，或可由下文得知：

孔子曰：「不知命，無以爲君子也；不知禮，無以立也；不知言，無以知人也。」（〈堯曰〉）

因為言語是人的心聲，孔子曾謂「聽其言，觀其行」始可以知其為人，能夠清楚辨別人之言行，才可能近賢人而遠小人。最後更值得提出的是「興、觀、群、怨」之說：

> 子曰：「小子！何莫學夫詩？詩可以興，可以觀，可以群，可以怨。邇之事父，遠之事君。多識於鳥獸草木之名。」（〈陽貨〉）

在孔子仁學的主張中，興詩、立禮、成樂是君子的養成進程。其中的「興」即是「感發志意」，也就是透過詩的陶冶感染作用，引導人們完善、發展自己的德行。而「觀」或有「觀風俗之盛衰」與「考見得失」之解，即是指透過詩歌進而考察政治得失、關心民瘼，這與《禮記・王制》所謂「命大師陳詩以觀民風」可相互參看。至於「群」，則是「群居切磋」，指透過學詩，讓人相互砥礪啟發，如此可達「以文會友，以友輔仁」之效。最後「怨」的部分，係指「怨刺上政」，亦即透過詩歌來批評、諷諭時政，而透過詩歌的欣賞誦閱也可在一種同情共感的心理機制中，使鬱積心中的怨氣從而消散。

(三)《孟子》

　　《孟子》書中引詩論詩之處亦所在多有，其著名者，有「以意逆志」、「知人論世」二說：

> 說詩者不以文害辭，不以辭害志，以意逆志，是謂得之。（《孟子・萬章》上）

在這裡，孟子提出了理解詩歌的方法「以意逆志」，他主張解詩時要以說詩者自己的「心意」，揣測、回推詩人創作時的「心志」，至於「不以文害辭，不以辭害志」則是指不要拘泥於文辭而偏離了詩人的意旨。當然說詩者是由自己的價值判斷來重新理解詩歌，其所

「逆」之志，很可能已非作者本意，而是說詩者本身的道德價值觀念。

另外，孟子還有「知人論世」之說：

> 頌其詩，讀其書，不知其人可乎？是以論其世也。
> （《孟子·萬章》下）

他主張「讀者」誦讀前人「作品」時，必需先了解「作者」及其所處的時代環境，當讀者達成這兩個要件後，才可能真正了解「作品」。當然，這整段文章所討論的是如何尚友古人？當前人已逝，吾人只能透過頌詩、讀書的方式，進而理解前人的生命智慧與深刻體驗。此時，讀者應如同與老友談話般，親切的進行深層的溝通與交流，如此才可能正確的認識理解古人的真實樣貌。

所以，孟子主張透過「以意逆志」的方式了解作者，並以「知人論世」的方法了解作者的時代，以此為基礎才能真正理解作品。

> 敢問夫子惡乎長？曰：「我知言，我善養吾浩然之氣。」「敢問何謂浩然之氣？」曰：「難言也。其為氣也，至大至剛，以直養而無害，則塞於天地之間。其為氣也，配義與道；無是，餒也。是集義所生者，非義襲而取之也。行有不慊於心，則餒矣。」……「何謂知言？」曰：「詖辭知其所蔽，淫辭知其所陷，邪辭知其所離，遁辭知其所窮。生於其心，害於其政；發於其政，害於其事。聖人復起，必從吾言矣。」（《孟子·公孫丑》上）

孟子以為君子的修為根柢在於養氣，此氣需由義與道的配合，始可存養。當此個人道德情感與社會政教意識合一的浩然之氣充塞於身

後，對於悖於正道、違乎禮義的言辭，就可明白辨別，並洞察其缺失所在。

孟子的「知言養氣」說，爲後世以氣論文的傳統奠定了基礎。而後在韓愈等後世理論家的論述中，得到了更新一步的深化與闡釋。

先秦時期除了孔、孟之外，《荀子》論樂亦從禮樂之教、中和之聲多所發揮，強調文藝的社會功能。而《莊子》則有「得魚忘筌」、「得意忘言」之說，對於後世「意在言外」強調神韻、意境的美學傳統起奠基的作用。另外《莊子》關於「心齋」、「坐忘」的修爲工夫，講求「虛靜」的心理狀態，甚或庖丁解牛時「技進乎道」的修爲進程，對於後世文藝創作思想都有相當深遠的影響。

二、漢魏六朝發展期

兩漢是儒家經學思想的極盛期，除早期受道家觀念影響外，基本上是以儒家思想爲主流。而六朝時期儒教逐漸衰落，既有的儒家文學觀點也開始鬆動，起而代之的玄學思想，引領出文學的自覺與緣情、審美的意識，讓文學取得了獨立於政教之外的意義與價值。

㈠司馬遷《史記》

司馬遷在《史記‧太史公自序》云：

> 太史公遭李陵之禍，幽於縲絏。乃喟然而嘆曰：「是余之罪夫！是余之罪也夫！身毀不用矣！」退而深惟曰：「夫《詩》、《書》隱約者，欲遂其志之思也。昔西伯拘羑里，演《周易》；孔子厄陳、蔡，作《春秋》；屈原放逐，著〈離騷〉；左丘失明，厥有《國語》；孫子臏腳，而論兵法；不韋遷蜀，世傳《呂覽》；韓非囚秦，〈說難〉、〈孤憤〉；《詩》三百篇，大抵聖賢發憤之所爲作也。此人皆意有所鬱結，不得通其道，故述往事，思來者。」

從歷史上的名人事蹟歸納總結出「發憤著書」的說法。他揭示了古人創作上的普遍規律：不朽的作品往往是在作者遭遇挫折、受難下發憤而爲的。其〈屈原賈生列傳〉亦云：

> 〈離騷〉者，猶離憂也。……屈平正道直行，竭忠盡智以事其君，讒人間之，可謂窮矣。信而見疑，忠而被謗，能無怨乎？屈平之作〈離騷〉，蓋自怨生也。

「蓋自怨生」的概括，將創作的動機歸結到怨悱之情、發憤之意上。司馬遷所謂的「發憤」實有兩層涵義：一是將內心鬱結、憤悶的情緒轉化爲創作的動力。二是將內心的怨悱之氣，透過語言文字的形式，表達而出。孔子論詩有「興觀群怨」之說，故史遷此謂亦可視之爲「詩可以怨」的後續發展。

(二)《禮記‧樂記》、〈毛詩序〉

1. 〈樂記〉

漢武帝時「罷黜百家，獨尊儒術」後，儒家之教以官學之姿主宰了整個時代文藝觀念。而〈樂記〉與〈毛詩序〉正是在此背景下的產物。

《禮記‧樂記》是儒家論樂的重要典籍，其提出了詩、樂、舞統一的藝術起源說外，更重要的是它提出了文藝創作的感物之說。

> 凡音之起，由人心生也。人心之動，物使之然也。感於物而動，故形於聲。聲相應，故生變；變成方，謂之音。比音而樂之，及干戚羽旄，謂之樂。

在這裡提出了由「物」及「心」而「聲」、「音」、「樂」成的感物理論，強調了外物對於人心感發的引動力量，也突顯了「情感」在創作主體中的地位。此外，它還提出了文藝與時代環境的反映關係：

> 凡音者，生人心者也。情動於中，故形於聲。聲成文，
> 謂之音。是故治世之音安以樂，其政和。亂世之音怨以
> 怒，其政乖。亡國之音，哀以思，其民困。聲音之道，
> 與政通矣！

提出文藝是民心向背的反映，故透過文藝、音樂等作品，即可審辨政
治的清明與否。其他還有音樂與禮教相配合的論述，皆是儒家禮樂之
教的具體表現。

2.〈毛詩序〉

　　至於〈毛詩序〉是《毛傳》綜論《詩經》要旨的文字。它發揮了
《尚書・堯典》、《禮記・樂記》中「詩言志」的觀點，更闡發了儒
家「詩教」、「六義」之說。

　　首先，關於「言志」之說，其云：

> 詩者，志之所之也，在心為志，發言為詩，情動於中而
> 形於言，言之不足，故嗟嘆之，嗟嘆之不足，故永歌
> 之，永歌之不足，不知手之舞之、足之蹈之也。

誌記了詩、樂、舞三者合一，且本之於心的文藝本原觀。

> 情發於聲，聲成文，謂之音。治世之音安以樂，其政
> 和。亂世之音怨以怒，其政乖。亡國之音哀以思，其民
> 困。故正得失，動天地，感鬼神，莫近於詩。先王以是
> 經夫婦、成孝敬、厚人倫、美教化、移風俗。

則與〈樂記〉相同，提出了時代環境與文藝之間的決定、反映關
係。此外，〈詩大序〉更放大了詩之作用，可以得到移風易俗、穩固
綱常的效果。

此外，〈詩大序〉還對「六義」、「四始」之說提出解釋：

> 故《詩》有六義焉：一曰「風」，二曰「賦」，三曰
> 「比」，四曰「興」，五曰「雅」，六曰「頌」。上以
> 風化下，下以風刺上，主文而譎諫，言之者無罪，聞
> 之者足以戒，故曰「風」。至於王道衰，禮義廢，政教
> 失，國異政，家殊俗，而變風變雅作矣。國史明乎得
> 失之跡，傷人倫之廢，哀刑政之苛，吟詠情性，以風其
> 上，達於事變而懷其舊俗者也，故變風發乎情，止乎禮
> 義。發乎情，民之性也；止乎禮義，先王之澤也。是以
> 一國之事，繫一人之本，謂之「風」。言天下之事，形
> 四方之風，謂之「雅」。「雅」者，正也，言王政之所
> 由廢興也。政有小大，故有《小雅》焉，有《大雅》
> 焉。「頌」者，美盛德之形容，以其成功告於神明者
> 也。是謂四始，《詩》之至也。

在這裡，〈詩大序〉承繼了《周禮》六詩之說，並進一步闡發，提出了詩歌應具有諷諫作用，卻又不失溫柔敦厚之旨，透過「主文譎諫」的方式，達到「厚人倫、美教化」的實際作用。而創作時，既要「發乎情」，還要「止乎禮義」，強調情感必需有所規範。

儒家詩學在〈樂記〉與〈詩大序〉完成後，確立了基本的方向。在抒情言志、文學與政教的關係上，得到了進一步的闡釋與發展。

㈢曹丕《典論·論文》與陸機〈文賦〉
1.曹丕〈論文〉

《典論·論文》是曹丕「兼論古者經典文事」中的一篇，今僅存〈自序〉與〈論文〉兩篇。而〈論文〉是一篇專論文學理論的文章，內容涉及到本原論、文體論、作家論及具體批評方法。

> 蓋文章，經國之大業，不朽之盛事。年壽有時而盡，榮
> 樂止乎其身，二者必至之常期，未若文章之無窮。

曹丕以為文章具有經世治國的實用性，故將文學提升到可與政教、
事功相提並論的位置，對於文學的價值給予了極為崇高的評價。而
且，曹丕認識到文學具有超越個人「年壽」、「榮樂」的特性，在短
暫的人生中，足以因立文而不朽於世。

> 文以氣為主，氣之清濁有體，不可力強而致。譬諸音
> 樂，曲度雖均，節奏同檢，至於引氣不齊，巧拙有素，
> 雖在父兄，不能以移子弟。

曹丕以為「氣」是文學創作中的本原力量，他是作家氣質才性的展
現，每個作家皆以其獨特的氣質個性，形塑成作品特殊的風格。而這
股氣質是稟賦天生的，無法相互傳遞轉移，故帶有先天決定論的色
彩。
　　此外提及個別作家時，曹丕又實際以「氣」來評論建安諸子，
如其云：「徐幹時有齊氣」、「應瑒和而不壯」、「劉楨壯而不
密」、「孔融體氣高妙」……，透過氣之清濁品評作家。
　　另外，在文體論方面，〈論文〉云：

> 文本同而末異，蓋奏議宜雅，書論宜理，銘誄尚實，詩
> 賦欲麗。此四科不同，故能之者偏也；唯通才能備其
> 體。

曹丕以為一切的文章都有共同之點，即出於創作個體的氣質才性，
但現在形式上則有各種文體之別。他將文體區分為「奏議」、「書
論」、「銘誄」、「詩賦」等四類，並分別以「雅」、「理」、

「實」、「麗」等特質進行概括。這裡既有文章體裁區分的概念，又確立不同文體的風格，在中國文學批評史上具有劃時代的意義。尤其是「詩賦欲麗」之說，意識到文學的形式與形象之美，可謂是對兩漢儒家「發乎情，止乎禮義」的衝撞與突破。所以自曹丕揭櫫詩賦藝術的美學規準後，對於文學的自覺與陸機〈文賦〉「詩緣情而綺靡」說的提揭，皆有直接的影響。

最後，曹丕也針對文學批評的不良風氣，如貴古賤今、文人相輕提出批評。以爲惟有「審己以度人」才能矯正文學批評的主觀性、片面性的流弊。

2. 陸機〈文賦〉

西晉太康時期的代表作家陸機亦是六朝時期重要的文學理論家，其作品〈文賦〉是我國古代文論史上第一篇有系統的闡述創作論的文章。

首先，在創作的準備工作上，〈文賦〉云：

> 佇中區以玄覽，頤情志於典墳。遵四時以歎逝，瞻萬物而思紛。悲落葉於勁秋，喜柔條於芳春。心懍懍以懷霜，志眇眇而凌雲。

陸機指出了文學創作與外在景物、環境的關係，是作者對於客觀世界的深入體驗與觀察而產生情志上的變化。另外，〈文賦〉還提及作家必需透過品德的修養、學問的積累，還要博覽前人作品，以提高作家文辭的表達能力：

> 詠世德之駿烈，誦先人之清芬。遊文章之林府，嘉麗藻之彬彬。

唯有積極學習，才可能創造出更好的作品。

　　另外，在創作的構思活動中，陸機以為要「收視反聽，耽思傍訊」，也就是集中精神，專心致志。並且要「罄澄心以凝思，眇眾慮而為言」，惟為心境清明，思想集中才可能深入思考、巧妙行文。此外，還要能馳騁想像「精騖八極，心遊萬仞」、綜觀古今「觀古今於須臾，撫四海於一瞬」，才能創作出「天地於形內，挫萬物於筆端」的豐富內容。

　　在創作上還有「感興」、「靈感」的作用：「來不可遏，去不可止，藏若景滅，行猶響起」，凸出了靈感難以掌握的特質。靈感來臨時，則「思風於胸臆，言泉於唇齒」、「文徽徽以溢目，音泠泠而盈耳。」行文流暢、感興豐沛。靈感消卻時，則會「六情底滯，志往神留，兀若枯木，豁若涸流」、「理翳翳而愈伏，思軋軋其若抽」般地文思阻滯。

　　此外，〈文賦〉也有文體論的敘述，陸機指出「體有萬殊，物無一量」，是以文體不同、風格各異。其論文體，凡有十種：

> 詩緣情而綺靡，賦體物而瀏亮。碑披文以相質，誄纏綿而淒愴。銘博約而溫潤，箴頓挫而清壯。頌優遊以彬蔚，論精微而朗暢。奏平徹以閒雅，說煒曄而譎誑。

此文體十類之說，較曹丕〈論文〉更進一步。而「緣情綺靡」、「體物瀏亮」、「纏綿淒愴」、「博約溫潤」……諸說，都是著眼於文體的藝術風貌，而非由政教實用的功利角度出發。是以陸機對於文學藝術的本質與美感特徵的把握，是極具時代意義的。

(四)劉勰《文心雕龍》與鍾嶸《詩品》

1. 劉勰《文心雕龍》

　　《文心雕龍》凡五十篇，共三萬七千餘字，是中國文學史上第一部文學理論的專著。它總結了南齊以前文學理論批評的經驗，以完整的體系，進行全面的論述。

　　《文心雕龍》在書名上有其深刻的意義，劉勰在〈序志〉中提到：

> 夫「文心」者，言為文之用心也。昔涓子《琴心》，王孫《巧心》，心哉美矣，故用之焉。古來文章，以雕縟成體，豈取騶奭之群言雕龍也。

全書細論作家創作、文章內容、構思想像、謀篇構局、文采詞藻等，都是在文學語言藝術的範疇中，追求如雕刻龍紋般講究的美感。

　　在篇秩安排上，〈序志〉是全書的序言，另可劃分為基本思想、文體論、創作論、文學史論、文學批評論等五大部分。首先，在基本思想上：〈原道〉講文之德，談文本原於道之說；〈徵聖〉強調要以聖人為楷模，並師法學習；〈宗經〉則強調要以儒家經典為標準；〈正緯〉指出要將宣傳符瑞圖讖的緯書之作，歸導於正；〈辨騷〉則是分析《詩經》到《楚辭》的發展變化，提出新變的創作原則。所謂「本乎道，師乎聖，體乎經，酌乎緯，辨乎騷」，此即為《文心雕龍》一書的基本原則。

　　其次在文體論方面，是由〈明詩〉到〈書記〉凡二十篇所組成。劉勰將古今文體細分為三十六種體裁，再論述各種文體的特點、寫作要領、沿革演變。此外，劉勰還將文學歸納為「文」、「筆」兩大範疇，所謂「有韻為文，無韻為筆」，而「文筆」之分亦是六朝文學觀念中的重要課題。

　　其三在創作論方面包括〈神思〉到〈物色〉凡二十篇（扣除〈時序〉）。其中論述文學創作的基本原理，如〈神思〉、〈風骨〉、〈通變〉、〈情采〉、〈聲韻〉、〈比興〉、〈隱秀〉、〈養氣〉、〈物色〉等篇，都是重要的理論之作，亦是全書精華所在。

　　其四在文學史觀方面，專指〈時序〉篇而言，其篇論述歷代文

學演變大勢，闡釋文學發展與時代社會的關係。其中「文變染乎世情，興廢繫乎時序」，更是後人論及文學發展時的重要觀點。

其五是文學批評論，由〈才略〉、〈知音〉、〈程器〉，凡三篇所組成。〈才略〉是作家論、〈程器〉論作家品德、〈知音〉則是闡述文學欣賞與批評的原理與方法。

沈約嘗評此書「深得文理」，章學誠亦有「體大思精」、「籠罩群言」之評，其意義與價值深得古今文論家所肯定。

2. 鍾嶸《詩品》

鍾嶸約與劉勰並世，為齊、梁時期著名的文學批評家。其《詩品》一書共分三卷，主要是針對五言詩進行評論，其篇秩安排原則是：

> 一品之中，略以世代為先後，不以優劣為詮次。

全書共論及漢代迄梁共一百二十二位五言詩人，詮分為上、中、下三品，每品一卷。上品共十一人，中品三十九人，下品七十二人。書中鍾嶸將這些詩人區分流派、溯及源流，並針對詩歌成就、風格進行品評。

原書三品卷首均安排一段序言，然近人將三文合併為一，統一置於篇首，今稱為〈詩品序〉。該文論述了詩歌的產生、詩歌的意義、詩歌發展的規律，以及詩歌的本質，可謂為《詩品》一書的總綱，體現是書的理論體系與主張。

在〈詩品序〉中，揭示了鍾嶸論詩的兩大觀點：

(1)詩歌的抒情特質與情志感發

〈詩品序〉：

> 氣之動物，物之感人，故搖蕩性情，形諸舞詠。

揭示了自然外物對於創作主體的感發。

> 若乃春風春鳥，秋月秋蟬，夏雲暑雨，冬月祁寒，斯四
> 候之感諸詩者也。嘉會寄詩以親，離群託詩以怨。至於
> 楚臣去境，漢妾辭宮。或骨橫朔野，或魂逐飛蓬。或負
> 戈外戍，殺氣雄邊。塞客衣單，孀閨淚盡。或士有解
> 佩出朝，一去忘返，女有揚蛾入寵，再盼傾國。凡斯種
> 種，感蕩心靈，非陳詩何以展其義？非長歌何以騁其
> 情？

在自然節氣的遞嬗變化下，常會引逗創作主體的情感，進而成爲文學
創作的動力。除自然物候之外，還有人世間的離合悲歡，這些切身的
經驗更推動了情思的起伏變動。是以文人透過「陳詩」、「長歌」的
方式，將這激越的「情感」化爲文字，抒理而出。

　　所以鍾嶸對於詩歌主情的觀點與創作感發的過程，有了更爲清
晰、明白的勾勒。

　⑵滋味說

　　鍾嶸論四言、五言詩時云：「五言居文詞之要，是眾作之有滋
味者」。所謂的「滋味」即詩味，亦即詩歌的藝術魅力，讀者可由文
詞中感受、體會到詩歌的藝術美感。

　　而這個詩之「滋味」，是透過細緻深刻的文學形象，以及豐富深
厚的詩人情感所共同營造而成的。鍾嶸以爲詩人創作時，係以詩之三
義，酌而用之：

> 故詩有三義焉：一曰興，二曰比，三曰賦。文已盡而意
> 有餘，興也；因物喻志，比也；直書其事，寓言寫物，
> 賦也。宏斯三義，酌而用之，幹之以風力，潤之以丹
> 彩，使味之者無極，聞之者動心，是詩之至也。

所謂的「賦」是直接鋪敘描寫，「比」是透過形象的描繪來比附、表現詩人的情思，而「興」則是「文已盡而意有餘」餘韻繞梁的效果。在此三義的交相配合下，再以個體的精神情志、配以丹彩詞藻的潤澤，此即是「滋味」之詩的完成。

在漢魏六朝詩人中，鍾嶸推許曹植「骨氣奇高，詞采華茂。情兼雅怨，體被文質。粲溢今古，卓爾不群。」即是具備內容、形式和諧一致的滋味之故。

此外，鍾嶸論詩還有提倡直尋、標舉自然的傾向，亦可一併參閱、理解。

六朝時期除了上述作品外，沈約《宋書·謝靈運傳論》及蕭統〈文選序〉亦可旁及閱讀。如此對於沈約「聲律論」的闡釋與應用，或蕭統「事出於沉思，義歸乎翰藻」的文學觀點，甚或整個六朝尚求唯美文風的傾向，能夠有更明晰的理解。

三、唐宋金元擴展期

唐宋金元時期，可謂是對於六朝文論的承繼與擴展。在韻文方面，此一時期有唐詩、宋詞、元曲等創作，可謂是詩歌成就的頂峰，在散文方面，也有唐宋八大家等人熠熠生輝。這些可貴的文學資產，提供給理論批評者豐饒的土壤，得以深入灌溉。

在理論批評上，唐宋以降較具體的理論成就有二：一是返觀社會現實的理論主張，二是追求意境、興趣的審美取向兩大路徑。前者以白居易、韓愈為主，後者以司空圖、嚴羽為主。

㈠韓愈、白居易

在第四章中國文學思潮中，即曾簡述元白新樂府運動與韓柳古文運動的推行。實則在中唐之前，針對六朝浮靡文風的反撥，陳子昂已肇先聲。

陳子昂在〈與東方左史虬修竹篇序〉中，直言「文章道弊，五百年矣」，感嘆「漢魏風骨，晉宋莫傳」，並對「齊梁間詩，彩麗競繁，而興寄都絕，每以永歎。」對於六朝徒務華采的文學傾向進行批

判，以為「遞透頹靡，風雅不作」。唯有振風雅、倡興寄，恢復魏晉風骨傳統，才可能掃除齊梁豔綺之餘燼。

陳子昂以復古為革新的口號，在李白、杜甫身上亦有所延續發展，至於中唐韓愈登步文壇後，與劉柳、元白等人合流為一股直面現實、復古革新的風尚。

1. 韓愈

唐代古文運動，如前章所言，實是儒學復興運動的一環。所謂的「古文」，韓愈在〈答劉正夫書〉中云：

> 或問：「為文宜何師？」必謹對曰：「宜師古聖人。」曰：「古聖人所為書具存，辭皆不同，宜何師？」必謹對曰：「師其意不師其辭。」又問曰：「文宜易宜難？」必謹對曰：「無難易，惟其是爾。」如是而已。

他明白的指出古文在文辭句法上並「無難易」的要求，只需配合內容的需要「惟其是爾」。而「師其意，不師其辭」則是主張學習古人的思想精髓，也就是「道」，不必在文辭句法上追仿前人。在〈爭臣論〉中，韓愈主張：

> 君子居其位，則思死其官；未得位，則思修其辭以明其道。我將以明道也，非以為直而加人也。

所以「修辭明道」是韓愈對於文學的綱領性認識，而所明之道則是儒家仁義之理。

此外，韓愈承繼孟子知言養氣之說，主張要「行之仁義」、「遊之詩書」以待「氣醇」。其接著提出「氣盛言宜」之說：

> 氣，水也；言，浮物也。水大而物之浮者大小畢浮，氣

之與言猶也，氣盛則言之短長與聲之高下者皆宜。

主張經道德涵養後，養氣臻於極致，這股充沛的心理狀態即是行文根柢，能夠使人突破文辭、聲調的局限，自然成文。此時言之短長與聲之高下皆會自然合宜。

最後，韓愈還承繼司馬遷「發憤著書」之說，提出「不平則鳴」的論點：

> 大凡物不得其平則鳴。草木之無聲，風撓之鳴；水之無聲，風蕩之鳴。其躍也或激之，其趨也或梗之，其沸也或炙之。金石之無聲，或擊之鳴，人之於言也亦然。有不得已者而後言，其歌也有思，其哭也有懷。凡出乎口而為聲者，其皆有弗平者乎？

所謂的「不平」係指受外物感受而起的情緒波瀾，一如草木、金石受外物所致而發其聲。在人，則或出於家國、個人境遇之喜悲，而有不得已者之言。前者有孔子、屈原等為國家興衰而興發憂嘆之音，後者如孟郊、李翱、張籍等「窮餓其身，思愁其心腸」者自鳴不幸。其〈荊潭唱和詩序〉云：

> 和平之音淡薄，而愁思之音要妙；歡愉之辭難工，而窮苦之言易好。

是善以詩文鳴者，大多長於亂世。家國之衰、自身窮苦，這些哀怨激忿之情，起蕩為人世間絕妙的文章。

2.白居易

白居易是新樂府運動的代表詩人，所謂的「新樂府」，主要是指因事立題的新題樂府，其中也包括沿用樂府舊題以寫時事的樂府

詩，主張以詩歌反映現實，裨補時闕。白氏主要的文論主張可以
〈與元九書〉、〈新樂府序〉爲代表。

　　首先，他提出「詩者：根情，苗言，華聲，實義。」的看法，以
樹的成長說明詩歌的創作歷程。其云：

> 感人心者，莫先乎情，莫始乎言，莫切乎聲，莫深乎
> 義。

在情本論的基礎上，透過語言形式外化之，並配合音樂性的聲調、節
奏，再以實際飽滿的情感充實之。

　　綜觀詩史發展，白居易認爲六朝詩歌「率不過嘲風雪、弄花
草」，雖「麗則麗矣，吾不知其諷焉」，對於詩歌脫離社會現實的
傾向進行激烈的批評。白氏以爲，在這個「六義盡去」、「詩道崩
壞」的時代，吾人必需從「六義」的風雅比興中找回遺落的傳統。

　　他承繼儒家詩學之旨，強調文學與現實、社會的緊密關係。主張
「文章合爲時而著，歌詩合爲事而作」。這裡的「時」與「事」指的
即是現實時政。並強調「感於哀樂，緣事而發」，以爲詩歌應是直指
現實而作。

　　白居易〈新樂府序〉主張詩歌應：

> 爲君、爲臣、爲民、爲物、爲事而作，不爲文而作。

並具有「補察時政」、「泄導人情」的積極作用。

　　他由政教的立場出發，放大詩歌的政治作用，相對忽視了詩歌的
美感要求。如在〈新樂府序〉中他強調「其辭質而徑」、「其言直而
切」、「其事覈而實」、「其體順而肆」的原則。詩歌徑需直白易
懂、曉暢通達並富音樂效果，在「裨補時闕」的原則下，即可達到
「見之者易諭」、「聞之者深誠」的社會作用。然而直把詩歌作諫書

的理論主張，將使詩歌走向淺俗、直露、殊乏韻致的結果，值得吾人正視。

(二)皎然《詩式》與司空圖《詩品》

中國詩論自盛唐起陸續出現詩格一類，專論詩歌體制、作法的理論作品，但其內容大抵瑣碎、淺陋，理論價值不高。直待皎然《詩式》與詩空圖《詩品》問世，此類作品的質量才有所提升。

1.皎然《詩式》

《詩式》是中唐詩僧皎然專論詩歌理論的作品。所謂的「式」，本於律書，與「詩」連用，即是專論詩作辭章屬對、韻調聲病等文學形式之法。是書前半部分總論詩法，後半部分論詩歌五格（不用事、作用事、直用事、有事無事、有事無事情格俱下），對於詩歌創作、品評有了較為系統性的闡述。

在詩歌創作方面，《詩式》主張要「真於情性」，唯有真實無偽的情感，才能寫出動人的作品。在〈詩有四不〉：「情多而不暗，暗則陟於拙鈍」，在〈詩有四離〉：「雖有道情，而離深僻」，都強調要以真實情感為基。其推許謝靈運時，即是因於「真於情性，尚於作用」，加上精妙的構思與技巧，才能達到「風流自然」的藝術境界。其評謝詩：「得其格，高其氣，正其體，貞其貌，古其詞，深其才，婉其德，宏其調，逸其聲諧」可謂全面地從「格」、「氣」、「體」、「貌」、「詞」、「才」、「德」、「調」、「聲」對於詩歌進行檢視、評說。

此外，皎然論詩特重詩「勢」、所謂的「勢」係指詩歌的總體態勢，《詩式》首章討論的即是「明勢」之說。他要求詩歌的意境要具有神氣、飛動之感：

> 高手述作，如登荊、巫，覩三湘，鄢、郢山川之盛。縈回盤礴，千變萬態。

這種生動、流轉的動態之感，正是詩歌布局架構時的首要關鍵。

皎然論詩還有「取境」之說：

> 夫詩人之思初發，取境偏高，則一首舉體便高；取境偏
> 逸，則一首舉體便逸。

也就是透過形象化的手法，營造出詩意境界的美感。皎然還強調苦思
在創作時的作用：

> 取境之時，需至難至險，始見奇句。成篇之後，觀其氣
> 貌，有似等閑，不思而得。

而這個不思而得之境，實與平時的積累儲思有關：

> 有時意靜神王，佳句縱橫，若不可遏，宛若神助。不
> 然，蓋由先積精思，因神王而得乎？

所以，所謂的「神思」是積累精思而來的，而非憑空出現。

另外，皎然還有「作用」之論。《詩式‧序》：

> 其作用也，放意需險，定句需難，雖取由我衷，而得若
> 神表。

皎然以為詩歌創作時，係以作家立意為核心，而詩意的構思要避平求
險，文句經營也要不辭艱難，才能翻空出奇。最終其所追求的情景交
融的「詩境」是具有超越文字表相，展現詩人情意的特點，即其所謂
「但見情性，不睹文字」的高妙境界。

除創作論外，皎然論詩歌風格亦甚有可觀之處。他在〈辨體有

一十九字〉中提到「高、逸、貞、忠、節、志、氣、情、思、德、誠、閑、達、悲、怨、意、力、靜、遠」等十九種風格。每一字下又加以解說，如「靜，非如松風不動、林狖未鳴，乃謂意中之靜」、「遠，非如渺渺望水、杳杳看山，乃謂意中之遠」，皆是透過詩歌的意境特徵，對於風格進行概括。

2. 司空圖《詩品》

　　司空圖是晚唐時期著名的詩人、理論家，其論詩主張要追求詩之「韻味」。〈與李生論詩書〉：「辨於味，而後可以言詩。」此處的「味」指的是詩歌的美感、藝術效果。而「詩味」的形成與作者的思想情感與辭藻筆力等藝術表現相關，惟有「近而不浮，遠而不盡」，達到既真切鮮明卻不流於直露，意蘊深永卻意境悠遠，此類詩歌才是擁有豐富情韻、具有深刻意致的佳作。這就是詩歌所求「韻外之致」的美學效果。

　　至於具體的創作過程，司空圖〈與王駕評詩書〉云：

　　　五言所得，長於思與境偕，乃詩家之所尚者。

需要詩人思想情感與所創造的藝術形象諧婉混合、情景交融，才可能臻至。

　　除韻味說外，司空圖《詩品》則是將詩歌風格析為二十四種，每品各以十二句四言詩句闡釋。計有雄渾、沖淡、纖穠、沉著、高古、典雅、洗練、勁健、綺麗、自然、含蓄、豪放、精神、縝密、疏野、清奇、委曲、實境、悲慨、形容、超詣、飄逸、曠達、流動等二十四品。而這二十四種風格並無好壞高低之別，只是藝術表現時不主故常的自然表現。

　　在這二十四首論詩詩中，司空圖或以形象性的顯示進行評述，如〈纖穠〉起首云：

> 采采流水，蓬蓬遠春。窈窕深谷，時見美人。碧桃滿
> 樹，風日水濱。柳陰路曲，流鶯比鄰。

透過春日明媚的風光的描寫，形構出秀美、鮮動的情態，給人細膩、濃郁的具體印象。另外，《詩品》還會以精要性的斷語進行論析，如〈纖穠〉的結句即云：

> 乘之愈往，識之愈真。如將不盡，與古為新。

就強調詩人應深入認識事物的本真，才可能追之不盡，光景常新。

　　在《詩品》當中，「意境」仍是司空圖所追求的目標。〈雄渾〉云：「超以象外，得其環中」、〈含蓄〉云：「不著一字，盡得風流。」其所追求的乃是超於物象、文字之外的悠遠意蘊與情致。所以在《詩品》之中，我們可以看到司空圖「思與境偕」、「韻外之致」等美學理想的具體應用。

㈢張戒《歲寒堂詩話》與嚴羽《滄浪詩話》

　　詩話即是論詩之話，本是關於詩歌本事、軼聞的雜著，其中或含括對詩人、詩作的記述與評說。自歐陽修《六一詩話》始創詩話之名後，陸續有人仿效其體。南北宋之交即有大量的詩話蠭出，詩話品評之風日盛。

　　有宋一代的詩話作品，大抵以張戒《歲寒堂詩話》及嚴羽《滄浪詩話》較具理論價值，故分論如下。

1. 張戒《歲寒堂詩話》

　　《歲寒堂詩話》之名，係取自《論語·子罕》：「歲寒，然後知松柏之後凋也。」作者張戒，身處南北宋易代之時，歷經國家變難，故藉此書名以示愛國之心。全書亦以儒家詩學思想為依歸。

　　張戒論詩，謹遵「言志」之說。其云：

言志乃詩人之本意，詠物特詩人之餘事。

在詩歌內容主題的選擇上，表現出強烈的現實主義傾向，重視詩歌的思想內容。

此外，他主張情感是文學生發的根本，在情、文關係上，他引用《文心雕龍》的看法，主張「為情造文」，反對「為文而造情」：

子建、李、杜，皆情意有餘，洶湧而後發者也。劉勰云：因情造文，不為文造情。若他人之詩，皆為文造情耳。

張戒以為曹植、李、杜等人的詩篇，具有情意豐沛而真摯的特點，皆是因情而成文，而非矯情強作。在此，他強調了詩歌創作中真情實感的重要性。

張戒評詩時，提出了「意」、「味」、「韻」、「氣」四種特質：

阮嗣宗詩，專以意勝；陶淵明詩，專以味勝；曹子建詩，專以韻勝；杜子美詩，專以氣勝。然意可學也，味亦可學也，若夫韻有高下，氣有強弱，則不可強矣。

以為阮籍詩歌的思想內容蘊藉深長，故以「意」勝。陶淵明詩平淡肅穆卻有無窮韻味，故以「味」勝。曹植詩歌情感真切、形式優美，臻於內容、形式完美的結合，讀來韻致深長，故以「韻」勝。而杜甫詩頓挫沉鬱，其獨特的精神樣態使氣勢飽滿遒健，故以「氣」勝。這四品論詩的方式，可謂是張戒論詩的獨到見解。

張戒在詩歌創作的師法對象上，主張向上一路。其云：

> 國朝諸人詩為一等，唐人詩為一等，六朝詩為一等，
> 陶、阮、建安七子、兩漢為一等，〈風〉、〈騷〉為一
> 等，學者需以次參究，盈科而後進，可也。

在學詩的方法上，要能夠細辨各朝各代的詩歌體式，依次參究，才能
成為偉大的詩人。

此外，張戒的詩史建構帶有「格以代降」的觀點，對於本朝詩歌
的評價極低。其批評對象主要在於蘇、黃之上。

> 〈國風〉、〈離騷〉固不論，自漢、魏以來，詩妙於子
> 建，成於李、杜，而壞於蘇、黃。余之此論，固未易為
> 俗人言也。子瞻以議論作詩，魯直又專以補綴奇字，學
> 者未得其所長，而先得其所短，詩人之意掃地矣。

對於蘇軾以議論為詩，黃庭堅補綴奇字，悖離了風騷詩旨的傾向，張
戒非常不以為然。其又云：

> 蘇、黃用事押韻之工，至矣盡矣，然究其實，乃詩人中
> 一害，使後生只知用事押韻之為詩，而不知詠物之為
> 工，言志之為本也。風雅自此掃地矣！

張戒以為，以蘇軾、黃庭堅為代表的宋詩宗風只知炫學用事，好奇爭
勝，忘卻了詩歌言志之旨、風雅傳統。張戒對於宋詩的全面性檢討與
批判指出了宋詩議論化、學問化、專務奇字的不良風氣，開啟了宋詩
批評的先河。

2.嚴羽《滄浪詩話》

　　嚴羽的《滄浪詩話》是詩話史上重要的代表著作，是書分為〈詩
辨〉（論詩基本主張）、〈詩體〉（論詩歌體制）、〈詩法〉（論詩

歌創作方法）、〈詩評〉（品評歷代作家、作品）、〈詩證〉（詩篇、作者的相關考證）五章，理論嚴緊、系統嚴密。

其論詩主要觀點有「妙悟說」：

> 大抵禪道惟在妙悟，詩道亦在妙悟，且孟襄陽學力下韓退之遠甚，而其詩獨出退之之上者，一味妙悟而已。惟悟乃為當行，乃為本色。

所謂的「妙悟」乃是佛家語，指眾生對於佛法的理解、透悟。嚴羽將禪學開悟的狀態，以之比喻人們對於詩歌內在規律的體會與認識。其比附之由在於詩歌的創作有微妙、難以言傳的特質，與禪悟相似，故以而喻之。

其次，「別材別趣」之說：

> 夫詩有別材，非關書也；詩有別趣，非關理也。然非多讀書、多窮理，則不能極其至，所謂不涉理路、不落言筌者，上也。

所謂的「別材」係指詩歌的材料有其別於他種文類的特殊之處，即在於「吟詠情性」的思想情感，不在書本、道理之上。而「別趣」是指詩歌具有特殊的趣味，與理性論述、邏輯思維無關。言下之意，詩歌所追求的趣味即在詩味之上，也就是帶給人們的藝術美感。

嚴羽此說係針對宋詩弊端而提出，具有矯治之意。他以為：

> 近代諸公，乃作奇特解會，遂以文字為詩，以才學為詩，以議論為詩。

他指出宋代詩歌有才學化、議論化等傾向，已偏離了詩歌吟詠情性的

本質。

> 詩者，吟詠情性也。盛唐諸人惟在興趣，羚羊挂角、無跡可求。故其妙處透澈玲瓏不可湊泊，如空中之音、相中之色、水中之月、鏡中之象，言有盡而意無窮。

此所謂的「興趣」即是「別趣」所謂之詩的興味、情味、韻味。詩歌是以情感動讀者，以優美的辭韻、質地打動人心，不能如散文般在論證、才學上使力，以理服人。而盛唐詩作即是掌握了詩歌「吟詠情性」的特點，且擁有玲瓏不可湊泊的藝術形象，是情景交融下的產物。它們猶如「空中之音、相中之色、水中之月、鏡中之象」，雖來自現實世界，卻容受了詩人主觀情感與藝術技巧，重塑為更加晶瑩靈妙的藝術作品。在這裡，吾人可以感受到如禪悟般的透脫的景境，這種超越文字，溢於言表，「言有盡而意無窮」者，實是詩歌與禪學相互溝通、指喻的基礎。是以從皎然、司空圖，到嚴羽《滄浪詩話》都追求一種渾圓流轉、蘊藉豐潤的詩歌體式，並且具有言外之意、無盡之味，此即是強調意境、興趣一派所追步的境界與審美定勢。

此外，嚴羽「以禪喻詩」之處還在於詩學的工夫進程之上。

> 夫學詩者以識為主：入門需正，立志需高；以漢、魏、晉、盛唐為師，不作開元、天寶以下人物。若自退屈，即有下劣詩魔入其肺腑之間。……故曰：學其上，僅得其中；學其中，斯為下矣。……工夫需從上做下，不可從下做上。先需熟讀《楚辭》，朝夕諷詠，以為之本；及讀《古詩十九首》，樂府四篇，李陵、蘇武、漢、魏五言皆需熟讀，即以李、杜二集枕藉觀之，如今人之治經，然後博取盛唐名家，醞釀胸中，久之自然悟入。雖學之不至，亦不失正路。此乃是從頂上做來，謂之向上

一路，謂之直截根源，謂之頓門，謂之單刀直入也。

在這裡嚴羽強調學詩的「識見」，以為需擇選漢、魏、晉、盛唐諸人詩作為參考對象。其提出熟讀、熟參的學習方法，配合從上做下的工夫，並羅列出《楚辭》降至李杜的詩學道統，以為要如今人治經般反覆參究，如此才是詩學之「向上一路」，才是禪家所謂的「頓門」。吾人可以發現嚴氏已建構了一個完整的詩學體系，從吟詠性情的本質論出發，帶出學詩如治經、熟讀熟參的工夫進程，並且詳加記敘了《楚辭》、古詩……一脈的參讀對象，供後人追跡。最終在詩、禪融合的境界追求上，臻於妙悟之境的瑩澈玲瓏、無跡可求、羚羊挂角的悠遠興趣上。

總括而言，唐宋金元時期大抵呈現出現實主義的復興，與唯美詩境的逐求兩大主流。其他還有歐陽修「窮而後工」之說，承繼韓愈「不平則鳴」的文學思想，或李清照〈詞論〉主張詞「別是一家」的本色論述，甚至江西詩派的詩法、句法的理論論述，元好問的〈論詩絕句〉三十首，也都值得再進一步探究。

四、明清繁榮期

元、明時期，通俗文學逐漸躍上文壇，戲曲、小說等帶有民間色彩的文體成為接受的主流。詩文等主流文體的創作雖不乏其人，但已難與唐宋時期的顯赫成就相提並論。受文學創作重心的偏移，在文學批評上除原本的詩文批評外，戲曲、小說的點評與理論建構也成為批評家致力的重心所在。而在整體傾向上，自明代中期啟蒙思潮的影響，去理存真、張顯個體精神自由的思想成為時代的主要特色。然而清代滿人入主中原，文人將關懷的視角拉回現實社會、家國民族之上，後受清廷文網的壓抑，文人只得以隱微的方式將精力投入傳統國故，進行深入的研究與檢討。文學作為傳統的重要結構之一，故而此時的理論評述亦有深刻、總結性的研討，值得吾人參考。

㈠何景明與王世貞《藝苑卮言》

　　明代初期楊士奇、楊榮、楊溥等重臣主掌文壇，瀰漫著一股雍容閒雅、妝點太平的「臺閣」之風。至弘治、正德年間，李夢陽、何景明為首的「前七子」打起「復古」的大旗矯治文風，他們提出「文必秦漢，詩必盛唐」（《明史・文苑傳序》）的主張，以秦漢高古、雄渾的氣格扭治虛飾萎靡的風氣。然而，李何等人的復古主張卻有尊主格調、刻意模擬之失，漸漸走向囿於古人結構、音調、修辭等法度的形式主義道路。

　　嘉靖、萬曆年間，以李攀龍、王世貞為首的「後七子」續掌文壇，重振復古大纛，提倡「文自西京、詩自天寶而下，俱無足觀」（《明史・李攀龍傳》）。他們標榜法度、格調，力主「物不古不靈，人不古不名，文不古不行，詩不古不成」之說，而後走進了模仿泥古的死胡同。

1.何景明〈與李空同論詩書〉

　　何景明與李夢陽是明代文學復古運動的旗手，一洗明初文壇懨懨不振的頹態，開啟了明代文學的新章。二人在以古詩文之高格，矯近世平庸萎弱的文風主張上是一致的，但在具體的學古方法上卻有所衝突。李夢陽嘗致書何景明，批評他有乖古法，何氏作〈與李空同論詩書〉辨難，於是展開了復古集團中內部的論爭。透過這些書信，恰可照映出前七子的復古主張與弊端。

　　首先，在法式上李夢陽主張「規矩者，法也。僕之尺尺而寸寸之者，固法也。」（〈駁何氏論文書〉）將古詩文之「法」視為軌則模範，後人必需謹守尺寸。對此，何景明批評道：

> 刻意古範，鑄形宿鏌，而獨守尺寸。僕則欲富於材積，領會神情，臨景構結，不做形跡。

主張學古應重視內在精神的體會，以及個人才學的積累，應學習者不

在外在的形跡之上，而是古人神情的體會。

> 夫意象應曰合，意象乖曰離。故乾坤之卦，體天地之撰，意象盡矣。

主張詩歌的境界是意象和諧統一的結果，如乾坤之卦，變化而多元，故風格也不應專主一格。其云：

> 體物雜撰，言辭各殊，君子不例而同之也，取其善焉已爾。故曹、劉、阮、陸，下及李、杜，異曲同工各擅其時，並稱能言。何也？詞有高下，皆能擬議以成其變化也。若必例其同曲，夫然後取，則既主曹、劉、阮、陸矣，李、杜即不得更登詩壇，何以謂千載獨步也？

提出學習前人重在「擬議以成其變化」，要有自辟一戶、自成一家的氣度，始可能有自己獨特之風格、面貌。否則李、杜若只知追步曹、劉等人，例其同曲，怎可能登上詩壇甚至千載獨步？

何氏進而主張詩歌創作應「推類極變，開其未發，泯其擬議之跡，以成神聖之功」，指出學習只是手段而非目的。所謂「舍筏則達岸矣，達岸則捨筏矣」。

當然李夢陽所謂的「法式」並非古人自作，而是「天實生之也」。其云：

> 今人法式古人，非法式古人也，實物之自則也。（〈答周子書〉）

所以「法式」是物之自有，是天生而成，順應「天性」的成果。因此學習「法式」不過是重返物之自然、本真，而非一味拘泥前人之

作。而因為重「天性」、「重自然」、「重法式」，李氏還推導出重情、重眞、重自然的詩學主張。他說：

> 夫詩者，天地自然之音也。今途咢而巷謳，勞呻而康吟，一唱而群和者，其真也，斯之謂風也。（〈詩集自序〉）

從而提出「眞詩乃在民間」的主張，並說「眞者，音之發而情之原也。」重新高倡詩乃人之性情的自然流露。

只是李夢陽的眞情、眞詩之說，仍是在復古論的基礎上所進行的，在學古時仍不免著重在藝術方法之上，而忽略了思想內容。而何景明的「舍筏達岸」之說的理論雖陳義甚佳，但在其己身的創作實踐上，似乎仍未能達到其理想的境地。

2. 王世貞《藝苑巵言》

王世貞是「後七子」的領袖人物，其論文主張：

> 西京之文實，東京之文弱，猶未離實也。六朝之文浮，離實矣。唐之文庸，猶未離浮也。宋之文陋，離浮也，愈下矣。元無文。（《藝苑巵言》）

他以一種文學退化的觀點，建構出崇古復古主張的合理性。

其詩文主張「是古非今」，強調學習古人作品、法度。故《藝苑巵言》中有許多與「篇法」、「句法」、「字法」相涉的評述。如：

> 首尾開闔，繁簡奇正，各極其度，篇法也。抑揚頓挫，長短節奏，各極其致，句法也。點掇關鍵，金石綺彩，各極其造，字法也。

但在詩文法度之外，他還強調意在筆先之說，以爲筆隨意到，不應爲法所拘而影響發揮。

> 吾於詩文，不作專家，亦不雜調。夫意在筆先，筆隨意到。法不累氣，才不累法。有境必窮，有證必切。

所以「意」與「法」應相互配合，而這種開放的態度比泥執字模句擬的擬古主張要通達得多。

除「法」之外，王世貞的格調說還凸出「才」與「思」的作用。

> 才生思，思生調，調生格；思即才之用，調即思之境，格即調之界。

所以「才」、「思」、「格」、「調」是詩學中重要的幾個概念。「才」是才情，「思」指構思、「調」指音調、「格」指體格。在詩歌創作過程，因爲才情而產生藝術構思，因爲構思而決定基本音調，因爲音調而形成一定的體格。

因論及格調，故王氏論詩亦有意境相關的探討，其評阮籍〈詠懷〉云：

> 遠近之間，遇境即標，興窮即止，坐不著論宗，佳耳。

他以爲詩人的才思應混合地妙化於詩興之中、不落痕跡，所謂「坐不著論宗」即是指此狀態，才是最具有藝術效果的表達方式，故爲佳耳。他說：

> 西京、建安似非琢磨可到，要在專習凝領之久，神與境會，忽然而來，渾然而就，無岐級可尋，無色聲可指。

這種情與境會，無聲色可指、渾然無間的藝術境界，是他所追求的理想詩歌。

其又云：

> 有俱屬象而妙者，有俱屬意而妙者，有俱作高調而妙者，有直下不對偶而妙者，皆興與境諧，神合氣完使之然。

所以在詩歌的千萬變化之下，最重要的根柢在於「興與境諧」、「神合氣完」之上，也就是前人所謂情景交融、神氣貫通的境界，是以在意境說的探究上，王世貞的見解提供了後人可資參酌的可貴意見。

(二)李贄與袁宏道

明代中期，受陽明心學泰州學派發展影響，文壇出現了一股反復古的思潮。他們強調文學應源於人之性靈，反對復古、主張師心，並以突破禮教束縛、理學範圍為目標，要求詩文當自然體現人之情性，不受他物所拘限。其中的代表人物即是李贄與宏袁道。

1.李贄〈童心說〉

李贄〈童心說〉：

> 夫童心者，真心也；若以童心為不可，是以真心為不可也。夫童心者，絕假純真，最初一念之本心也。若夫失卻童心，便失卻真心；失卻真心，便失卻真人。人而非真，全不復有初矣。

李贄以為「童心」是人心之初，未受外界薰染、束縛，自然流露的真實狀態，是絕假純真，毫不虛矯的本真之心。倘若受到聞見道理所蒙蔽，人就會變成為假人，則所言之言、所文之文，就不復本然的純

眞。其云：

> 夫六經、《語》、《孟》，非其史官過為襃崇之詞，則
> 其臣子極為讚美之語。又不然，則其迂闊門徒、懵懂弟
> 子，記憶師說。有頭無尾，得後遺前，隨其所見，筆之
> 於書。後學不察，便謂出自聖人之口也，決定目之為經
> 矣，孰知其大半非聖人之言乎？縱出自聖人，要亦有為
> 而發，不過因病發藥，隨時處方，以救此一懵懂弟子，
> 迂闊門徒云耳。藥醫假病，方難定執，是豈可遽以為萬
> 世之至論乎？然則六經、《語》、《孟》，乃道學之
> 口實，假人之淵藪也，斷斷乎其不可以語於童心之言明
> 矣。

李贄以悖乎傳統儒家思想的態度，指出六經、《語》、《孟》不過是
藥醫假病的權宜之說，後人拘執成為萬世之至論，遂為道學口實、
假人淵藪，在此聞見道理的影響下，懵懂弟子早已遠離一念本眞之初
心，成為迂闊之門徒。

其反對前後七子復古及退化論文學史觀，對於厚古薄今的主張多
所批評。他以為文學的重心乃在內在性情，故古今並非問題，要能適
時而變，才可能創作出好的作品。

> 天下之至文，未有不出於童心焉者也。苟童心常存，則
> 道理不行，聞見不立，無時不文，無人不文，無一樣創
> 制體格文字而非文者。

李贄以為時代、作者、形式都非文章優劣的判斷要件，只要出自童
心，則無時不文、無人不文。所以：

> 詩何必古選，文何必先秦，降而為六朝，變而為近體，
> 又變而為傳奇，變而為院本，為雜劇，為《西廂曲》，
> 為《水滸傳》，為今之舉子業。

李贄對於時人貴古賤今、崇雅鄙俗的態度做了根本性的挑戰，優劣不在古今，各種文體中也可能出現天下之至文，李贄的主張為後世性靈文學思潮提供了前驅的理論論述。

2. 袁宏道〈雪濤閣集序〉

〈雪濤閣集序〉是袁宏道為江盈科的詩文集所寫的序。在這篇序文中，袁宏道提出了文學革新論的觀點與獨抒性靈的主張。

> 文之不能不古而今也，時使之也。妍媸之質，不逐目而
> 逐時。是故草木之無情也，而瑀紅鶴翎，不能不改觀於
> 左紫溪緋。惟識時之士，為能堤其隤而通其所必變。

袁氏主張時代、社會會因時而有所變化，一如草木逐時、妍媸開放，這即是時序更變所帶來的效果。而識時之士就應該能通時之變，才符合文學發展的規律。

> 《騷》之不襲《雅》也，《雅》之體窮於怨，不《騷》
> 不足以寄也。後之人有擬而為之者，終不肖也，何
> 也？彼直求《騷》於《騷》之中也。至蘇、李述別及
> 《十九》等篇，《騷》之音節體致皆變矣，然不謂之真
> 《騷》不可也。

袁宏道以為時代不同，即會發展出符合時代需求的文體，如《楚辭》所承繼者不是《詩經》的文體，而是怨的精神。而《古詩十九首》也與《楚辭》體制不同，卻承繼了內在的精神。所以就文學而

言，有變、有不變，所變者是文之體，不變者是文所承載之眞實情
思。

其次關於「法」的態度，袁宏道表示：

> 夫法因於敝而成於過者也。矯六朝駢麗飣餖之習者，以
> 流麗勝，飣餖者固流麗之因也，然其過在輕纖。盛唐諸
> 人，以閱大矯之。已閱矣，又因閱而生莽。是故續盛唐
> 者，以情實矯之。已實矣，又因實而生俚。是故續中唐
> 者，以奇僻矯之。然奇則其境必狹，而僻則務爲不根以
> 相勝，故詩之道，至晚唐而益小。有宋歐、蘇輩出，
> 大變晚習，於物無所不收，於法無所不有，於情無所不
> 暢，於境無所不取，滔滔莽莽，有若江河。今之人，徒
> 見宋之不唐法，而不知宋因唐而有法者也。如淡非濃，
> 而濃實因於淡。然其敝至以文爲詩，流而爲理學，流而
> 爲歌訣，流而爲偈誦，詩之弊又有不可勝言者矣。

袁宏道以爲「法因於敝」，所以爲了糾正舊文學之弊，就必需提出革
新之法。而「成於過」則是指革新之後，易流於矯枉過正，則又會產
生之的弊端，如此就需要更新的文學體式、思潮、內容來矯治之。所
以文學是一個不斷革新的動態過程，新文學會變成舊文學，在革新的
過程中，成爲文學發展的自然規律，所以歷代詩歌都是爲了矯治上一
代詩風所產生的新體文學。

其他，袁宏道還有「信腕信口」之說，主張文學應寫人之眞性
情，要發自內心才能自成律度。

至於袁宏道在〈敘小修詩〉提到的「獨抒性靈，不拘格套，非從
自己胸臆流出，不肯下筆」，實爲承繼李贄「童心」之說，強調尚
眞、主情的觀點，希望將文學從倫理的束縛中解放。此外，他還提到
「惟夫代有升降而法不相沿，各極其變，各窮其趣，所以可貴，原不

可以優劣論也。」即是以文學進化觀的立場，推翻前人法式之說。而主「趣」的主張，眞是強調文學作品應有直率、純眞的精神、趣味，此即是「性靈」於詩歌中表現的個人面目。

　　不過，袁氏論詩雖突破禮教束縛，卻容易走向浮淺豔情的彼端，一如「信腕信口」之說，要如何避免俚俗？避免膚淺豔情？恐怕都是袁宏道必須嚴肅面對的課題。

㈢金聖嘆〈讀第五才子書法〉與李漁《閒情偶寄》

　　元、明以降，小說、戲曲儼然成爲文學中最具活力的新興文體，留下許多不朽的名著。如雜劇有關漢卿、白樸、馬致遠、鄭光祖、王實甫等著名的劇作家，傳奇則有「荊（《荊釵記》）、劉（《白兔記》）、拜（《拜月亭》）、殺（《殺狗記》）」及高明之《琵琶記》等五大傳奇。晚明湯顯祖之「玉茗堂四夢」（《牡丹亭》、《紫釵記》、《南柯記》、《邯鄲記》）更是膾炙人口的作品。在小說方面則有「四大奇書」（《三國演義》、《水滸傳》、《西遊記》、《金瓶梅》）及《紅樓夢》的問世，代表著古典小說的最高成就。

　　故明代已有眾多的文學批評家將視角移至這些新興的文體之上，如李開先、何良俊、王世貞、徐渭、李贄等人都曾有戲曲理論的著述留世。在小說理論方面，則有蔣大器、李贄、葉晝、馮夢龍等人的評說。入清之後，金聖嘆、李漁的小說戲曲理論對於後世影響更爲深遠，茲介紹如下：

1.金聖嘆〈讀第五才子書法〉

　　金聖嘆是清初著名旳文學家與文學批評家，明亡以後無意仕宦，遂以著述評點爲志。其曾稱《莊子》、〈離騷〉、《史記》、《杜詩》、《水滸》、《西廂》爲「六才子書」，本欲逐一批注，但僅完成《水滸》、《西廂》二種。

　　〈讀第五才子書法〉曾將《水滸傳》與《史記》進行比較，在歷史、小說的虛實問題上提出他的看法：

> 某嘗道《水滸》勝似《史記》，人都不肯信，殊不知某
> 卻不是亂說。其實《史記》是以文運事，《水滸》是因
> 文生事。以文運事，是先有事生成如此如此，卻要算計
> 出一篇文字來，雖是史公高才，也畢竟是吃苦事。因文
> 生事即不然，只是順著筆性去，削高補低都由我。

所謂的「因文生事」是指《水滸傳》中有許多內容是在無實有之事的
情形下，因文之所需而創造、想像。而《史記》的「以文運事」則是
指歷史書寫，都是有其事，方才思忖如何行文記述之。所以小說重在
「生事」、史書重在算計、安排既有的史料，所以二者之間，虛、實
有別。可貴的是，金聖嘆提出了小說「虛構」的文學特性，也凸顯了
歷史小說獨立於歷史之外的「文學」價值。

　　其次，關於小說人物塑造，金聖嘆亦強調了人物性格的重要性。

> 別一部書，看過一遍即休，獨有《水滸傳》，只是看不
> 厭，無非為他把一百八個人性格都寫出來。
> 《水滸傳》寫一百八個人性格，真是一百八樣。若別一
> 部書，任他寫一千個人，也只是一樣，便只寫得兩個
> 人，也只是一樣。

所以小說的成功與否與人物性格的塑造有極大的關係，而《水滸
傳》中英雄人物之多，卻能夠各盡情貌，其此所以勝乎他人之處。

> 施耐庵以一心所運，而一百八人各自入妙者，無他，十
> 年格物而一朝物格，斯以一筆而寫百千萬人，固不以為
> 難也，格物亦有法，汝應知之。

此處金氏凸出了作者主體的重要性，以「一心所運」強調作者的觀
察外物後還需以己身情感去深入體驗，才可能創造出鮮活的人物情
態。如同是粗疏、鹵莽人之人，彼此的性格卻有細緻的區別：

> 《水滸傳》只是寫人粗魯處，便有許多寫法。如魯達粗
> 魯是性急，史進粗魯是少年任氣，李逵粗魯是蠻，武松
> 粗魯是豪傑不受羈勒，阮小七粗魯是悲憤無說處，焦挺
> 粗魯是氣質不好。

同是粗魯，施耐庵竟可創造出如此細微的差異，而金聖嘆竟可以有
如此深刻的認識，實可謂施氏之異世知音。此外，金聖嘆對於小說
敘事方法也很有見地，其云：「《水滸傳》有許多文法，非他書
所曾有，略點幾則於後。」計有：倒插法、夾敘法、草蛇灰線法、
大落墨法、綿針泥刺法、背面鋪粉法、弄引法、獺尾法、正犯法、
略犯法、極不省法、極省法、欲合故縱法、橫雲斷山法、鸞膠續弦
法……共十五種文法。這些文法代表著前人對於小說敘事、創作的深
刻認識。金氏還云：

> 舊時《水滸傳》，子弟讀了，便曉得許多閒事。此本雖
> 是點閱得粗略，子弟讀了，便曉得許多文法，不惟曉得
> 《水滸傳》中有許多文法，他便將《國策》、《史記》
> 等書，中間但有若干文法，也都看得出來。……
> 人家子弟只是胸中有了這些文法，他便《國策》、《史
> 記》等書都肯不釋手看，《水滸傳》有功於子弟不少。

所以善讀《水滸》可進而通曉其他史籍典冊的讀書方法，可謂是觸類
旁通。

　　金聖嘆的小說評點代表著中國古典小說理論已臻於成熟，後世

毛氏父子評點《三國演義》、張竹坡評點《金瓶梅》、脂硯齋評點《紅樓夢》或多或少都受到金聖嘆的影響。而小說「文法」一說，更開創了小說評點的另類取徑。

2. 李漁《閒情偶寄》

　　明末清初文人李漁通藝好文、擅戲曲，曾經營書鋪，印刻書籍，也曾自組家庭戲班，四處巡演。其因有編寫劇本、搬演戲劇之實際經驗，故其戲曲理論尤為後人所推崇。其戲曲理論主要見於《閒情偶寄》〈詞曲部〉與〈演習部〉中。

　　李漁論戲曲主張：「填詞非末技，乃與史傳詩文同源而異派者。」（《閒情偶寄‧詞曲部》），以為戲曲與正統史傳詩文是同源而異派，故其本質與價值是不容忽視的，尤其戲曲擁有強大的教化功能，是有裨世道人心者。其云：

> 武士之戈矛，文士之筆墨，乃治亂均需之物。亂則以之削平反側，治則以之點綴太平。（《閒情偶寄‧凡例》）

無論社會治、亂，戲曲都能夠起到裨利社會民心的正面效果。其又云：

> 傳奇一書，昔人以代木鐸，因愚夫愚婦識字知書者少，勸使為善，誡使勿惡，其道無由，故設此種文詞。（《閒情偶寄‧詞曲部》）

因其具有勸善懲惡的教育功能，故在娛樂之餘，仍不脫儒家之本位色彩。

　　其次，李漁論戲曲之虛、實，甚有可觀之處。其云：

> 傳奇所用之事，或古或今，有虛有實。……實者，就事
> 敷陳，不假造作，有根有據之謂也；虛者，空中樓閣，
> 隨意構成，無影無形之謂也。人謂古事多實，近事多
> 虛。予曰：不然。傳奇無實，大半皆虛言耳。（《閒情
> 偶寄・詞曲部》）

所謂的「虛」即虛構，「實」即寫實。實是按照生活的真實樣貌，如
實描摹；虛是依作者之意，借想像而虛構出戲劇的情節、人物或場
景。在這裡李漁清楚的意識到文學的創作是虛、實二維所交織而成
的，而傳奇戲曲中，在情節的安排、人物形象的營造，大抵都受作者
鋪寫之深意所繫，其中藝術想像的成分要多過於記實的部分。

他還凸出藝術想像的效果：

> 想入雲霄之際，作者神魂飛越如在夢中，不至終篇，不
> 能返神收魂。（《閒情偶寄・詞曲部》）

所以，戲劇創作的過程中，作者將進入一中似幻似真的境界，融入在
藝術想像的世界之中。

> 我欲做官，則頃刻之間便臻榮貴；我欲致仕，則轉盼之
> 際又入山林。（《閒情偶寄・詞曲部》）

所以創作時，作者必需善用此擬想、揣摩的過程，在這開放自由的劇
作世界中，以適切的語言完成人物的性格。

除了虛實、人物外，李漁論曲特重「結構」，其云：

> 至於結構二字，則在引商刻羽之先，拈韻抽毫之始。如
> 造物之賦形，當其精血初胎未就，先為制定全形，使點

　　血而具五官百骸之勢。（《閒情偶寄・詞曲部》）

所以結構是戲劇中最重要的部分，它對作品進行整體的架構安排，並賦予藝術生命。另外在結構安置上，李漁主張「減頭緒」，其云：「頭緒繁多，傳奇之大病也。」所以作品應該要將情節簡單化處理，凸出主要的情節與人物，進而以「密針線」之法，所謂「編戲有如縫衣，其初則以完全者剪碎，甚後又以剪碎者湊成。」所以在去蕪存菁的擇選、重組後，再以緊密的針線重新安置照應，方成佳作。

　　最後在人物形象上，李漁十分重視人物性格的塑造，他主張人物應性格應各具情態，其云：

　　（人物）無使雷同，弗使浮泛，若《水滸傳》之敘事，
　　吳道子之寫生，斯稱此道中之絕技。

而無使雷同的方法即在於「代人立心」之上：

　　言者，心之聲也，欲代此一人立言，先宜代此一人立
　　心。若非夢往神遊，何謂設身處地？無論立心端正者，
　　我當設身處地，代生端正之想，即遇立心邪辟者，我
　　亦當捨經從權，暫為邪辟之思。務使心曲隱微，隨口唾
　　出，說一人，肖一人。

所以「設身處地」去理解人物的性情、心態，進而思考其行動、言談，才可能惟妙惟肖地刻畫出人物形象。

　　李漁的戲曲理論從主題思想、人物塑造、賓白、唱詞等方面都有細緻的探討，其於戲曲批評史上有其重要地位。

㈣王夫之與葉燮《原詩》

　　明清易代之初，有許多愛國志士以文化思想的承繼自任，顧炎武、黃宗羲及王夫之等人在起兵反抗失利後，以遺民姿態致力於研究撰著。在文學批評方面，王夫之有《薑齋詩話》、《古詩評選》、《唐詩評選》、《明詩評選》等書，對於儒家詩學有所承繼與突破，成爲清初著名的文學批評理論家。

　　到了清代中期，學術思想仍受到嚴密的監控，知識分子爲規避政治遂潛心鑽研古代典籍，樸學之風日盛。葉燮以其精辟的觀點，完成詩論史上理論完備的重要作品《原詩》，亦值得吾人深入認識。

1.王夫之《薑齋詩話》

　　王夫之對於詩歌本質性的認識，係以抒情爲主要特徵。其言：

　　　　長言詠嘆，以寫纏綿悱惻之情，詩本教也。（《薑齋詩
　　　　話》）

而在《明詩評選》中也提到：

　　　　詩以道性情，道性之情也。性中盡有天德、王道、事
　　　　功、節義、禮樂、文章，卻分派與《易》、《禮》、
　　　　《書》、《春秋》去，彼不能代詩而言性之情，詩亦不
　　　　能代彼也。（《明詩評選》）

所以，即便在服膺儒家傳統思想的前提下，王夫之仍舊提出詩歌有其異於其他經典，獨立存在的意義與價值。他說：

　　　　蓋詩立風旨以生議論，故說詩者，於興、觀、群、怨而
　　　　皆可。若先爲之論，則言未窮而意已先竭。在我已竭，
　　　　而欲以生人之心，必不任矣。（《明詩評選》）

王夫之以爲詩歌的基本功能不在議論、教訓，而必需先確立風旨、詩意，少了興、觀、群、怨之情而先之爲論的話，則將意韻全無，更遑論產生感發、啟領讀者的力量。所以，詩歌需要含情味長的特點，詩人與讀者才有相互交流的可能。他評阮籍〈詠懷〉詩時說：

> 惟此宕宕搖搖之中有一切真情在內，可興、可觀、可群、可怨，是以有取於詩。（《古詩評選》）

所以詩歌的社會功能是建築在眞實的情感上，所謂的性情陶冶、默化潛移的效果，都是在此基礎之上。

　　王夫之對於詩歌本質的認識，在一定程度上鬆動了儒家教化詩學的範圍，給予詩歌更寬闊、更穩固的成立基礎。

　　此外，在情景關係及境界的探討也是王夫之的重要貢獻所在。其云：

> 含情而能達，會景而生心，體物而得神，則自有靈通之句，參化工之妙。若但於句求巧，則性情先爲外蕩，生意索然矣。（〈夕堂永日緒論〉）

王夫之以爲情、景是詩歌創作的基本元素，要能含情、會景、體物，才能寫出靈通之句，若徒務巧飾，只會予人索然之感。在此「景」、「物」是客觀物象，而「情」是主觀的情意。詩歌的組成，即是在此內、外交感的過程中，化蘊而生。《薑齋詩話》云：

> 不能作景語，又何能作情語耶？古人絕唱句多景語，如「高台多悲風」、「蝴蝶飛南園」、「池塘生春草」、「亭皋木葉下」、「芙蓉露下落」，皆是也，而情寓其中矣。以寫景之心理言情，則身心中獨喻之微，輕安拈

出。

王夫之以摘句批評的方式，具體揭示何謂「以景言情」，作者獨喻之心緒，就在詩句的客觀景物經營下，情景交融的呈現。

> 情景雖有在心在物之分，而景生情，情生景，哀樂之觸，榮悴之迎，互藏其宅。（《明詩評選》）

也是在說明情景雖有心物之別，但二者的關係是互為依存、相互生發的。

> 情景名為二，而實不可離。神於詩者，妙合無垠。（《薑齋詩話》）

所以在情、景二者化融無垠的情況下，自可創造出「靈通之句」、「化工之妙」，此即是詩歌意境的創造。

除此之外，王夫之對於詩歌功用的認識還有諷刺說。他以為

> 匡維世教以救君之失，存人理於天下者，非士大夫之責乎？（《讀通鑑論》）

所以詩歌之作亦應有匡維世教、救君之失的效果。所謂：

> 立不諱之廷，操風人之柄，屑屑然憎影而畏日，以匿於陰，亦藝苑之羞也。（《唐詩評選》）

故詩人實有其不容推委的職責，即是詩歌「言志」、「觀」、「怨」的效果。故總括而言，王夫之的詩論對於抒情特質的肯認及直

面社會的現實意義，都具有重要的歷史價值。

 2. 葉燮《原詩》

　　葉燮《原詩》分內篇上、下，外篇上、下，凡四卷。其體制源於諸子之學，內以標宗旨，即討論詩歌源流、正變、因革等歷史發展問題，即所謂詩之「正變」；外以肆博辨，即以其理論為基礎，對歷代作家作品進行批評、討論，即所謂「批評」之說。是書可謂繼《文心雕龍》、《滄浪詩話》之後，又一理論嚴謹的批評著作。

　　葉燮主張：

> 　　自開闢以來，天地之大，古今之變，萬彙之賾，日星河嶽，賦物象形，兵刑禮樂，飲食男女，於以發為文章，形為詩賦，其道萬千，余得以三語蔽之：曰理、曰事、曰情，不出乎此而已。然則，詩文一道，豈有定法哉！先揆乎其理，揆之於理而不謬，則理得。次徵諸事，徵之於事而不悖，則事得。終絜諸情，絜之於情而可通，則情得。三者得而不可易，則自然之法立。故法者，當乎理，確乎事，酌乎情，為三者之平準，而無所自為法也。

葉燮以為，理、事、情三者乃通古今之變，萬彙之賾的基本原理。世間萬物的生發原則都必需當乎理、確乎事、酌乎情，這是自然之法，亦詩之法也。其又以草木之生為喻：

> 　　譬之一木一草，其能發生者，理也。其既發生，則事也。既發生之後，夭矯滋植，情狀萬千，咸有自得之趣，則情也。

所以理是客觀事物的原理,事是生發的規律,情是發展後的萬千姿態
與情趣。此三者總括了主觀、客觀的要件,為文學創作提供了完整的
理論依據。所以作家作詩要「揆理」、要「徵事」、要「絜情」,在
達到「不謬」、「不悖」、「可通」的基本要求後,就可以掌握客觀
事物的內、外情貌,才可能創作出完美的藝術形象。

　　此外,葉燮論作家創作主體,則主張「才、膽、識、力」四項基
本要件。

　　　　曰理、曰事、曰情,此三言者足以窮盡萬有之變態。凡
　　　　形形色色,音聲狀貌,舉不能越乎此。此舉在物者而為
　　　　言,而無一物之或能去此者也。曰才、曰膽、曰識、曰
　　　　力,此四言者所以窮盡此心之神明。凡形形色色,音
　　　　聲狀貌,無不待於此而為之發宣昭著。此舉在我者而為
　　　　言,而無一不如此心以出之者也。以在我之四,衡在物
　　　　之三,合而為作者之文章。大之經緯天地,細而一動一
　　　　植,詠嘆謳吟,俱不能離是而為言者矣。

葉燮以為,理、事、情三者即足以總括萬物萬有之情態,而在作家
主體方面,則待「才、膽、識、力」四者的配合,才可能窮盡、體
貼、捕捉住形形色色的情狀。而且作家之心是一切創作力量的發源之
處,對作者而言,必需以此四原則出發,盱衡在物之理、事、情,始
可著為文章。而此主、客的和合,正是詩歌詠嘆謳吟的基本要件。
　　他又說:

　　　　大凡人無才,則心思不出;無膽,則筆墨畏縮;無識,
　　　　則不能取捨;無力,則不能自成一家。

首先,作詩要具有掌握文辭表達的基本才能,否則詩人之心思情感將

無由得出。其次，作詩文要有創新、嘗試、勇於突破的勇氣，否則詩人將無以展其才華。此外，詩人還需具有鑑別之識力，舉凡對理、事、情的認識與了解，或歷代詩風流派的鑑識能力，都可能影響作者的創作。最後，要有獨特的風格筆力，藉此才可能展現出作者自我獨特的情貌。在四者交相為濟下，才能成為成功的作家。

　　葉燮對於創作的主、客要件有了全面且深刻的論述，其主張於中國古代詩文理論史立下新的里程碑。

(五)王士禎《帶經堂詩話》與袁枚《隨園詩話》

　　清代中期，有所謂的四大詩說：神韻說、格調說、肌理說、性靈說。王士禎承司空圖、嚴羽一脈，崇尚詩歌意境、神韻；沈德潛繼格調體式之學，重詩之音聲與格式；翁方綱借肌理論詩，試圖調合、修止神韻與格調的扞格；袁枚標舉性靈之說，強調作家真趣與靈性，而後趙翼注重創新，強調時代風貌與個人面目。四說各有高見，各富特色。

1. 王士禎《帶經堂詩話》

　　王士禎論詩主「神韻」，其謂：

> 神韻二字，予向論詩，首為學人拈出，不知先見於此。唐人五言絕句，往往入禪，有得意忘言之妙。表聖論詩，有二十四品，予最喜「不著一字，盡得風流」八字。（《帶經堂詩話》）

　　這裡，王氏指出其詩學之本旨在於「神韻」，他以為唐人五絕往往帶有禪意，予人忘言得意之的審美體驗，而古今詩論，他最崇尚司空圖「不著一字，盡得風流」之說。所以由此總括，其所偏嗜之詩歌，是具有意在言外，悠遠情韻之作。他在〈香祖筆記〉中也說：

> 表聖論詩有二十四品，予最喜「不著一字，盡得風流」

八字，又云「采采流水，蓬蓬遠春」二語，形容詩境亦
絕妙，正與戴容州「藍田日暖，良玉生煙」八字同旨。

王士禎所偏好的，是一種景象鮮明可感，詩意含蓄雋永的詩歌意
境。不板滯於文字，得悠遠之情韻。
　　在詩歌創作上，王士禎有興會、根柢之說。其云：

夫詩之道，有根柢焉，有興會焉，二者率不可得兼。
鏡中之象，水中之月，相中之色，羚羊挂角，無跡可
求，此興會也。本之〈風〉、〈雅〉以導其源，沂之楚
〈騷〉、漢魏樂府詩以達其流，博之九經、三史、諸子
以窮其變，此根柢也。根柢原於學問，興會發於性情，
於斯二者兼之，又幹以風骨，潤以丹青，諧以金石，
故能銜華佩實，大放厥詞，自名一家。（《帶經堂詩
話》）

所謂「興會」就是發於性情的偶然感會、發想，而「根柢」則是從前
人詩作、九經、三史、諸子所得來之學問，必需兼此二者，始可作
出內容具骨力、形式具美感、音聲妙和諧的完美作品。此外，其又有
「佇興而就」、「興會神到」之說：

王士源序孟浩然詩云：「每有製作，佇興而就。」余平
生服膺此言，故未嘗為人強作，亦不耐為和諧詩也。
（《帶經堂詩話》）
大抵古人詩畫，只取興會神到，若刻舟緣木求之，失其
旨矣。（《帶經堂詩話》）

都在表明若無詩情興會，即創作不出好的作品，而興會的來臨需停佇、等待，伺其來臨，才可能「神到不可湊泊」。所以藝術作品的完成，除了剎那間的藝術「興會」外，還需要長時間的蘊釀與深厚積累為基礎。

最後，王士禎論詩，好以禪喻，其云：「嚴滄浪以禪喻詩，余深契其說。」又說：「嚴滄浪借禪喻詩，歸於妙悟，余深契其說，而五言尤為近之。如王、裴輞川絕句，字字入禪。」對於詩禪相契之處頗多會心。其又云：

> 捨筏登岸，禪家以為悟境，詩家以為化境，詩禪一致，無等差別。（《帶經堂詩話》）

所以其所好之「神韻」，具有天機妙成、神遇興會的特點，在修為與最終境界上，竟可與禪相通。

2. 袁枚《隨園詩話》

袁枚論詩標舉「性靈」，所謂性靈，本之於真情。《隨園詩話》云：

> 詩之為道，標舉性靈，發舒懷抱。
> 自《三百篇》至今日，凡詩之傳者，都是性靈，不關堆垛。

明白揭示「性靈」、懷抱乃詩之根柢。其〈答何水部〉文又云：

> 若夫詩者，心之聲也，性情所流露者也。從性情而得者，如出水芙蓉，天然可愛。

所以詩歌之作，本之於情，此情的規範在於「真」。〈錢璵沙先生詩

序〉：

> 嘗謂千古文章傳真不傳偽，故曰：「詩言志」，又曰
> 「修辭立其誠」。

所以，詩之本在情，情之質爲「眞」，惟有眞性靈、眞感情才能創造
出好的作品。其云：

> 《三百篇》不著姓名，蓋其人直寫懷抱，無意於傳名，
> 所以眞切可愛。今人作詩，有意要人知有學問、有章
> 法、有師承，於是眞意少而繁文多。（《隨園詩話》）

所以，作詩但求直抒懷抱，任何囿於學問、章法、師承之作，只會削
弱眞意，無以成佳作。
　除情眞之外，袁枚作詩特重「靈性」、「靈機」，亦即詩人之天
分才情。其云：

> 詩文之道，全關天分，聰穎之人，一指便悟。（《隨園
> 詩話》）

又說：

> 詩不成於人，而成於其人之天。其人之天有詩，脫口能
> 吟。其人之天無詩，雖吟而不如無吟。（〈南園詩選
> 序〉）

「天」就是詩人之天分、才情，所以並不是每個人都能成爲詩人，因
其秉性不同，而有筆性「靈」、「笨」之別。

筆性靈，則寫忠孝節義俱有生氣；筆性笨，雖詠閨房兒女亦少風情。（《隨園詩話》）

除天分之外，其亦崇尚靈思，其云：

我不覓詩詩覓我，始知天籟本天然。（〈老來〉）

所以作詩若乏詩興靈感，是勉強不得的。而天籟之作，往往是自然而成的。

至於詩之境界，袁枚亦有氣、韻、趣之說。

一切詩文總需字立紙上，不可臥紙上。人活則立，人死則臥，用筆亦然。（《隨園詩話》）

所以，生氣的有無，是文章成敗的關鍵。至於趣，其云：

牡丹芍藥，花之至富麗者也，剪採為之，不如野蓼山葵矣。味欲其鮮，趣欲其真，人必知此而後可與論詩。（《隨園詩話》）

詩歌必需掌握鮮活生氣之狀態，才能體現詩文之真趣。若寫不出事物的真實情味、生命力量，即乏生趣。

至於「韻」，其云：

作史三長，才、學、識而已。詩則三者宜兼，尤貴以清韻將之，所謂弦外之音、味外之味也，情深而韻長。（〈錢竹初詩序〉）

所以，在藝術創作的天分與直覺之「才」，與後天聞見技巧的
「學」；與品鑑優劣之「識」外，還應有雋遠超逸之清韻，始能臻至
味外之味、弦外之音的悠杳情韻之境。

袁枚詩論，強調個體情性的參與，並賦予藝術作品生動、活潑的
真實情味，都是饒富見地的寶貴主張。

五、近代交會期

一八四〇年，鴉片戰爭打開了滿清王朝的閉鎖之門，天朝自居的
神話已逐漸瓦解，在列強進逼的威脅恫嚇之下，一連串救亡圖存的思
想主張為有志士人所提出。此時，來自西方的新理論、新觀念亦不斷
的輸入中國，在中、西交會的過程中，亦產生了許多燦爛的火花。

其中龔自珍、魏源肇聲於前，對於引進了時代的憂患意識，對傳
統詩學進行針砭與修正。而後梁啟超主張「詩界革命」的，提出文學
革新的看法。王國維《人間詞話》則是融會西方文藝理論，賦予了傳
統「境界」說更明確的理論意義。

㈠龔自珍

龔自珍〈病梅館記〉云：

> 或曰：「梅以曲為美，直則無姿；以欹為美，正則無
> 景；以疏為美，密則無態。」固也。此文人畫士，心知
> 其意，未可明詔大號以繩天下之梅也，又不可以使天下
> 之民，斫直、刪密、鋤正，以夭梅病梅為業以求錢也。

龔氏以梅樹之植栽為喻，以為文人畫士的審美傾向，造成了後世斫
直、刪密、鋤正等種種措施，係以少數人之孤癖、偏見，戕害了樹木
天性的自然發展，此即是「文人畫士之禍」，造就了「夭梅病梅之
業」。所以對於陳說的壓抑與扭曲，龔氏提出深沉的控訴，在此精神
下，表現在詩文創作中，龔自珍主張要張揚詩人個性，強調「其面目

也完」的創作精神。其〈書湯海秋詩集後〉：

> 人以詩名，詩尤以人名。唐大家若李、杜、韓及昌谷、
> 玉谿；及宋、元、眉山、涪陵、遺山，當代吳婁東，皆
> 詩與人為一，人外無詩，詩外無人，其面目也完。

龔氏主張文學的創作應擺脫束縛，張揚個體情性，才能完整呈顯詩人
的個性與人格。唯有真詩真文，才是好的作品。

　　而所謂「人外無詩」之說，是強調詩創作應展現出人的個性、品
格。而「詩外無人」則是說作者創作必將自己的性情、品格、懷抱寫
入，則詩中就無所遺漏，故詩作就是詩人人格的全部。

　　詩歌除了包蘊作者之本然面目外，在國家民族存亡危急之際，他
強調文學與時代環境的發展關係。其〈四先生功令文序〉：

> 其為人也惇博而愈夷，其文從容而清明，使枯腯之士，
> 習之而知體裁，望之而有不敢易視先達之志。盛世之
> 盛，唐之開元、元和，宋之慶曆、元祐，明之成化、弘
> 治，尚近似之哉！尚近似之哉！其人多深沉惻悱，其文
> 叫嘯自恣，芳逸以為宗，則陵遲之徵已。

所以，國之興衰必然表現在文學之上，故盛世有盛世之文，衰世有衰
世之聲。面對時代、環境的遷變，作家應以憂患意識，以文學作品進
行發聲。

㈡梁啟超

　　梁啟超在政治上主張變法維新，其以為唯有改良國民素質，才可
能國安民富。在此「新民」的主張下，他意識到文學對於人民百姓的
重要作用，其曾有「詩界革命」的主張：

> 吾雖不能詩，惟將竭力輸入歐洲之精神思想，以供來者
> 之詩料，可乎？要之，支那非有詩界革命，則詩運殆將
> 絕。（《汗漫錄》）

所謂「詩界革命」，就是要以詩歌批判傳統的秩序、道德與風俗，要
引進西方的科學、民主等理念，進而達成建立新政治體制的理想。

> 人境廬主人者，其詩人耶？彼其劬心營目憔形，以斟酌
> 損益於古今中外之治法，以憂天下，其言用不用，而國
> 之存亡，種之主奴，教之絕續，視此焉。（〈人境廬詩
> 草跋〉）

梁氏推許黃遵憲詩，以為必需能斟酌損益古今中外之治法，能擔負起
國之存亡、教之絕續等重責大任。在具體作法上，梁啟超主張在形式
上要承繼傳統，但在內容上必需含新意境，並且要盡量合於口語言說
的慣習，以達到「我手寫吾口」的傳播要求。

其次，梁啟超還提出小說救國論，於〈論小說與群治之關係〉
云：

> 欲新一國之民，不可不先新一國之小說。故欲新道德，
> 必新小說；欲新宗教，必新小說；欲新政治，必新小
> 說；欲新風俗，必新小說；欲新學藝，必新小說；乃至
> 欲新人心，欲新人格，必新小說。何以故？小說有不可
> 思議之力支配人道故。

梁啟超以為小說是新民的條件，若想提倡新道德、新宗教、新政
治、新風俗、新學藝、新人心、新人格，都必需由小說的革新開

始。因為小說對於輿論、民心有著不可思議的影響力量。梁氏以為為
了國家前途，必自小說界革命開始。

　　梁氏以為在各種文體之中，小說是最上乘的作品，因為它具有強
大的浸染效果，足以支配世道人心。其云：

> 小說之支配人道也，復有四種力：一曰熏，熏也者，如
> 入雲煙中而為其所烘，如近墨朱處而為其所染。……人
> 之讀一小說也，不知不覺之間，而眼識為之迷漾，而腦
> 筋為之搖颺，而神經為之營注，今日變一二焉，明日變
> 一二焉，剎那剎那，相斷相續，久之而此小說之境界，
> 遂入其靈台而據之，成為一特別之原質之種子。……二
> 曰浸，熏以空間言，故其力之大小，存其界之廣狹，浸
> 以時間言，故其力之大小，存其界之長短。浸也者，入
> 而與之俱化者也，人之讀一小說也，往往既終卷後，數
> 日或數旬而終不能釋然。……三曰刺，刺也者，刺激之
> 義也。熏、浸之力，利用漸；刺之力，利用頓。熏、浸
> 之力，在使感受者不覺，刺之力，在使感受者驟覺。刺
> 也者，能入於一剎那頃忽起異感而不能自制者也。……
> 四曰提，前三者之力，自外而灌之使入：提之力，自內
> 而脫之使出，實佛法之最上乘也。凡讀小說者，必常若
> 自化其身焉——入於書中，而為其書之主人翁。

因為小說具有薰染、浸淫、刺激、提升這四種力量，所以對於讀者會
產生強大的影響效果。故其云：

> 小說之為體，其易入人也既如彼，其為用之易感人也又
> 如此，故人類之普通性，嗜他文不如其嗜小說，此殆心

　　　理學自然之作用，非人力之所得而易也。

它的藝術感染力將可爲澄明政治、移風易俗帶來積極、具體的作用。

㈢王國維《人間詞話》

　　王國維的《人間詞話》是融合中西文化思想的文學理論作品。王氏對於康德、尼采、叔本華等西方著名思想家有深入的研究與認識，故吸取了西方美學理論，會通中國古典文學思想撰作《人間詞話》，從而建構嶄新的理論體系。是書亦被視爲中國古代詩學理論的壓卷之作。

　　《人間詞話》以「境界說」爲理論核心，其云：

　　　詞以境界爲最上，有境界則自成高格，自有名句。

而何謂之「境界」呢？其云：

　　　境非獨謂景物也，喜怒哀樂，亦人心中之一境界。故能
　　　寫眞景物、眞感情者，謂之有境界，否則謂之無境界。

所以「眞景物」、「眞感情」是詩歌作品的基本要件。但是何謂之景物、感情之眞？其云：

　　　大家之作，其言情也必沁人心脾，其寫景也必豁人耳
　　　目。其辭脫口而出，無矯揉妝束之態。以其所見者眞，
　　　所知者深也。

所以「眞景物」必需「豁人耳目」，達到意象鮮明、生動親切的境地，而「眞感情」則是要能「沁人心脾」，具有豐沛的情感及深刻動

人的效果。

　　而境界的營造必需「對宇宙人生，需入乎其內，又需出乎其外」，亦即體驗深刻，又能客觀分析，才能全面、細緻地掌握敘寫的對象。

　　對於「境界」，王國維有「有我之境」和「無我之境」的區別。所謂「有我之境」，就是「以我觀物，故物皆著我之色彩」，所以詞章中會表現出作者鮮明的情感與體驗。而「無我之境」是排除自我主觀意識，以一種以物觀物的視野進行審視，此時作者的情感已融合至客觀之景中，達到「不知何者為我，何者為物」的心靈狀態。

　　而具體創作規範上，王國維有「隔」與「不隔」之說。所謂的「不隔」，就是「語語都在目前」，他取「池塘生春草」、「空梁落燕泥」為例，在生動鮮明的形象下，此即謂「不隔」。而「隔」者，則如「桂華流瓦」之謂，以「桂華」代替「月亮」，但在整體形象的營造上，層次較為複雜，讀者在理解上較為費解，所以若是造語艱深、好用典故，以致形象不明確者，即是所謂的「隔」。

　　至於境界，還有「常人之境」與「詩人之境」的區別。詩人之境之所以異於常人者，在於寫境與造境的不同。所謂寫境，只是純描摹雙眼所見的客觀景物，造境則是詩人通過詩眼、詩心的觀察體會所創造出來的意象。所以詩人善於觀察、捕捉人世間美好的片段，此其異於人之處。

　　最後，王國維還說：

　　　　古今之成大事業、大學問者，必經過三種之境界：「昨
　　　　夜西風凋碧樹。獨上高樓，望盡天涯路。」此第一境
　　　　也。「衣帶漸寬終不悔，為伊消得人憔悴。」此第二境
　　　　也。「眾裡尋他千百度，驀然回首，那人卻在，燈火闌
　　　　珊處。」此第三境也。此等語皆非大詞人不能道。然遽
　　　　以此意解釋諸詞，恐為晏、歐諸公所不許也。

所謂第一境，是以創作、治學皆需確立目標，並且能忍受孤獨的執著完成此一志業。第二境是指對於此一志業，必需無悔無怨的執著追求，即便過程艱辛仍舊不改其志。第三境則是形容長期的苦心追繹，終獲回報。在這看似偶然的驀然回首中，其先的付出、執著、佇候，只是如人飲水，冷暖自知。所以不論寫詩作文、治學培德，都必會經驗此三階段，其中的深刻意味，值得吾人記取。

　　以上從先秦兩漢降至清末，對於中國文學理論批評的歷史與重要著作進行了簡要的介紹與概括。期待讀者可透過此初步的理解與印象，在文學理論批評的園地裡再深入耕耘、開發。至於現代文學理論的發展，基本上受西方文論思潮的影響較大，有待下章專文介紹。

問題與討論

1. 劉若愚《中國文學理論》中所提出的六大理論為何？
2. 試簡要敘述中國文論的文體有哪些？
3. 中國文論發展可分幾個時期？並簡要說明各期特色。
4. 試簡要說明孔子論《詩》的特點為何？
5. 唐宋時期文論發展有兩大傾向，請簡要說明，並列舉代表文論作家及作品。
6. 明清以降，小說、戲曲理論家蠭出，試擇要介紹代表性的理論與主張。

第六章

二十世紀西方文學
理論批評概述

　　二十世紀西方文論的發展既快速又多元，呈現出一片蓬勃朝氣。在眾多的文論主張中，我們大致可分為以作品為主體的文論、以讀者為主體的文論，以及跨領域的文論等三類。前者包括俄國形式主義、英美新批評、結構主義、結構主義敘事學；後者則包括現象學、詮釋學、解構主義、接受美學與讀者反應論；而跨領域的文論有馬克思主義、女性主義、精神分析、後殖民主義、新歷史主義、後現代主義等。以下筆者選擇幾種較具代表性的文論進行概略的介紹。

第一節　以作品為主體之文論

一、俄國形式主義

　　一九一七年俄國革命之前，形式主義研究就已確立了，其確立的基礎可歸功於以下幾個研究組織的成立：一九一五年成立的莫斯科語言小組，一九一六年成立的詩歌語言研究會。莫斯科語言小組的領導者是羅曼・雅克布森（Roman Jakobson）和彼得爾・包加兌廖夫（Petr Bogatyrev），兩人後來在一九二六年協助成立了布拉格語言小組。而詩歌研究會的代表人物為維克多・什克洛夫斯基（Vicktor Shklovsky）、尤里・蒂尼亞諾夫（Yury Tynyanov）和包里斯・艾亨包姆（Boris Eikherbaum）。

　　根據彼得・施泰納（Peter Steiner）的觀點，俄國形式主義可分為三個階段：第一個階段的模式是一架「機器」，把文學批評看作是由一堆「形式技巧」堆積起來的某種機械作用；第二個階段的模式是一個「有機體」，將文學文本看作是由許多相互關聯的部分充分發揮功能的「有機結構」；第三個階段的模式是一個「體系」，試圖把文學文本理解成整個文學體系，甚至是文學體系與非文學體系互動的元體系的產物。以下將進一步介紹形式主義的三個階段：

㈠第一個階段

1.「文學性」

　　第一個階段的代表人物為維克多‧什克洛夫斯基。他在一定程度上視文學過程為一種機械的觀點，他服膺物質主義，並認為文學是「其使用的所有文體技巧的總合」。對於形式技巧的側重，導致形式主義者把文學看作對語言的特別應用，文學語言因此獲得了完全不同於實際語言的獨特性。一般實用性的語言用於交際，而文學卻完全不具實際功能，它只是讓我們以不同的方式觀察和看到不同的東西。我們之所以把某些詞句讀作文學的而非一般的交際行為，只是因為我們是在認可的文學作品中讀到它們。這種觀念影響了蒂尼亞諾夫等人，並進一步發展出關於「文學性」的動態的觀點。什克洛夫斯基認為文學性是指作家運用各種技巧使作品成為文學的條件。

2.「陌生化」

　　維克多‧什克洛夫斯基提出最引人注目的概念之一為「陌生化」。所謂的陌生化是鑑於人們難以保持對事物的新鮮感，因此，藝術的特殊任務正是要喚醒我們的意識，使我們重新認識那些已經在日常意識中變得司空見慣的事物。他在《藝術即技巧》（1917）中，清楚的說明此一觀點：

　　　　藝術技巧是使事物變得「陌生」，使形式變得困難，是增加感受的難度和長度，因為感覺過程就是審美目的的本身，因此必需延長。藝術是體驗一個事物藝術性的一種方式，事物本身是不重要的。

只有通過文學形式的處理，改變我們習慣性的感覺，也就是陌生化，才能改變我們對世界的反應。

㈡第二個階段

　　第二個階段是從什克洛夫斯基轉向蒂尼亞諾夫、雅可布森等人為

代表。這個階段將文學文本從機械論轉爲一種「有機結構」，並提出形式主義敘事理論三個重要的概念。

1. 「故事」與「情節」

故事是情節賴以存在的基礎，情節是對構成故事的一系列事件的藝術處理。形式主義者強調只有「情節」才是嚴格意義上的文學，而「故事」只是等待作家進行組織的原始材料，情節建構本身就是文學的目的。此外，形式主義者經常將情節觀和陌生化連繫起來，他們以爲情節阻礙我們把事件看作典型的、熟悉的。這個階段文本結構觀與敘事觀影響了後來發展出來的結構主義敘事學。

2. 「動機」

托馬舍夫斯基（Boris Tomashevsky）把情節中最小的單元稱爲「動機」，我們可以將他的動機理解爲一個單一的陳述或行爲。他還區分了「確定動機」和「自由動機」，確定動機是故事要求的，所以是不可缺少的，自由動機從故事的角度看似乎無關大局、可有可無，然而從文學的角度看，自由動機卻很可能是藝術的焦點。喬納森・卡勒（Jonathan Culler）對一般性的動機做了以下的總結：要吸收或解釋某一事物，就必需將其置於某種文化所能提供的秩序模式內，而一般的做法是用文化所認定的自然話語的方式來討論它。

3. 由「陌生化」到「前景化」

第三個重要概念爲穆卡洛夫斯基（Mukarovsky），他把「陌生化」概念發展成爲一種更爲系統的「前景化」（foregrounding）理論。

他稱前景化是爲對語言各部分有意的審美扭曲。承繼蒂尼亞諾夫的動態的審美結構說，他提出最具說服力的「審美功能說」，他認爲審美並不是一個密不透風的範疇，而是一個不斷改變疆界的領域，一個客體可以具有若干的功能，一座教堂既是宗教崇拜的場所，同時也可以是一件藝術品，「藝術」範疇的周邊界限總是在變化著，並且與某種社會結構發生動態的關聯。

(三)第三個階段

第三個階段以雅克布森所提出的「主導成分」的概念為主。

這個階段先將文學作品看作一些動態的系統，在這些系統中，各種成分被建構於前景和背景的相互關係中。在這相互關聯的系統內，必然有其主導成分，也就是雅克布森所稱藝術品聚焦的部分，他統領、決定並改變其他部分。「主導成分」成為後期形式主義的一個重要概念，它為形式主義者提供了解釋文學史的有效方式，如詩歌形式的改變與發展並不是任意的，而是「主導成分變化」的結果。在詩的系統中，各種成分的相互關係在不斷的變化，而且特定時代的詩學有可能被來自非文學系統的主導成分所控制，以及變化的主導成分不僅在特定的文本中起作用，也在特定的文學時期中起作用。[1]

二、英美新批評理論

英美新批評從創立、發展到式微，大抵是由二十世紀的二○年代到七○年代，共歷經半個世紀。關於新批評的起源，其實是複雜而不確定的，我們只能粗略地說，它受到十九世紀詩人和文化批評家馬修·阿諾德（Matthew Arnold）的影響，其後承繼英美新批評運動的是詩人、劇作家兼批評家的艾略特。但是，正式以新批評為名，並提出具有奠基性的理論作品者則是約翰·克勞·蘭賽姆（John Crowe Ransom）的《新批評》。此外，新批評的代表人物尚有理查茲（L. A. Richards）、燕卜蓀（William Empson）、衛姆塞特（W. K. Wimsatt）和利維斯（F. R. Leaves）。

英美新批評與俄國形式主義有些許的相似之處，例如兩者皆主張文學的獨立自主與自足性，認為文學獨立於創作者和欣賞者之外，也獨立於生活之外，並與政治、道德、宗教各種意識形態無關。他們都反對將作者生平、文學傳統、社會歷史背景等外在因素，帶入文學研

---

[1] 以上有關形式主義理論，參閱拉曼·塞爾登、彼得·威德森、彼得·布魯克著，劉象愚譯：《當代文學理論導讀》（北京：北京大學出版社，2006年），頁35-46。

究範疇的傳統批評法。他們主張應把研究重點放在作品本身的形式特徵上：俄國形式主義探討作品結構的內部規律，英美新批評運用細讀法，分析研究作品的象徵、形象、隱喻、反諷、結構等表現形式，因此兩者統稱為「形式主義批評」。而新批評異於俄國形式主義之處，則在以下兩個基本觀念：

(一)語境理論

　　這裡所談的語境並非作品產生的歷史語境，而是指作品本身而言的語境。一般說來，所謂的語境指的是詞、句、段與它們的上下文關係，正是這種上下文的關係確定了該詞、句、段的意義。理查茲拓展了語境的範圍，將語境分為共時性的與歷時性的兩類。共時性的語境係指我們詮釋的某個詞在某個時期中的一切事情，包括當時的寫作環境、人們對此詞的用法等，而歷時性的語境指的是一組同時出現多次的事件，也就是文本中詞語所體現的、暗含的事件或情感等（如象徵、典故、原型等）。語境構成一個意義交互的語義場，詞語在其中縱橫變化，因此產生了豐富的言外之意。[2]

(二)意圖謬誤與感應謬誤

　　這兩個觀點是衛姆塞特（W. K. Wimsatt）受到艾略特與理查茲的影響，在《意圖謬誤》與《感應謬誤》中提出的。探討信息發送者（作者）、信息（文本）與信息接受者（讀者）三者的關係，尋求一種客觀的批評。他們公開宣布放棄作家個人的意圖輸入和作用於讀者的感情效果（感應），以便純粹研究書頁上的詞彙，研究藝術品是如何發生作用。《意圖謬誤》一文中說道：「作者的設計或意圖，並不是判斷一個文學藝術品是否成功的標準，作者的意圖既不存在，也不是我們所需要的。」《感應謬誤》說明詩歌及其結果之間的混淆，「試圖從一首詩的心理效果獲得批評標準……最終導致印象主義和相

---

[2]　徐志平、黃錦珠：《文學概論》（臺北：洪葉出版社，2009年），頁253。

對主義。」[3]

　　此外，作爲一種「批評」學派必然有其特殊的閱讀方法，接下來便介紹新批評的方法。新批評的主要研究對象是詩歌，但也有學者將它應用在散文與小說，如馬克・肖勒爾（Mark Schorer）的《技巧即發現》和《小說與類似模子》，就是以新批評爲研究方法，意即所謂的「細讀法」。新批評視作品爲一有機組織，必需具有「統一性」才能和諧，每一作品需有統一的結構才算完整。因此要求作品能涵容各部分、各要素之間的不和諧而達到和諧，並且除了結構的整體統一和諧以外，多關注於詞彙的解析及此詞彙與其他領域的關係，如神話、歷史或文學的典故，同時推敲作品中的修辭技巧，如擬人、隱喻、巧喻、託物等。顏元叔〈白居易「長恨歌」、「琵琶行」分析〉與張淑香〈李義山詩的主題結構〉，都運用了新批評的細讀法。在這種細讀法之下，新批評有其慣用的主要術語：

1. 含混：

　　含混並不是指意義的混淆，而是一個詞語單位包含多種解讀的方法，產生多種意義的效果，或運用修辭技巧所產生的效果。如李商隱〈蟬〉：

> 本以高難飽，徒勞恨費聲。五更疏欲斷，一樹碧無情。
> 薄宦梗猶泛，故園蕪已平。煩君最相警，我亦舉家清。

可以解釋爲寒蟬棲止在高樹上，飲露餐風，故難得一飽，即使終日哀鳴，以寄幽恨，也是枉然。蟬兒徹夜哀鳴，天還未亮，蟬聲就越來越稀疏，淒惻欲絕，似乎已無力再鳴，然而高樹依舊翠綠，卻不動情。煩勞你對我的警戒，我本也是舉家清白，一無所有。

3　拉曼・塞爾登、彼得・威德森、彼得・布魯克著，劉象愚譯，《當代文學理論導讀》，頁24。

這裡運用「託物」與「擬人」的修辭法，引以自況。此處之「蟬」也可以是比喻清高、清白之人，詩人亦包含於其中。因處境相似，自顧不暇，所以無法理會詩人，因此不動情。這裡使用擬人化的手法，「蟬」所指乃為高節之人。

2. 弔詭（悖論）：

在修辭學上意指詞句表面上看似荒謬、矛盾，事實上是真實、確切的陳述。也就是把不協調的矛盾字詞並置在一起，新批評常用以說明詩歌的重疊、差異、矛盾等現象。如莎士比亞《哈姆雷特》中，哈姆雷特對奧菲利雅的「殘酷的愛」；《奧塞羅》中的奧塞羅為「正直的兇手」；或李商隱〈無題〉中的「相見時難別亦難」等。

3. 反諷：

作品的上下文（語境）使得一個詞句單元的意義相反或歪曲。如一男子欲追求一名女子，女子對男子並無情意，男子對女子說：「我們可以白頭偕老。」女子回答：「你的夢真美啊！」「美夢」在此語境中便為一種「反諷」。

4. 張力：

意指一詞語的外延意義與內涵意義之間的互動關係。外延之意為字詞的本義或字典中的意義，而內涵之意為暗含、抽象和延伸義。如魯迅〈狂人日記〉中的「吃人」既是本義，又具有其抽象與延伸義「殘害」、「壓制」等。

5. 巧喻：

意指以甲喻乙，而甲實不等於乙，有時甚至「巧喻」所兼容的對象根本就風馬牛不相及。如約翰‧鄧恩在〈贈別〉中將一對夫妻或戀人比喻成圓規的兩隻腳，周圍的腳不論如何延伸，還是倚著圓心繞圈子，以此來蘊指愛情之彌堅，不因短暫的分手而改變。巧喻之運用越繁複，越需要知性的轉折才可理解。[4]

以下以顏元叔運用新批評的方法分析〈長恨歌〉「梨花一枝春帶

4　蔡源煌：《從浪漫主義到後現代主義》（臺北：書林出版社，2009年），頁109。

雨」句爲例：

　　就「梨花一枝春帶雨」而言，若孤立以觀之，則呈現一幅春意盈然的嬌媚圖畫。若以就全篇觀之，嬌媚依舊嬌媚，春意依舊盈然，卻另有一層悲愴之色渲染其上，使「美」與「悲」結合得令人痛憐不已。

　　「梨花」是一種富貴花，而且只有一種顏色，就是白色。白色固然高貴雅緻，此處似乎還有另一層涵義，就是蒼白。在唐明皇與楊貴妃天人永隔之下，「梨花」擔負了兩項工作，一是顯示楊玉環的高貴白潔，一是顯示楊玉環的形貌慘白。「一枝」亦至少有兩種涵義，它可意謂一枝獨立，卓爾不群，亦可意謂孤零零的況味，一枝花孤零零的吐放，不免有淒涼落寞之感，「一枝」兩字似乎能將這兩般迥異的景況，全部把握起來。「春帶雨」三字更是微妙，春天是一種模棱兩可的季節，春天熱烈、熱鬧、生氣勃勃，卻也可以是淒切的。曾經是屬於熱切的春天的楊玉環，如今屬於細雨淒切的斷腸的春天了。「春」在此可能還有另一層的涵義，即指楊貴妃的美色，甚至她的浪漫的宮庭生活。「春帶雨」的「雨」，一方面加強了「春」字的各種涵義，一方面也有它的影射。假使我們仔細考察〈長恨歌〉的意象語，便可看出「雨」或「水」的意象語，應是屬於楊貴妃或屬於她與唐明皇的愛情。與「雨水」相反的是「乾燥」意象語，則是屬於毀滅楊玉環或其愛情的力量。我們甚至可以說，「春」與「雨」在此已經非常接近「性」的意象語，「雨」也明顯地影射淚水，緊貼在前面的一行，便是「玉容寂寞淚欄干」。

　　〈長恨歌〉在故事發展上，分爲前後迥異的兩半，即楊貴妃自縊於馬嵬坡之前及之後。自縊之前是最爲「春色」的生命，自縊之後，是最爲淒切的，這兩種迥異的情景卻被「梨花一枝春帶雨」一句詩全把握了。〈長恨歌〉予人兩種感受，一是「美」，一是「悲」，而「悲」、「美」兩種情感或感受，也爲「梨花一枝春帶

雨」所融合爲一了。[5]

三、結構主義理論

結構主義首當說明的是「結構」的概念，但是由於這個詞彙極具爭議性，因此甚少結構主義學家將這詞彙說明清楚，這裡僅就一般觀念加以說明。根據比利時文學理論家J.M.布洛克曼的觀點，結構就是一種關係的組合，其中部分或成分之間的相互依賴，是以它們對於全體或整體的關係爲特徵的。而列維‧斯特勞斯認爲結構主義發現現象「秩序」的企圖，並非在於把一個預想的秩序強加給現實，相反地，它要求對這個現實進行複製、重造和爲它建立一個模式。一個神話、一種哲學思想、一種科學理論等，它們不僅有一定的內容，而且也受一定的邏輯組織所決定。這一組織表明了這些現象的邏輯前提與共同成分，否則這些現象將不能具有一個統一的尺度，於是像「系統」和「結構」這些概念就成爲可運用的了。

結構主義的理論基礎是建立在瑞士語言學家索緒爾（Ferdinand de Saussure）的《普通語言學教程》，這本篇幅短小的著作是由索緒爾學生巴利（Ch. Bally）和薛施靄（Albert Sechehaye）的筆記整理而成。以及德國的完形心理學「格式塔」（Gestalt）學派，它們共同造成了二十世紀西方思想上的重大變革。

結構主義與新批評一樣都將作品看成一個自足的本體。前者視作品爲多層次的本體過程，研究從其表層（語言）到深層（象徵網）的意義；後者通過形式（文學符號）、形象進而到深層結構的分析。以下簡介索緒爾《普通語言學教程》中的與結構主義相關的重要概念組合。

---

[5] 顏元叔：〈白居易「長恨歌」、「琵琶行」分析〉，收入於呂正惠主編：《唐詩論文選集》（臺北：長安出版社，1985年），頁353-356。

（一）語言與言語

　　在〈緒論〉中，索緒爾便區分了「語言潛力」（langage）、「語言」（langue）、「言語」（parole）三者的不同與關聯。「語言潛力」又可稱爲「語言行爲」，意指我們說話的能力、條件、行爲；「語言」則是一種「語言系統」或「符號系統」；「言語」則指個人具體的語言表現。「語言行爲」的性質是多方面的，跨越很多領域，它既是物理的，又是生理的、心理的，既是個人的，又是社會的，是難以從整體上把握的。「語言」是言語行爲的社會部分，是個人被動地從社會接受而儲存於腦中的系統，它存在於個人意志之外，是社會每個成員共同具有的，是一種社會心理現象。「言語」是言語行爲的個人部分，是個人對語言系統的運用。語言與言語緊密相連，互爲前提，個人要說話使人理解必需用語言，同時語言的存在又必需體現於言語中，而且使語言發生變化的也是言語。

（二）語言符號系統

　　索緒爾還提出，在社會現象中有一類特殊的社會事實，就是符號。語言符號是由「能指」（符徵）與「所指」（符旨）所構成，前者爲音響形象，後者是一個概念，能指與所指的關係是不可論證的，它具有兩個基本原則，即符號的「任意性、專斷性」和「線條性」。他認爲語言不是分類命名集，不是給已經存在的概念範疇命名，相反的是在語言系統中創造出概念範疇，這就從根本上否定了孤立的符號單位具有外在於系統的價值。同時他也否定了從語源方面對音義連繫探詢和論證的意義。因此，索緒爾的語言符號的任意性原則完全不是就符號的創製或產生來說的。在索緒爾看來，任何時代、任何社團的說話者都只能被動地接受前人的語言遺產。語言狀態始終是歷史因素產物，是一個既定的系統。索緒爾的符號任意性原則是就一個系統中的單位價值而言的。正是由於符號單位的價值完全取決於符號在整體結構中的地位和關係，所以能指與所指的連繫是系統制約的，二者在實質上沒有可論證性，是任意的、專斷的。例如英文

「cat」，法文「chat」，中文「貓」，這些都是能指，而它們的所指都是「貓」這種動物。可見聲音與意義沒有必然關係，但若我們確定了二者的連結就不能隨意的改變，所以它又是專斷的。符號的線條性是指符號只能在時間上展開，相繼出現，構成一個鏈條。索緒爾認為，這看似簡單的原則，其重要性與第一條原則不相上下，它的後果是數之不盡的。索緒爾在後面談到了制約著整個語言系統運作的兩種重要的關係，即句段關係和聯想關係，其基礎就是符號的線條性。我們在以後的結構主義語言學家對於語言結構的分析中發現，線條性往往是語言單位的切分和替換的基本前提。

(三)共時性與歷時性

索緒爾將語言系統分為共時的（synchronic）與歷時的（diachronic），並且強調其研究重心在於共時性。共時語言學研究語言在某一具體時刻上的整體狀態，如同一棵樹的橫切面，從其中即可解釋語言系統的狀態。[6]共時語言學研究同一個集體意識感覺到的各項同時存在並構成系統的要素間的邏輯關係和心理關係。歷時語言學研究各項不是同一集體意識所感覺到的相連續要素間的關係，這些要素一個代替一個，彼此間不成系統。索緒爾指出，一切研究價值的科學都具有內在的二重性，必需區分兩條軸線，涉及同時存在的事物間關係的同時軸線和事物在時間中的變化的連續軸線，兩者的研究在方法和原則上是根本對立的，必需加以區分。一個作為價值系統的語言結構必需是同質的關係系統，要素的價值取決於系統的狀態，不取決於要素的歷史。Fot的複數foti，在第一次變音中變為feti……，但兩次音變都未改變它在系統中的價值，foti、feti和fet的價值不取決於它們自身，也與（系統）變化無關，而是取決於在不同時間的系統中與單數形式fot的對立。因此，語言的演變都是個別要素的孤立變化，它們是一些與系統毫不相干的現象，要確定要素在語言系統中的價

6　徐志平、黃錦珠：《文學概論》，頁258。

值，只能從共時狀態中把握。共時語言學的研究目的在於探討某一時間特定語言系統的符號之間的關係和對立的邏輯關係，或當時的語言習慣。如「翹辮子」在今天的語言中表示死去，但這個意義大概在百年前的語言習慣中是不可能被理解的。[7]

(四)橫組合與縱組合

　　橫組合是屬於歷時性和線性的組合，即一個單詞與其他單詞的連結而成句段，它是可視的、綜合的。而且，這個單詞的意義是根據它在句段中的位置所決定的。如李白〈登金陵鳳凰臺〉：

　　　　鳳凰臺上鳳凰遊，鳳去台空江自流。吳宮花草埋幽徑，
　　　　晉代衣冠成古丘。三山半落青天外，二水中分白鷺洲。
　　　　總為浮雲能蔽日，長安不見使人愁。

其中的「浮雲」有「小人」的意思，而縱組合是屬於垂直的、共時的組合，我們可以透過相似或相關的聯想將一單詞與它替換，如上述「浮雲」可用「烏雲」、「小人」等單詞來代替。這兩者之間的關係為在建構一個語句時，我們會先選擇某一適當的單詞，也就是在腦海中尋找各種縱向組合，並意識到此一單詞在共時系統上的意義，再將兩個以上的單詞結合成一橫向組合。雅克布森（或雅克慎）運用這兩個概念於他的詩學上，在縱組合上，以相關或相似性為基礎，可視與不可視的單詞之間就構成了隱喻關係，如「浮雲」、「小人」。橫組合以相鄰性為基礎，單詞與單詞之間形成轉喻，如「浮雲、蔽日」。

---

[7]　以上的簡介多參閱索緒爾，高名凱譯：《普通語言學教程》（北京：商務印書館，1996年）。

(五)表層結構與深層結構

在共時語言系統下，表層結構爲文本表述方式的層次，或者說話語即是表層結構；深層結構爲藉由語法規則去決定文本的意義產生，或內容的意義生產層次。表層結構是指現象的外部連繫，深層結構指的是現象的內部連繫，透過表層結構可使深層的內在結構與特徵顯現出來。這裡所說的現象，不僅只限於文學文本，它同時還可引申到其他的文化領域，如文化活動、文化產品等具有各自的完足系統，並由不同層次的機制構成。深層結構的分析方法必需先視文本爲一結構系統，將分解出的結構成分作爲研究對象，找出其間的對立、排列等關係，而這些關係在結構中形成區別，最終可表示爲二元對立的結構關係。魯迅〈孔乙己〉小說存在對立成分的結構，透過背景格局（場面調度）和人物刻畫而突顯主題。

1.貧富階級之對立

一開頭描寫酒店格局，將長衫客和短衣幫分開，在這限制的場域內即有對立：短衣幫「靠櫃外站著」，且「他們往往要親眼看著黃酒從罈子裡舀出，看過壺子底裡有水沒有，又親看將壺子放在熱水裡，熱後放心」；而對長衫客的描寫是「才踱進店面隔壁的房子裡，要酒要菜，慢慢地坐喝」。從長衫客能坐在裡面，短衣幫站在外面，酒店就如同一個社會的縮影，透過外在的描寫，點出內部社會的位階、貧富之間的對立。

2.孔乙己與他者之對立

作者對孔乙己這個人物的刻畫本身是充滿著二元對立的矛盾。出場的描述：「是站著喝酒而穿長衫衣的唯一的人」、「穿的雖然是長衫，可是又髒又破，似乎十多年沒有補，也沒有洗。」從孔乙己穿著長衫來看，可見其將自己視爲上層階級，高人一等的知識分子。然而「站著」、「又破又舊」又說明了他與短衣幫同屬社會低下階層，且生活潦倒。再加上「他對人說話，總是滿口之乎者也，教人半懂不懂的。」由此可見孔乙己是舊社會的知識分子。文本中告知小伙計「回字有四樣寫法」這只見於古籍，表述他的觀念處在文言文所建構

的世界觀，是個迂腐的讀書人，因而與現實中的人們有所脫節。這種內外衝突導致孔乙己被當作「笑料」，成為短衣幫挖苦的對象，「眾人也都哄笑起來，店內外充滿了快活的空氣」。

3.看與被看之對立

在看與被看的對立結構上，每當孔乙己出現，店裡便快活起來，被看者孔乙己的不幸，對照看客們的快樂建築在他人的痛苦傷疤上。從一開始描述酒店的格局來看，實際上孔乙己和短衣幫的社會階級是同等的，看客們對孔乙己的遭遇卻絲毫不同情，反而以嘲笑他來引以為樂，在群眾（社會）對一人的看與被看的結構中，將無知（無自覺）、殘酷顯露出來。

另一方面，從小伙計敘事視角的選擇就形成多面向的看與被看：孔乙己與掌櫃、酒客之間的看與被看；孔乙己與敘事者之間的看與被看；讀者與敘事者、小說人物的看與被看，呈現出一個多層結構的互相撞擊。

由上述可知，孔乙己是個不願承認自己窮困的讀書人（貧窮但穿長衣衫，站在店裡的櫃臺前），實際上他屬於與短衣幫相同的貧窮社會階級，同時又是被酒店裡的其他客人嘲諷以取樂的對象，以此突顯出孔乙己因是讀書人而不願曲膝的強烈自尊心。他不肯融入一般低階級的社會群眾中，所以成為不被同情而被惡意看待的焦點。由此點出當時無仕途可求的讀書人，如孔乙己一般無法溫飽的困頓與尷尬處境，形同廢人，同時也反襯出看客的冷漠無情，缺乏同情心。

㈥理想讀者

結構主義者假設了「理想讀者」或者說是「超級讀者」。一部作品的「理想讀者」是一個能把作品交代得明確無誤的所有代碼的全部掌握者，於是讀者就成了作品自身的一種反光鏡——按「本來面目」來理解作品的某個人。一位理想的讀者應具備解釋作品時所不可缺少的專門知識，並且在應用這種知識時不出半點差錯，不受任何限制。倘若把這個模式推向極端，不同性別的讀者就得超乎國界、階

級、性別、種族特性，而且摒棄起限制作用的文化觀。然而，要遇上
完全令人滿意，並符合上述要求的讀者確實很困難，上述觀念不過
是一個為陳述方便而設的啟發性（或說探索性）的假設，意在確定
「正確地」閱讀到底需具備什麼條件。換句話說，讀者只是文本自身
的一個功能：把文本描述得一清二楚，實際上等於把文本所要求的能
理解它的讀者，詳備無疑地描述出來。結構主義所假設的「理想讀
者」，無異是一個逃脫所有限制性的社會決定因素的先驗主體。

作為一個觀念，它主要受到美國語言學家諾曼‧喬姆斯基（N.
Chomsky）的語言「能力」這個概念的影響。所謂「能力」，指的是
能使我們掌握語言的根本規則的天賦接受能力，不過即使是李維史陀
也難以像全能的造物主那樣深入理解文本。結構主義想要探求一種純
客觀地閱讀文學作品的方法，卻造成了一些棘手的問題，因為即便是
最嚴格的客觀分析，都不可能消除解釋中的、同時也是主觀性的某
種因素。比如說，結構主義者如何辨識文本的各個不同的「能指單
位」？不同性別的讀者如何確定某個特殊的符號或一套符號組成了
這個基本單位，而不求助於最嚴格的結構主義所希望忽略的文化背
景？巴赫金認為，整個語言活動正因為是一個社會實踐的問題，所以
不可避免地貫穿著評價活動。所以，「理想的」或「有能力的」讀者
是一種靜止的概念，因為它往往掩蓋了這樣一個真理：對「能力」的
一切判斷從文化和意識形態的角度看都是相對而言的，所有閱讀方式
都動用了「超出文學」之外的種種觀點作為衡量的標準，而對「能
力」的衡量則是一個荒謬不當的事例。[8]

四、結構主義敘事學

自二十世紀下半葉以來，在西方文學理論與實際研究領域中逐漸
嶄露頭角的「敘事學」，實為西方所謂的「敘事文本內在形式的科學

---

[8]　T.伊格頓（Terry Eagleton）著，鍾嘉文譯：《當代文學理論》（臺北：南方出版社，1986
年），頁153-157。

研究」，以區別於過去總以「歷史」視角評析作品之傳統研究理論與方法。敘事學（法文narratologie）一詞是由法國國立科學研究中心研究員托多洛夫在一九六九年出版的《《十日談》語法》一書中首次提出。自六〇年代中期以來，有關敘事學的理論就以不同名稱在法國文學研究和批評中出現，諸如「敘事作品結構分析」、「敘事語法」、「敘述符號學」、「敘事詩學」、「散文詩學」、「敘事話語」等。七〇年代敘事學成爲西方文學理論和批評界普遍關注和討論的領域，英美批評家將敘事學譯爲「narratology」，此後這個詞彙便廣泛應用與流傳。

(一)敘事學的誕生與定義

　　簡單地說，敘事學理論基礎的產生受俄國形式主義（雅克布森、什克洛夫斯基、日爾蒙斯基、托馬舍夫斯基）、非形式主義的俄國民俗學家普洛普的《民間故事形態學》、列維‧施特勞斯對神話的結構研究、現代語言學（尤其是瑞士語言學家索緒爾的語言學理論）、後結構主義、接受美學等的影響。由於敘事學的基本理論建構於結構主義與前述的現代語言學之上，於是又被稱爲「結構主義敘事學」。它不僅是一種二十世紀中葉以來重要的文學理論，更是一種研究文學作品，乃至於後來研究電影作品的方法論。它所強調的是敘事作品（文本）的本身，視作品（文本）爲「主體」而非以作者爲主體。作品（文本）既爲一獨立自足的有機結構體，其語言便成爲研究的主要對象，作者在這種觀念下被判死亡，如同羅藍‧巴特所宣稱的「作者已死」。然而，過於強調「結構」的結果，使作品（文本）意義趨於單一、固定，這種現象受到西方許多學者的批評與糾正，於是有些敘事學家便將結構主義敘事學的觀念加以修正，重新將作者與社會、歷史、文化等概念納入研究範圍，並與其他領域結合，如心理分析、女性主義等。這種多重的研究視角導致作品（文本）的多義性，此時期的敘事學便是所謂的「後結構主義敘事學」或「後敘事學」。

㈡敘事學的多重性

敘事學既然將敘事文本視爲研究對象，必有其探討重點，概略地說，也就是美國敘事學家查特曼所區分敘事文本中四個層次（表達的實質、表達的形式、內容的實質、內容的形式）中的兩個層次：敘事文表達的形式和內容的形式。具體地說，敘事文中的各種敘述方法和原稱爲內容的情節、人物、環境，均屬於敘事文形式系統的有機組成部分，都可進行分割、非連續性的分析。早期的敘事學家，如普洛普（Proppe）、布雷蒙（Bremon）、格雷瑪斯（A. J. Greimas）等人多將研究重心放在敘事文內容的形式方面，但以熱奈特（Gérad Gennete）爲代表的結構敘事學家則立足於對敘述方式的分析，研究敘述者、敘述時間、敘事語式等。熱奈特的敘事學著作《敘事話語·新敘事話語》（《辭格III》*Figure III*）便以普魯斯特的著名小說《追憶逝水年華》爲研究對象，從幾個方面分析其中的敘述機制，如：〈順序〉、〈時距〉、〈頻率〉、〈語式〉、〈語態〉，也就是將文本劃歸爲故事、語體、敘述之間的多種關係。羅藍·巴特（Roland Barthes）在其短篇論文〈敘事作品結構分析導論〉中，則將文本分成三個層次作分析：功能層、人物行動層、敘述層，他認爲文本中的每一個單位均有其功能，而標誌或線索功能單位的意義必需往另一個層次上去探索。

㈢格雷瑪斯的語義方陣

格雷瑪斯以語義方陣分析作品的層次結構和其意義的細微構成。在結構主義語言學中，意義只有通過兩相對立才能存在，例如X和Y是邏輯學上所謂的對立。從顏色角度來說，X代表白，那麼Y就是黑，Y也就是反X，Y是X的絕對否定。此外還有另一種可能性，就是非X，如紅、黃、藍等顏色，這樣X與非X之間的矛盾比對立要弱一點，但更普遍。依此類推，還有一種非反X，也就是非黑色或非Y。這樣就可以得出一個「語義方陣」。

這是一切意義的基本模式，語言或言語以外的一切「表意」（significance）都是採取這種模式。從某種意義上說，故事開始時是為了解決一對X與Y的矛盾，但卻由此派生出大量的邏輯可能性，而當所有的可能性都出現了之後，結構便有了封閉性的系統，故事也就完成了。以下舉海明威《老人與海》為例：[9]

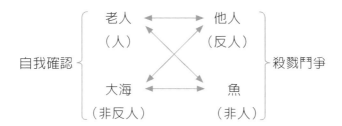

㈣敘事時間與故事時間

　　熱奈特在其著作《敘事話語‧新敘事話語》（《辭格III》*Figure III*）的第一章節〈順序〉中，認為所有的敘事文本都具有兩種時間性──敘事時間（TS）與故事時間（TF）。敘事時間指按照書寫先後順序的時間，又稱文本時間；故事時間是按照自然時間順序重新排列的時間，若敘事時間與故事時間不吻合，則稱為「時間倒錯」。第二章節〈時距〉則說明前兩者長短的比較稱為「時距」，從時距可見出文本的節奏，有如音樂一般。文本的節奏又以四種時距組合而成：省略（TF＞∞TS）、概要（TF＞TS）、場景（TF＝TS）、停

9　王岳川：《當代西方最新文論教程》（上海：復旦大學出版社，2011年），頁233-236。

頓（TF＜∞TS）。

胡亞敏《敘事學》中，稱時距為「時限」，並將時限區分為五種：等述（即場景）、概述（即概要）、擴述（即停頓）、省略、靜述。除了前四種與熱奈特的區分相同之外，她又加了一種「靜述」，靜述指故事時間的暫停，比如敘述者跳脫出故事而發表其議論。[10]

㈤視角與聲音

所謂的「視角」指的是敘述者或人物從某一角度觀察故事，也就是研究誰看的問題，這關乎敘述者或人物在文本中事件中的相應位置或狀態，聲音則研究誰說的問題。有時敘述者在講述故事，視角卻是人物的，或聲音是人物的，而觀察者卻是敘述者，以致產生誰看與誰說的混淆。以下根據熱奈特的敘事聚焦理論加以說明：

1. 無聚焦或零聚焦敘事：

這類敘事聚焦也就是敘述者以第三人稱的全知全能的觀點來俯瞰整個故事，他的位置是居高臨下的操作整個文本。它往往用於篇幅較大，人物眾多的文本，或現實主義的長篇著作，如《紅樓夢》、《戰爭與和平》。

2. 內聚焦敘事：

指的是呈現一個或幾個人物的感受和意識。內聚焦敘事又可分三種形式：固定式內聚焦、不定式內聚焦、多重式內聚焦。固定式內聚焦將視角限於特定的人物，透過他所思、所想、所感來敘述故事；不定式內聚焦將視角限於幾個人物來呈現不同的事件。例如在《包法利夫人》中，焦點人物首先是查理，然後是愛瑪，接著又是查理。多重式內聚焦指的是幾個人物講述同一故事或事件，如書信體小說可以根據幾個寫信人的視點多次追憶同一事件，或者如《羅生門》中不同人物敘述同一件凶殺案。

---

[10] 胡亞敏：《敘事學》（武漢：華中師範大學出版社，1994年），頁76-85。

3. 外聚焦敘事：

　　人物出現在故事中，但讀者對人物的情感或思想一無所知，如海明威的短篇小說《白象似的山丘》、《失去的天堂》中，敘述者守口如瓶，一直發展到令人猜謎的地步。

　　這裡必需說明的是，聚焦方法並非貫穿整個文本，而是運用於一個可能非常短的特定敘述段。[11]

　　至於敘述聲音可能出現的方式分為三種：

1. 缺席的敘述者：

　　文本中敘述者省略了「他說」、「他想」，而完全以人物的對話書寫，讓讀者不感覺到有敘述者的存在，又可稱為「客觀敘述者」。用「話語模式」的角度來說，即為「自由直接引語」，如劇本。

2. 隱蔽的敘述者：

　　敘述者隱藏在人物的後面，以間接的方式表現人物的情感或思想，以致有時會分不清楚是敘述者的聲音還是人物的聲音。如李昂〈彩妝血祭〉中經常難以區別說話者是敘述者還是人物女作家。

3. 公開的敘述者：

　　指敘述者明顯地干預文本內容，具有較強的主體意識。干預的方式可包含解釋、判斷、評論，[12]如莒哈絲的《情人》，敘述者是年老後的主人翁，她回憶年輕時候與中國情人的林林總總，也就是說聲音是年老的女主人翁，視角卻是年輕時的女主人翁，因此，敘述者可以解釋、判斷、評論她的過往經歷。若推到極至，後設小說的敘述者以闡釋與解構的方法不斷地干預文本的產生，以強調小說的虛構性。

---

[11] 熱奈特著，王文融譯：《敘事話語‧新敘事話語》（辭格III）（北京：中國社會科學出版社，1990年），頁129-131。

[12] 胡亞敏：《敘事學》，頁46-51。

㈥巴特的功能理論

巴特在堅持功能為最小的敘事單位前提下,主張將功能運用在
整個敘事文本的結構分析。他將功能分為兩大類,一是分布類(功
能),一是結合類(標誌),分布類又細分為核心和催化,結合類又
細分為標誌和信息。巴特的結合類主要涉及人物與環境,只有分布類
才和具有行動性質的功能相關。核心功能與催化功能的區分是很重要
的。核心功能是故事中最基本的單位,是情節結構的既定部分,具
有抉擇作用,引導情節向規定的方向發展。催化功能則起補充、修
飾、完善核心功能的作用,它的功能性較弱,但在敘述上有一定的
位置,它可以加快或減慢話語的速度,有時甚至以拖延性的符號出
現,阻礙事件發展。核心形成一些項數不多的有限總體,受某一邏輯
的制約,既是必需的,又是足夠的,這一框架形成之後,其他單位便
根據原則上無限增生的方式來充實這一框架。[13]

五、巴赫金的對話理論

米哈伊爾 · 巴赫金(1895-1975)是二十世紀人文科學領域極
為重要的蘇聯思想家與理論家之一。他最受矚目的文學理論無疑是
「對話理論」。巴赫金的對話理論運用了他畢生所研究的文學與社會
學觀點,可分為幾個層面來說明:

㈠個體與社會

巴赫金在其著作《佛洛伊德主義》中,特別強調言語的社會性。
他先贊同發音感覺純粹是個人的和生理上的,沒有一點是社會性
的,接著又繼續補充說,如果沒有產生和接收意義的行為,前面的參
與是沒有意義的:

　　　詞的「意義」和他人(或許多人)對這個意義的「理

---

[13] 胡亞敏:《敘事學》,頁121-122。

解」……超出了孤立的生理體系的範疇，而設定多種體
系的相互作用。因此言語反映的第三種成分具有社會學
特點。

也就是交流活動需要一個團體，而且，人總是在向另一個人說話，
這個對象並不是被動的角色。對話者參加話語的形成，如同表述的
上、下文的其他社會性成分一樣地參與活動，即使沒有與他人進行
實際對話，我們的意識已經引出了一個對話者，一種看著我們的目
光，「可以說是自我和自我行爲的社會化」。同時，「內在說話主體
完全是社會關係之間的產品。不僅是外在表達，就是內在表達都屬
於社會性範疇。因此，連接內心活動（能表述的）和外在客觀（陳
述）的方法完全是社會方面的。」此外，話語的結構以及表達本身的
結構就是一種社會結構。[14]

(二)互文性

　　巴赫金明確地使用「對話主義」正是指陳述文與其他陳述文之間
的相互關聯。首先他認爲存在於他人言語和「我」的言語之間的關係
與一段對話中的對白是相似的（不是相同的），兩種並列的文本、
陳述發生一種特殊的語義關係，稱之爲「對話關係」，這種對話關
係就是交際中所有話語的語義關係。然而，話語之間並不都是互文
性的，必需從對話理論中除去那些邏輯性的關係，如否定、推斷等
等。托多羅夫說：

　　　　要具有對話性，邏輯關係和客體的語義學關係必需體現
　　　出來，也就是它們必需進到另一種存在形式：變成言

14　托多羅夫著，蔣子華、張萍譯：《巴赫金、對話理論及其他》（天津：百花文藝出版社，
　　2001年），頁213-220。

語，並有一個作者，即説話的人，它的陳述表明了一個
位置。因此，每一個陳述都有一個作者，也就是我們聽
到的説話的人，對話反應使話語人格化，並對它產生反
應。[15]

㈢獨白（單語）與對話（複調）小說

「獨白式」（或稱單語體）的小說形式，這類型小說取決於作者
意識對描寫對象的單方面規定，也就是說小說中只有一種聲音，就
是作者的聲音，小說人物的語言、心理和行爲都被納入作者的意識
中，如托爾斯泰的長篇小說。[16]

相對於「獨白式」的小說形式，巴赫金運用音樂學上的術語「複
調」來指稱小說中具有多聲部的現象。其源頭來自他對杜斯妥也夫斯
基的長篇小說的研究，他發現杜氏的小說中具有「眾多的各自獨立
而不相互融合的聲音和意識」的情況。複調（或可稱爲對話式）小說
有以下幾個特點：

1. 它的編排不是以作者爲權威的。
2. 它拒絕把不同人物表達的不同觀點統一起來。
3. 各種人物的意識不與作者的意識相混同，也並不屬於作者的觀
   點。
4. 它們保持自己的完整與獨立性，「不是作者言辭的客體，而是它
   們自己的直接產生意義的言辭的主體。」[17]

---

[15] 托多羅夫著，蔣子華、張萍譯：《巴赫金、對話理論及其他》，頁258-260。
[16] 托多羅夫著，蔣子華、張萍譯：《巴赫金、對話理論及其他》，頁262-263。
[17] 拉曼·塞爾登、彼得·威德森、彼得·布魯克著，劉象愚譯：《當代文學理論導讀》，頁
49。

第二節　以讀者爲主體的文論

一、現象學批評文論

　　現象學的產生是德國現象學之父艾德蒙・胡塞爾（Edmund Husserl）於第一次世界大戰後，爲混亂的西方思想界尋求一個明確並具有永久性的哲學理想。他對西方思想的影響是巨大的，不僅影響了法國哲學家梅洛・龐蒂、波蘭美學家英伽登，也影響了詮釋學的發展。由於現象學的思想體系龐大，加上其後繼者又有各自的現象學觀點，故在此僅以胡塞爾的學說爲根據，將幾點與文學相關的重點作介紹，並概述被稱之爲「現象學文學批評」的日內瓦學派。

(一)懸置與還原法

　　胡塞爾的現象學的前提是暫時拋棄所謂的「自然態度」，也就是「認爲客體獨立於我們而存在於外部世界之中，並認爲我們對客體的認識一般說來是可靠的。這種態度只是把認識的可能性識爲理所當然。」[18]

　　胡塞爾主張，個人的經驗和知識事實上會成爲先入爲主的東西，足以干擾意識對事物的認識與把握，無法「回到事物本身去」。因此需先將這些經驗和知識「懸置」，即將外部世界歸納爲僅是我們意識的內容，此一步驟稱爲「現象歸納」，才能在意識中還原外部世界的現象，這又可稱爲「現象還原」。但這還不夠，若我們審查我們的思想內容時，或許我們發現的是現象的隨意流動，混亂的意識流，這將難以具有肯定性。胡塞爾所關心的是純粹的現象，不是任意的個別意識，而是一個普遍本質的體系。在純粹的感覺（直覺）中所被提供的正是事物的本質，稱之爲「本質還原」。

　　本質是先驗的，而人的意識具有先天的能力，它能夠建構出本質，這種意識被稱爲先驗意識。此外，胡塞爾又提出了「先驗的自

---

[18]　T. 伊格頓（Terry Eagleton）著，鍾嘉文譯，《當代文學理論》，頁73。

我」，這個自我能超越世界，將意識的活動與整個世界爲對象進行還原，因而能還原世界的整體。「回到事物本身去」變爲「回到自我中心去」；先驗還原成了達到絕對自我的方法和手段。以上即爲現象學的三大還原法。

(二)意向性理論

如要理解胡塞爾在《邏輯研究》中的意向性理論，就必需先從「表述」概念入手。胡塞爾認爲「表述」是一種帶有涵義的符號，而「表述作爲有涵義的符號」必需要有其物質性的載體去承載的，這載體可以是字符亦可以是語音，至於表述的內容就是涵義了。那麼與字符或語音之間的關係又是怎樣的呢？就是通過「賦予涵義」的行爲，我們將涵義加到物質載體上去。例如一句說話就是一個表述，亦是一個帶著一定涵義的記號。這句說話作爲一個表述的記號，它的「物質載體」就是這句話的所有語音，而它的內容（如胡塞爾是德籍的猶太人）就是它的涵義。甚至一篇文章亦可以是一個表述，它的物質載體就是這篇文章的所有文字，而它的內容就是文章所要表達出來的涵義，如歐陽修的〈醉翁亭記〉這篇文章所要表述的涵義——滁州的山水景色及與民同樂之情。人總是透過語音或字符來把自己的涵義（如想法、思想、觀點、知識等）表述出來，總之，文字作爲可以看見的符號就是文章的物質載體，而文章中所寫的內容（如滁州的美景及與民同樂）就是這篇文章的涵義。而將自己想要表述的涵義賦予表述涵義的物質載體之上，就是「賦予涵義」。可以說，當我們說一句話或寫一篇文章時，就是把涵義加到表述的物質載體上去，而當我們聽一句話或看一篇文章時，我們又會把涵義從意識中再呈現出來。基本上，寫文章與讀文章分別是指「賦予涵義」和「獲得涵義」的過程，這亦是一個以「物質載體」爲中介的「涵義傳遞」過程。這種涵義傳遞活動必然涉及到涵義表達者與接收者在內，當我們要透過文字或語言來表達涵義時，必然會朝向某個對象，可以說這種涵義的表述是有方向性的。因此，人的意識活動一定包含主體的涵義意向，一旦

離開了人的涵義意向，一切記號不可能成爲有涵義的語言。[19]

㈢主體間性理論

　　主體間性涉及自我與他人、個體與社會的關係。主體間性不是把自我看作原子式的個體，而是看作與其他主體的共在。西方近代哲學在肯定意識的獨立性和主體性的同時，也觸發了由群體主義向個人主義的轉變，最後主體性哲學把主體看作是原子式的孤立個體。胡塞爾的現象學以意向性構造對象，最後歸於先驗自我。爲了避免唯我論，他提出了主體間性理論，他認爲主體性是指個體性，主體間性是指群體性，他主張主體間性應當取代主體性。因爲自我的存在方式是社會性的，即社會性存在的個體性，所以主體間性既包含著社會性也包含著個體性。主體間性既否定原子式的孤立個體觀念，也反對社會性對個體性的吞沒。主體間性又譯爲「交互主體性」，它反映了主體與主體間的共在。主體既是以主體間的方式存在，其本質又是個體性的，主體間性就是個性間的共在。主體間性並不是反主體性，反個性的，而是對主體性的重新確認和超越，是個性的普遍化和應然的存在方式。[20]

　　總體來說，現象學批評要求讀者先擺脫先入爲主的觀點、成見、知識等自然態度去還原「作品的本身」，有如現象學所說的「回到事物本身」，並作一種「內在性」解讀。作品被視爲作者意識的純粹體現，其本質即爲作者的內在心靈。要了解作家的心靈，並不是透過作家的歷史背景、生平等傳記資料，而是從承載作家意識的作品中去探索，才能掌握作家在他的世界的生活方式，同時也就能掌握作家與世界之間的關聯，因此，現象學批評是屬於一種「內容批評」。此外，作品的世界並非是客觀的事實，而是經由作家的體驗組織而

---

[19] 參閱黎耀祖：〈意識的意向性分析──胡塞爾意識現象學初探〉，HKSHP香港人文學會首頁。

[20] 王岳川：《當代西方最新文論教程》，頁73。

成，其重點在於作家體驗時空的方式，在自我與他人，或與物質客體的感知之間的關係。因此，現象學批評的策略，主要在尋找作品中反覆出現的主題或意象，以洞察作家的內在心靈。這裡有一點必需加以說明：現象學批評的「懸置」與「放入括號中」爲兩種概念，一爲將讀者的先入爲主的觀念懸置；一爲將作品的實際客體「置於括號內」，以便專注於認識客體的行爲。

㈣日內瓦學派

　　日內瓦學派是受到浪漫主義、歷史主義詮釋學、現象學等多元理論影響而產生的學派。受浪漫主義精神的影響，它強調閱讀是一種心靈進入另一種心靈的疊合，是讀者體驗與作者體驗的「再體驗」和「再創造」。它強調對本質的研究，重視對文本的細讀和新的闡釋。受歷史主義詮釋學的影響，它主張批評家追尋「作家深層的生命意識和內在的文化意蘊，將其作爲生命體驗和審美意識的根源，並通過自己的批評語言深入作家所創造的世界、人物、情節、結構中去，批評家的精神與作家的精神相遇，使閱讀思維提升爲文學的主要地位，「打破作家和作品的單一模式，使作家、作品、讀者、批評成爲一個綜合的整體結構」[21]。

二、詮釋學文論

　　詮釋學的起源可追溯到古希臘時期，這個名稱來自於希臘神話中的赫爾墨斯（Hermes）之名。傳說他是宙斯之子，宙斯委任他爲信使之神，在眾神與人間傳達宙斯的旨意，他不僅傳遞神諭，同時也擔任解釋者的角色，使神諭能夠明晰並具有意義。因此，詮釋學的最初意義「詮釋」，一方面是確定詞、章、篇的涵義；另一方面是將隱含的意義轉變爲清楚、明白。亞里斯多德認爲詮釋的目的在於排除歧義，以確保意義的單一性。而中世紀後期則用於詮釋《聖經》經

---

[21] 王岳川：《當代西方最新文論教程》，頁118-119。

文、法典內容、考證古典文獻，轉變爲技術性的工作。

　　現代詮釋學則有其龐大系譜，主要成員爲德國與法國的哲學家。如德國哲學家施萊爾馬赫（F. Schleiemacher）、狄爾泰（Wihelm Dilthey）、伽達默爾（Hans-Georg Gadamer）、哈貝馬斯、法國的保羅‧利科（Paul Ricoeur）等。由於各家學說與主張不盡相同，甚至相互批判，使現代的詮釋學顯現出多元、多樣的內容，如：方法論詮釋學、本體論詮釋學、批判詮釋學、詮釋學的現象學……等，在此僅介紹簡要介紹幾個詮釋學的重要概念。

（一）體驗與表達

　　這兩個概念是由狄爾泰提出。狄爾泰將「生活體驗」視爲人類眞正的「生活基地」，通過體驗，人類能從物理世界走向生活世界和藝術世界。而生命即生活，生活即生命，其核心關聯在於「體驗」，人體驗自身的歷史境遇，因爲人是自己的歷史；人表現自身的情感，因爲人是情感體驗本身。通過藝術體驗去把握生命的價值，通過藝術活動去穿透生活中晦暗不明的現象，揭示生命的超越性意義。狄爾泰認爲「詩揭示出生活的本質」，詩就是體驗外化後的形式。藝術家將自己內在的孤獨、痛苦、渴望轉化爲藝術形式時，讀者便可通過藝術形式「再度體驗」，和詩人的靈魂相溝通，並透過有限的字詞在讀者心中喚起的意念，進而體悟詩人未明白言說的情事。主觀性較強的體驗可以將自己固定在一個客觀的表達上，亦即人的心靈體驗，透過表達使人們得以理解。人的生活體驗雖是有限的，但這種局限可以被擴大的歷史所克服，因爲這種研究揭示了生活的整體統一。總之，表達使體驗超越個體心理進入歷史的洪流。

（二）理解

　　狄爾泰認爲，「理解」體現在一個物質符號中的精神現象的活動，或是在外部世界的物質符號基礎上，理解內在事物的活動。理解就是一個人與另外一個人，包括自我之間的交流過程，它是一種對話形式。理解的本質不僅是交流，它就是我的存在，就是我存在的方

式，它無時無刻帶領著我們的意識和無意識去追尋新生命，並從與個
別的交流中，達到我與他人的交融。不同時代中的人們所體驗的內容
不盡相同，但因人類體驗的形式相同，於是能透過表達而理解，進而
再度體驗到其中的意義。伽達默爾認爲，人之所以能生活在一起，就
是憑藉著彼此的理解，這種限定首先在言語和對話的共同性中得到實
現，滲透於對話中的語言和理解，總是超越對話雙方的理解，從而擴
展至已表達與未表達的無限可能的關聯。伽達默爾還強調「理解的
歷史性」，認爲歷史性是人類生存的基本事實，人總是歷史地存在
著，因而有其無法消除的歷史特殊性和歷史局限性，無論是認識主體
或對象，都內在於歷史之中，眞正的理解不是克服歷史的局限，而是
去正確地評價和適應它。理解的歷史性構成了我們的「前理解」，也
就是在理解的過程中，人無法根據某種特殊的客觀立場，超越所處的
歷史時空境遇對文本加以客觀理解。

㈢詮釋循環

　　就狄爾泰的觀點而言，對文藝作品的詮釋循環包括相互依賴的三
種關係：單個詞與整體作品之間的關係；作品本身與作者心理狀態的
關係；作品與它所屬的種類與類型的關係。整體意義是由個別部分的
意義構成的，部分的已知的東西必需跟更大的未知背景連繫起來，正
是整體這個大背景關係給予已知部分以意義。伽達默爾則認爲，詮釋
循環指的是轉向世界的存在自身的結構，也就是揚棄主客體分裂的觀
念。

㈣視域融合

　　視域融合是伽達默爾詮釋學中的一個重要原則。「前理解」構成
了詮釋者的特殊視域，「視域屬於視力範圍，它包括從一個特殊的觀
點到能見的一切。」[22]視域指的是人的前判斷，即對意義與眞理的預
期。視域是一種敞開的動態空間，人的前判斷產生變化，視域也會

22　Gadmer, H-C. Truth and Method, New York: The Continum Publishing Co., 1975, p.262.

隨著變化，反之亦然。文本總是含有作者原初的視域或稱「初始視域」，而閱讀、理解文本的人，則處在現今具體時代氛圍中形成的視域，或稱「現今視域」。初始視域與現今視域之間存在著各種差異，這種因時間差距與歷史情境的變化而產生的差異，是任何理解者所無法消除的。所以，伽達默爾主張，應在理解的時候將這兩種視域加以融合，以超越原有的視域，此即爲「視域融合」，並形成嶄新的視域。

(五)效果歷史

文本的意義是和理解者一起處於不斷形成過程中，伽達默爾將這種過程歷史稱爲「效果歷史」。「眞正的歷史對象不是一個客體，而是自身與他者的統一，是一種關係，在這種關係中，同時存在著歷史的眞實和歷史理解的眞實。一種正當的詮釋學必需在理解本身中顯示歷史的眞實。理解本質上是一種效果歷史的關係。」[23]理解意味著對自己不熟悉之物的認識，即通過詮釋活動消除理解者與理解對象之間的陌生性和疏遠性，克服由於時間距離和歷史情境所造成的差距。人類通過與文本的詮釋、相遇來達成理解的眞實。而效果歷史則代表進行積極和創新理解的可能性。詮釋者在效果歷史中發現自身的情境，他必需在這種情境中憑藉繼承而來的前見（理解）去理解和追問傳統，因爲「預期一個答案就假定了問問題的人是傳統的一部分，並將自己看作是它的聽眾，這就是效果歷史的眞理。」[24]也就是說，對歷史現象的任何認識都是效果歷史的結果所指導的，因爲效果歷史先在的決定，什麼是值得去認識的。人類在不斷地理解中不斷地超越自身，人類在不斷地更新、發展的效果歷史中，始終不斷的重新書寫自己的歷史。[25]

---

[23] Gadmer, H-C. Truth and Method, p.267.

[24] Gadmer, H-C. Truth and Method, p.340.

[25] 參閱王岳川：《當代西方最新文論教程》，頁183-184。

三、後結構主義（解構主義）

後結構主義又稱爲解構主義，是後現代重要的文學理論與批評方法，其代表人物有法國的羅蘭‧巴特（後期）[26]、雅克‧德里達（Jacques Derrida），以及茱麗亞‧克里斯蒂娃（Julia Cristeva）、美國的保羅‧德曼（Paul Deman）。其共同特徵在於多元意義、去中心化、反權威標準、尊重多元小眾。

解構主義的代表人物又以雅克‧德里達的理論最爲重要。一九六六年於美國霍普金斯大學結構主義研討會中，德里達發表了一篇論文〈人文科學話語中的結構、符號和遊戲〉，後來這篇論文成爲解構主義的起始。他批評了李維史托所描述的統一結構並不存在，結構是由不同性質成分堆疊的動態系統，充滿差異與變化。[27]他認爲結構必需先有一個意義的中心，但是這事實上是不可能的，因爲這中心因動態的結構和成分差異，無法統一、穩定，對於此一「邏各斯中心主義」提出質疑。「邏各斯」（Logos）在希臘哲學中意指萬物生滅變化背後的規律，代表一種「終極眞理」，或一終極「符旨」，如本質、原理、本體、存在等，但這些其實都是虛構的，只是一種「修辭假設」，他藉由瓦解結構主義的二元對立觀點，解構「邏各斯中心主義」。[28]

結構主義主要來自索緒爾的語言學，德里達的解構策略也是從語言開始的。在他的解構主義經典之作《論文字學》中，他提出西方具有「語音中心論」的傳統，也就是比起文字來說，人的言語、語音更準確地保存了認識的本意。因爲言說者在場，而文字的書寫者並不在場，因此，人們認爲語言能夠完全準確地掌握、表達、再現思想本身。但事實卻不然，文字是有距離的，是不在場的，容易產生誤解與

---

[26] 巴特的《S/Z》這本著作標示著他從結構主義轉向後結構主義。

[27] 德里達：〈人文科學話語中的結構、符號和遊戲〉，《二十世紀西方美學經典文本》第三卷（上海：復旦大學出版社，2001年），頁473-480。

[28] 參閱徐志平、黃錦珠：《文學概論》，頁288。

含混等特性，這些都是語言文字的本質特徵。索緒爾認爲「符徵」具有任意性的特質，而德里達認爲「符旨」也是任意的，只有透過與其他符旨的差異才能被認識。因此，並不存在永遠不變和固定的符旨，它是潛在的、無止盡的相互差異的產物。語言就是一個無限差異和循環的系統，符徵指向符旨，符旨又指向更多的符徵，循環往復，符號的表意就成了一場遊戲，意義被無限期延滯，語言不再具有絕對的意義，每一個意義都受其他意義所牽制和影響。由此，他認爲以前所謂的本質、理性等絕對眞理，只是印證其他意義的片斷，中心意義被引入邊緣，不再是一個固定的點，而只是一種動態的作用。[29]

以下以德里達爲例，說明解構主義重要術語如下：

(一)延異（differance）

這個術語是由「差異」與「延遲」二辭組合而成，有些地方譯爲「異延」。德里達創造此詞以說明符號因差異性而存在，這差異性又造成意義的傳達與理解的無限推延與阻隔。因此，意義是以差異在場，又因差異性而不斷出場。

(二)播撒（dissemination）

這個術語是來自於延異的概念。意指意義就像向四處隨意播撒的種子，可以掉落在任何地方開花結果，播撒一詞描述了意義的延異狀態。德里達認爲播撒是一切文字的本能，它不斷地打斷文本的意義鍊條，瓦解文本的統一性，揭露文本的零散、混亂和重複，以此證明文本有確定意義的說法的虛假性，同時開啟文本生生不息的多元意義。於是，每一次閱讀都是一次探險，永遠無法達到一個共同的既定終點。

(三)蹤跡（trace）

蹤跡一詞用於描述意義延異的動態過程，意指經過磨損而殘留下

29　徐志平、黃錦珠：《文學概論》，頁288-289。

來的痕跡，它若隱若現，既指向此前的狀態，又指向此後的傾向，卻
又質疑自己。文本就是一種意義語詞與在其中不斷被抹除，不斷留下
痕跡，它的終極目標永遠處於變動和不穩定的過程。

㈣替補（supplement）

　　「延異」與「蹤跡」都是在揭示與描述文本活動被無限推延與消
解的遊戲，就是符號之間不斷「替補」的活動。替補包含兩方面的
意義：一為補充，一為代替。因為如前所述，意義不存在所謂的本
源、中心和絕對真理，絕對自給自足的完滿是個神話，於是對不完滿
與不完整的替補就成為可能。補充是對同質性因素的增加；代替是對
異質性因素的填補。然而，替補並不能產生完滿的文本形象，仍然是
在環環相扣的循環中維繫著隨時都可能瓦解的結構，使文本與其意義
不斷出現又不斷隱沒。[30]

四、接受美學與讀者反應論

　　接受美學與讀者反應論是受詮釋學與現象學的影響，在美學與詩
學領域中所產生的理論。接受美學與讀者反應批評都表現出一種對文
本原意的質疑與顛覆，這在後現代座標上表現出反中心性、反確定性
的意向。它們主張解釋的主體性與能動性，消解文本原意的中心指向
性，提倡接受者理解與闡釋權力，將復歸原意的本源性溯源轉移成接
受者對文本的重新創意的多元可能，將包括世界與人在內的文本世界
所追尋的意義成為流動的、不斷變化增殖的過程。然而，解釋學與接
受理論的反中心性並沒有走向極端，而是既消解（作者與文本）中
心，又走向讀者中心；既追求不確定性，又進一步由不確定性到達確
定性，由追求文本意義的理解性而認同理解的歷史性；由主體對對象
的解釋性而希冀達到主客體的同一性。而後在讀者反應批評才將接受
主體推向極點，而成為極端的讀者中心理論。它們標舉主觀至上主

---

[30] 以上四個術語解釋，請參閱《從現代主義到後現代主義》，劉象愚等主編，頁286-288。

義，認爲文本是讀者的製作品，讀者構造了文本，而讀者的權威，賦予文本不確定的意義。

接受理論在中心與邊緣、表面與深層、本質與現象、整體性與零散性、確定性與不確定性方面，都顯示出思惟的矛盾性與調和性。但它們終究沒有停留在邊緣、表層、現象、零散性、不確定性，只是在其上逗留，最後仍返回德國哲學傳統的中心性、整體性、本質性、深度模式、確定性。這一悖論特質在美國的讀者反應批評及法國的「新」新批評中被揚棄。

接受美學作爲一種新方法論，對當代詩學研究拓展了新視域，它將文學研究重心從作者與作品轉移到讀者審美接受與審美經驗的研究上，從而使文學研究跳脫了狹隘的研究範圍，進入了一個更廣闊的領域。接受美學又稱接受理論或接受研究，始於姚斯、伊塞爾等年輕教授與理論家爲代表的「康斯坦茲」學派。總體上說，整個西方詩學長期以來將研究對象重心放作作者身上，十九世紀的浪漫派更是將文學看作是作家心靈情思的投射，它們將作家的靈魂與詩意，作家的內在衝動與天才激情作爲文學研究的中心課題。直至十九世紀下半葉，由於受實證主義哲學的影響，人們更是將眼光放在作家的生平與思考，創作時期的社會生活背景的考察上，而走上了以考證文學作品中的人物與作者的關係或文學作品中的事件與眞實歷史的關係爲主的道路。

二十世紀初，隨著俄國形式主義思想的發展，文學研究重心逐漸產生變化，即從以作家爲中心的研究（外部研究）轉向以作品爲中心的研究（內部研究）。他們認爲，文本研究是文學研究的重心，文本與作者和現實沒有關係，應該拋棄外部研究，而以文本的文學性研究爲主。文本的文學性與作家心靈表現與現實反映無關，僅取決於文學語言與日常語言的差異性，並因此而提出陌生化理論。直至接受美學與讀者反應論的產生，中間經歷布拉格結構主義、英美新批評、法國結構主義，它們都關注於文本、讀者之間的關係。對於德國的康斯坦茲學派來說，文學作品並不是爲了讓語言學家去解析而創造出來

的，文學作品必然訴諸於歷史的理解，接受美學正是在反對純文本主義與純結構語言運動的精神指導下所形成的，並根據新的歷史主義要求，與唯文本主義進行證辯。

接受美學除了以現象學與詮釋學為基礎之外，還常吸收布拉格結構主義理論家木卡洛夫斯基的「空白論」思想，即作品作為一個物質品，只有潛在的審美價值，必需通過讀者的理解與解釋，才能構成讀者的集體意識與作品中模式相融合而成的審美對象，並從而表現出實際的審美價值。同時，接受美學還從利科的詮釋學理論、哈伯馬斯的交往理論、沙特《何謂文學》中恢復讀者地位的理論及馬克思的「生產 —— 流通 —— 消費的循環模式」理論中吸取養分，使接受美學能在二十世紀文藝理論的新基礎上，成為一門真正的「邊緣學科」，建立文學理論研究中的新方法論體系。以下僅介紹最具代表性的接受美學家 —— 姚斯的理論加以闡述。

姚斯（Hans Robert Jauss），德國美學家、文藝理論家，亦是康斯坦茲學派創始人之一。主要著作有《文學史作為文學理論的挑戰》（1967）、《文學傳統與現代風格的當代意識》（1972）、《審美經驗一辨》（1972）、《藝術史與歷史》（1973）、《審美經驗與文學詮釋學》（1974）等。

早期的姚斯將研究重點放在文學與歷史的關係上，他以詮釋學作為研究根基，進行文學理論範式的改建工作，並逐漸形成自己的思維理論。一九六七年，姚斯到康斯坦茲大學任教授，撰寫了《文學史作為文學理論的挑戰》為就職講題。這篇演講文章提出了接受美學基本思想與理論格局，確立了以讀者為中心的接受美學理論。對六〇年代產生的文學研究方法論危機作出回答，促進了文學研究方向的根本改變。在《文學史作為文學理論的挑戰》一書中，姚斯提出接受美學的基本思想與理論格局，此後，這本著作被視為接受美學的最具開拓性的歷史文獻與理論綱領。他指出，文學史研究已陷入困境，文學史所希冀達成，在文學作品的歷史中展現民族個性的復現願望已經落空，其原因在於文學史家外在於歷史的尺度，因而對文學這一特殊的

研究對象，缺乏必備的審美判斷。他進一步分析了文學的歷史思考與美學思考之間的裂痕，並指出，真正的文學研究的出口在於重建歷史與美學之間的連繫。

姚斯強調，從作品歷史中去看文學作品的意義生成，從文學作品的起源、社會功能與歷史影響等歷史視野看文藝作品。文學的歷史性並不隨著審美形式系統的連續性而終結。文學的演化猶如語言的演化，不僅僅內在地決定於它自身獨具的歷時性與共時性關係，而且也決定於與整個歷史過程的關係。他認為，作品的意義來源於兩個方面：一是作品本身，一是讀者賦予。讀者對作品意義的填充是能動的、決定性的。在閱讀過程中，讀者調動主體能動性，激活自己的想像力、直觀能力、體驗能力和感悟力，透過對作品符號的解碼、翻譯，將創造主體所創造的藝術形象所包蘊的豐富內容復現出來。在充分理解、體驗後，還摻入讀者的人格、氣質、生命意識，重新創造出各具特色的藝術形象，甚至能夠對原來的藝術形象進行開拓、補充、再造，見人之所未見，言人之所不能言，體會藝術家在創造藝術形象或審美意境時，所不曾說過、或不曾想到的東西，深化原來並不深刻的東西。

此外，姚斯將文學史看成文學效果的歷史，把讀者放在決定文學價值的重要地位，這必然把文學史看成讀者接受作品及作品在讀者中產生影響的歷史。藝術作品的審美價值並不是客觀的，而是與讀者的價值體驗有密切的關係。一部新的文學作品可以透過暗示、喻示、特徵顯示，預先為讀者提示出一種特殊的接受。它以喚醒讀者過往的閱讀記憶，將讀者引導進特定的體驗中，並喚起他的期待。每個讀者因天資、經歷、修養各有不同，作品就會對每個人呈現出不同的意義。因此，文學的歷史就不僅是作家與作品史，而是作品的效果史。正因為這個原因，姚斯認為，「文學的歷史是一種美學接受和生產的過程，這個過程必需透過接受的讀者，反思的批評家和再創作的

作家將過去的作品加以實現才能進行。」[31]

另外，姚斯在接受美學中提出了「期待視野」的觀點，以說明讀者閱讀作品的主動性。他主張讀者的閱讀感受若與其期待視野一致，讀者便會感到作品缺乏新意與刺激而索然無味。相反地，作品意味若出乎意料之外，超出期待視野，讀者便會感到興奮，這種新的體驗便豐富並拓展了新的期待視野。審美經驗具有一種使人產生潛在反射審美態度的機制，個體期待視野與他具體閱讀中存在審美距離或角色距離，並不斷發生變化：當接受者與藝術作品中的角色距離零時，接受者完全進入角色，無法獲得審美享受，當這種距離變大時，期待視野對接受的指導作用區近於零時，接受者則對作品漠然視之。因此，期待視野與作品之間的距離，感受的審美經驗與接受新作品所需的視野變化之間的距離，決定文學作品的藝術特性。

文學接受具有兩種形式：垂直接受與水平接受。實際上，這是一個關於縱的歷史接受與橫的同一時期的接受的劃分。所謂垂直接受即從歷史沿革角度考察作品的接受、評價和影響的情況，處於不同時代的讀者因各自的歷史背景與文化背景的差異，必然對同一作家、同一作品有著不盡相同的理解、解釋和評價。造成這種差異的原因，除了歷史的局限性之外，還存在著另一個原因，即「一部作品的潛在意義不會也不可能爲某一時代的讀者所窮盡，只有在不斷發展的接受過程中才能逐漸爲讀者所發掘。」[32]所謂水平接受，即指同時代人對文學作品的接受具有同中有異、異中有同的狀況。總之，垂直接受與水平接受包含了接受的全部的深度與廣度。[33]

接受美學的內涵當然不僅只有上述的介紹，它還涉及文學演變論、文學歷史性、審美經驗的基本結構、審美經驗的三個層次、審美

---

31 Walming, R., ed. *Receptionsoesthetik: Thiorie und Praxis*, Mûnchen: Fink Verlag, 1974, p. 129.

32 Walming, R., ed. *Receptionsoesthetik: Thiorie und Praxis*,, p. 135.

33 關於接受美學與讀者反應論，以及姚斯的理論，筆者多參照王岳川：《當代西方最新文論教程》，頁208-225。

經驗的五種類型、文本理解的主體交往性，以及接受美學的局限性等課題。然而，礙於篇幅的限制，無法在此詳盡說明、介紹，待有心的讀者進一步修習之。

第三節　跨領域文學批評文論

一、馬克思主義

　　馬克思批評的歷史是本章節所介紹的批評流派最爲長久的理論。

　　馬克思主義有兩個著名論述，可作爲介紹馬克思主義文藝諸問題的出發點：一爲「不是人們的意識決定他們的存在，而是相反，人們的社會存在決定他們的意識」；二爲「哲學家們只是對世界作出了不同的解釋，而重要的是改變這個世界。」[34]這兩個論述顛覆過去大眾所認知的觀念，是刻意挑起的爭論。哲學是一種抽象的思惟，馬克思卻要將它引到現實世界中來。在德國哲學中，黑格爾及其追隨者們始終告訴我們，「世界是由思想統治的，歷史的過程是逐步的、辯證的展示理性法則的過程，物質的存在是非物質的精神本質的表達。」[35]德國哲學引導我們相信他們的觀念、文化生活、法律體系與宗教信仰，都是人和神的理性的創造，這是人類生活的指導原則。馬克思將這原則顛倒過來，認爲「一切精神的或意識形態的體系都是現實的社會與經濟存在的產物。社會統治階級的物質利益決定人們如何看待人的存在，無論是個人的還是集體的。如法律體系不是人或神的理性的純粹表現，而是特定歷史時期統治階級利益的最終反映。」[36]

---

[34] 拉曼・塞爾登、彼得・威德森、彼得・布魯克著，劉象愚譯：《當代文學理論導讀》，頁101。

[35] 拉曼・塞爾登、彼得・威德森、彼得・布魯克著，劉象愚譯：《當代文學理論導讀》，頁101。

[36] 拉曼・塞爾登、彼得・威德森、彼得・布魯克著，劉象愚譯：《當代文學理論導讀》，頁101-102。

　　馬克思運用建築隱喻來描述他的觀念，他將現實世界的上層建築，即意識形態、政治依託於「基礎」，即社會與經濟關係之上。我們所謂的「文化」並不是一種獨立的現實，而是與人類創造其物質生活的歷史狀況密不可分，決定人類歷史某一階段社會經濟秩序的剝削與統治關係，在某種意義上決定了整個社會的文化生活。[37]

　　馬克思的文藝理論事實上是由俄國文藝理論家片段截取出來組合而成，但首先提出「西方馬克思主義」的是法國哲學家梅洛・龐蒂（Merleau Ponty）的著作《辯證法的歷險》，他用這一術語指稱來自盧卡奇《歷史與階級意識》，它是以不同的流派匯聚起來的思潮。對此思潮具有重要貢獻的文論家除了盧卡奇（Georg Lukacs）外，尚有屬於以文化批判為主的德國法蘭克福學派的本雅明（Walter Benjamin）、阿多諾（Theoder Adorno）、馬庫塞（Herbert Marcus）等人，以下概略介紹他們對馬克思主義文藝思潮的貢獻。

㈠黑格爾式的馬克思主義思想

　　盧卡奇在某些方面開啟了前蘇聯的馬克思主義教義，他的著作與社會主義現實主義緊密相關，他所發展出的現實主義方法，開創了黑格爾式的馬克思主義思想，把文學作品看作一個不斷展開的反映系統。一部現實主義作品必需揭示深藏在社會秩序中的矛盾模式，他的觀點堅持了社會結構的物質性與歷史性，顯然是受馬克思主義的影響。

　　盧卡奇的著作中所使用「反映」概念實頗具特色，他排斥當時歐洲小說中的自然主義，主張回到古老的現實主義。他提出小說反映現實，不但要反映表面的真實，還要更真實、更全面、更生動，更富活力的反映現實。「反映」就是要建築一個精神結構，再將它轉換到文字中，人們對現實的反映通常不僅僅是對現實更具體的洞察力，超越

[37] 拉曼・塞爾登、彼得・威德森、彼得・布魯克著，劉象愚譯：《當代文學理論導讀》，頁102。

了只是常識意義上對事物的理解，一部作品不僅反映各別與孤立的現象，而且要反映生活的全部過程，無論如何，讀者總要意識到，作品本身不是現實，而是反映現實的一種特別形式。他的反映論既瓦解了自然主義，也瓦解了現代主義。一系列隨意編排的形象可以被解釋成對現實客觀並毫無偏見的反映，也可以被解釋成對現實的純主觀的印象，這種隨意性可以被視為現實的特性，也可以被看作感覺的特性。但盧卡奇反對「照相式的」再現，他認為，真正現實主義的作品呈現的形象會給人一種「藝術的必然」感，這些形象具有一種「內涵的總體性」，與世界本身「外延的總體性」相對應。現實不僅是一種碎片的機械碰撞，而是包含著一種「秩序」，這種秩序要求小說家把它用「內涵」的形式傳達出來，讀者也會產生一種秩序感，只有當社會存在的全部矛盾與衝突在一有機完整的整體中被展示出來時，作家才能獲得這樣的結果。

　　盧卡奇之所以能凸出秩序與結構原則，是因為馬克思主義傳統從黑格爾思想借取「辯證的」歷史觀。

　　盧卡奇在他一系列的著作中，尤其是《歷史小說》與《歐洲現實主義研究》中，擴充了他的理論。而在《當代現實主義的意義》中，他從共產主義者的立場發起了對現代主義的攻擊，他不承認喬依斯是位真正的藝術家。盧卡奇認為，不能把人類存在作為一個動態歷史環境中的部分來感知的失敗，影響了整個當代的現代主義，體現在不少作家的作品中，如卡夫卡、貝克特、福克納等都被傳染。這些作家都迷戀上了形式實驗，如蒙太奇、內心獨白、意識流技巧、新聞報導體、日記等。所有這些形式上的雕琢都是對主觀印象的狹隘關注造成的，而這種關注來自晚期資本主義高度發展了的個人主義。我們有的不是一種客觀的現實主義，而是對世界充滿焦慮的幻象。盧卡奇稱讚托馬斯‧曼，因為他的作品真正做到了「批判的現實主義」。

　　盧卡奇堅持認為，現代主義意識形態的本質是反動的，因此，他拒絕承認現代主義作品在文學上的可能性。它既然認為現代主義的內

容是反動的，也就不會接受現代主義的形式。[38]

(二)機械複製時代的藝術症候分析

　　首先，本雅明認爲，工業文明將人的精神性從各方面剝離開來，使得語言也被社會實用的、認識的方面所淹沒，因而哲學的任務就是恢復那種被疏離的、喪失本眞的語言的符號性維度。只有如此才能將四散的物質世界聚合在一起，成爲一個精神的整體，才能在一個意義匱乏、表達方式僵化的社會中說出不顧物質世界的本眞話語，保持思想鮮活的生命力。本雅明在其著作《機械複製時代中的藝術品》中提出了「氣息」（Aura）的觀念，他認爲使藝術成爲藝術的關鍵是作品的「氣息」。氣息意指作品中氤氳著一種優美與和諧的氛圍和精神超越價值，尤其是十九世紀以前藝術品的審美文化特徵，它是作品中的本源存在的眞理性。內涵於作品中的氣息有一種神聖、權威、距離、永恆的性質，使觀者在與藝術品交流時，感到一種震撼心靈的「眩惑」，或者喚起一種深層無意識。觀者以自身的獨特性凝視作品，作品也以「準主體」的方式對觀者作神祕性的回應。藝術給人沉思默想式的觀照，在這觀照中，氣息充滿著整個藝術文化交流過程。

　　然而，在現代主義下機械複製的時代，隨著科技的發展，尤其是電影業的蓬勃，使作品的逐漸氣息萎頓與式微。在作品不斷地被複製下，原作已不復存在。觀者在任何時候都可觀賞作品，使作品的神聖性、權威感、距離感消失殆盡。同時，電影的眞實化、世俗化、生活化也使得過去藝術世界與現實世界的對立消失。在巨大銀幕的強制下，人們放棄傳統藝術氣息的權威性，而接受全新的審美效應，即「震驚」。氣息標明古典式的審美靜觀，產生於沉思想像之中，表現了一種物我交流中融理入情的審美體驗，現代主義和後現代主義

---

[38] 拉曼·塞爾登、彼得·威德森、彼得·布魯克著，劉象愚譯：《當代文學理論導讀》，頁106-109。

中，氣息則讓位於震驚，這種轉換不斷地修正觀者的視覺，甚至意識。在視覺的重新整合中，觀者發現爲日常生活碎片所拆散的生活本身的眞實，引起深層無意識的心靈震驚。震驚是傳統審美經驗與機械主義式對現代人審美心理產生的直接的、震撼的結果。

本雅明借助於佛洛伊德的理論說明現代人對震驚的接受，因逐漸適應刺激、回憶、夢等而變得相對容易。這種現代理性的形成是以犧牲完整意識爲代價的，是以大量的信息刺激而造成心理病態的症候。震驚是當代文化的表徵，正改變人們的審美趣味，衝突取代和諧，大眾文化取代高雅文化。「機械複製在世界上開天闢地第一次把藝術作品從它對儀式的寄生性的依附中解放出來……藝術的全部功能顛倒過來，它不再建立在禮儀的基礎上，而開始建立在另一種實踐——政治的基礎上。」[39]現代社會中，藝術技巧的革新直接影響藝術創作本身，甚至逆轉了藝術觀念，本雅明藉此把藝術作品與意識形態的關係、意識形態與生產方式的關係、意識與潛意識的關係，在一種新的意義上連繫起來，並與寓言和隱喻的方式，將現代主義的主題與馬克思主義的主題加以融合，從而闡明現代藝術的特性。

(三)現代文化工業批判

阿多諾首先強調哲學、社會學、美學應融爲一體，即主張應從社會批判理論角度研究文化與美學。並且，在著作《否定的辯證法》中對充滿危機的現代西方社會進行了深刻的批判。他認爲，「啟蒙」一方面使人覺醒，另一方面又發展了控制支配自己的權利，發展了片面的理性，從而對人內在自然加以限制，人退化爲單面的怪物，片面的物質享受與精神貧困撕裂著現代人。在另一部著作《最低道德》中，阿多諾明示「面對絕望，唯一可行的哲學就是從贖罪的觀點，努力根據是物的本來面目去深思。必須運用人的洞察力來觸怒和離間世

39　本雅明，《機械複製時代的藝術作品》，見托馬斯·索羅門編《馬克思主義與藝術》（柏林：維恩大學出版社，1979年），頁238。

界，揭示它的裂痕，暴露它將來某一天在救世主的福祉中所呈現出的貧窮和畸形的面目。在沒有不完全的意欲和暴力行為的前提下，完全從與它的對象之間可感覺得到的連繫獲得這樣的洞察，這只能是思想的任務。」[40]

此外，阿多諾認為，現代世界都必需通過文化工業的過濾，而文化工業只承認效益，它破壞了文化作品的反叛性，它如同暴政一般使人的想像力與自發性逐漸萎縮。文化工業的每一個運動都不可避免地把人們再現為整個社會所需要塑造出來的樣子。現代性文化工業透過不斷地向消費者承諾來欺騙文化消費者。這些存在於作品中的意識形態純粹是謊言，它並不明說，而是用誘惑與錘鍊的方式表達出來。總體看來，西方資本主義社會是以商品生產維特徵的，藝術與文化作品順應任何其他商品同樣的原則所支配，交換價值與利潤動機成為決定性因素。隨著「文化工業」中的大眾文化和大眾傳播媒介的普及化與世俗化，啟蒙辯證法進入了大眾蒙昧的階段。現代主義的特點在於藝術文化成為商品文化，呈現商品化趨勢，具有拜物教特性。文化藝術生產形成標準化、一致化而扼殺了個性。

阿多諾的深刻反思曾對美國知識界造成很大的影響，二十世紀六〇年代歐美青年發起「反文化」運動，反對文化在既定的社會準則和價值觀念下成為一時風尚，正反映了人們對大眾文化反人性的意識形態的抗議，以及對文化商品化的不滿。

㈣單維社會與審美解放

馬庫塞從文化批判角度對現代人、現代社會、現代文化審美問題做過深入的闡釋。他致力於確立感性和現實社會的本體論為優先地位，希望透過藝術達到人的感性及其現實社會的審美解放，從而使單維的人與單維的社會恢復為多維的人與社會。[41]

40　Adorno, T. *Negative Dialectics*, New York: Seabury, 1973, p.124.

41　Marcuse, H. *One Dimensional Man: Studies in the ideology of Advanced Industrial Society*, Boston:

　　馬庫塞在《單向度的人》對發送工業社會意識形態的探討有獨到的見解。他認為在發送的工業社會中，批判意識已經消失，技術與效率，以及不斷增長的生活消費成為當代社會中心，技術進步的神話擴展到整個統治權力體系，並成為一切生活方式的權力話語。因此，單維社會的中心是資本主義霸權，它透過壟斷資本對社會的生產、分配與商品的消費慾望而構成社會控制權，將大量的消費品提供給大眾，它的現狀與自身的經濟結構都已「極權化」。也就是說，雖然在消費性資本主義商品市場中，人們可以有很大的選擇範圍，但一切選擇都以注定被選擇。在這樣的社會，以有效地限制那些「解放需求」。大眾被廣告媒體引導去行事，逐漸形成一種被歪曲的「第二本性」，第一本性將他們與商品市場綁在一起，也就是只有在消費領域中，它們才會感到滿足。「單維人」成為消費人，「單維思想」則表現在思想轉向語言，哲學思考成為科學哲學的考察，辯證思惟變成形式邏輯，批判的否定性思惟被世俗價值削平，多維語言變成單維語言，生命意義逐漸在歷史中消失。

　　在《愛慾與文明》中，馬庫塞設想一個新的「後革命社會」的圖景。他提出一種「人的新理論」，即擺脫多於壓抑的人，能進行革命的新社會的人。他贊同佛洛伊德「人的本質即愛慾」的觀點，強調人的解放就是愛慾解放，愛慾解放的前提是勞動解放，並以此作為解決後工業社會文明弊病的方法。

　　在《審美之維》中，馬庫塞試圖找尋一種「美學形式」，它既可以是一種既定的社會文化表徵，又可以是透過語言感覺與理解力的改造，能使人在現實現象中顯示人真正的本質。在這意義上，真正的藝術是對現實的控訴，又能創造新的現實。藝術的批判功能在於它美學形式自身的創造中，美學形式通過對現實的疏離擺脫虛假意識，產生不同於現實的反意識，從而達到對現實的疏離與否定。正是美學形式

Beacon Press, 1964, p.59.

使現代人產生一種新意識與新感覺，才能解決現代文化中單維化審美
狀態。因此，必需建立一種解放美學，因為美是自由解放的一種新感
性形式。

　　新感性是相對於舊感性而言的，舊感性是受理性抑制並喪失自由
的感性，新感性則是從理性的壓抑得到解放的感性。藝術是新感性的
集中體現，新感性是在審美與藝術中實現的一種新的世界秩序，是對
新世界的重建。新感性揭示出反抗的深度，以及與壓迫的連續體斷裂
的深度。新社會召喚新的人，新的人產生於新感性中。這裡，馬庫塞
改造了佛洛伊德的學說，認為只有在人性結構的深層中徹底改造人的
攻擊性、破壞性本能後，社會變革才會有一個深厚的人性基礎。而這
一切只有藝術──美學的方式才能達到。

　　在文化批判層面上，馬庫塞相當重視藝術想像與其創造的理想世
界，他認為它們能給人類普遍被壓抑的本能瞬間的滿足，從而獲得擺
脫現實原則的自由。藝術就是另一種生活，另一種現實，具有與現存
社會相對立的否定性與超越性的另一維度，它控訴陳舊與阻擋歷史發
展的社會生活，呼喚解放的審美意象，否定非人社會的合理性，從而
超越這一社會的規定性，維護了人的靈性與愛慾的自由。新感性以藝
術感之形式作為自己感知方式的革命，打破一體化社會意識形態，並
努力扭轉舊的感知方式，甚至透過加強新的感知方式以徹底瓦解舊的
感知結構。[42]

　　「西方馬克思主義」尚有布洛赫（Ernst Bloch）、弗洛姆（Er-
ich Fromm），法國派的沙特（Jean-Paul Sartre）、阿圖塞（Louis
Althusser），英美派的威廉斯（Raymond Williams）、伊格爾頓
（Terry Eagleton）等人的學說，以及代表後現代西方馬克思主義的
若干理論家，礙於篇幅限制，故不在此一一介紹。

---

[42] 以上德國法蘭克福學派文論家對西方馬克思主義的貢獻介紹，大多參閱王岳川：《當代西方
　　最新文論教程》，頁257-263。

二、女性主義理論

　　西方女性主義文論大致可分爲英美女性主義理論和法國女性主義理論。早期的女性主義者是反對建設理論，因爲歷來「理論」本身就帶有男性話語權的色彩，她們大多以零散的話語或口號，以及一些女性作家的片段觀點或文章，因此，大約要到二十世紀六〇年代前後才逐漸出現若干系統化的女性主義理論。在三位英國理論家合著的《當代文學理論導讀》中，將女性主義分爲初潮與二潮兩個階段來介紹其發展概況；而美國批評家萊奇將美國女性主義批評理論發展分爲三階段，無論是兩個階段或三個階段，大致離不開批評、發展、話語分析或理論建構三個歷時性重點。明確地說，女性主義者首先揭露男性作品中隱含的歧視扭曲女性的意識形態；其次，重新梳理評價文學史、思想史，挖掘歷史上被埋沒的女作家與女思想家；再者，把女性主義批評實踐提升爲理論話語，爲女性主義塑造理論身分。[43]以下以《當代文學理論導讀》爲參考文獻與時期劃分的方式，介紹幾位具代表性的女性主義作家與理論家。

㈠維吉尼亞·伍爾夫（Virginia Woolf）

　　在《當代文學理論導讀》中，將維吉尼亞·伍爾夫視爲女性主義初潮的關鍵性人物。一般認爲，伍爾夫的聲譽是建立在文學創作上，是女性意識流小說的先驅，但她事實上有兩個文本爲女性主義理論做出重要貢獻：《自己的房間》（1929）與《三枚金幣》（1938）。在這兩部著作中，她關心的問題在於女性與男性相比在物質上的弱勢。前者集中探討女性文學生產的歷史與社會語境，後者討論男性權力與職業（法律、教育、醫療等領域）之間的關係。在《三枚金幣》中，她本人拒絕「女性主義者」的標籤，但在兩本書中，她還是提出了一系列有關女性主義的問題。在《自己的房間》中

---

[43] 徐志平、黃錦珠：《文學概論》，頁292。

她說：女性寫作應該發覺女性經驗，而不應該只是對兩性經驗的比較
與對照。因此，這篇文章成爲探討女性寫作傳統可能性的一個早期宣
言。

伍爾夫對女性主義的主要貢獻是，她認識到性別、身分是一種社
會建構，會受到挑戰和發生形變。對於女性主義批評而言，它始終探
索的主要是女性作家面臨的問題。她認爲女性面對的總是社會和經濟
的障礙，這些因素戕害女性們的雄心，甚至在教育上也受到限制。她
拒絕「女性主義」意識，要求女性的特質應處於無意識的狀態，以
便能從女性特質與男性特質的對抗中逃脫出來。她延用了「雙性同
體」的性理論，希望在男性的自我實現與女性的自我消滅之間實現一
種平衡。

伍爾夫關於女作家的文章還有《女人的職業》，她自白說，在自
己的寫作生涯受到兩方面的阻礙：一是她被主流的女人意識形態所囚
禁；一是表達女性激情的禁忌，妨礙她表達自己身體體驗的眞實。她
認爲，女性寫的之所以與男性寫的不同，並不是因爲她們在心理上
與男性不同，而是因爲她們在社會地位上與男人不同。因此，她要寫
作女性經驗的意圖，就是要發現描寫女性生活受限制的語言表達形
式，她相信當女性獲得了與男性社會經濟地位上的平等後，就沒有任
何力量能阻止她們充分發揮自己的藝術才能了。

㈡西蒙・德・波娃（Simon de Beauvoir）

法國女性主義者，也是哲學家沙特的終生伴侶。她曾積極地推
動贊成人工流產合法化運動和女權運動，是《新女性主義》報紙與
女性主義理論刊物《女性主義問題》的創辦者。她的出現標誌著女
性主義從「初潮」轉向「二潮」的歷史時刻。她的名著《第二性》
（1949）對女性們產生巨大的影響。此書雖仍充滿初潮時期的物質
主義，但它也認識到兩性之間在利益上有很大的不同，並嚴厲抨擊男
人在生理、心理上與經濟上對女人的歧視，從而昭示了二潮女性主義
的開端。此書確立了現代女性主義的根本問題，她認爲當一個女人試

圖界定自己時，她開始一定說「我是一個女人」，而沒有一個男人會說「我是一個男人」。這一事實揭示在「男性的」與「女性的」之間存在著根本的不對稱：男人界定的是人，而不是女人，這種不平衡可追溯到《舊約聖經》。女人分散在男人中間，沒有自己單獨的歷史，沒有自然的團結。在不平衡的關係中，男人是「一個人」，而女人只是這個人的「他者」。男人的主宰鞏固了一種屈從的意識形態，如立法者、牧師、哲學家、作家、科學家竭力說明，女人的從屬地位是上天的意志，對人世是有利的，如同伍爾夫所說，女人作為「他者」的假定已被女人自己內化了。

　　此外，波娃的著作《第二性》仔細辨析了性與性別的差異，而且看出了社會功能與自然功能之間的互動關係：「一個人並不是生來就是女人，而是逐漸變成了女人，正是作為一個整體的文明造就了女人這個生物……只有另一人的插入才能把一個個人確定為一個他者。」正是與生理學、心理學、生殖、經濟等相關的闡釋系統建構了那「另一個人」的（男性）在場。波娃對「是一個女性」與被建構成「一個女人」作了重要的區分，由此她對女人只要求打破她們的客觀化處境時徹底摧毀父權制。同時，波娃與「初潮」女性主義者一樣，要求擺脫生理差異獲得自由，她也一樣不信任女性特質或說女性性（feminine sexuality），後來的女性主義者則更多強調女性身體與無意識的重要性。[44]

㈢凱特・米利特（Kate Millett）

　　美國激進的二潮女性主義者。美國的二潮女性主義是從民權運動、維和運動和其他種種抗議運動得到動力的。米利特最重要的女性主義著作《性政治》（1969）標示二潮女性主義已經成為一個具有明確自我意識的、高度顯著和活躍的運動。此書涉及了歷史、文

---

[44] 拉曼・塞爾登、彼得・威德森、彼得・布魯克著，劉象愚譯：《當代文學理論導讀》，頁143-146。

學、心理學、社會學及其他許多領域。她的論點是，意識形態上義理的灌輸與經濟上的不平等是女人受壓迫的原因，這個論點開啟了二潮女性主義關於生殖、性和再現（特別是語言和視覺的「女性形象」和色情作品）的思惟。此外，父權制也是她探討的重點，她認為父權制無所不在，需要作為一種政治體制進行系統的全面考察。父權制使女性屈從於男性，或者把女性看成一個低劣的男性，父權制權力在公眾或私人生活中直接或間接的約束女人。米利特從科學的角度區分「性」與「性別」：性是生理決定的特徵；性別是一個心理學概念，指文化上要求的性別身分。她與其他女性主義者抨擊把文化上被動得來的女性特徵，看作是自然屬性的社會科學家。女人同男人一樣會使這些態度永久化，而在控制與從屬的不平等與壓抑關係中扮演這些性角色，她稱之為「性政治」。米莉特的《性政治》是部開山之作，她分析了歷史、社會、文學中男性主義的女性形象，堪稱女性主義文學批評的一部建構性文本。米莉特常用文學作為材料的來源，有助於將寫作、文學研究與批評確立為適合女性主義的領域。冒險或浪漫之類的形成規約，常有男性的動力與目的，而且，男性作家在對讀者講話時彷彿這些讀者永遠是男人，還有廣告提供的大眾文化中也有類似情形。然而，女性讀者也無意識地在這種父權制框架中成為共謀，像男人一樣閱讀。

㈣伊萊娜・肖瓦爾特（Elaine Showalter）

　　在女性主義二潮中，影響最大的是美國批評家伊萊娜・肖瓦爾特及她的著作《她們自己的文學》（1977）。在她這部著作中，她試圖勾勒出女性作家的文學史，表明她們物質的、心理的、意識形態的決定因子的形構。她還提出了一種與女性讀者相關的女性主義批評，以及與女作家相關的「女批評家」。肖瓦爾特認為，雖然不存在固定的、固有的女性的性或女性想像力，但畢竟女性寫作與男性寫作之間有深刻的差異，而整個寫作的傳統都被男性批評家忽視了。其實在喬依斯與普魯斯特寫作表達主觀意識的長篇小說的同時，理查遜同

樣寫出了表達女性主觀意識的長篇小說《朝聖》。理查遜在她另一著
作《藝術中的女人》（1925）中，預示了近期的女性主義理論，這
可從她喜愛的用的概念「多元的接受性」看出，這個概念棄絕了確定
的觀念與見解，她刻意要生產省略的、零碎的句子以傳達女子心靈的
形狀與組織。她也意識到婦女生活的不可見性，她們都積極地做關鍵
的恢復與補救的工作，盡力發現被遺忘的先驅者。她把女性經驗作為
女性寫作的正宗性標誌。

㈤埃萊娜‧西蘇（Hélène Cixoux）

　　法國女性主義者。一些法國女性主義者爭論說，女性的性是一個
地下的、不可知的實體，但仍能在文學中再現它自己。西蘇就是一位
贊成在所謂的女性寫作中，從正面再現女性性的富有創造性的作家與
哲學家，她的文章《美杜莎的微笑》（1976）是倡導女性寫作的著
名宣言，這篇文章號召女人把她們的身體注入她們的寫作中。並狂熱
於充滿女性無意識的寫作：寫妳們自己，必需讓人聽到妳的身體，只
有那時廣闊的無意識資源才會湧現出來，女性的想像力是無限的、美
麗的。寫作是顛覆性思想能夠萌芽的地方，陽物中心主義在許多地方
壓制了女人的聲音，女人必需放棄對自我的審查，恢復被囚禁的利
益、器官和身體的廣大領地，她必需甩掉她的罪惡。

　　但西蘇理論的核心是對理論的抵制：女性寫作將永遠超越那些調
節陽物中心主義系統的話語。女性寫作永遠是社會能夠建構的任何等
級系統中的「他者」或反面，將會同時顛覆男性象徵的語言，創造新
的女性身分，這新的女性身分轉而導向新的社會機制。她反對男性
／女性的二元對立，全面接受德里達的「延異」原則。但她將女性寫
作與拉岡的前伊底帕斯「想像」階段連繫起來，在那個階段，兒童
與母親的身體呈現出一種前語言的、烏托邦式的統一，差異被全然消
除了。這種向「好母親」的解放回歸是西蘇詩意的女性寫作觀的根
源，它開啟了一種新形態的性的可能性。她反對伍爾夫的中性的雙性
性（neutral bisexuality），鼓吹一種她所謂的另類雙性性（the other

bisexuality），她拒絕廢除差異，而要激活差異。此外，對陽物中心主義化與規則的侵越，是女性作家的特別任務，她們總是在男性統治的話語之內工作，需要爲她們自己創造一種進入的語言。西蘇的方法本質上與策略上是想像性的，她想像一種可能的語言，而不是描寫一種實際存在的語言。

㈥呂絲‧伊利格瑞（Luce Irigaray）

　　與西蘇同爲法國派女性主義者，她的代表作爲《別的女人的窺鏡》（1974），它運用了更具活力的哲學語彙提出了一些類似西蘇的觀念。她認爲，父權制對女人的壓迫建立在與佛洛伊德的女性的性理論相關聯的負面建構類型上。例如「陰莖妒忌」這一概念的基礎是女人被看作男人的「他者」，缺少男人擁有的陰莖。她除了作爲男人的負面鏡向外，就根本不存在。從這個意義上說，女人在男人的凝視中是不可見的，只能在歇斯底里與神祕主義中取得某種幽靈般的存在。女人像神祕主義者能夠喪失個人主體性存在的一切感覺，因此，能夠從父權制的網中漏出。男人的見色思淫將他們引向視覺，而女人則在接觸中得到快樂。因此，女性的寫作與流動與接觸相關聯，與她的「文體風格」抵抗並破壞一切確立的形式、形象、觀念、概念的結果相關聯。換句話說，伊利格瑞發展了一種女人色慾的激進「他者性」和其在語言中的斷裂。只有讚頌女人的差異，她們的流動性與多樣性，才能摧毀西方對女性傳統的再現。

㈦茱麗雅‧克里斯蒂娃（Julia Kristeva）

　　克里斯蒂娃在兩部關鍵著作《詩歌語言革命》（1974）、《語言的慾望》（1980）中，常把「封閉的」理性系統和開放的、斷裂的「非理性」系統的兩極作爲核心觀念。她的理論是建立在精神分析的基礎上，她將詩歌作爲分析的「特許場地」，因爲詩歌在這兩種體系之間保持平衡，並且在某一時期，詩歌向慾望與恐懼的根本衝動開放，而慾望與衝動總是在理性的控制之外。她將「符號的」與「象徵的」做了重要的區分，這種區分成爲其他許多觀念的先驅。例如女性

的性與詩歌生產直接連繫在一起，與打破統一意義和邏各斯中心主義（也就是陽物邏各斯中心主義）話語的心理肉體衝動（psychosomatic drive）連繫在一起。就文學而言，先鋒派文學中，它主要的過程就如同拉岡對佛洛伊德夢的理論的解析一樣，侵入了語言的理性秩序，威脅要打斷「言說者」與讀者統一的主體性。主體不再被視爲意義的來源，而是意義的場地，因此，可以經歷一種「身分」的消散與連貫性的喪失。就如同兒童在前伊底帕斯階段體驗的衝動，是一種尚未形成秩序的語言。這種「符號的」的材料，要變成「象徵的」就必需變得穩定，這就包含著對起伏流淌的衝動的壓抑。最接近符號話語的發言是兒童在前伊底帕斯階段的「伊呀學語」，語言本身就保留著這種符號流的部分，而詩人特別與其共鳴。由於心理肉體的衝動是兒童在前伊底帕斯的，主要與母親的身體相關，那自由流淌的子宮海與肉慾的母乳區是前伊底帕斯體驗的最早部分。「符號的」就這樣無可逃避地與女性的身體連繫起來，而「象徵的」則與審查並壓抑以形成的話語進入秩序的「父親法則」連繫起來。女人是前話語的沉默或不連貫性，她是「他者」，站在外面，威脅要打破有意識的、理性的言語秩序。

　　這思想與克里斯蒂娃在另一部著作《恐怖的力量》（1982）中的「抑斥」（abjection）概念有關。所謂的「抑斥」意指那種無法區分「我」與「非我」的存在的恐怖，最主要的例子是母體中胎兒的存在。這種「抑斥狀態」是主體極力要驅逐的，以便獲得一個獨立的身分屬性，但卻又做不到。因爲這個軀體已經不停地吸收和排除「廢物」（體液、糞便、膽汁、嘔吐物、黏液），於是，「抑斥狀態」就成爲潔淨與骯髒、自我與他者，尤其是自我與母親之間界線模糊的、不斷發作的標誌。

　　由於前伊底帕斯階段在性層面是無區分的，儘管符號的階段確實是女性的，克里斯蒂娃並沒有將女性的與生理上的女人同一，也沒有將男性的與生理上的男人同一。雖然她不接受女性主義者的稱號，但我們仍可以說，她代表女人提出得到這種沒有壓抑的、不受壓抑的解

放能量流的要求。在文學中，符號的與象徵的交會，符號的在象徵中釋放出來，從而形成語言遊戲。最後的享樂所產生的狂喜近似於斷裂。克里斯蒂娃認識到，這種詩歌革命與一般意義上的政治革命和個別意義上的女性解放緊密相關，女性主義運動必需發明一種對應於先鋒派話語的「無政府主義形式」。無政府主義是堅定的女性主義所運用的方法，意在摧毀陽物邏各斯中心主義哲學與政治立場。[45]

三、精神分析理論

　　精神分析與文學理論的關係幾乎跨越了大半的二十世紀，它最根本的關注焦點在於語言中「性」的表述問題。在探索文學的「無意識」中，它經歷了三個主要階段：以作者及其人物為中心的階段、以讀者為中心的階段，以及以文本為中心的階段。它始於佛洛伊德對文學作品的分析，他認為文學作品是藝術家的一個病症，作者與文本的關係類似作夢者與其夢的文本的關係，也就是文學等於「幻象」。佛洛伊德派的觀念後來受到卡爾‧榮格的「原型」批評的反駁，他認為，文學作品既不是作者心理的焦點，也不是讀者心理的焦點，而是個人與集體無意識，即過去文化的形象、神話、象徵、原型之間關係的呈現。其後，在後結構主義的語境下，雅克‧拉岡及其追隨者將精神分析加以修改與重新解釋，形成富有活力的「慾望」觀念與結構主義語言學觀念結合在一起，極具影響力。特別是對女性主義的精神分析批評及後殖民主義的影響甚大。當代文學研究中對無意識和關於性的論爭緊密相關的「壓抑」觀念和作用都仍然被持續的關注。

㈠雅克‧拉岡（Jaques Lacan）

　　拉岡的精神分析著作，為批評家們提供了一種關於「主體」的新理論。形式主義的、結構主義的、馬克思主義的批評家把「主觀」批

---

[45] 對於女性主義的簡介，筆者大多參閱拉曼‧塞爾登、彼得‧威德森、彼得‧布魯克著，劉象愚譯：《當代文學理論導讀》，頁143-163。

評指斥為浪漫主義的、反動的，但拉岡的批評卻發展出對「言說的主體」，它是一種被廣泛接受的「唯物主義的分析」。拉岡認為，人類主體進入一個預先存在的符徵系統，這個系統只有在語言系統中才能獲得意義。進入語言使我們發現一個處在關係系統，即男／女、父／母／女中的主體位置，這個先在的過程與階段被無意識控制著。拉岡區別了「想像的」與「象徵的」兩個階段，相當於克里斯蒂娃的「符號的」與「象徵的」兩個階段。「想像的」階段是一種主客不分的狀態，沒有一個中心的自己將客體與主體分開來。在前語言的「鏡像階段」，兒童從「想像」狀態內部開始，把某種統一性投射到鏡中（不必要有實際的鏡子）破碎的自我形象上，他或她產生一個「虛構的」理想，一個「本我」。這個鏡像仍然部分地屬於想像的，但也在部分上與「另一個」不同，甚至在本我形成後，這個想像的階段依然在繼續，因為統一的自我的神話取決於將世間客體作為「他者」辨認出來的能力。無論如何，兒童必需學會區別自己與他者，只有如此他才能變成一個獨立的主體。由於父親的禁律，兒童被拋進了充滿差異，如男／女、父／子、在場／缺位等象徵世界中。在拉岡的體系中，「生殖器形象」並非生殖器本身而是其「象徵」，是一個有特權的符徵，它幫助所有的符徵取得與其符旨的統一性。

　　無論是想像的還是象徵的階段，都不能完滿地理解真實，那真實仍舊在其所及之外的某處。因為它超越了主體，也超越了再現。我們本能的需要是由我們表達需求滿足的話語形成的。然而，話語對需要的塑造，留下的不是滿足而是慾望，這慾望是在一個符徵鍊中行進的。當「我」用詞語來表達我的慾望時，「我」總是被那向前推進的無意識所顛覆。這個無意識用那些逃避意識的隱喻與換喻，以產生替換與移置的作用，在夢、笑話、藝術中展現自己。

　　拉岡用索緒爾的語言重申了佛洛伊德的理論，最根本的是無意識過程與不穩定的符徵取得了認同。例如當一個主體進入象徵的階段，接受了兒子或女兒的位置，符徵與符旨連繫起來就獲得了某種可能性。但是，「我」從未在我決定的地方；「我」處在符徵與符旨的

軸線上，是一個分裂的存在，永遠不可能給自己的位置一個完滿的在場。在拉岡對符號的解釋中，符旨在漂浮的符徵下「滑動」。佛洛伊德關於夢的理論被拉岡重新解釋爲一種文本理論。無意識將意義隱藏在需要解密碼的象徵形象中。夢的形象經過了「凝縮」，及幾個形象的凝聚與「移置」，即意義從一個形象轉移到鄰接的形象，拉岡把前者的過程稱爲「隱喻」，把後者的過程稱爲「換喻」。換句話說，雜亂像謎一般的夢的結構，可以用符徵的規則來理解。佛洛伊德的「防禦機制」也被用種種修辭格（如反諷、省略等）加以解釋。任何種類的心理扭曲都被看成符徵的一種不合常理的行爲，而不是某種前語言的神祕衝動。在拉岡看來，從來就沒有任何不被扭曲的符徵，他的精神分析是對無意識科學的修辭分析。拉岡的新佛洛伊德主義鼓勵現代批評放棄語言能夠指涉事物語表達思想情感的信念。現代主義文學由於逃避敘述規則控制的立場和對意義的自由嬉戲往往與夢類似。

㈡茱麗雅‧克里斯蒂娃（Julia Kristeva）

在女性主義的部分，已闡明克里斯蒂娃的女性主義理論建立在精神分析的基礎上，並對其論做了概略性介紹。在此，我們僅簡單地補充她關於精神分析與文學關係的部分。她在《語言的慾望》（1980）中的兩篇文章〈被限定的文本〉與〈文字對話與小說〉，不僅討論巴赫金與俄國形式主義，更提出了一個重要的概念「文本間性」，即「互文性」（intertextuality），後來在後結構主義中廣泛地被運用。她認爲，一個「文本」包含著「若干文本變化的排列組合」，表現出「一種文本間性」。在一個給定文本的空間中，從其他文本中來的幾種聲音相互交織、中和。此外，她還試圖將語言與意識形態連繫起來，從而提出「意識形態素」的概念，她用這一概念說明一個給定文本的篇章結構與一些廣大的「外部文本」，或者如她所言，一個「社會和歷史的文本」之間的相互交叉。

在《詩性語言革命》（1974）中，克里斯蒂娃以精神分析理

論為基礎，複雜地闡述了「正常的」、井然有序的、理性的語言與「詩性的」、異質的、非理性的語言之間的關係。人類從初始就是一個生理與心理衝動有節律地交雜流淌的空間。這一不確定的衝動流逐漸受到家庭與社會約束力（如使用便盆的訓練、性別辨認、隱私的區分等）的調節。在最早的前伊底帕斯階段，這種衝動流以母親為中心，還不能形成個人人格，只能粗略地分別身體的一些部位與其關係。紊亂的前語言的動作流、手勢流、聲音與節律流奠定語言的基礎，這個基礎在成人成熟的語言活動下仍然很活躍。她將這個尚未組織起來的無序的前指義過程稱為「符號的」（semiotic）過程。我們在夢中看到這一過程，因為在夢中，形象以「非邏輯的」方式顯現出來。在文學中也可看到這過程，在文學中，邏輯的、有序的句法在調節不同存在著「符號的」過程，克里斯蒂娃隨著拉岡將之稱為「象徵的」過程。進入「象徵的」過程賦予主體身分，但對「符號的」過程的把握卻從不曾完成。

　　根據克里斯蒂娃的觀點，激進的社會變革的可能性與權威話語的瓦解緊緊連繫在一起。詩性語言將顛覆性符號開放性引入社會封閉的象徵秩序中：無意識理論追求的與詩性語言實踐的正是在內部反抗社會秩序。[46]

四、後殖民主義理論

　　後殖民主義理論是一種多元化理論，主要研究殖民之「後」，宗主國與殖民地之間的文化話語權力關係，以及有關種族主義、文化帝國主義、國家民族文化、文化權力身分等問題。後殖民主義是在長期反省中逐漸發展起來的，二十世紀初，許多理論家就已經開始對帝國主義與殖民主義進行分析和批判。殖民主義主要是對經濟、政治、軍事與國家主權上進行侵略、控制和干涉；後殖民主義則是強調對文

---

[46] 精神分析理論的介紹，筆者部分參閱拉曼・塞爾登、彼得・威德森、彼得・布魯克著，劉象愚譯：《當代文學理論導讀》，頁190-197。

化、知識、語言與文化霸權方面的控制，如何在經濟、政治、文化方面擺脫帝國主義的殖民統治，而獲得自身的獨立與發展，成為後殖民理論必需面對的問題。在這方面，二十世紀初期葛藍西（Antonio Graimsci）的「文化領導權」理論、法農（Franz Fanon）的「民族文化」理論，對後殖民主義的產生和發展起了積極的推動作用。而傅柯（Michel Foucault）的「話語」理論與「權力」理論則成為後殖民主義思潮中的核心議題。

　　後殖民主義興起的時間，眾說紛紜。一般認為在十九世紀後半葉就已萌發，而在一九四七年印度獨立後才出現一種新意識與新理論，其理論自覺與成熟是以薩依德的著作《東方主義》發行為標誌。薩依德（Edward Said）之後，最重要的理論家有斯皮瓦克與霍米·巴巴（Homi Bhabha）等。斯皮瓦克將女性主義理論、阿圖塞理論、德里達的解構主義整合在自己的後殖民理論中，從而成為一位具有廣大影響力的批評家。而霍米·巴巴則著重在第三世界文化理論，重視符號學與文化學層面的後殖民批評，並將自己的研究從非洲轉到印度次大陸上。[47]此外，尚有許多英美派的後殖民主義理論家都各自做出不小的貢獻，在此不一一列舉，以下僅選擇幾個重要的後殖民主義理論家作介紹。

㈠愛德華·薩依德（Edward Said）

　　薩依德是巴勒斯坦人，生於耶路撒冷，小時候在開羅上小學，後隨父母移居黎巴嫩，並在歐洲國家流浪。一九五一年到美國，一九六四年獲哈佛大學博士學位，執教於哥倫比亞大學英文系。薩依德獨特的身世使他能以東方人的眼光看西方文化，尤其是美國文化，並以邊緣話語去面對中心權力話語，從切身的流亡處境去看後殖民文化境遇。這使他的寫作總是從社會、歷史、政治、階級、種族立場出發，具體分析一切社會文本與文化文本。

47　王岳川：《當代西方最新文論教程》，頁322-323。

　　由於薩依德對世界、人生和民族社會的長期關注，使他的寫作超越學院派的狹小天地，而具有明顯的文化政治批判性。他介入政治、參與社會、強調歷史，使他將文學研究與政治、社會、歷史緊密結合在一起。這一點在他的名著《東方主義》（1978）中得到充分的體現，甚至可以說，這部後殖民主義代表作表明薩依德從純文學方向擴展出去，走向寬廣的「文學與社會」研究，並進入到文化帝國主義的研究內。此書的〈緒論〉說到，「東方主義」虛構了一個「東方」，使東方與西方具有本體論上的差異，並使西方得以用新奇和帶偏見的眼光去看東方。從而「創造」一種與自己完全不同的民族本質，使之最終能把握「異己者」。

　　《東方主義》和薩依德的另外兩部爭議性更大的著作《巴勒斯坦問題》（1980）、《覆蓋伊斯蘭》（1982）一起構成一個三部曲，主要討論以色列和巴勒斯坦中衝突系列的首要著作。而《東方主義》占據三個相互搭接的領域。它不僅指出四千年來歐亞兩大洲之間的文化關係，並且指出十九世紀以來產生了東方語言、文化專家的一門專門學科。最後，它指出長期以來形成把「東方」看作「他者」的種種意象，及程式化的見解和一般意識形態，而這些意象、見解、意識形態都是由西方學者所概括出來的。它往往是關於東方人懶散、欺詐、無理性的神話，以及現代阿拉伯——伊斯蘭世界，特別是和美國交鋒爭論的複製與反駁。

　　但這種虛構的「東方」是「想像的地理和表述形式」，而且「東方主義」這一概念是寬泛的，造成對這個概念的解釋也充滿誤讀。然而，薩依德的真實意圖是形而上學的本質主義，並力求超越東西方對抗的基本立場。他想解構這種權力話語神話，從而使東方和西方成為對話、互滲、共生的新型關係構成。此外，薩依德在《東方主義在思考》（1986）中指出，對於東方主義研究不可避免是政治的，這就使那些後殖民主義立場的批評家提出一個關鍵問題：「那些非主流的、非強制性的知識怎麼可能在一個深深浸淫在政治考慮、權力策略的環境中產生？」關於這問題，薩依德拒絕接受分析對象之外的

「自由」觀點的假設，也不接受西方歷史主義的假設。他認爲這種假設從具有特權的、登峰造極的歐洲中心主義出發，把世界歷史同一化了。薩依德的著作所借鑑的馬克思主義大部分是來自傅柯的話語即權力的分析，他的目的在於詳盡的分析「第一／第三世界」關係，建設與維護中的文化再現功能。他認爲這樣的分析必需從反潮流的、解構的、烏托邦的全部意義來理解。他認同一種批判的與「去中心意識」，倡導一種消解種種主導體系的跨學科研究的集體自由主義。同時，他強調要反對阻礙這一目標的「獨斷專有的他者主義」，提防反主流批判陷入分離主義的反抗與鬥爭的危險。

事實上，薩依德的主要傾向是物質主義的，而不是解構論的。在《世界、文本、批評家》（1983）中，他探討了文本的「世界性」，他反對言說在世界中而文本不在世界中，文本僅僅存在於批評家頭腦中的觀點。他認爲近來的批評中所謂解釋的「無限性」被過分誇大了，因爲它切斷了文本與現實之間的連繫。文本是「世界的」，它們的使用與後果都與「所有者、作者、權力，以及強制使用外力」緊密相關。批評家的權力在於能夠進入與文本和讀者若干關係中的一種或數種。薩依德不要求自己所說的話具有權威性，但他力圖產生一種強力的話語。薩依德運用傅柯的話語理論，強調寫人生本身就是將控制者與受控制者之間的權力關係系統，轉換爲純粹的文字。對於文本與批評的關係，他強調的是以批評家的文章爲中心「位置」，並進而分析文本的介入時間與意識：文本的內在矛盾，文本的不可更改性，文本偶然性，文本的控制與被控制的關係。薩依德不僅將文本與世界和批評家連繫起來，而且還將文學經驗與文化政治連繫起來，進而強調政治和社會意識與文學研究的重要性。薩依德的文學文本理論已經成爲後殖民主義文學研究的重要內容。

在《文化與帝國主義》（1993）中，薩依德進一步深化和拓展後殖民主義論述場域，在歷史審視與邏輯分析西方文化中，集中闡釋文化控制與知識權力的關係。他認爲「文化」與「帝國主義」是當代文化政治批評出現頻率很高的概念，文化不僅指人類的一種精神實

踐，還指一個社會中優秀的東西的歷史積累。帝國主義在今天以不再熱中於領土征服與武裝霸權，而是注重文化領域裡攫取第三世界的寶貴資源，並進行政治、經濟、意識形態、文化殖民。甚至透過文化刊物、旅行考察與學術講座的方式，征服殖民地人民，從而使東西方文化衝突成爲一種文化互滲與對話的理解過程。由此可見出，薩依德不贊同以東方人誤讀或美化西方的「西方主義」來對抗「東方主義」，也不贊同民族主義式的對況西方文化霸權，而是倡導一種交流對話與多元共生文化的話語權力觀。[48]

(二)蓋雅特理 · 查克拉瓦蒂 · 斯皮瓦克（Gayatri C. Spivak）

使後殖民主義研究眞正關注印度次大陸的就是美籍印度裔女學者斯皮瓦克。她生於印度加爾各答市，一九六三年移居美國。斯皮瓦克是一位打破學術疆界，橫跨多學科，多流派的思想型學者。她將後殖民主義理論與女性主義、解構主義、西方馬克思主義、精神分析理論緊密相連，並將其「邊緣」狀態與「權力」分析的策略置於當代理論和批判領域。換句話說，他善於運用女性主義理論去分析東西方女性所遭受到的權力話語剝離處境；運用解構主義的權力話語理論去透析後殖民語境的「東方」地位；運用西方馬克思主義理論，對殖民主義權威的形成及其構成進行重新解讀，以解除權威的力量並恢復歷史的眞相。她並非零散地挪用這些理論，而是將其批判性、顛覆性、邊緣性精神同自己本民族受殖民主義壓抑的「歷史記憶」連繫起來。從而使她在「歷史話語」的剖析、第三世界婦女的命運、文化霸權話語的透視與帝國主義批判等方面取得令人矚目的成績。

斯皮瓦克做爲一位在美國任教的東方女性學者，經歷了三重壓力：面對西方人時的「東方人」的壓力，面對男權話語時的女性壓力，面對「第一世界」中心話語時的「第三世界」邊緣壓力。她切身

---

48 參閱王岳川，《當代西方最新文論教程》，頁335-339，以及拉曼 · 塞爾登、彼得 · 威德森、彼得 · 布魯克著，劉象愚譯：《當代文學理論導讀》，頁268-270。

地感到自己受制於「他國國籍」特權而受到「意識形態的侵害」，但她並不願隱藏甚至消除自己的歷史記憶與文化身分。反而宣稱自己作為身處西方世界的亞裔女學者，是「第三世界婦女」的代言人，並以此文化身分去重新書寫自己民族的歷史。

處於中心之外的邊緣地帶的殖民地，對宗主國在政治、經濟、文化、語言上的依賴，使其文化記憶深深地打下「臣屬」（葛蘭西用語）的烙印。歷史在被中心話語重新編織中受到「認知暴力」的擠壓。在西方人或宗主國的「凝視」之下，歷史成為「被看」的敘述景觀，並在虛構與變形中構成「歷史的虛假性」。斯皮瓦克要重建真實的歷史敘述，她反對這種帝國主義的歷史描述，及將歷史敘述虛構化的策略，而致力於建構第三世界自身歷史的新敘述邏輯。

將種族、階級、性別作為分析的代碼，使斯皮瓦克能相當深入地對殖民地權力話語加以政治揭露，對文化帝國主義的種族中心主義進行批判，進而為臣屬的文化重新「命名」。[49]同時斯皮瓦克也感到尷尬，因為所謂與第一世界相對應的第三世界這個概念本身就是帶有帝國霸權主義色彩的符徵，很容易將這一對峙的後殖民問題轉化為「民族主義」甚至簡單的「反西化主義」思潮。並且，臣屬階級的學者，打入第一世界學術圈後，成為西化了的東方人，他們能相當完備地運用「西學」中的最新武器去反映自己處境的尷尬。於是她被整合到統治階級的陣營，消弭了種族、階級、性別的差異也就是說，她在追求「主體同質性」的西方菁英身分的同時，忘記了「主體異質性」的邊緣文化身分。當她作為邊緣化的從屬臣民時，她沒有話語權，當她擠進中心話語圈分享其話語權時，她卻只能說統一世界的話語。她無力尋回歷史記憶中自我民族精神的沉默之音。

擺脫尷尬的最佳辦法，就是拋棄自己的「特權」地位，在理論上建立其作為研究主體的地位。同時，不是簡單地創造出反歷史反霸權

---

49 Spivak, G. C., *In Other World*, New York: Routledge, 1988, p. 267.

的激進話語，而是就整個西方話語與政治體制進行意義深遠的論戰與觀念的全新調整，以此修正臣屬的歷史記憶。只有如此才能使殖民霸權主義的批判引起第一世界讀者的關注，並由文化領域擴展到政治領域，並使東方或西方的問題成為「人類」必需關注的「共同問題」。

　　此外，以解構主義的消解中心方法去解析宗主國文化對殖民地文化所造成的內在傷害，揭露帝國主義在意識形態領域裡的種種偽裝現象，並將文化研究與經濟、法律、政治研究打通，從而恢復歷史記憶的眞實性。再者，以歷史敘事入手，用西方馬克思主義的「批判理論」，揭示帝國主義對殖民地歷史的歪曲與虛構。建立與之相悖的反敘述，使顛倒的歷史重新再顛倒過來，使宗主國與臣屬國兩個對立物產生顛倒錯位的當下語境，如此才能使眞正文化批評成為可能。另外，強調後殖民批評的人文話語。而文學是其最具有典範型意義的文本，因為，它呈現出有關人類境遇的眞理，正在於無法發現所謂的終極眞理狀況。文學文本中的話語是普遍的文本性架構的組成部分，它提出的結論是，使一種統一或同質的意識形態或接受一種統一的答案成為不可能。文學的人文話語事後殖民主義中最具有解構力量的話語，它總是將最內在的矛盾以最為觸目驚心的方式揭示出來。最後，強調後殖民批評中的「第三世界婦女」的發言。[50]

(三)霍米‧巴巴（Homi Bhabha）

　　成長於印度的波斯人後裔，他的論文集《文化定位》在西方學術界具有很大的影響力，是一位重要的後殖民主義文化理論家。霍米‧巴巴自己的文化身分就十分尷尬，他雖非印度人，卻成長在仰西方鼻息的印度，並得以成為中產階級之行列，但他同時又是一般印度人瞧不起的波斯人。這種雜揉的文化、階級、經濟的身分，使他難以

---

[50] 參閱王岳川：《當代西方最新文論教程》，頁340-342，以及拉曼‧塞爾登、彼得‧威德森、彼得‧布魯克著，劉象愚譯：《當代文學理論導讀》，頁272-276。

將自己整合爲單純統一的個體，而時常處於自我身分的懷疑之中，這無疑構成了霍米‧巴巴對文化殖民、文化霸權質疑的政治、經濟與文化的前提。

霍米‧巴巴善於從拉岡式的精神分析角度，對外在的強制權力如何透過心理因素扭曲人性加以描述。他認爲這種心理扭曲的接受者，往往是由被動到主動，由壓迫感、屈辱感到逐漸適應，甚至以此作爲標準或作爲身分認同的基點，這正是問題的關鍵所在。他自己很大部分的研究內容，是從殖民地出來的學者對自己的歷史身分開始提出理論反省這一點開始的。也就是說，一方面這種理論強調了文化的差異性，強調弱勢文化在強勢文化權力之下，保持自身合法性的正當要求。同時，他也關注「普遍的文化相對論」有可能使「差異性」的文化變得不再重要的問題。因爲，普遍的文化相對論中，那種不斷強化第一世界文化的寬泛性與普遍性，並通過一些學術機構或基金會的經費補助，教育的性別差異、種族的歧視、弱勢人權的失落等問題，不斷形成新的社會契約，從而使現實社會空間中的種族、國家、性別、社群、法律、歧視等問題，成爲後殖民主義者一再協調或重新評價的問題。因此，當代學者如何對第一世界霸權的企圖，及文化殖民的擴張保持警惕？如何對第三世界甚至被殖民的土著由對立的衝突變爲積極地加入與改寫身分，同樣加以警惕？甚至如何在所謂普遍性的「大歷史」中，去書寫各自差異性的「小歷史」，使第一世界單一聲音中出現第三世界的多種聲音。

霍米‧巴巴所謂的「文化定位」既不是定位在後殖民宗主國的文化的普遍性上，也不是完全定位在抹平差異的所謂多元話語的問題上，而是定位在「處於中心之外」的非主流文化疆界上，這使後殖民主義的文化研究的過程是一個永不封閉的、未完成的文化構成物。這種文化構成物除了是一種話語方式之外，更重要是一種實踐方式，它試圖透過文化權力的運作，引申到經濟、政治與文化的行動中，因爲不同性質的文化之間，衝突是不可避免的。

霍米‧巴巴強調，在第三世界對第一世界進行改寫的時候，也要

注意他所有的邊界，即必需反對種族主義、反對性別歧視、反對帝國主義與新種族主義等，[51]從而使後殖民的文化研究不再是單純的政治鬥爭，而是一種文本領域的話語革命。

這種強調差異性、邊緣性、少數人話語的文化研究方式，對文藝理論與文化批評有很大的影響。甚至當代文化理論對西方殖民主義文化與理論反思、學術反思，在文藝理論方面都有明顯的反饋。這種重視文本、人物形象、藝術特性與民族差異的文藝理論語文藝批評的基本立場，使霍米‧巴巴的理論對文藝理論的影響日益擴大。

最後值得一提的是，他畫出了所謂「跨文化比較」中的邊界，因為一切忽視文化差異的結果，一切抹平少數話語的立場的做法，其最終結果都可能是複製老牌的帝國主義的政治與文化，使得全球性的文化喪失差異而變成一種平面的模子。[52]

後殖民主義理論家當然不僅上述三位，我們還可以點名一位美國非正統後殖民主義學者，甚至因他的「文明衝突論」而稱他為反後殖民主義者，即亨廷頓（Samuel Huntington），以及將後現代主義與後殖民主義相會合的杰姆遜（Fredric Jameson），和從事「文化帝國主義」研究，並有同名著作的湯米林森（John Tomlinson）等。

五、新歷史主義理論

新歷史主義的產生是以反抗舊歷史主義、清理形式主義、結構主義、新批評的姿態躍上歷史的舞台，並以「文本的歷史性」與「歷史的文本性」受到當代文化的關注。它所著重的不是舊歷史主義的大歷史，相反地，它透過一些不起眼的小地方，例如軼事趣聞、意外的插曲、奇異的話題等去修正、改寫、打破在特定的歷史語境中居支配地位的主要文化代碼（社會的、政治的、文藝的、心理的等等）。以政治解碼性、意識形態性與反主流性的姿態，實現解中心與重寫文學史

51　Bhabha, Homi K. , *The Location of Culture*, London § New York: Routledge, 1994, p.26.
52　參閱王岳川：《當代西方最新文論教程》，頁343-345。

的新權力角色認同，以及對文學史、思想史的重新改寫與闡釋爲目
的。

　　不同的新歷史主義理論構成新歷史主義的不同維度，但其總體精
神在於對歷史的整體性、未來烏托邦、歷史決定論、歷史命運說和歷
史終結說做出各自的否定批判。明確地說，它強調歷史的非連續性和
中斷論，否定歷史的烏托邦而堅持歷史的現實鬥爭，強調主體的反抗
顚覆論，這些成爲新歷史主義流派的標誌。新歷史主義的鬥爭哲學與
意識形態告別了舊歷史方法，成爲一種具有文化策略意義的、開放社
會的新歷史觀。當解構主義的語言操作與意義拆解風潮逐漸退潮，人
們又重新追問文學與歷史的本質問題，這是人們對新的歷史義是邁
出了重要的一步。此外，新歷史主義是一種文化審理的新「歷史詩
學」，它所恢復的歷史維度不再是線性發展的、連續性的歷史觀，而
是透過歷史的碎片尋找歷史寓言語文化象徵。就其方法而言，他將上
述的幾種主義把文本從孤立狀態中解放出來，放置於同時代的社會慣
例與飛話語實踐的關係中，透過文本與社會語境，文本與其他文本的
互文關係，構成一種新的文學研究範式或文學研究的新方法論。

　　新歷史主義者認爲，文學政治化與政治歷史化、歷史權力化與權
力解構化，是一種新的邏輯圈。他們將種種範式納入當代文化批評視
野中，強調歷史是一個延伸的文本，文本是一段壓縮的歷史，歷史與
文本構成現實生活的一個政治隱喻，是歷時態與共時態統一的存在
體。歷史不再是矢量的時間延伸，而是一個無限的中斷、交置、逆轉
和重新命名的斷片。現在與過去、過去與未來、在文本意義上達到瞬
間合一。歷史的視野使文本成爲一個不斷被解釋的意義增殖體，歷史
語境使文本構成一種既連續又斷裂的反思空間，使歷史先於文本，過
程大於結果，斷片重於延伸。在這樣的文化解讀與文本策略中，文本
就將不確定性與轉瞬即逝存在加以形式固定，將存在的意義轉化爲可
領悟的話語符號，從而歷史性延伸文本的意義維度，使文本的寫作與
解讀成爲一種當今的政治性解讀。以下舉三位具代表性的新歷史主義
學者概述其理論。

㈠史蒂芬‧格林布拉特（Stephen Greenblatt）

　　格林布拉特的重要著作《文藝復興時期的自我塑造：從莫爾到莎士比亞》被視爲以新歷史主義取代沒落的解構主義之作。就詮釋學的觀點而言，一切歷史意識的切片都是當代闡釋的結果。格林布拉特對文藝復興的研究也是如此。他要在「反歷史」的形式化潮流，如形式主義、結構主義、解構主義中，重新標示歷史的維度；要在「泛文化化」的文學批評中，重申文學話語範式對歷史話語的制約；要在後現代的「語言遊戲」風暴中，彰顯歷史現實與意識形態的權力話語關係。

　　格林布拉特研究文藝復興的自我塑造的出發點在於，他認爲十六世紀的英國不但產生了自我（self），而且這種自我是能夠塑造成形的意識。他受新黑格爾主義的影響，提出兩個定義：

1. 自我是有關個人存在的感受，是個人藉以向世界言說的獨特方式，是個人慾望被加以約束的一種結構，是對個性形成與發揮塑造作用的因素。

2. 文藝復興時代的確生成了日益強大的自我意識，它相應地把人類個性的素質塑造作爲一種藝術昇華性過程。[53]

　　格林布拉特認爲，自我塑造是在自我與社會文化「合力」形成的，主要表徵爲自我約束，即個人意志權力。他人力量即社會規約、精英思想、矯正心理、家庭國家權力；自我意識塑造過程，即自我形成「內在造形力」。而「造形」本身就是一種本質形塑、改變與變革。這不僅是自我意識的塑造，也是人性的重塑與意欲在語言行爲中的表徵。

　　在這研究中，格林布拉特現在所體驗與意識到的人性奧祕，排除對象式的單向研究，而進入過去（十六世紀）與現在（二十世紀）雙

53　Greenblatt, S, *Renaissance Self-Fashioning: From More to Shakespeare*, Chicago: University of Chicago Press, 1980, p. 1.

向辯證對話中。他研究的眞實意圖是：打破傳統歷史與文學的二元對立，將文學看成歷史的一個組成部分，一種在歷史語境中塑造人性最精妙的文化力量，一種重新塑造每個自我乃至整個人類思想的符號系統。文學參與歷史之中，並使文學與政治、個人與群體、社會權威與他者權力相激盪「作用力場」。是新與舊、傳統勢力與新生思想最先交鋒的場所。在歷史與文學整合的「力場」中，讓那些伸展的自由個性、塑型的自我意識、昇華的人格精神在被壓制的歷史事件中發出新時代的聲音，並在社會控制與反控制的鬥爭中，訴說他們自己的活動史與心靈史。

文學與歷史的關係分爲兩個層面，一是文學與社會的關係，二是文學人物與現實權力之間的關係。這兩個層面又呈現膠著狀態。文學與社會的關係是不可劃分的，正是在這種複雜的關係網絡中，展現自我性格的塑造，那種被外力改塑的經驗，以及希冀改塑他人性格的動機才體現出一種「權力」運作方式。就是這一套不存在於文化之外的人性，所有人性和人性的改塑都處在風俗、習慣、傳統的話語系統中，即由特定意義的文化系統所支配，從抽象潛能到具體歷史象徵物就是依靠這控制而交流互變，創造出了特定時代的個體。

文學是文化系統中的主要力量，並以三種相互關聯的方式在文化系統中發揮獨特功能。這三種方式爲作爲特定作者的具體行爲的體現、作爲文學自身對於構成行爲規範的代碼的表現、作爲這代碼的反省觀照。文學的獨特功能使格林布拉特擺脫了傳統的文學社會學研究、文學傳記研究、一般文學史研究的舊模式，而運用傅柯的「權力話語」分析方法，一種他認爲更爲文化的或人類學的批評。其具體方法是批評者必需意識到自己作爲闡釋者的身分，而有目的地將文字裡解爲構成某一特定文化的符號的組成部分，進而打破文學與社會、文學與歷史之間封閉的話語系統，並在作品、作家與讀者之間的內在關聯，從而發現人類特殊活動的藝術表現問題的無窮複雜性。

概括來說，格林布拉特的「文化詩學」具有以下的特徵：

1. 跨學科研究性

在格林布拉的研究中，他大膽地跨越文學與非文學、歷史學與人類學、藝術與哲學、政治學與經濟學等學科的界線。不僅如此，在這混和體系的系譜中，還可以見到西方馬克思主義的批判、女權主義的激進話語、解構主義的消解策略、拉岡的新佛洛伊德主義、後現代主義的遊戲方略、傅柯的權力話語。這種開放性的研究方法具有多重視野的研究方法外，也因缺乏自己的中心範疇而為人所詬病。

2. 文化的政治學屬性

文學與文學史研究走出了象牙塔式的學院研究，而成為論證意識形態、社會心理、權力鬥爭、民族傳統、文化差異的標本。格林布拉特在《學會詛咒》中明確說到：「不參與的、不作判斷的、不將過去與現在連繫起來的寫作是無任何價值的。」[54]新歷史主義所具有的政治性，並不是在現實世界去顛覆現有的社會制度，而是在文化思想領域對社會制度所依存的政治思想原則加以質疑，進而發現被主流意識形態所壓抑的異質的不安定因素，揭示出這種複雜社會狀況中文化產品的社會品質和政治意向的曲折表達方式，以及它們與權力話語的複雜關係。新歷史主義作為一種文化政治批評，超越了西方激進主義那種二元對立思惟模式，不再滿足於官方意識形態與社會生活形態、權力話語與個體話語、文化統治與文化反抗、中心與邊緣之間作出非此即彼的選擇，而是看到二者之間不是單純的對抗關係，而且有認同、利用、化解、破壞等一系列文化策略與交錯演化。

3. 歷史意識形態性

格林布拉特的著作呈現出明顯的歷史意識形態批評徵候。他認為人是對個體控制懷有對抗性的非人話語各種歷史合力的產物，人的文學在文化中具有顛覆性與抗爭性作用，而文化顛覆就是一種文化透過策略向主導意識形態的挑戰。這種產生顛覆又包容顛覆的特殊情

---

[54] Greenblatt, S., *Learning to Curse*, New York: Routledge, 1990, p. 32.

況，「不是出於籠統意義上戲劇力量的理論需要，而是一種歷史現象，是這種特殊文化的特殊形態，……統治者的權力構成，是透過戲劇舞台上對皇家崇拜及對這種崇拜的敵人在舞台上施以暴力討罰來加以表現的。」[55]這種所謂的權威之所以得以維持，是有賴於某種惡魔式的存在思想。這點的重要性在於它在層面上測量了社會狀況思惟範式與行為習俗的網絡系統，使人獲得對一切意識形態的超越，到達對立兩極互相間融轉化的層面。

4. 歷史闡釋的小歷史性質

　　格林布拉特的文化詩學善於將大歷史（History）化為小歷史（history）。他經常將視野投射到一些通史家所不屑或難以發現的小問題、細部問題、慣常的問題上，而成為一個專史家。他不輕易採用文學史研究的諸如暗喻、象徵、模仿、表現等概念，而是從其他研究領域尋找新概念，最終在文化文本與經濟事實之間找到具有溝通性與商貿性的術語，如流通、商討或談判、交換等。他認為新歷史主義批評不是回歸歷史（大歷史），而是提供一種對歷史的闡釋（小歷史）。這種小歷史不是自律的，而是實實在在進入社會各生活層面的。

　　若成者為王敗者為寇，為王者寫的大歷史是充滿謊言的，而小歷史的具體性使新歷史主義家只能將文學看作他律的。藝術作品與政治經濟在現實生活中有著細密的關係，文學實踐一樣進入流通領域，參與利益交換。而藝術創作者之間的商討，使作品得以產生意義，從經濟領域向文化領域轉化。因此，藝術作品本身不是我們沉思的純淨根源，是一番談判以後的產物，談判的一方是一個或一群創作者，他們掌握了一套複雜的、人們公認的創作成規，另一方面則是社會機制與實踐。為使談判達成協議，藝術家需要創造出一種在有意義的、

---

[55] Greenblatt, S., *Renaissance Self-Fashioning: From More to Shakespeare*, Chicago: University of Chicago Press, 1980, p. 57.

互利的交易中得到承認的通貨。[56]作爲上層建築的藝術不僅受經濟的制約，而且反過來參與經濟基礎的構成。在上層建築與經濟基礎之間，新歷史主義透過小歷史的發掘重新修復文學的社會流通的雙重性。這促使當代文藝評論必需調整並重新選擇自我的位置，不是在闡釋之外，而是在談判或商討與交易的隱密處。[57]

㈡蒙特洛斯（Louis Adrian Montrose）

　　蒙特洛斯是新歷史主義批評積極的推動者，他在新歷史主義的產生、發展與遭遇到來自各方面的詰難時，堅決地維護新歷史主義的基本立場，並運用新歷史主義理論與基本方法分析文學作品，借此推進新歷史主義的理論與實踐。他的思想大致可分爲前期與後期兩個階段。

　　蒙特洛斯的前期思想強調「文學與世界」的關係，他吸取了新馬克思的觀點，認爲文學與世界是一種反映與被反映的關係，文學是對現實世界及歷史事件的能動反映。早期的蒙特洛斯注重具體文本與社會背景之間所形成的互相映襯關係，特別注意一部作品尤其是古典時期的作品對當代社會的曲折反映，對它們之間的複雜關係加以彈性的、影射性的意義解讀，他強調具體文學作品的解讀是一種意義深遠的社會調節行動，一種透過文學作品揭示社會性深層意義，並反映出這種意義的當代性意義活動。例如他認爲伊麗莎白時期的田園詩的主要功能，是對社會關係做象徵性的調節。所謂的社會關係，對內部而言就是權力關係，[58]也就是說，文學具有意識形態的功能，它能調節特定社會形態中的矛盾，又能使那些特定集團與社會利益作出的權力決策是爲理所當然的事。同時，它透過一種濃縮性化與對社會中不

56　Veeser, H. A., ed., *The New Historism*, New York: Rouledgem 1989, p. 12.

57　關於格林布拉特的新歷史主義，筆者多參閱王岳川：《當代西方最新文論教程》，頁392-399。

58　Montrose, L. A., *Elise, Queen of Shepherls and the Pastoral of power, English* Literary Renaissance,1980, p.153.

被察覺、司空見慣的東西加以警示，使人們通過作品的悲歡離合，看到等級森嚴的社會制度所造成的不平現實與由此產生的痛苦心靈。文學因有其宣洩作用，又能平息這種痛苦，使人在平和的心境中得到淨化。

蒙特洛斯早期的文學觀點在於文學能夠調節特定經濟與政治體制造成的緊張關係與內心深處的矛盾，強調歷史劇經常透過掩飾斷裂的現象而達到調節社會問題的目的。文學應注重人類價值的普遍永恆性，而非特定政治權力構成的現實產物；應反映永恆普遍的問題，而非具體歷史時期及物質構成中得問題。[59]整體來說，蒙特洛斯早期的文學觀具有幾個特點：

1. 強調文本與社會之間的調節與宣洩關係。
2. 重視意識形態的邊緣性與挑戰性，認爲作品總要反映某方面的歷史生成的原因。
3. 注意理想的永恆普遍性在文學中的反映。

總而言之，蒙特洛斯早期的思想，基本上是客觀的、忠於歷史的，帶有較濃厚的舊歷史主義痕跡。

八〇年代中期，蒙特洛斯的思想開始轉變，從此進入其晚期的文學觀。他除了部分承襲前面所提到的文學作用外，還認爲文學還要生產或再生產一種新的文化意識，一種更加眞實的話語聲音，更注重主體精神對歷史的重新闡釋與引導作用。早期的蒙特洛斯是個客觀論者，晚期則成爲一個歷史相對論者，他強調主體的主觀能動性與事件意義的相對性。他認爲文化在反映自身的過程中更具自主性，並在反映方式與生產關係上更靈活。文學總是具有某方面能動的社會功能，總是要參與主導意識形態的流通與確立，或改變與挑戰主流意識形態爲話語而代表邊緣地位的聲音發言。

---

[59] Montrose, L. A., *The Purpose of Playing: Reflection on a Shakespearean Anthropology*, New Series 7, 1980, p.51-74.

　　文學在塑造文化關於眞實生活的話語時，能成爲多種話語慣例中的一種，而又超越這種司空見慣的生活本身。蒙特洛斯強調能動與自主性的統一，因爲主體既受歷史制約，處於歷史長河中，又超越於歷史之外，能對歷史作出深切的反思，並對歷史文化話語進行全新的創造。主體尤其是歷史闡釋的主體，對歷史不是一味地進行客觀的事實認同，而是消解這種客觀性神話而建立歷史的主體性。[60]歷史就是歷史學家的主觀構造，這是其主體性的明顯體現，批評即是對歷史的建構，可以將文化歷史中被顚倒的歷史再重新顚倒過來，對屈辱的歷史加以新的抗爭，把被閹割的意義再度闡釋出來。所以，考察自我的觀念在當時異己的社會歷史背景下，是怎麼樣形成並浮出歷史的地表，發掘自我作爲當時社會矛盾話語的產物，是如何通過一種非人化的歷史去重新命名的，使文學在生產力史，甚至創造與虛構一種更眞實的歷史。這些都成爲蒙特洛斯晚期的主要工作。

(三)多利莫爾 （Jonathan Dollimore）

　　必需先說明多利莫爾是「文化唯物主義」的代表人物。在英國，文化唯物主義與新歷史主義的宗旨、文學理論意向與政治話語基本原則都相當接近乃至相同，但由於地域文化氛圍的不同，也存在些許微妙的理論差異。多利莫爾與其他新歷史主義學者一樣，都關注文學與政治、文學與權力、文學與歷史、文學與意識形態的多重複雜關係。在文學研究中，他並不從文學文本、文學語言、文學結構、文學自身的內在規律去發掘文學意義及文學存在的依據。相反地，他是從一個更大的歷史語境、社會文本、政治價值取向去觀視文學的現實效果與文學對現實的反映。

　　多利莫爾與其他美國學者一樣，將其新歷史主義或文化唯物主義的宗旨定於從文化、歷史、政治角度研究文學的功能與文學對現實的

60　Montrose, L. A., *Shaping Fantasies :Figurations of Gender and Power in Elizabethan Culture*, Representation 2, 1983, p. 61-94.

涉入。在《政治的莎士比亞》序言中，他指出文化唯物主義具有四要素，即歷史的發展脈絡，理論的方法意向，政治的權力參與，文本的分析框架。文化具有一種「他性」，它往往以一種異質的方式刺激文學對現實發言，在現實的差異中去發現現實的不合理因素，進而揭露這種不合理的存在狀態。多利莫爾在對文藝復興時期的關注中，看出這時期是介於中世紀與現代（啟蒙運動時期）之間的過渡性的中介狀態，正是這靜止狀態的非歷史觀的基督教意識形態及新興資產階級意識形態之間，人本主義的進步與人的主體存在這些全新觀點，才會對中世紀的封閉僵化造成衝擊。文藝復興作為過渡時期，成為兩種社會與觀念形態的矛盾衝突的焦點，成為社會政治文本的複雜體現及意識形態衝突的漩渦中心。文藝復興具有歷史的特殊身分，它是一個多聲合奏、多元共生的時代，透過這個時代可以發現一系列根本問題，也正好可以印證二十是既存在的眾多問題。因此，一切歷史都是當代史，這觀念在多利莫爾的新歷史主義或文化唯物主義研究中，得到鮮明的體現。在《政治的莎士比亞》中，多利莫爾並不是以純文學的目的研究莎士比亞，也不是純歷史的戲劇研究。他想透過劇作發現一種深邃的歷史視角與理論介入的方法，一種政治話語的參與意識。藉此展開了文化與權力、文化與政治、文化與意識形態的總體性研究。

　　「文化唯物主義」是從雷蒙·威廉斯（Ramon Williamns）那裡借來的詞彙，其特點在於對一切現象進行文化分析，尤其是對文學做文化社會分析。因此，這一流派匯聚了文化研究中歷史、社會、女權主義、西方馬克思主義、結構主義及後結構主義等多種理論，尤其是阿圖塞、馬歇雷、葛蘭西和傅柯的理論。文化唯物主義主要研究傾向是同文學的文本相連繫的問題，如國家權力與對權力的抵抗問題，重新估價一定時期居於統治地位的意識形態及針對這些意識形態的激進反傾向問題，邊緣的意識話語對主流話語的挑戰與遏制，女權主義觀點中女性的真實存在狀況及其對文學權力的新理解，國家內部各階級集團之間的衝突與各種權力概念的當代闡釋問題等。換句話說，文化唯物主義力圖從多角度探討文化與藝術，專注歷史和哲學理論如何運

用於文化研究中，在爲意識形態批判掃除障礙的同時，去解答當代文學研究的純文本語言問題的危機。

多利莫爾在對文藝復興時期文學權力問題的關注同時，將工作重心放在歷史文化分析範圍內，並注意到兩種不同的看法：一是注重創造歷史與發揚這種創造的文化主體；二是注意限制這種創造過程中未經選擇的條件。他認爲，第一種觀點：注重創造歷史的文化主體的看法，要承認人的行爲有能動的作用，並需特別重視人的經驗；而第二種觀點：注重限制創造的外部條件的看法，則需關注歷史條件和社會與意識形態的作用。從這兩種觀點來看，他既重視創造歷史的主體經驗，也注重社會與意識形態結構的客觀的造型力量，如此即可在特定的權力關係中研究人的主體意識與人的主體形成的歷史氛圍。文化唯物主義從某種意義上來說，即對文學的文化歷史制約與主體形成過程的整體性研究。[61]

除了格林布拉特、蒙特洛斯爲正宗的新歷史主義者，以及多利莫爾的類新歷史主義的文化唯物主義之外，尙有不承認自己是新歷史主義者，卻被學界視爲新歷史主義者的海登·懷特（Hayden White）的元歷史理論等，皆爲談論新歷史主義不可或缺的代表人物，但由於篇幅所限，無法詳盡介紹，對新歷史主義有興趣更深入認識的讀者，可參閱其他相關書籍。

六、後現代主義理論

後現代主義思潮是後現代社會或後工業社會、信息社會、晚期資本主義的產物。它孕育三〇年代的現代主義母胎中，並在第二次世界大戰後與母胎撕裂而成爲一個毀譽交加的文化幽靈，徘徊在整個西方文化領域。根據李歐塔的看法，後現代主義正是出現在五〇年代到六〇年代前期，其震撼思想界是在七〇、八〇年代。這一階段在歐

---

61 關於多利莫爾的文化唯物主義與新歷史主義，參閱王岳川，《當代西方最新文論教程》，頁407-410。

美學術界引起一場世界性的文化哲學家之間的「後現代文化哲學論
戰」。到了九○年代，後現代主義以一種多元邊緣的後現代性特徵滲
入當代文化肌體，成爲當代文化徵候。

　　後現代主義主張一種「文化批評」精神，力圖打破傳統形而上學
的中心性、總體性觀念，而提倡綜合性、無主導性的文化哲學。後現
代性的主要標誌是：反烏托邦、反歷史決定論、反體系性、反本質主
義、反意義確定性，倡導多元主義、世俗化、歷史偶然性、非體系
性、語言遊戲、意義不確定性。這是一種具有「後工業社會哲學精
神」的新哲學，或是德里達所言：「是非哲學式地哲學，從外面達到
哲學」。後現代重視解釋學精神，透過對總體性的瓦解而走向差異
性，文化哲學家不再是那種聲稱能解決或解釋文化領域何以並如何對
時在具有一種特殊連繫的形而上學者，而是一些能理解各種事物相關
方式的專家。

　　後現代主義表現出一種叛逆性與價值選擇性，這種選擇性指涉一
種存在狀態的多元性與文化審美的寬泛性。因此，後現代主義超出了
語言藝術的界限，並超越各類藝術的界限和藝術與現實。於是，高雅
文化與通俗文化的界限模糊了，藝術與非藝術的對立，小說與非小說
的對立、文學與哲學的對立、文學與其他藝術的對立通通消解了。
後現代文化美學走向價值空洞的「反文化」、「反藝術」、「反美
學」傾向，使其自身抵達平面遊戲的邊緣。

　　後現代主義文化症候是在與現實主義、現代主義相比較的「差異
性」中呈現出來的。就精神模式而言，現實主義注重理想模式（典
型），現代主義著重深度模式（象徵），而後現代主義追求「平面
模式」（空無）。就價值觀而言，現實主義講求永恆價值的英雄主
義，現代主義講求代自己立言的反英雄（荒誕），而後現代主義則
講求代「本我」立言的反英雄（凡夫俗子）。就人與世界的關係而
言，現實主義強調歷史發展的必然性和人的社會性，現代主義強調世
界的必然性和人的偶然性相遇中的個體存在狀況，而後現代主義則強
調存在的偶然性（生命與藝術是偶然的）和生命的本然性。就藝術表

現而言，現實主義以全知人稱觀物，敘述人無所不知，並具有一種直露坦白的求俗趣味，現代主義以個人觀物，具有一種雅俗相衝突的審美取向，而後現代主義則強調純客觀以「物」觀物，講求無個性、無感情的「極端客觀性」，並表現出一種直露坦白的求俗趣味。就藝術與社會關係而言，現實主義認為藝術是超功利的審美欣賞，具有一種提升讀者的功能（教化大眾），現代主義認為藝術是對社會異化壓抑的一種反抗，藝術表現為反抗性反彈的痛苦與醜陋，而後現代主義則認為藝術是一種商品，是日常生活中解魅化、大眾化的消費品。後現代主義出現以上述的現象，主要是因為在現代化的設計藍圖中，人類理性出現了危機，後現代主義以遊戲的方式去解構危機中的理性，最終出現了「危機共振」，即社會、科學、哲學、美學、藝術、信仰的危機綜合爆發。

　　反現代性「理性」是一種不徹底的反抗，一般說來，他反對的是人文理性與歷史理性，卻對工具理性採取保留的態度。「工具理性」在二十世紀受到高度的重視，層層滲透，不可否認它帶來許多好處，例如科技發展、生產力進步、物質生活日益發達，這些好處帶來了前所未有的富裕與方便，工具理性擁有越來越先進的高科技，卻忽略了「高情感」。人變成異化的非人，變成大機器下的小零件，工具理性的這個維度使人類肉體與心靈受到極大的震撼，但是，工具理性還有另外一種品性，就是為戰爭服務。以核子彈為例，它是人類最具「理性」的產物，同時也達到了理性的邊緣，核子彈這種最大的理性和最大的非理性的集合體，充分體現了傅柯對「知識與權力」複雜網絡的揭示。歷史理性與人文理性也應做適當的反省，以避免歷史上的獨裁專制所造成的災難，以及如何在後現代精神日益淡化的現象能夠得到改善，以恢復人性中的真誠、信念、理想、正義等正面的情操。[62]

---

[62]　參閱王岳川：《當代西方最新文論教程》，頁287-290。

　　總體說來，後現代主義作爲一種當代世界性的文化思潮，已經越來越引起東西方各國學者們的注目，因此有必要對後現代主義文化邏輯及其價值論爭家以總體把握，並透過後現代哲人之間的尖銳論戰透視其深層文化本質，即文化哲學精神和哲學美學價值取向。以下舉幾位後現代主義學家與理論家爲例，以進一步了解後現代主義的當代視野：

㈠李歐塔（J. F. Lyotard）

　　後現代主義者李歐塔是法國現代哲學家與後現代主義理論家，他以獨特的「解中心」視域來研究後現代主時期的知識狀態，他的主要後現代主義著作爲《後現代狀況：知識報告》。在這部著作中，他首先提出了他的對後現代的觀察，他認爲科學知識是一種話語，現代最先進的科技都與「語言」相關，如語音學、傳播學、控制論、電腦語言、信息傳播、數據儲存與流通、電傳學、電腦終端機等，改變了傳統知識兩大功能，即知識研究功能與知識傳遞功能，任何無法變成數字信碼加以傳遞的知識都將被淘汰，如此，不易精密化、電腦化的人文科學的前途無法估量。再者，隨著電腦霸權的形成，產生了一種特殊邏輯，過去的知識者是透過心靈與智慧的訓練得到知的方法，現今已經式微了，現在的知識者徹底的外在化符號的方法，將道德靈魂的修養拋在一邊，去從事商品世界的操作倫理。後現代知識不再以知識本身爲最高目的，知識失去了「傳統價值」而成爲商品化的重要領域。如今，科學與社會進步的距離被擴大，隨著科學研究（如量子理論）成現出規律反常、驗證眞僞、前後矛盾，中心消散等非穩定的隨意狀態，因此，科學變成一種累積模式與穩定形態，爲求新而求新，生產未知成爲當代科技的首要需求目的。

　　對於合法化問題，李歐塔認爲，傳統的合法化因時代轉變而失效，只有透過解合法化，也就是朝向後現代話語遊戲的合法化。換句話說，以單一標準去裁定所有差異，同時也統一所有話語的「元敘事」已經被消解，自由解放與追求本眞的兩大「合法性神話」或兩套

「宏大敘事」已經消失。如此，科學眞理只不過是多種話語中的其中
一種，和人文科學話語一樣不再是絕對眞理。因此，把當代科學重新
合法化，表示應該尊重各種話語的差異，按照不同的遊戲訂出不同的
規則。各種話語遊戲之間是平等的，無高低之分，也不互相侵吞。

　　就美學而言，後現代的境況改變了後現代文藝美學。李歐塔認
爲，後現代屬於現代的一個組成部分。如果想生產現代作品，必需先
是後現代。因此，後現代主義並不是現代主義的末期，而是現代主義
的初期。李歐塔的思想是其後現代精神的集中體現。

　　此外，有兩個後現代的化分標準：

1. 歷時態標準：後現代主義不同於現實主義或現代主義的一個歷史
時期，它出現與發展於六〇年代，他的表徵爲消解、解中心、非
同一性，多元論，解元話語、解元敘事，並且不滿現狀，不屈服
於權威與專制，不讚美既定制度，不沿襲已有成規，不逢迎，專
事反叛，藐視一切與現制，顚覆舊範式，不斷的創新等。

2. 以後現代美學標準而言，現代美學與後現代美學的不同在於現代
美學注重表現人對再現能力的無力感，以及伴隨這而生的以人性
自由解放爲主題去感受生命存在狀況，並引發懷舊情緒。現代美
學屬於崇高的美學，它將不可表現之物以無內容的形式表現出
來。而後現代是在現代中，以表現自身的形式使不可表現之物表
現出來。後現代關注的不再是形式的優美或令鑑賞者感到愉悅，
不再以依靠趣味上的共識去達成對難以企及之物的懷念。李歐塔
受拉岡、德里達、傅柯的影響，而反對主體性，質疑現代知識的
充分條件，他堅持懷疑否定精神，以獨特的學術觀點，代表西方
人文科學自言自語的轉向新趨勢。

㈡哈桑（Ihab Hassan）

　　美國學者哈桑是後現代主義在藝術與詩學領域的代表人物。使他
得到學界重視的著作爲一九八七年出版的《後現代轉向》，其中對文
學領域的後現代主義特徵有獨到精闢的剖析與透視。他認爲，現代社

會到六○年代產生了一種全面性、根本性的轉折。然而，這種轉折並不表與傳統斷裂，相反地，這種轉折使傳統與定型的東西進入一種包容與流動狀態。就這意義上來說，後現代主義雖然稱不上二十世紀西方社會中的一種原創知識，但對當代世界具有重大的修訂意義。哈桑認為，後現代主義的所有特徵都是反向對抗現代主義的：達達主義、反形式（分裂的、開放的）、遊戲、偶然、無序、無言、即興表演、參與、反創造、解構、對立、缺席、分散、互文性、修辭學、句法、平行關係、轉喻、混合、表層、反闡釋、誤解、能指、反敘事、稗史、蹤跡、反諷、不確定性、內在性等。後現代主義的兩個構成原則是「不確定性」與「內在性」。這兩個原則並不是辨證的，不完全是對立的，也不是整合性的，它們既相互矛盾又相互作用，表明了後現代主義中一種「多元對話」活動。以下對這幾個哈桑的後現代主義關鍵詞彙做概略的解釋：

1.不確定性

主要表明中心與本體論都消失的結果，這個結果使人類可以透過一種語言來創造自己和世界。做為後現代根本特徵之一，不確定性這一範疇具有多重衍生性涵義，如模糊性、間斷性、異端、多元論、散漫性、解合法化、反諷、斷裂、無聲等。正是這不確定性顯示出後現代主義的精神品格，這是對一切秩序與構成的消解，它永遠處在一種動盪的否定與懷疑之中。這強大的自毀力量影響著西方整個權力話語，如政治實體、認識實體、個體精神。在文學中，我們所有一切關於作者、讀者、閱讀、寫作、文本、流派、批評理論，以及文學自身思想遭到質疑，後現代主義不再具有超越性，不再對精神、價值、終極關懷、真理、美善之類的超越價值感興趣，相反地，他是對主體的內縮，是對環境、現實、創造的內在適應。後現代在瑣屑的環境中，沉醉於形而下的卑微歡愉中。

就普遍的藝術與文化哲學觀而言，後現代主義調轉了方向，它趨向多元開放的、玩世不恭的、暫定的、離散的、不確定性的形式，一種反諷與片斷的話語，一個匱乏與破碎的「蒼白意識形態」，一種分

解的渴求和對複雜的、無聲式的創新。

2. 解構性：

這是一種否定、顛覆既定模式或秩序的特徵。在這方面，後現代主義表徵是不確定性、零散性、非原則性、無我性、無深度性。

3. 非原則性：

是對一切準則與權威的「合法性」的消解。李歐塔認為，既定的社會規範與意識形態出現了「合法性危機」，應消解元敘事與宏偉敘事，而保留語言遊戲異質性的「小型敘事」。從尼采的「上帝之死」到巴特的「作者已死」再到傅柯的「人之死」，從對權威的嘲弄到學校課程的更換，「我們取消了文化，消解了知識的精神性，消解了權力語言、慾望語言和欺詐語言的結構。」[63]非原則化導致了價值的倒置、規範瓦解、視點移位。這種變化在藝術上便表現出卑瑣。它反現實、反偶像崇拜、拒斥模仿，力圖尋找邊緣，也就是尋找非中心的、非典型性的。接受「衰竭」，以有聲的「沉默」瓦解自己。

4. 重構：

重構的具體表現有以下的特徵：反諷、種類混雜、狂歡、行動、參與、構成主義、內在性。反諷在哈桑的定義並非傳統美學意義上的反諷，他認為反諷也可稱為「透視」，這是一種去除了基本原則與範式後的無重量的輕飄，在這種失重狀態中，人們無目的地遊戲或對話。哈桑將反諷分成三種模式：前現代的「中介反諷」、現代的「轉折反諷」、後現代的「中斷反諷」。中斷反諷指多重性、散漫性或然性、荒誕性。反諷或透視明示了真理斷然逃避心靈，只給心靈留下一種富於諷刺意味的自我意識的增值或過剩。

5. 種類混雜：

顧名思義就是一種大雜燴，就文學而言，這是一種拼湊、仿作的

---

[63] Hassanm I., *The postmodern Turn: Essay in Postmodern theory and Culture*, ed. Ohio State University press, 1987, p.170.

「副文學」。「題材陳腐與剽竊、拙劣的模仿與東拼西湊,通俗與低級下流使藝術表現便得無邊界的邊界。高級文化與低級文化混在一起,在這多元的現在,所有文體辨證的出現在同一現在與非現在、同一與差異的交織中。」[64]哈桑借用巴赫金的「狂歡」一詞指涉後現代性,是由於它表現出一種反系統、顛覆的,蘊涵著甦醒與誕生的要素。狂歡也指涉一種一符多因的荒誕氣質,一種語言的離心力所游離出來的支離破碎感,一種拉岡精神分析中所謂的精神分裂症。

6.參與和行動:

後現代主義藝術是一種參與和行動的藝術,後現代文本無論是語言性文本或是非語言性文本都要求參與和行動。藝術不再是靜觀的對象,而是一種行動的過程,這要求被書寫、修正、回答、演出。後現代藝術以參與和行動為標誌,它在跨越自己的種屬與突破藩籬的同時,宣示了面對時間、死亡、觀眾及其它因素時的多變特性。沒有不變的文本,文本就是行動,藝術文本存在於每次不可重複的參與之中,存在於每次行動所產生的新意義中。

除了上述幾個哈桑理論的關鍵詞彙之外,還有一個詞彙即「構成主義」,但是關於這理論詞彙,哈桑的解釋有些語焉不詳,為了避免誤讀,筆者僅提出此一關鍵詞彙而不做解釋。[65]

知名的後現代主義文論家尚有專精於後現代文化美學邏輯的杰姆遜(F. Jamson)、後現代主義詩學理論的斯潘諾斯(William V. Spanos),以及其他學者,如前述,礙於篇幅限制,無法一一加以介紹,有興趣的讀者可以上述提及後現代主義文論家為參考,自行翻閱書籍。

---

[64] Hassanm I., *The postmodern Turn: Essay in Postmodern theory and Culture*, p.171.
[65] 以上後現代主義部分,大多參閱王岳川:《當代西方最新文論教程》,頁287-295,302-305。

問題與討論

1. 以作品為主體的西方現代文論有哪些？它們各自有何著重點？
   試概述之。
2. 試說明結構主義敘事學中的聚焦理論。
3. 試闡釋狄爾泰的詮釋學理論。
4. 試解釋解構主義學家德里達理論中的重要術語。
5. 接受美學與讀者反應論有何不同？
6. 女性主義可分為哪幾個階段？每個階段的代表人物及其學說為
   何？試概述之。
7. 拉岡的精神分析理論的重點有哪些？試闡明之。
8. 試詳述後現代主義的特點？

Note

Note

國家圖書館出版品預行編目資料

文學概論／黃培青著. -- 二版. -- 臺北市：
五南圖書出版股份有限公司, 2020.10
　面；　公分.

ISBN 978-986-522-203-1（平裝）

1.文學

810　　　　　　　　　　109012013

1X5X　通識系列

文學概論

作　　　者 — 顧正萍、黃培青

發 行 人 — 楊榮川

總 經 理 — 楊士清

總 編 輯 — 楊秀麗

副總編輯 — 黃惠娟

責任編輯 — 羅國蓮

校對編輯 — 江宛芸

封面設計 — 王麗娟

出 版 者 — 五南圖書出版股份有限公司

地　　　址：106台北市大安區和平東路二段339號4樓

電　　　話：(02)2705-5066　　傳　　真：(02)2706-6100

網　　　址：https://www.wunan.com.tw

電子郵件：wunan@wunan.com.tw

劃撥帳號：01068953

戶　　　名：五南圖書出版股份有限公司

法律顧問　林勝安律師事務所　林勝安律師

出版日期　2015年 9 月一版一刷
　　　　　2020年10月二版一刷
　　　　　2022年10月二版二刷

定　　　價　新臺幣420元

經典永恆・名著常在

五十週年的獻禮 —— 經典名著文庫

五南，五十年了，半個世紀，人生旅程的一大半，走過來了。

思索著，邁向百年的未來歷程，能為知識界、文化學術界作些什麼？

在速食文化的生態下，有什麼值得讓人雋永品味的？

歷代經典・當今名著，經過時間的洗禮，千錘百鍊，流傳至今，光芒耀人；

不僅使我們能領悟前人的智慧，同時也增深加廣我們思考的深度與視野。

我們決心投入巨資，有計畫的系統梳選，成立「經典名著文庫」，

希望收入古今中外思想性的、充滿睿智與獨見的經典、名著。

這是一項理想性的、永續性的巨大出版工程。

不在意讀者的眾寡，只考慮它的學術價值，力求完整展現先哲思想的軌跡；

為知識界開啟一片智慧之窗，營造一座百花綻放的世界文明公園，

任君遨遊、取菁吸蜜、嘉惠學子！